VERDADES ESQUECIDAS

The things we cannot say
Copyright © 2019 by Lantana Management Pty Ltd

© 2022 by Universo dos Livros

Todos os direitos reservados e protegidos pela Lei 9.610 de 19/02/1998. Nenhuma parte deste livro, sem autorização prévia por escrito da editora, poderá ser reproduzida ou transmitida sejam quais forem os meios empregados: eletrônicos, mecânicos, fotográficos, gravação ou quaisquer outros.

Diretor editorial
Luis Matos

Gerente editorial
Marcia Batista

Assistentes editoriais
Letícia Nakamura e Raquel F. Abranches

Tradução
Guilherme Summa

Preparação
Nestor Turano Jr.

Revisão
Bia Bernardi
Jonathan Busato

Diagramação
Renato Klisman

Capa
Zuleika Iamashita

Dados Internacionais de Catalogação na Publicação (CIP)
Angélica Ilacqua CRB-8/7057

R438v
    Rimmer, Kelly
        Verdades esquecidas : em meio à devastação da guerra, uma decisão pode mudar para sempre suas vidas / Kelly Rimmer ; tradução de Guilherme Summa.
-– São Paulo : Universo dos Livros, 2022.
        432 p.

        ISBN 978-65-5609-212-6
        Título original: *The things we cannot say*

    1. Ficção inglesa 2. Segunda Guerra, 1939-1945 – Ficção 3. Nazismo – Ficção 4. Ficção história   I. Título II. Summa, Guilherme III. Série

22-1966   CDD 823

UNIVERSO DOS LIVROS EDITORA LTDA.
Avenida Ordem e Progresso, 157 — 8º andar — Conj. 803
CEP 01141-030 — Barra Funda — São Paulo/SP
Telefone/Fax: (11) 3392-3336
www.universodoslivros.com.br
e-mail: editor@universodoslivros.com.br
Siga-nos no Twitter: @univdoslivros

KELLY RIMMER

Autora best-seller do *The New York Times*

VERDADES ESQUECIDAS

EM MEIO À DEVASTAÇÃO DA GUERRA,
UMA DECISÃO PODE MUDAR PARA SEMPRE SUAS VIDAS

São Paulo
2022

Grupo Editorial
UNIVERSO DOS LIVROS

Para Daniel,
que sempre tem as melhores ideias.

PRÓLOGO

União Soviética — 1942

O padre que oficializava meu casamento estava meio faminto, parcialmente congelado e vestindo trapos, mas era engenhoso; ele havia abençoado um pedaço de pão mofado do café da manhã para servir como hóstia de comunhão.

— Repita os votos comigo. — Ele sorriu. Minha vista embaçou, mas pronunciei os tradicionais votos com os lábios dormentes de frio.

— Eu aceito você, Tomasz Slaski, como meu legítimo esposo, e prometo amar-te e respeitar-te na alegria e na tristeza, na saúde e na doença, na riqueza e na pobreza, por todos os dias da minha vida, até que a morte nos separe.

Eu enxergara meu casamento com Tomasz como um raio de esperança, da mesma forma que um marujo no mar revolto consegue fixar seu olhar em um farol na costa distante. Nosso amor fora minha razão de viver, de seguir em frente e de *lutar* durante tantos anos, e o dia do nosso casamento deveria ser uma breve trégua de todas as dificuldades e sofrimentos. A realidade daquele dia era muito diferente, entretanto, e minha decepção com aqueles momentos parecia maior do que o próprio mundo.

Deveríamos nos casar na majestosa igreja de nossa cidade natal — não ali, do lado de fora do mar de tendas do campo de refugiados e militares de Buzuluk, longe delas *o suficiente* para que o ar estivesse um pouco menos carregado com o repugnante mau cheiro de oitenta mil almas desesperadas. Esse alívio da multidão e do cheiro tinha um preço; estávamos ao relento, protegidos apenas pelos galhos de um abeto mirrado. Era um dia excepcionalmente frio para o outono e, de vez em quando, pesados e grandes flocos de neve caíam do céu cinzento, vindo a derreter em nosso cabelo ou roupa ou para formar ainda mais lama no chão ao redor de nossos pés.

Eu havia conhecido meus "amigos" no grupo de convidados reunido há apenas algumas semanas. Todas as outras pessoas que já tinham sido importantes para mim estavam em um campo de concentração, mortas ou simplesmente desaparecidas. Meu noivo, meio sem jeito, recusou-se a receber a comunhão — um gesto que confundiu aquele pobre e bondoso padre, mas que não me surpreendeu nem um pouco. Mesmo como noiva, eu trajava o único conjunto de roupas que possuía e, àquela altura, coisas antes consideradas rotineiras, como tomar banho, haviam se tornado um luxo há muito esquecido. A infestação de piolhos que tomara conta de todo o campo não poupara a mim, nem o noivo, nem o padre — nem mesmo um único indivíduo no pequeno número de convidados. Nosso grupo inteiro mudava continuamente de posição sem sair do lugar e se contorcia, desesperado para aliviar aquela coceira sem fim.

Eu estava entorpecida pelo choque, o que foi quase uma bênção, porque provavelmente foi isso que evitou que eu chorasse durante a cerimônia inteira.

A sra. Konczal ainda era uma amizade recente para mim, mas estava logo se tornando uma amiga querida. Ela era encarregada dos órfãos, e eu vinha trabalhando ao seu lado nas tarefas compulsórias desde que chegara ao campo. Quando a cerimônia terminou, conduziu um grupo de crianças para fora do pequeno número de espectadores e lançou-me um sorriso radiante. Em seguida, ergueu os braços para reger e, juntos, ela e o coro improvisado começaram a cantar *Serdecnza Matko* — um hino à Mãe Amada. Aqueles órfãos estavam imundos, magros e sozinhos, assim como eu, mas naquele momento não carregavam nenhum traço de tristeza. Em vez disso, seus olhares esperançosos focavam-se em mim, ansiosos para me ver satisfeita. Eu não queria nada mais a não ser chafurdar no horror da minha situação — mas a esperança naqueles olhos inocentes recebeu prioridade sobre a minha autopiedade. Obriguei-me a compartilhar um sorriso esplendoroso e cheio de orgulho, e então fiz uma promessa a mim mesma.

Daquele dia em diante, não derramaria mais lágrimas. Se aqueles órfãos conseguiam ser generosos e corajosos face a tal situação, eu também conseguiria.

Concentrei-me apenas na música e no som da magnífica voz da sra. Konczal enquanto ela se elevava e nos envolvia em um solo crescente. Seu tom era doce e verdadeiro, executava as notas da melodia como se fosse uma brincadeira — provocando-me algo próximo da alegria em um momento que *deveria* ter sido alegre, oferecendo-me paz quando *deveria* ter sido pacífico e arrastando-me de volta mais uma vez para uma fé que eu continuava desejando poder perder.

E conforme a música prosseguia nos encantando, fechei os olhos e contive à força meu medo e minha dúvida, até que pudesse mais uma vez confiar que os fragmentos da minha vida despedaçada algum dia voltariam a se encaixar.

A guerra arrancara quase tudo de mim; mas eu me *recusava* a permitir que ela abalasse minha confiança no homem que eu amava.

CAPÍTULO 1

Alice

Estou tendo um dia muito ruim, mas, por mais que me sinta mal agora, sei que meu filho está se sentindo pior. Estamos no supermercado a alguns quarteirões de nossa casa em Winter Park, na Flórida. Eddie está no chão esperneando enquanto grita a plenos pulmões. Belisca os braços sem parar; hematomas roxos e vermelhos feios já estão começando a se formar. Eddie também está coberto de iogurte, porque quando tudo isso começou, há vinte minutos, ele esvaziou as prateleiras do refrigerador no chão e agora há embalagens de vários formatos e tamanhos nos ladrilhos ao seu redor — uma plataforma de aterrissagem cada vez mais bagunçada para seus membros enquanto se debatem. A pele de seu rosto está manchada com o esforço e há gotas de suor em sua testa.

A medicação de Eddie o fez ganhar muito peso nos últimos anos, e agora ele está com cerca de trinta quilos — isso é mais da metade do meu peso corporal. Não consigo mais erguê-lo e carregá-lo até o carro como fazia em seus primeiros anos. Não parecia fácil na época, mas, lá atrás, esse tipo de colapso público era muito menos complicado de lidar porque podíamos simplesmente abandonar o lugar.

O desastre de hoje aconteceu quando Eddie chegou ao corredor de iogurtes. Ele tem um paladar relativamente amplo em comparação com seus colegas na escola especial que frequenta — Eddie pelo menos toma os Go-Gurt de morango *e* baunilha. Não pode haver substituições na marca ou no frasco — e não adianta tentar reabastecer os usados, porque Eddie consegue perceber o truque.

Tem que ser Go-Gurt. Tem que ser de morango ou baunilha. Tem que estar *dentro* da embalagem.

Em algum momento recente, alguém da Go-Gurt decidiu melhorar o design das embalagens — o logotipo mudou e as cores estão mais vibrantes. Tenho certeza de que ninguém lá teria ideia de que uma mudança tão pequena faria com que um menino de sete anos de idade um dia destruísse o corredor de um supermercado num ataque de fúria.

Para Eddie, o Go-Gurt tem o rótulo no estilo antigo e esse novo significa apenas que Eddie não reconhece mais o Go-Gurt como um alimento que pode tolerar. Ele sabia que íamos ao mercado para comprar iogurte, então, chegamos à loja, Eddie olhou para o longo corredor e viu um monte de coisas que agora ele identifica como "não iogurte".

Tento evitar esse tipo de incidente, de modo que sempre tenhamos uma prateleira inteira de Go-Gurt na geladeira de casa. Se não fosse pela recente hospitalização da minha avó, eu teria feito essa compra sozinha ontem, enquanto Eddie estava na escola, antes de comer os dois últimos potes e "o iogurte e a sopa estão acabando" se tornar um "puta merda, a única coisa que sobrou em casa que Eddie aceita comer é uma mísera lata de sopa e ele não vai comer sopa no café da manhã".

Na verdade, não sei o que vou fazer quanto a isso agora. Tudo o que sei é que se a Campbell's algum dia decidir mudar o rótulo de suas latas de sopa de abóbora, vou me enroscar em posição fetal e desistir da vida.

Talvez eu seja mais parecida com Eddie do que imagino, porque essa *coisinha isolada* hoje faz com que eu sinta que também posso surtar. Além dele e sua irmã, Pascale, minha avó Hanna é a pessoa mais importante do meu mundo. Meu marido, Wade, e minha mãe, Julita, provavelmente fariam objeções a essa afirmação, mas estou frustrada com os dois, então, é simplesmente assim que me sinto neste momento. Minha avó, ou *Babcia*, como sempre a chamei, está agora no hospital, porque dois dias atrás ela estava sentada à mesa de jantar em sua casa de repouso quando foi acometida pelo que agora sabemos ter sido um pequeno derrame. E hoje passei a manhã inteira correndo — correndo pela casa, correndo para o carro, correndo para o corredor de iogurte —, tudo para que Eddie e eu pudéssemos visitar Babcia para passar um tempo com ela. Nem quero reconhecer para mim mesma que talvez eu esteja ainda mais afobada do que o normal porque estou tentando aproveitar ao máximo o tempo que nos resta com ela. No fundo de toda essa pressa, estou cada vez mais ciente de que seu tempo está se esgotando.

A linguagem expressiva de Eddie é praticamente nula — ele, de certo modo, não consegue falar. Pode *ouvir* sem problemas, mas sua capacidade de compreensão da linguagem também é deficitária, ou seja, para informá-lo que, hoje, visitaríamos outro lugar em vez de irmos à estação para observar os trens como costumamos fazer às quintas-feiras, tive que inventar um símbolo visual que ele entenderia. Levantei às cinco da manhã. Imprimi algumas fotos que tirei no dia anterior no hospital, depois as recortei e afixei em seu cronograma de atividades, logo após o símbolo para *comer* e o símbolo para *supermercado* e *iogurte*. Redigi um roteiro comportamental que explicava que hoje tínhamos de ir ver Babcia, mas que ela estaria na cama e não poderia falar conosco, e que estava bem e Eddie está bem e tudo vai ficar bem.

Tenho consciência de que grande parte das garantias nesse roteiro é uma mentira. Não sou ingênua — Babcia tem noventa e cinco anos, as chances de sair do hospital desta vez são mínimas —, ela provavelmente *não* está nada bem. Mas era o que Eddie precisava ouvir, então foi isso o que eu lhe disse. Eu o sentei com o cronograma e o roteiro e repassei os dois até que Eddie ligou seu iPad e abriu o programa de Comunicação Aumentativa e Alternativa, CAA, para abreviar; trata-se de um conceito simples, mas que mudou minha vida: cada tela exibe uma série de imagens que representam as palavras que não consegue dizer. Ao pressioná-las, Eddie pode se manifestar. Esta manhã, ele olhou para a tela por um momento e, em seguida, apertou o botão *Sim*; então, eu soube que compreendeu o que tinha lido, pelo menos em algum nível.

Tudo estava bem até chegarmos aqui e notarmos que a embalagem havia mudado. No tempo que transcorreu desde então, funcionários e clientes preocupados vieram e se foram.

"Podemos ajudar, senhora?", eles perguntaram a princípio e eu balancei a cabeça, expliquei seu diagnóstico de autismo e os deixei partir com alegria. As ofertas de ajuda tornaram-se mais insistentes. "*Podemos carregá-lo até o seu carro para você, senhora?*" Eu esclareci que, na verdade, ele já não gosta de ser tocado em momentos normais, imagina só se um bando de estranhos fizesse isso, iria piorar a situação. Pude ver, pela expressão em seus rostos, que eles duvidavam que as coisas *pudessem* piorar, mas não a ponto de ousarem arriscar.

Foi quando passou uma mulher com duas crianças perfeitamente comportadas e sem dúvida neurotípicas trajando um conjunto idêntico de roupas, sentadas em seu carrinho de compras. Enquanto conduzia o carrinho e o desviava do meu filho fora de controle, ouvi uma das crianças perguntar o que havia de errado, e ela murmurou: "Ele só precisa de uma boa surra, querida".

Claro, pensei. Ele só precisa de uma boa surra. Isso vai ensiná-lo a lidar com a sobrecarga sensorial e aprender a falar. Talvez, se eu der uma boa surra, ele vá usar o banheiro de modo espontâneo e eu poderei me livrar da rotina obsessivamente controlada que emprego para prevenir sua incontinência. É uma solução tão fácil... Por que não pensei em lhe dar uma boa surra há sete anos? Assim que minha raiva começou a borbulhar, ela me relanceou a vista e eu a encarei antes que desviasse o olhar. Captei uma pontinha de pena em seus olhos e o inconfundível medo. A mulher corou, desviou o olhar, e aquele passeio descontraído com os filhos no carrinho tornou-se uma verdadeira corrida até o corredor seguinte.

As pessoas dizem coisas assim porque isso faz com que se sintam melhor no que é, sem dúvida, uma situação muito embaraçosa. Não a culpo — eu meio que a invejo. Quisera eu ser tão presunçosa, mas sete anos cuidando de Edison Michaels não me ensinaram outra concepção senão humildade. Estou fazendo o melhor que posso, em geral não é bom o bastante, e é assim que as coisas são.

O gerente deu uma passada alguns minutos atrás.

— Senhora, temos que fazer algo. Ele causou prejuízos no valor de centenas de dólares ao meu estoque e agora os outros clientes estão ficando aborrecidos.

— Sou toda ouvidos — disse eu, e dei de ombros. — O que você propõe?

— Podemos chamar os paramédicos? É uma emergência médica, certo?

— O que você acha que vão fazer? Sedá-lo?

Seus olhos brilharam.

— Eles podem fazer isso?

Olhei feio para ele e seu rosto adotou outra vez uma expressão de desânimo. Permanecemos em um silêncio desconfortável por um momento e, então, suspirei como se ele tivesse me convencido.

— Chame os paramédicos, então — disse, mas o sorriso conhecedor que lhe dei deve tê-lo assustado um pouco, porque ele se afastou de mim. — Vamos ver como Eddie lida com a visita dos paramédicos. Tenho certeza de que as sirenes estridentes, os uniformes e *mais* estranhos não podem tornar as coisas muito piores. — Fiz uma pausa, depois olhei para ele inocentemente. — *Certo?*

O gerente saiu resmungando consigo mesmo, mas deve ter pensado duas vezes sobre os paramédicos porque ainda não ouvi sirenes. Em vez disso, há assistentes de loja visivelmente desconfortáveis em cada extremidade do corredor, explicando baixinho a situação aos clientes e se oferecendo para buscar quaisquer produtos de que necessitem para poupá-los de caminhar perto do meu filho barulhento e esquisito.

Quanto a mim, estou sentada no chão ao lado dele agora. Quero ser estoica e ficar calma, mas estou soluçando de modo intermitente, porque não importa quantas vezes isso aconteça, é totalmente humilhante. Eu tentei de tudo para neutralizar essa situação e todas as minhas tentativas falharam. Isso só vai acabar quando Eddie se cansar.

De fato, eu deveria ter pensado melhor antes de arriscar trazê-lo ao supermercado hoje. Eu não acho que ele entende tão bem o que essa visita ao hospital significa, mas sabe que *algo* está errado. Não pela primeira vez desejo que pudesse lidar com a escola em tempo integral, em vez da programação de dois dias por semana que tivemos que aceitar. Se ao menos eu pudesse tê-lo deixado na escola hoje e vindo aqui sozinha, ou mesmo ter convencido meu marido, Wade, a não ir trabalhar e ficar em casa com Eddie.

Wade tinha reuniões. Ele sempre tem reuniões, especialmente quando *não* ter reuniões significaria ficar sozinho com Edison.

— Com licença.

Olho para cima com cansaço, esperando encontrar outro membro da equipe que veio oferecer "ajuda". Em vez disso, é uma mulher idosa — uma mulher frágil, com amáveis olhos acinzentados e um surpreendente tom azulado nos cabelos. Tirando a rinçagem azul, ela se parece muito com a minha Babcia — baixa e magra, mas chcia de estilo. Esta mulher está carregando uma bolsa chamativa e vestida da cabeça aos pés com padronagens florais berrantes, e até seus sapatos de boneca são forrados de tecido estampado com gérberas. Babcia também usaria esses sapatos. Mesmo agora, com noventa e tantos anos, geralmente ainda usa roupas com flores malucas ou rendas bizarras. Tenho a sensação de que, se as duas mulheres se conhecessem, seriam amigas instantâneas. Eu sinto um aperto no peito com a constatação e a impaciência toma conta de mim.

Ande, Eddie. Temos que nos apressar. Babcia está doente e precisamos ir ao hospital.

A mulher me oferece um sorriso gentil e abre a bolsa com ar conspiratório.

— Você acha que algo aqui poderia ajudar? — Ela retira uma coleção de pequenas bugigangas: um balão vermelho, um pirulito azul, uma bonequinha de madeira e um pequeno dreidel, também de madeira. A mulher se agacha ao meu lado e joga as coisas no chão.

Já tentei a distração, por isso *sei* que não vai funcionar, mas a bondade na expressão quase me leva às lágrimas, de todo modo. Quando foco em seus olhos, vejo empatia e compreensão — mas nem sinal de pena. É uma coisa linda e, infelizmente, rara ter alguém entendendo minha situação em vez de julgá-la.

Murmuro um falso apreço e fico olhando da mulher para Edison e vice-versa enquanto tento descobrir se aquilo vai piorar a situação. Ele pelo menos *abaixou* um pouco o volume e, com os olhos inchados e cheios de lágrimas, está observando-a com cautela. Ele ama muito Babcia. Talvez também veja a semelhança.

Eu assinto em direção à mulher, que levanta o balão. Eddie não reage. Ela ergue a boneca e, outra vez, a expressão dele permanece contraída. Depois o pirulito, com o mesmo resultado. Já perdi completamente as esperanças quando ela pega o dreidel e, então, fico surpresa quando o choro de Eddie vacila um pouco.

Há caracteres hebraicos coloridos gravados em cada lado do dreidel. A mulher passa o dedo sobre um deles, coloca o dreidel no chão e, em seguida, o põe para rodar com um elegante movimento do punho. Conforme gira, as cores de modo hipnótico se misturam em um borrão brilhante.

— Meu neto também está no espectro — conta baixinho. — Tenho pelo menos uma vaga ideia de quão difícil é sua situação. Dreidel é o tipo de brinquedo que Braden mais gosta, também...

Eddie está olhando com foco para o dreidel enquanto o pião gira. Seu choro parou. Tudo o que resta agora são soluços trêmulos e suaves.

— Você sabe o que a inscrição em hebraico significa? — sussurra a mulher para mim. Eu balanço a cabeça, e ela explica com voz branda: — É um acrônimo: significa *um grande milagre aconteceu lá*.

Quero dizer-lhe que não acredito mais em milagres, mas não tenho certeza se isso é verdade, porque um deles parece estar se desenrolando bem diante de mim. Eddie agora está quase em silêncio, exceto por algumas fungadas ocasionais ou soluços retardatários. O giro do dreidel desvanece até o objeto cambalear e, em seguida, tombar de lado. Ouço o som agudo da inspiração de Eddie.

— Meu querido, você sabe o que é isso? — pergunta a mulher baixinho.

— Ele não fala — tento explicar, mas Eddie escolhe justo aquele momento para sacar do fundo de sua cartola truques embaraçosos do autismo enquanto vira seu olhar para mim e diz com voz rouca: "Eu amo você, Eddie".

A mulher olha para mim e tento explicar:

— Isso é apenas... é chamado de ecolalia... ele consegue *dizer* palavras, mas não há significado por trás delas. Está apenas repetindo o que me ouve dizer a ele... Não sabe o que isso significa. É meio que a maneira dele de dizer *mamãe*.

A mulher me oferece outro sorriso gentil agora e coloca o dreidel bem perto de Eddie, começa a girá-lo de novo e espera. Ele olha em silêncio maravilhado, e quando o dreidel cai de lado pela segunda vez, está completamente calmo. Procuro seu iPad, carrego o CAA e, em seguida, aperto os botões de *terminar* e *carro* antes de virar a tela na direção de Eddie. Ele se senta, fica de pé e me olha com expectativa.

— Isso, querido — diz a mulher com ternura. Ela se curva, pega o dreidel e o entrega para Eddie, enquanto murmura: — Que menino inteligente, se acalmando assim. Sua mãe deve estar muito orgulhosa de você.

— Obrigada — respondo.

Ela acena com a cabeça e toca o meu antebraço com rapidez enquanto murmura:

— Você está fazendo um bom trabalho, mamãe. Nunca se esqueça disso.

Suas palavras parecem banais no início. Conduzo Edison para fora da loja, de mãos vazias, exceto pelo tesouro inesperado da desconhecida. Eu o prendo em sua cadeirinha especial — uma necessidade, apesar de seu tamanho, porque ele não fica quieto o suficiente para usar um cinto de segurança normal. Deslizo para o meu próprio assento e o espio pelo retrovisor. Está olhando para o dreidel, calmo e parado, mas a um milhão de quilômetros de distância, como sempre, e estou cansada. Estou sempre cansada.

Você está fazendo um bom trabalho, mamãe. Nunca se esqueça disso.

Eu não choro muito por Eddie. Eu o amo. Eu me importo com ele. Nunca me permiti sentir autopiedade. Sou como um alcoólatra que não toma nem uma gota de bebida. Sei que, uma vez que eu abrir as comportas para sentir pena de mim mesma, experimentarei o gosto e isso vai me destruir.

Mas hoje minha avó está no hospital, e a gentil mulher com sapatos de gérbera parecia um anjo me visitando na minha hora de necessidade — e se Babcia a enviou, e se este for o último presente de minha avó para mim, porque ela está prestes a partir?

É a minha vez de ter um colapso. Eddie brinca com seu dreidel, segurando-o bem diante do rosto e girando bem devagar no ar como se estivesse tentando descobrir como funciona. Eu soluço. Eu me dou ao luxo de oito minutos de choro, porque isso nos leva às dez da manhã, e agora estamos com exata uma hora de atraso.

Quando o relógio do carro ultrapassa essa hora redonda, decido parar de chafurdar — e paro: imediatamente desligo a autocomiseração. Assoo o nariz com um lenço de papel, limpo a garganta e ligo o carro. Assim que eu pressiono a ignição, meu telefone se conecta na tela sensível ao toque ao lado do volante e as mensagens perdidas de minha mãe aparecem.

Onde você está?

Você disse que estaria aqui às nove. Você ainda vem?

Alice, me ligue, por favor, o que está acontecendo?

Babcia está acordada, mas venha rápido porque não sei quanto tempo vai demorar até que ela precise de outra soneca.

E, então, finalmente, uma de Wade.

Desculpe, não pude tirar folga hoje, querida. Você está zangada?

Nós nem mesmo chegamos ao hospital ainda. Vai ser um longo dia.

CAPÍTULO 2

Alina

Tomasz Slaski estava determinado a ser médico como o pai, mas sempre achei que nascera para contar histórias. Decidi que me casaria com ele um dia quando me contou uma história elaborada sobre o resgate de uma princesa sereia do lago enquanto o restante da nossa cidade estava dormindo. Eu tinha nove anos e Tomasz doze, mas já éramos bons amigos e, naquele momento, decidi que ele era meu. Em algum ponto nos anos que se seguiram, ele passou a me ver como *sua* também, e quando terminei a sétima série – e minha família não dispunha mais de meios para me mandar para a escola –, Tomasz tinha o hábito bem estabelecido de me visitar em casa.

Como a maioria das crianças que conhecia, saí da escola e fui trabalhar no campo com meus pais — embora, *ao contrário* da maioria, nunca tenha trabalhado tanto assim. Eu era a filha mais nova e, mesmo depois que a puberdade chegou e passou, ainda tinha a compleição delicada e apenas um metro e cinquenta e dois de altura. Todos os outros membros da minha família eram altos e fortes e, apesar de meus irmãos gêmeos serem apenas quatorze meses mais velhos do que eu, minha família nunca tinha realmente parado de me tratar como uma criança. Eu não me importava muito, contanto que significasse que os gêmeos ficariam com o trabalho pesado nos afazeres da fazenda.

Tomasz era de uma família mais rica e há muito destinado à universidade, por isso ele continuou no ensino médio por muito mais tempo do que a maioria em nosso distrito no sul da Polônia. Mesmo quando nossos caminhos divergiram, ele regularmente subia a colina entre nossas casas para passar um tempo comigo, e cada vez que me visitava, encantava minha família inteira com histórias incríveis de sua semana.

Mesmo quando criança e adolescente, Tomasz já tinha um jeito de falar que fazia você pensar que tudo era possível. Isso foi o que amei primeiro nele — Tomasz abriu o meu mundo para possibilidades infinitas e, ao fazer isso, encheu-o de magia. Se não fosse por ele, nunca teria me perguntado sobre a vida além da minha aldeia, mas uma vez que nos apaixonamos, explorá-la ao seu lado era praticamente tudo em que eu conseguia pensar.

Desejei muito que pudéssemos nos casar antes de ele começar a faculdade de Medicina para que eu pudesse acompanhá-lo à cidade. Sobretudo por que não conseguia suportar a ideia de nos separarmos, mas uma parte desse desespero estava enraizada na minha impaciência para deixar a fazenda da família. Minha casa ficava logo depois dos arredores do município rural de Trzebinia, onde o pai de Tomasz, Aleksy, era médico, e sua mãe Julita fora professora até morrer no parto de sua irmã mais nova. Eu tinha certeza de que minha vida estava além do pequeno mundo em que habitávamos, mas não havia como escapar sem casamento, e eu ainda era um pouco jovem para isso — apenas quinze anos na época. O melhor que podia esperar era que um dia Tomasz voltasse para me buscar.

O fim de semana anterior à partida de Tomasz, no final da primavera de 1938, chegara. O tempo tem um jeito de diluir a maneira como nos lembramos das coisas, mas há algumas recordações nítidas demais até para a devastação dos anos, e aquele domingo está tão fresco em minha mente como estava quando acordei na manhã seguinte. Talvez seja apenas um efeito colateral de manter a lembrança tão perto de mim ao longo dos anos, repetindo-a na cabeça inúmeras vezes como se fosse meu filme favorito. Mesmo agora, quando luto para lembrar onde estou às vezes ou que dia é, tenho certeza de que ainda me lembro de tudo *daquele* dia — cada momento, cada toque, cada cheiro e cada som. Durante todo o tempo, nuvens cinzentas pesadas permaneceram baixas no céu. Havia chovido tanto nos dias anteriores que minhas botas estavam cobertas, e eu não tinha certeza de quanto vinha dos animais e de quanto vinha da lama. Por dias, o tempo esteve sombrio, mas naquela noite de domingo, soprava um vento cruel que a tornava ainda mais amarga.

Meus irmãos Filipe e Stanislaw haviam trabalhado o dia todo no frio enquanto eu conversava com Tomasz, por isso, meus pais insistiram que eu realizasse uma última tarefa: cuidar dos animais antes do jantar. Eu resisti ferozmente até que Tomasz pegou minha mão e me conduziu, indo na frente.

— Você é tão mimada — ele riu baixinho.

— Você soa como os meus pais — murmurei.

— Bem, talvez seja verdade. — Ele olhou para mim, ainda me puxando pela mão, mas a adoração em seu olhar era inegável. — Não se preocupe, Alina Mimada. Eu amo você de qualquer maneira.

Com isso, senti uma onda de orgulho e prazer tão forte que todo o resto se tornou irrelevante.

— Eu também amo você — disse, e ele me arrastou um pouco mais longe e um pouco mais rápido, de modo que quase colidimos e, no último segundo, deu-me um beijo sorrateiro.

— Você é corajoso em fazer isso com meu pai tão perto. — Eu sorri.

— Talvez eu seja corajoso — respondeu. — Ou talvez o amor tenha me tornado estúpido. — Com isso, lançou um olhar ligeiramente ansioso para a casa apenas para se certificar de que meu pai não nos tinha visto e, quando comecei a rir, ele me beijou de novo.

— Chega de diversão — disse ele. — Vamos acabar com isso.

Logo terminamos e *finalmente* era hora de entrar para escapar do tempo terrível. Fiz menção de ir direto para casa, mas Tomasz segurou meu cotovelo e disse com gentileza:

— Vamos subir a colina.

— O quê?! — exclamei pasma, enquanto meus dentes batiam. Ele sorriu assim mesmo, e ri dele. — Tomasz! Talvez eu seja um pouco mimada, mas você definitivamente é louco.

— Alina, *moje wszystko* — isso mexeu comigo, *sempre* mexia, porque seu apelido para mim significava "meu tudo", e toda vez que ele falava isso eu ficava com os joelhos bambos. Seu olhar se tornou muito sério: — Esta é nossa última noite juntos por um tempo, e eu quero um momento com você antes de sentarmos com seus pais. Por favor!

A colina era um pico arborizado, o fim de uma longa e estreita subida de floresta densa, deixada intocada simplesmente porque o solo era tão rochoso e o pináculo tão íngreme que não servia para nenhum propósito agrícola útil. Essa colina protegia minha casa e as terras de nossa fazenda, e fornecia uma barreira entre nossa existência tranquila e a vida na cidade de Trzebinia. Do seu topo até o prédio que abrigava a família de Tomasz e a prática médica de seu pai era uma caminhada vigorosa de quinze minutos ou, nas vezes em que ele não deveria estar lá comigo, para começo de conversa, uma corrida de oito minutos.

Desde que me lembro, a colina sempre foi *nosso* lugar especial — um ponto onde podíamos desfrutar da vista e, nos anos mais recentes, um do outro. Era um local onde tínhamos privacidade se nos escondêssemos nos bolsões de clareira entre as árvores. Se nos sentássemos perto da pedra longa e plana no topo, tínhamos visibilidade para pegar qualquer membro da família que viesse atrás de nós, especialmente a irmã mais nova de Tomasz, Emilia, que parecia ter o instinto de nos procurar sempre que nossa paixão podia sair de controle.

Subimos a inclinação naquela noite até chegarmos ao pico e, àquela altura, a pouca luz do dia que tínhamos se fora e as luzes mortiças das casas em Trzebinia estavam piscando abaixo de nós. Enquanto tomávamos nossos lugares na pedra, Tomasz passou os braços em volta de mim e me puxou com força contra o seu peito. Ele também tremia e, a princípio, pensei que fosse por causa do frio.

— Isso é ridículo — eu ri baixinho, virando a cabeça na direção dele. — Nós vamos é nos matar nessa friagem, Tomasz!

Seus braços se apertaram ao meu redor, só um pouco, e então respirou fundo.

— Alina — começou —, seu pai nos deu permissão e sua bênção para um casamento, mas precisamos esperar alguns anos... e até lá, de qualquer maneira, estarei ganhando algum dinheiro para sustentar você. Teremos tempo para pensar nos detalhes mais tarde... apenas saiba que quaisquer lugares com que possa sonhar, encontrarei um meio de levá-la até lá, Alina Dziak. Podemos ter uma boa vida. — Sua voz se tornou rouca e ele limpou a garganta antes de sussurrar: — Eu vou lhe *dar* uma boa vida.

Fiquei surpresa e encantada com a proposta, mas também momentaneamente insegura, então me afastei um pouco e perguntei com cautela:

— Mas como você sabe que ainda vai querer estar comigo depois de ver como é a vida na cidade grande?

Ele mudou de posição, então, ajustando a minha para que pudéssemos nos encarar, e segurou o meu rosto em suas mãos.

— Tudo que sei e tudo que preciso saber é que, quando estamos separados, sempre sinto sua falta e sei que você sente o mesmo. *Isso* nunca vai mudar, não importa o que a faculdade traga. Fomos feitos um para o outro, portanto, quer você venha para ficar comigo ou eu volte para casa para ficar com você, sempre encontraremos o caminho de volta um para o outro. Esta é apenas uma pequena pausa agora, mas você verá. O tempo separados não mudará nada.

Esta era apenas outra história incrível que Tomasz estava contando — só que, desta vez, era o nosso futuro, e uma promessa de que compartilharíamos um, afinal. Eu podia ver em minha mente como se já tivesse acontecido — soube naquele momento que *iríamos* nos casar e ter filhos, e então envelheceríamos juntos. Fiquei surpresa com o amor que sentia por Tomasz, e parecia um milagre que pudesse ver o mesmo amor desesperado espelhado em seus olhos.

Eu era a garota mais sortuda da Polônia — a garota mais sortuda da Terra, por encontrar um homem tão maravilhoso e tê-lo me amando tão profundamente quanto eu o amava. Ele era inteligente, gentil e bonito — e Tomasz Slaski tinha os olhos mais incríveis. Eram de um tom verde surpreendente e sempre cintilavam um pouco, como se ele estivesse desfrutando em silêncio de um segredo travesso. Eu o puxei para perto e pressionei meu rosto em seu pescoço.

— Tomasz — sussurrei, através das lágrimas da maior felicidade. — Eu sempre iria esperar por você. Mesmo antes de você me pedir.

***

Meu pai me levou à cidade na manhã seguinte para que eu pudesse me despedir de Tomasz antes de partir para Varsóvia. Estávamos noivos agora, e esse era um marco que os adultos respeitavam em nossas vidas, então, pela primeira vez, nós nos abraçamos na frente de nossos pais. Aleksy carregava a mala de Tomasz, que segurava com força sua passagem de trem. Apesar dos soluços ruidosos de Emilia, ela parecia um cromo em um de seus lindos vestidos florais. Papariquei-o na plataforma, brincando com a lapela de seu casaco e endireitando o topete caído de seu cabelo loiro escuro.

— Vou escrever para você — Tomasz me prometeu. — E voltarei para casa o máximo de vezes que puder.

— Eu sei — respondi.

Sua expressão era sombria, mas seus olhos estavam secos, e eu estava determinada a ser corajosa também naquele dia até que desaparecesse de vista. Ele me beijou na bochecha e apertou a mão de meu pai. Depois de se despedir da família, Tomasz pegou sua mala e entrou no vagão. Quando se debruçou para fora da janela para acenar para nós, seu olhar estava fixo no meu. Obriguei-me a sorrir até que o trem o arrastasse para longe da minha vista. Aleksy me deu um breve abraço e disse com voz rouca:

— Você será uma ótima filha um dia, Alina.

— Ela será uma ótima *irmã*, pai — protestou Emilia. Ela deu um último soluço estremecido e fungou dramaticamente e, então, pegou a minha mão e me puxou para longe do abraço de Aleksy. Eu não tinha muita experiência com crianças, mas o carinho que nutria por Emilia cresceu sobremaneira naquele momento, enquanto ela sorria para mim com aqueles olhos verdes brilhantes. Beijei a lateral de sua cabeça e a abracei com força.

— Não se preocupe, pequenina. Serei sua irmã enquanto esperamos.

— Eu sei que ele não queria deixar você, Alina, e sei que isso é difícil para você também — murmurou Aleksy. — Mas Tomasz sempre quis ser médico, desde antes de aprender a ler, e tivemos que deixá-lo ir. — Fez silêncio por um momento, depois pigarreou e perguntou: — Você vai nos visitar enquanto Tomasz estiver fora, não é?

— Claro que vou — prometi-lhe.

Havia uma tristeza persistente no olhar de Aleksy, e ele e o filho eram tão parecidos — os mesmos olhos verdes, o mesmo cabelo loiro escuro, até a mesma constituição. Ver Aleksy triste foi como ver Tomasz triste em um futuro distante, e só de pensar nisso eu já ficava com raiva — então, dei outro abraço afetuoso.

— Você já é minha família, Aleksy — disse. Ele sorriu para mim, justo quando Emilia pigarreou de forma incisiva. — E você também, pequena irmã. Eu prometo que visitarei vocês tanto quanto eu puder até que Tomasz volte para nós.

Meu pai estava solene na caminhada de volta para a fazenda e, em seu costumeiro estilo estoico, minha mãe ficou impaciente com minha tristeza naquela noite. Quando me meti na cama para dormir cedo, ela apareceu na porta entre o meu quarto e a sala de estar.

— Estou sendo corajosa, mamãe — menti, enxugando os olhos para evitar que me repreendesse por minhas lágrimas. Ela hesitou, entrou no meu quarto e estendeu a mão na minha direção. Aninhada em segurança dentro de sua palma calejada estava sua aliança de casamento, de ouro simples, mas grossa, que usava desde que eu me entendia por gente.

— Quando chegar a hora certa, teremos um casamento na igreja da cidade, e Tomasz poderá colocar esta aliança no seu dedo. Não temos muito a oferecer a você, mas este anel foi da minha mãe e manteve unidos a mim e seu pai durante vinte e nove anos. Nos tempos bons, nos tempos ruins, a aliança nos manteve firmes. Eu a dou a você para que lhe traga fortuna no futuro, mas quero que se apegue a ela desde já para que, enquanto espera, você se lembre da vida que tem pela frente.

Assim que minha mãe terminou seu discurso, deu meia-volta e fechou a porta do quarto atrás de si, como se soubesse que eu choraria mais um pouco e ela não pudesse suportar nem mesmo ver isso. Depois disso, guardei a aliança no fundo da gaveta de roupas, sob uma pilha de meias de lã. Todas as noites antes de dormir eu a pegava na mão e ia para a minha janela.

Olhava em direção à colina que havia testemunhado tantos momentos tranquilos com Tomasz, apertava aquela aliança com força contra o peito enquanto orava a Mãe Maria para manter Tomasz seguro até que ele retornasse para mim.

CAPÍTULO 3

Alice

Quando entramos na enfermaria geriátrica, Eddie avista Babcia e imediatamente se solta da minha mão e corre para o quarto dela.

— Eddie! — ele grita enquanto corre. — Eddie, querido, você quer comer alguma coisa?!

A ecolalia é a maldição da minha existência, às vezes. Babcia está sempre oferecendo comida a Edison — e a todos os outros — e, agora, quando ele vê Babcia, a imita. É inofensivo quando estamos sozinhos. Em público ele usa aquele falso sotaque polonês, parece que está zombando dela. A enfermeira que verifica a medicação intravenosa franze a testa e eu quero explicar o que está acontecendo, mas estou muito chocada ao ver a própria Babcia. Ela está apoiada nos cotovelos e seus olhos estão abertos. Uma aparente melhora com relação ao estado semiconsciente em que estava na noite anterior, só que ainda está visivelmente muito fraca — ela afunda de modo pesado nos travesseiros.

— Olá, Edison — ouço minha mãe suspirar quando o alcanço e me junto a ele no quarto. Eddie olha para a avó e murmura baixinho:

— Pare de fazer isso, Eddie.

Mamãe permanece em silêncio, mas sua desaprovação é palpável, como sempre é quando a ecolalia nos lembra a todos de que a frase que mais associa a ela é uma repreensão. Agora, ela volta seu olhar para mim e diz:

— Alice, você está incrivelmente atrasada.

Sinto-me justificada a ignorar a saudação de minha mãe, visto que é em partes iguais tanto gentileza social quanto crítica, a proporção exata que abrange quase todas as comunicações que efetua. Julita Slaski-Davis é muitas coisas: uma corredora de maratona de longa data, uma venerável juíza do tribunal distrital, uma militante das liberdades civis, uma ávida ambientalista; uma senhora de setenta e seis anos que não tem intenção de se aposentar do trabalho tão cedo. As pessoas estão sempre me falando que ela é uma inspiração e eu posso perceber o que querem dizer, porque ela é uma mulher impressionante. A única coisa que *não* faz é ser uma avó materna fofinha — e é exatamente por isso que Eddie e eu temos um relacionamento muito mais fácil com Babcia.

Eu tomo o espaço perto de Eddie ao lado da cama de vovó e envolvo a mão dela com a minha. A pele envelhecida de seus dedos está fria, então aperto minha outra mão em torno dela e tento aquecê-la um pouco.

— Babcia — murmuro. — Como você está se sentindo?

Ela produz um som que está mais próximo de um grunhido do que de uma palavra, e a angústia está estampada em seus olhos enquanto busca o meu olhar. Mamãe suspira com impaciência.

— Se você estivesse aqui antes, já saberia que ela pode estar acordada agora, mas não acho que consiga ouvir. Essas *enfermeiras* não sabem de nada. Estou esperando a médica me dizer que diabos está acontecendo.

A enfermeira ao lado levanta as sobrancelhas, mas não olha para a mamãe ou mesmo para mim. Se me olhasse, eu faria uma careta de desculpas, mas ela está obviamente determinada a executar seu trabalho e sair do quarto o mais rápido possível. Pressiona um último botão no regulador da medicação intravenosa e, em seguida, toca o braço da minha avó para chamar sua atenção. Babcia se vira para encará-la.

— Ok, Hanna — diz com delicadeza. — Vou deixar você com sua família agora. Apenas aperte a campainha se precisar de mim, ok?

Eddie me empurra para fora do caminho assim que a enfermeira sai e se afoba para segurar a mão de Babcia. Quando eu o deixo fazer isso, ele de imediato se acomoda. Olho de volta e vejo o sorriso que ela abre. Sempre achei que meu relacionamento com minha avó era único.

Ela praticamente me criou ao longo das diferentes fases da minha infância; a carreira da minha mãe *sempre* veio em primeiro lugar. Mas, por mais especial que seja, nosso relacionamento não chega aos pés do vínculo que ela tem com Eddie. Em um mundo que não compreende meu filho, ele sempre teve Babcia, que não se importa se a entende ou não — ela apenas o adora do jeito que é.

Eu a estudo cuidadosamente agora, avaliando-a, como se pudesse escaneá-la com meu olhar e perceber a extensão do dano dentro de sua mente.

— Você pode me ouvir, Babcia? — digo, e ela se vira para mim, mas franze a testa com ferocidade enquanto se concentra. Sua única resposta é a onda de lágrimas que sobe aos seus olhos. Olho para mamãe, que está rígida, sua mandíbula dura.

— Acho que consegue ouvir — digo a ela, que hesita e depois sugere:

— Bem, então… talvez não nos reconheça?

— Eddie — diz Eddie. — Eddie, querido, você quer comer alguma coisa?

Babcia se vira para ele e lhe dá um sorriso cansado, mas radiante, que de imediato ganha um sorriso correspondente de meu filho. Ele solta a mão da bisavó, joga seu iPad na cama ao lado das pernas dela e começa a tentar subir na grade da cama.

— Eddie — mamãe diz impacientemente. — Não faça isso. Babcia não está bem. Alice, você precisa detê-lo. Isto *não* é um parque infantil.

Mas Babcia tenta se sentar e abre os braços para ele, e até mamãe fica em silêncio com isso. Puxo a grade para baixo e ajudo a tirar os vários fios e tubos do caminho enquanto meu filho, muito sólido, sobe na cama ao lado de sua bisavó muito frágil. Babcia muda de posição, devagar e com cuidado, de propósito abrindo espaço para o menino *bem* ao lado dela. Ele se aninha e fecha os olhos, e quando ela afunda no travesseiro, descansa a bochecha contra o cabelo loiro de Eddie. Em seguida, Babcia fecha os olhos também, e o aspira como se ele fosse um bebê recém-nascido.

— Ela certamente parece reconhecê-lo — digo baixinho.

Mamãe suspira com impaciência e passa a mão pelos tufos rígidos de seu cabelo grisalho. Eu me sento na cadeira ao lado da cama e pego meu telefone na bolsa. Há outra mensagem de Wade na tela.

Ally, eu realmente sinto muito. Por favor, escreva de volta e me diga que você está bem.

Eu sei que não estou sendo justa, mas ainda estou muito decepcionada por ele não ter me ajudado hoje. Franzo a testa e penso em desligar o telefone, mas, no último segundo, cedo e respondo.

Tive um dia péssimo, mas estou bem.

Muito tempo depois, somos abordados por uma mulher de meia-idade vestindo jaleco, que faz um gesto em nossa direção para nos juntarmos a ela na mesa das enfermeiras. Eddie está segurando o dreidel de novo na frente do rosto e não reage a mim quando me viro da cama, então eu o deixo em paz.

— Sou a dra. Chang, médica de Hanna. Eu queria atualizá-las sobre a condição dela.

Babcia está estável hoje, porém, dada a localização do derrame, seus médicos acham que há danos aos centros de linguagem em seu cérebro. Ela com certeza pode ouvir, mas não reage a solicitações ou instruções e mais testes precisam ser feitos. Atrás de nós, ouço o iPad de Eddie enquanto a voz robótica do aplicativo CAA anuncia: *Dreidel*.

Não estou prestando muita atenção nele, apenas o suficiente para ficar um pouco surpresa por ele descobrir como se chama seu novo tesouro. Seu aplicativo de linguagem visual lista milhares de imagens que ele pode usar para identificar conceitos que possa precisar comunicar, mas *dreidel* dificilmente estará na seção "mais comumente usados" do menu. Curto breves instantes de mamãe orgulhosa em meio ao pânico das más notícias um tanto quanto intermináveis da dra. Chang. *Pode ser permanente, mais testes necessários, tomografias, esta situação não é totalmente inédita, infelizmente, grande chance de novos eventos. Planos de fim de vida?*

Eu gosto de dreidel, diz o iPad de Eddie. *Sua vez.*

Estremeço e volto a olhar para a cama, onde Eddie virou o iPad para a minha avó. Ele está sentado agora, as costas contra a grade da cama. Não sei o que espero ver, mas fico surpresa quando Babcia levanta a mão devagar e toca a tela.

Eu... gosto...

Interrompo a médica agarrando seu antebraço, ela se assusta e se afasta de mim.

— Desculpe — falo num rompante. — Olhe aquilo.

A médica e mamãe se viram bem a tempo de ver Babcia apertar o botão seguinte. Mamãe respira fundo.

... dreidel... também. Babcia aperta cada botão com lentidão e com dificuldade óbvia, mas, afinal, ela se expressa muito bem.

Babcia está machucada?, Eddie pergunta agora.

Babcia com medo, Babcia responde.

Eddie assustado, Eddie tecla.

Eddie... está... bem, Babcia aos poucos vai tocando a tela. *Babcia... está... bem.*

Eddie concorda com a cabeça e afunda de volta na cama para descansar a cabeça no ombro da bisavó outra vez.

— Ele é autista? — a médica indaga.

— Está no espectro do autismo, sim — eu a corrijo. A terminologia não importa, não realmente, mas é importante para mim porque o meu filho é mais do que um rótulo. Dizer que é autista não está correto; o autismo não determina quem ele é, é uma parte dele. Isso é apenas semântica para quem não vive com o transtorno todos os dias e a médica me olha sem expressão, como se nem conseguisse perceber a distinção. Sinto minhas bochechas esquentarem. — Ele é não verbal, usa o aplicativo Comunicação Aumentativa e Alternativa para falar. Babcia já está acostumada a se comunicar dessa forma, embora normalmente seja muito mais rápida...

— É por causa do problema com a mão — mamãe me interrompe, e ela está olhando para a médica de novo. — Eu lhe disse, está tendo problemas para mover o lado direito.

— Eu me lembro e estamos investigando isso — responde a médica que faz uma pausa e admite: — Não tendemos a usar tecnologia com pacientes idosos nesta situação... a maioria deles não tem ideia de por onde começar. Por mais difícil que seja, pelo menos ela tem a vantagem de sua familiaridade com o conceito. Vou falar com um fonoaudiólogo. Isso é bom.

— Isso não é *bom* — mamãe diz com impaciência. — *Bom* não é minha mãe ter que falar por meio de um maldito aplicativo para iPad, é frustrante o suficiente que tenhamos que usar aquele lixo com o Eddie. Quanto tempo isso vai durar? Como você vai consertar isso?

— Julita, nestes...

— É *juíza* Slaski-Davis — ela a corrige e eu suspiro de leve enquanto me viro para a cama. Babcia capta meu olhar e acena com a cabeça em direção ao iPad, então, silenciosamente, deixo a médica lidando com meu pesadelo de mãe. Babcia aperta o botão "sua vez" e eu pego o iPad.

Você está machucada?, pergunto-lhe. Ela pega o aparelho e desliza as telas até encontrar as imagens certas. Então, com lentidão e cuidado, fala.

Babcia está bem. Quero ajuda.

Ela me entrega no mesmo instante, visivelmente ansiosa para ver minha resposta, mas não tenho ideia do que dizer ou mesmo como lhe pedir mais informações sobre o que precisa. Olho na tela, em seguida, de volta para o seu rosto, e seus olhos azuis mudam depressa de súplices para impacientes. Ela faz um gesto pedindo que eu lhe passe o iPad de novo, quando o recebe passa por sucessivas telas. Babcia encontra o ícone da lupa e o pressiona, e o aplicativo diz *buscar*, mas ela volta a rolar. Seus olhos se estreitam. Os lábios se contraem. Gotas de suor brotam em sua testa enrugada, e mais tempo passa enquanto um rubor aumenta gradualmente em suas bochechas. Ela aperta o botão buscar de novo e de novo, rosna e empurra o iPad na minha direção.

Sua frustração é palpável, mas não sei o que fazer. Mamãe e a médica ainda estão discutindo, e Eddie ainda está enrolado ao lado de Babcia, rolando o dreidel ao longo do lençol agora como se fosse um trem de brinquedo. Olho para vovó com uma expressão de impotência, ela levanta as mãos como se dissesse *Eu também não sei*. Por um momento, deslizo pelas telas dos ícones mais comumente usados de Eddie, parando a cada vez para que ela possa verificar se o que precisa está lá. Depois de um minuto ou mais disso, um novo pensamento me ocorre. Abro o aplicativo na página *novos ícones* e, assim que o faço, Babcia pega o dispositivo de volta com pressa. Ela encontra a foto de um jovem e começa a digitar, devagar e com cuidado. Noto que não está usando o indicador — usa a lateral do dedo mínimo e o anular. É estranho e leva alguns minutos para formar a palavra corretamente, mas, então, ela o faz e clica no botão *Salvar* e me mostra com orgulho.

Tomasz.

— Como ela está? — mamãe me pergunta da porta. Olho para ela e descubro que a médica foi embora, talvez para encontrar uma bebida forte.

— É lento, mas está usando o dispositivo. Ela acabou de me perguntar...

Ocorre-me o que está *realmente* perguntando, e fico desanimada.

— Oh, não, Babcia — sussurro, mas as palavras são inúteis: se o derrame danificou sua linguagem receptiva, então ela está no mesmo barco que Eddie; palavras faladas não têm significado agora. Encontro seu olhar novamente, e lágrimas brilham nele. Olho dela para o iPad, mas não tenho de fato nenhuma ideia de como dizer que seu marido morreu há pouco mais de doze meses. Pa fora um cirurgião pediatra brilhante até os setenta anos, depois lecionara na Universidade da Flórida até os oitenta, mas, assim que se aposentou, a demência se instalou e, após um declínio longo e terrível, morreu no ano passado.

— Babcia ... ele está... ele... hum...

Ela balança a cabeça brava e aperta os botões novamente.

Encontrar Tomasz.

Mais rolagem de páginas e então:

Preciso de ajuda.

Emergência.

Encontrar Tomasz.

Então, enquanto eu ainda estou lutando para descobrir como lidar com isso, ela seleciona outra série de ícones e o dispositivo lê uma mensagem sem sentido para mim:

Babcia fogo Tomasz.

Suas mãos estão tremendo. Seu rosto está fechado em uma carranca feroz, mas há determinação em sua face. Coloco a mão de modo suave em seu antebraço e quando ela se vira para mim, balanço a cabeça devagar, mas seus olhos registram apenas confusão e frustração.

Estou confusa e frustrada também — e de repente estou com raiva, porque é brutalmente injusto ver esta mulher orgulhosa tão confusa.

— Babcia... — sussurro, e ela suspira com impaciência e tira minha mão de seu braço. Minha avó tem uma profundidade ilimitada de empatia e ama sem comedimento, mas é a mulher mais durona que conheço, e não parece nem um pouco desencorajada por minha incapacidade de me comunicar. Ela volta a percorrer as páginas de ícones na tela do iPad, até que percebo sua expressão se iluminar. Vez após outra, ela repete esse processo, formando meticulosamente uma frase. Nos minutos seguintes, mamãe vai buscar um café e eu vejo Babcia tentar subjugar aquele método de comunicação desajeitado. É mais fácil agora que todos os ícones estão na página "usados recentemente" e logo ela está pressionando os mesmos botões sem parar.

Preciso de ajuda. Encontrar... caixa... vá para casa. Quero casa.

Engulo meu suspiro, pego o iPad e conto para ela *Babcia no hospital agora. Vai para casa depois.*

Este é o padrão de linguagem que tenho que usar com meu filho, e é automático para mim — *agora* isso, *depois* outra coisa —, explicando sequências de eventos e tempo porque ele *não* tem noção disso sem as diretrizes de instruções e horários. A comunicação via CAA é extremamente restritiva. Com Eddie, estou acostumada com as limitações porque é tudo o que já tivemos — e é *muito melhor* do que nada. Até ele aprender a ler e usar o CAA, toda a nossa vida foi uma série de colapsos provocados por sua enorme frustração em estar trancado dentro de si mesmo, incapaz de se comunicar.

O problema agora é que, com Babcia, estou acostumada com a liberdade infinita da comunicação falada, e ter que reverter para este aplicativo de repente parece um substituto absurdamente pobre.

Babcia pega o aparelho de volta e retoma suas demandas.

Preciso de ajuda.
Encontrar Tomasz.

Casa.
Caixa.
Agora.
Ajuda.
Caixa.
Câmera.
Papel.
Babcia fogo Tomasz.
Mamãe entra no quarto. Ela me entrega um café, depois volta a postar-se ao pé da cama.
— Isso é sobre o quê? — pergunta.
— Não sei — admito. Babcia nos lança agora um olhar feio de impaciência e repete os comandos, e como não reagimos, aumenta o som *ao máximo* e aperta o botão de repetir. Este é um truque que aprendeu com o meu filho, que faz exatamente a mesma coisa quando não consegue o que quer.
Ajuda.
Encontrar Tomasz.
Caixa.
Câmera. Papel. Caixa.
Agora. Agora. Emergência. Agora.
Encontrar Tomasz. Agora.
Babcia fogo Tomasz.
— Meu Deus. Ela realmente se esqueceu que Pa morreu — sussurra a minha mãe, e eu a olho. Mamãe não é conhecida por sua vulnerabilidade, mas agora sua expressão está contraída e acho que vejo lágrimas em seu rosto. Balanço a cabeça devagar. Babcia parece bastante determinada a não precisar de mim para lembrá-la de que Pa faleceu, então, eu apenas não acho que seja isso.
Encontrar Tomasz.
Encontrar caixa.
Caixa. Encontrar. Agora. Preciso de ajuda.
— Oh! — mamãe abre a boca de repente, pasma. — Ela tem aquela caixa de lembranças. Faz anos que não a vejo, desde que os mudamos para um asilo depois que meu pai ficou doente. Ou está no

depósito ou em sua unidade lá. Talvez seja isso que ela queira, talvez uma *foto* de Pa? Isso faz sentido, não faz?

— Ah, sim — digo. Uma onda de alívio relaxa os músculos que eu nem sabia que estavam tensos. — Bem pensado, mãe.

— Posso tentar encontrar se você ficar aqui, tudo bem?

— Sim, por favor — respondo, e pego o iPad. Toco a foto de mamãe e o aplicativo lê *Vovó*, então faço uma careta e começo a editar a legenda, mas Babcia afasta minha mão com impaciência. Nossos olhares se fixam e ela me dá um sorriso irônico, como se estivesse me dizendo *estou doente, menina, mas não burra*. Fico tão aliviada com aquele sorriso que me curvo para beijar sua testa e, em seguida, aperto mais alguns botões.

Vovó encontrar caixa agora.

Babcia suspira de felicidade, tecla o botão *sim* e, em seguida, pousa a mão no meu antebraço e aperta. Ela não consegue falar no momento, mas ela tem sido minha estrela-guia por toda a minha vida, então ouço sua voz na minha cabeça, mesmo assim.

Boa menina, Alice. Obrigada.

CAPÍTULO 4

Alina

As informações não eram tão fáceis de se obter naquela época, por isso o que eu sabia sobre os preparativos para a guerra era, na melhor das hipóteses, um tanto disperso, mas Trzebinia ficava bem perto da fronteira com a Alemanha e minha cidade não era imune à ideologia que estava ganhando tração dentro daquela nação próxima. O ódio era como uma besta de outro mundo, semeado em pequenos atos de violência e opressão contra nossos cidadãos judeus, crescendo em força enquanto os famintos por poder o alimentavam com retórica e propaganda.

É só quando olho para trás agora, com a sabedoria da idade, que posso ver que os sinais de alerta estavam espalhados por toda a nossa vida simples. Lembro-me das primeiras vezes que ouvi que amigos judeus em Trzebinia foram roubados ou assaltados ou tiveram suas propriedades vandalizadas. Meus pais ficaram chocados com essa reviravolta nos acontecimentos e, àquela altura, meu pai havia de fato doutrinado a nós, filhos, com suas opiniões sobre as relações entre as comunidades judaica e católica dali. *Um polonês é um polonês*, costumava nos dizer, porque para ele a herança cultural e a religião de um homem eram irrelevantes — estava interessado apenas no caráter e na ética de trabalho. Mas essa não era uma perspectiva compartilhada por toda a comunidade, e aquelas feias tensões de antissemitismo enfureciam o meu pai que, em situação normal, era pacato e equilibrado.

No verão de 1939, nós fizemos uma viagem para a cidade. Mamãe assou um pedaço extra de pão de semente de papoula e eu o coloquei em uma cesta com alguns ovos para Aleksy e Emilia. Isso havia se tornado uma parte normal da minha rotina — eu os visitava para almoçar uma vez por semana e, em retribuição, mamãe sempre me dizia que levasse um pouco de comida. Isso parecia um arranjo estranho a meu ver, visto que Aleksy era rico e nós éramos pobres, mas ela era uma tradicionalista e sempre pareceu completamente admirada que um *homem* conseguisse providenciar comida para si e sua filha.

Naquele dia, papai e eu fomos de carroça até a cidade, para a loja de suprimentos. Ele entrou para fechar seus negócios e eu andei os três quarteirões até a clínica médica para entregar a cesta de alimentos à secretária de Aleksy. Sabia que papai demoraria um pouco, então voltei bem devagar para lá.

Enquanto caminhava, sonhava acordada com Tomasz. No ano que passara em Varsóvia, entramos em uma rotina sólida de nos revezarmos para escrever cartas, e ele esteve em casa por duas semanas deliciosas durante as férias do meio do ano. Naquele dia em particular, era minha vez de mandar mensagem e estava pensando no que poderia dizer, tão perdida em pensamentos que me assustei quando enfim me aproximei da loja e ouvi o meu pai gritando lá dentro. Espiei pelas portas com certa ansiedade e descobri que estava em uma discussão acalorada com Jan Golaszewski, nosso vizinho ao nordeste, pai da namorada de Filipe, Justyna. Nesse momento, Justyna saiu correndo da loja, me encarou com os olhos arregalados e me abraçou.

— O que há? — perguntei, mas as palavras escaparam como um murmúrio porque eu já suspeitava da resposta.

— Oh, meu pai está culpando os judeus por tudo, e seu pai os está defendendo. — O murmúrio cansado de Justyna correspondeu ao meu e ela deu de ombros. — A mesma velha discussão de sempre, só que mais acalorada hoje por causa do aumento do contingente.

— Aumento do contingente? — repeti, confusa. Justyna avaliou-me com o olhar, então agarrou meu cotovelo e me puxou para perto.

— O aumento do contingente na fronteira — sussurrou, como se estivéssemos compartilhando uma fofoca escandalosa. — É claro que você sabe, não é? É por isso que todo mundo está estocando.

— Não sei do que você está falando — admiti, e em sussurros apressados antes que meu pai voltasse, Justyna declarou:

— O exército de Hitler estava vindo atrás de nós; uma invasão agora parecia inevitável. Não acredito que seus pais não avisaram você.

— Eles me tratam como se eu fosse um bebê — gemi, balançando a cabeça. — Acham que precisam proteger sua frágil florzinha de coisas que possam me aborrecer.

Eu sabia o suficiente sobre a situação com o regime nazista a ponto de ficar nervosa, mas também fiquei bastante confusa com a notícia. Eles vêm atrás de *nós*? O que poderiam querer? Justyna sugeriu uma resposta antes mesmo de eu fazer a pergunta.

— Meu pai diz que são os judeus, que se não tivéssemos tantos deles neste país, Hitler nos deixaria em paz. Você sabe como ele é, Alina. Meu pai culpa os judeus por *tudo*. E você sabe como o seu pai é…

— Um polonês é um polonês — sussurrei entorpecida, repetindo as palavras de modo automático antes de me concentrar na minha amiga. — Mas Justyna, você tem certeza? Estamos mesmo prestes a ir para a guerra?

— Oh, não se preocupe — disse, dando-me um sorriso confiante. — Todos estão dizendo que os nazistas mal têm munição e que o exército polonês os derrotará bem rápido. Meu pai tem certeza de que tudo estará acabado em algumas semanas.

A partir daí, porém, vi tudo de forma diferente — pela primeira vez, entendi a atividade há pouco frenética de meus pais e irmãos, e assim também entendi sua insistência desconcertante em preservar alimentos perfeitamente bons antes mesmo de ser necessário fazê-lo. Mesmo enquanto meu pai conduzia a carroça de volta para a nossa casa, percebi que as estradas movimentadas de forma incomum não eram um sinal de que os habitantes da cidade estavam aproveitando ao máximo o tempo quente — em vez disso, as pessoas tomavam providências. Todo mundo estava agindo de um modo diferente — todo mundo estava correndo para algum lugar. Alguns se dirigiam para Varsóvia ou Cracóvia, como se uma cidade maior lhes desse abrigo. Outros estavam preparando suas casas para parentes que vinham de lá, porque muitos concluíram que o campo ofereceria um refúgio. Ninguém parecia saber *o que* fazer, mas nosso espírito nacional não era afeito a ficar quieto e esperar a catástrofe, por este motivo, em vez disso, as pessoas se mantiveram ativas. Com o olhar iluminado por nova percepção, parecia-me que as pessoas da minha cidade corriam como formigas antes de uma tempestade.

— É verdade? Sobre uma invasão?

— Você não precisa se preocupar com isso — disse papai com voz rouca. — Quando você precisar, sua mãe e eu avisaremos.

Sentei-me naquela noite e escrevi uma carta para Tomasz muito diferente daquela que estivera planejando. Na página inteira de texto, simplesmente implorei que voltasse para casa.

Não tente ser corajoso, Tomasz. Não espere
pelo perigo. Apenas volte para casa e fique seguro.

Não tenho certeza agora por que pensei que "casa" seria um lugar seguro para qualquer um de nós, dada a nossa proximidade com a fronteira, mas, de qualquer modo, Tomasz não voltou. Na verdade, as coisas se desintegraram tão depressa que, se ele me enviou uma resposta a essa carta, ela nunca chegou. Parecia que a vida que eu conhecia desapareceu durante a noite.

Em 1º de setembro de 1939, fui despertada das profundezas do sono pelo barulho da janela do meu quarto chacoalhando em sua moldura. Não reconheci o som de aviões se aproximando no início. Eu nem percebi que estávamos em perigo até que ouvi meu pai gritando do aposento ao meu lado.

— Acordem! Precisamos ir para o celeiro — gritou, a voz pesada de sono.

— O que está acontecendo?! — respondi, enquanto afastava minhas cobertas e deslizava para fora da cama.

Eu tinha acabado de abrir a porta do meu quarto quando a primeira de muitas explosões soou a distância, e as janelas chacoalharam novamente, desta vez com violência. Estava escuro em nossa pequena casa, mas quando mamãe abriu a porta da frente, a luz da lua inundou tudo e vi meus irmãos correndo em sua direção. Eu sabia que precisava correr, mas meus pés não se moviam — talvez ainda estivesse meio adormecida, ou talvez por que o momento se parecia tanto com um terrível pesadelo que não consegui convencer o meu corpo a *agir*. Filipe chegara até a porta da frente quando me notou, e atravessou a pequena sala para pegar minha mão.

— O que está acontecendo? — perguntei, enquanto ele me arrastava em direção ao celeiro.

— Os nazis estão lançando bombas de aviões — disse-me com gravidade. — Estamos prontos e temos um plano, Alina. Basta fazer o que o papai diz e ficaremos bem.

Ele me empurrou para dentro do celeiro atrás de Stanislaw, papai e mamãe e, assim que entramos, papai fechou a pesada porta atrás de nós. O sangue trovejou pelo meu corpo em resposta à escuridão repentina — mas, depois, ouvi o rangido das dobradiças quando o alçapão no chão foi aberto.

— O porão, não — protestei. — Por favor, mamãe...

O braço de Filipe desceu sobre os meus ombros e ele me empurrou em direção à abertura, então minha mãe agarrou o meu punho e me puxou para baixo. Seus dedos cravaram na pele do meu braço e eu me afastei incisiva, tentando dar um passo para trás.

— Não — protestei. — Mamãe, Filipe, vocês sabem que eu não posso descer aí...

— Alina — disse Filipe com urgência. — O que é mais assustador? A escuridão ou uma bomba caindo na sua cabeça?

Eu os deixei me arrastar para a escuridão sufocante. Enquanto afundava no espaço apertado, o som dos meus batimentos cardíacos parecia estranhamente alto. Arrastei-me pelo chão de terra para encontrar um canto e, em seguida, passei os braços em volta dos joelhos. Quando a próxima rodada de estrondos começou a ecoar, gritei sem perceber a cada um. Logo eu estava em posição fetal contra o chão de terra, com as mãos nos ouvidos. Uma explosão demasiado forte abalou todo o porão e, enquanto a poeira caía sobre nós, eu me peguei soluçando de medo.

— Essa foi em nossa casa? — engasguei, em um momento de silêncio.

— Não — meu pai respondeu, num tom de gentil repreensão. — Saberemos se a casa for destruída. É Trzebinia, talvez estejam bombardeando a linha férrea... talvez os prédios industriais. Não há razão para destruírem nossas casas. Provavelmente, estamos seguros, mas vamos nos esconder aqui até que acabe, só para termos certeza.

Filipe e Stanislaw mudaram de posição para se sentarem perto de mim, um de cada lado, e então o porão foi mais uma vez preenchido com um silêncio opressivo, enquanto todos nós esperávamos pela próxima explosão. Em vez disso, fomos surpreendidos por um som mais bem-vindo.

— Olá? — Uma voz distante e abafada chamou. — Mamãe? Papai?

Mamãe gritou de alegria, abriu o alçapão e depois subiu para ajudar minha irmã Truda e seu marido, Mateusz, a entrarem no porão. Para meu imenso alívio, papai acendeu uma lamparina a óleo para ajudá-los a enxergar o caminho. Assim que estávamos todos em segurança novamente, mamãe e Truda se abraçaram.

— O que fazemos agora? — perguntei sem fôlego. Todos se viraram para olhar para mim.

— Nós esperamos — mamãe murmurou. — E oramos.

***

Passamos grande parte daquele primeiro dia amontoados, escondidos no porão sob o celeiro. Os aviões vinham e iam e depois tornavam a voltar. Mais tarde, soubemos que várias centenas de bombas foram lançadas em nossa região durante aquelas longas horas que passamos escondidos. O bombardeio foi esporádico, imprevisível e violento. Da minha posição, as explosões próximas e distantes e ao nosso redor soavam como se o fim do mundo estivesse acontecendo do lado de fora do nosso celeiro.

A maioria das pessoas não tem ideia de como é, de fato, o terror prolongado. Eu também não sabia até aquele dia. Naquela escuridão terrível, suei por horas e horas e horas com a certeza de que a *qualquer segundo* uma bomba cairia sobre nós, que a *qualquer segundo* o porão desabaria, que a *qualquer segundo* um homem com uma arma apareceria na porta para tirar minha vida. Eu não me sentia confortável em espaços confinados, mesmo em situações normais, mas então senti um medo profundo que jamais soubera ser possível. Vivi minha morte naquele dia, repetidas vezes em minha mente. Uma ansiedade extrema como essa não obedece às leis normais da emoção; não se cansa, não desaparece, você nunca se acostuma. Estava tão petrificada após oito horas de ataques aéreos quanto estava quando começaram, até estar por completo convencida de que o único fim para o medo seria o fim da própria vida.

Houve um intervalo prolongado no bombardeio no início da tarde. Não ousamos suspirar de alívio no início, porque aconteceram pausas também no começo do dia, mas não duraram muito. Desta vez, longos minutos se passaram e, depois de um tempo, até mesmo o som dos motores dos aviões diminuiu até desaparecerem num silêncio abençoado.

Filipe estava desesperado para correr até a casa ao lado para ver Justyna e a sua família. Eram apenas algumas centenas de metros — ele nos garantiu que se esconderia na linha das árvores ao longo da floresta e estaria de volta em menos de meia hora. Mamãe e papai resmungaram, mas acabaram permitindo que ele fosse e, de modo previsível, assim que a permissão foi concedida, Stanislaw decidiu que também iria.

O restante de nós subiu até a porta do celeiro para tomar um pouco de ar fresco e, com o céu ainda claro, permanecemos lá até que os gêmeos voltassem. Papai e Mateusz sentaram-se; mamãe, Truda e eu nos sentamos em fila atrás deles. Truda e mamãe conversaram baixinho enquanto esperávamos, mas eu fiquei sentada em silêncio, a boca seca demais para conversa-fiada.

Como prometido, meus irmãos ficaram ausentes por menos de meia hora, mas voltaram visivelmente abalados e, a princípio, pensei que tivessem descoberto o pior. Eles se juntaram a nós no celeiro, sentados com as costas apoiadas nas ombreiras da porta, um de cada lado do papai e de Mateusz. Havia boas notícias — a família Golaszewski estava bem e, como nós, fisicamente ilesa. Mas Jan tinha ido até Trzebinia durante o último breve intervalo entre os bombardeios. Ele viu moradores andando pelas ruas chorando pela perda de familiares, crianças com ferimentos tão graves que Filipe não suportava repetir os detalhes, e dezenas de casas pegando fogo.

Durante minhas horas no porão, estive tão consumida pela ansiedade que minha própria segurança monopolizou meus pensamentos, mas quando meu irmão relatou as descobertas de Jan, outro medo surgiu. Eu estava processando rapidamente as implicações do que uma Trzebinia seriamente danificada poderia significar e o risco para Aleksy e Emilia. A clínica médica ficava perto da praça da cidade — bem onde as casas eram mais adensadas. E se eles estivessem mortos, isso significaria que, em breve, Tomasz voltaria e *não* haveria família esperando por ele. De repente, todos os caminhos levavam ao impacto desse potencial desenvolvimento em Tomasz.

— Aleksy — gemi. Todos se viraram para olhar para mim e eu vi a tristeza em seus olhos. — Aleksy e Emilia têm de estar bem. Eles *têm* de estar.

— Se Aleksy estiver bem, ele cuidará dos feridos... — murmurou mamãe. Eu podia imaginar isso: ele escondendo-se durante o bombardeio, depois emergindo para ajudar os feridos, mas se isso fosse verdade, quem estaria confortando e protegendo Emilia? Eu vinha enfrentando os bombardeios cercada por toda a minha família, e ainda era a experiência mais assustadora da minha vida. Ela tinha sete anos, e com Tomasz longe, só tinha o pai, então, se ele estava ocupado ou até mesmo ferido...

— Temos que pegar Emilia! — falei num rompante, e Filipe suspirou impaciente.

— *Como?* Quem sabe quando os aviões vão voltar?

— Mas se Aleksy está ocupado ajudando as pessoas, quem estará ao seu lado? Ela pode estar sozinha! Por favor, papai. Por favor, mamãe, temos que fazer alguma coisa!

— Não há nada que possamos fazer, Alina — meu pai disse com brandura. — Sinto muito. O que tiver que ser, será.

— Vamos orar — determinou mamãe. — É tudo o que podemos fazer.

— Não — balancei a cabeça ferozmente. — Você deve ir buscá-la, papai. Você *deve*. Ela é um bebê... sozinha no mundo. Ela também é minha família! *Por favor*.

— Alina! — Truda gemeu. — Você está pedindo o impossível. Não é seguro para ninguém entrar na cidade.

Eu não podia deixar o assunto morrer, nem mesmo quando os apelos de meus pais por silêncio tornaram-se uma forte exigência para que eu abandonasse o assunto. Quando comecei a chorar e ameacei fazer o trajeto eu mesma, Filipe levantou-se do chão e tirou o pó da calça. Mamãe gemeu.

— Não seja tolo, Filipe! Você já desafiou o destino uma vez...

— Alina está certa, mamãe. Não seremos piores do que os nazistas se deixarmos aquela garotinha se virar sozinha enquanto o seu pai trabalha para salvar vidas?

— Se ainda estiver *viva*, Filipe. Você pode chegar à cidade e descobrir que eles já se foram — disse papai em voz baixa.

— Pai! Não *diga* uma coisa dessas! — exclamei horrorizada.

— Eu também vou — suspirou Stani.

— Acho que também devo ir — disse Mateusz com calma. Foi a vez de Truda abrir a boca de indignação, até que ele acrescentou suavemente: — Vou verificar nossa casa enquanto estamos a caminho da clínica. Os meninos e eu vamos nos mover rápido e teremos cuidado. Podemos voltar de imediato se ouvirmos os aviões retornando... vocês sabem que levamos apenas dez minutos para chegar aqui ontem.

Minha mãe praguejou com fúria e jogou as mãos para o alto.

— Vocês estão tentando me matar, meninos! Já desafiaram o destino uma vez e sobreviveram. Agora estão apenas tentando fazer meu coração parar de bater de medo!

— Mamãe, estamos apenas fazendo o que você nos criou para fazer — Filipe disse com ar severo. — Estamos *tentando* fazer a coisa certa.

— Mas e se o bombardeio começar de novo...

— Faustina — disse Mateusz com mais firmeza agora. — Você ouviu as explosões, assim como eu. Elas estão vindo de todas as direções, até mesmo do Oeste, onde não há nada além de casas de fazenda; os aviões *não* estão apenas mirando a cidade. Não estamos mais seguros aqui do que na cidade.

Não houve discussão contra isso, e eles partiram logo depois — embora meu pai os tenha instruído a correr até a colina e se esconder na floresta por alguns minutos para ter certeza de que não havia mais aviões no horizonte antes que se expusessem na clareira do outro lado. Assim que os homens mais jovens foram embora, minha irmã e meus pais fixaram olhares acusadores em mim e me senti corando.

De repente, um tanto tarde, ocorreu-me que eu havia convencido os meus próprios irmãos e meu cunhado a arriscarem suas vidas, tudo na esperança de poder salvar *Tomasz* da dor. Mas eu amava Emilia e Aleksy e temia, de fato, por sua segurança. Eu não me arrependi de tê-los convencido a ir ver como eles estavam — estava morrendo de medo de ter acabado de ser responsável por uma perda inimaginável. Tentei me explicar aos demais membros da minha família.

— Eu só…

— É melhor não falar mais nada até que eles voltem — Truda me interrompeu com precisão. — Fique sentada aí, Alina Dziak, e concentre suas energias em orar para que não tenha simplesmente matado nossos irmãos e meu marido.

Foi apenas o que eu fiz. Na primeira vez que meus irmãos deixaram o porão, os minutos se arrastaram, mas esse era um novo nível de tortura. No fim, o silêncio foi cortado por um som diferente: o de uma criança chorando. Todos saímos correndo do celeiro e avistamos os gêmeos descendo a colina lado a lado, Mateusz logo atrás com Emilia no colo. Ela estava soluçando alto e inconsolavelmente.

— Oh, *babisu*! — minha irmã exclamou e correu para o lado do marido. Com delicadeza, ele passou Emilia para os braços de Truda, que de pronto começou a consolar a menina. — Shhh, está tudo bem, pequenina. Você vai ficar bem agora. — Uma vez que estavam todos abrigados no celeiro, minha mãe foi para perto de Truda e passou a mão gentilmente pela bochecha de Emilia; então, ergueu as vistas para mim. Mamãe estava de fato muito triste, mas também pensativa ao me encarar.

Fui logo distraída do seu olhar para os soluços contínuos de Emilia. Voltei minha atenção para meus irmãos e Filipe balançou a cabeça com pressa.

— Aleksy está bem. A clínica também está bem, fora algumas janelas quebradas.

— Mas há pessoas feridas na casa... e pior... uma fila de outras esperando por ajuda ao longo da rua. — Mateusz aproximou-se de mim e falou com muito cuidado, seu tom de voz baixo e suave. — Emilia viu uma das suas amigas da escola ferida... correu e escondeu-se num armário. Aleksy disse que os feridos têm ido à sua casa desde o início do bombardeio e não teve tempo para confortá-la. Ele ficou muito grato: perguntou se poderíamos ficar com ela até que as coisas estivessem mais seguras. Pode demorar alguns dias.

— Claro que podemos — mamãe murmurou baixinho. Ela pegou Emilia de Truda, amparou-a por um momento, e depois passou a menina para mim. Truda e Mateusz se abraçaram e minha mãe começou a encher meus irmãos de beijos por todo o rosto. — Vocês são corajosos demais para o seu próprio bem.

Emilia colocou os braços em volta do meu pescoço. Ela pressionou a face molhada de lágrimas contra o meu ombro. Seu corpo inteiro tremia e ela respirava ruidosamente entre os soluços.

— Alina, o barulho estava tão alto... caiu uma bomba na loja do sr. Erikson, nossa casa sacudiu e o vidro quebrou...

— Eu sei...

— E Maja, minha colega da escola, estava dormindo e sua mãe gritava e o meu pai não conseguia acordá-la e eu não entendo por que havia tanto sangue em seu rosto. Por que havia tanto sangue?

— Acalme-se, agora — murmurou mamãe. Truda aproximou-se de mim, seu olhar preocupado fixo em Emilia. Ela deslizou o braço em volta dos meus ombros e com gentileza me puxou para o chão, acomodando-se ao meu lado. Ajeitei-a em nosso colo e, enquanto acariciava suas costas, Truda começou a cantar. Mamãe sentou-se à nossa frente, observando de perto.

— Apenas descanse, pequenina — mamãe disse com ternura. — Você está segura agora.

— Mas, e quanto ao Tomasz? — queixou-se, sua vozinha fraca e ainda irregular. — Ele está sozinho em Varsóvia. O que vai acontecer com o meu irmão?

Ninguém disse nada e eu fiquei tensa, então apressei-me em confortá-la. Ou talvez eu estivesse tentando me consolar.

— Varsóvia é *tão* longe — disse com firmeza. — Os aviões provavelmente nem conseguem voar tão longe. É melhor que não esteja aqui, Emilia. Ele certamente estará mais seguro lá.

***

Ao longo dos dias que se seguiram, nós nos revezamos aglomerados em torno do rádio de papai para ouvir as atualizações das notícias. Seu aparelho era um rádio de galena que os gêmeos haviam construído alguns anos antes, e isso significava que apenas uma pessoa por vez poderia ouvir nos minúsculos fones de ouvido. Disputei a minha vez como todo mundo, mas sempre me arrependi dos momentos que passei no rádio, porque as notícias nunca eram reconfortantes. Cidades inteiras estavam sendo destruídas, mas as pequenas histórias doíam mais. Ouvimos histórias intermináveis de fazendeiros alvejados em seus campos por metralhadoras em aviões e até mesmo um relato horrível sobre um avô que estava colhendo seus últimos vegetais quando um piloto jogou uma bomba bem sobre ele. Essa situação disse muito para mim sobre o poderio dos invasores e a forma como nosso país estava desarmado — éramos apenas camponeses fincados na terra, totalmente indefesos contra explosivos maciços lançados de máquinas de guerra aerotransportadas por pilotos cheios de um ódio incomensurável.

Poucos dias após o bombardeio, havia tropas nazistas em nosso distrito, porque as defesas do exército local foram vencidas depressa. Depois parou, mas ainda havia mais aviões, só que agora voavam sobre nós, mas não voltavam e, de certa forma, isso era até pior. Logo, caminhões começaram a chegar, zunindo pela cidade, ainda sem parar, mas carregando a funesta promessa, apenas pela presença deles, de que um dia, em breve, tudo que permanecera intacto após o bombardeio seria destruído do mesmo jeito. Os homens da minha família fizeram outra viagem à cidade e voltaram carrancudos.

— Tem avisos pendurados em todos os lugares — murmurou papai.

— Há uma reunião municipal amanhã ao meio-dia, e todos devemos comparecer. — Mateusz desviou o olhar para Truda. — Devemos ir para casa esta noite, meu amor. Talvez, se estivermos em casa, possamos protegê-la.

— Protegê-la dos nazistas? — ela perguntou, um tanto incrédula. — Com o quê? Nossas próprias mãos?

— Uma casa vazia na cidade é vulnerável, Truda — respondeu. — Além disso, os nazistas violaram a *fronteira* nacional. Você acha que aquela pequena colina vai contê-los? Agora que o bombardeio cessou, não estamos mais seguros aqui do que estaremos lá.

— Você viu o meu pai? — perguntou Emilia. Sua voz era muito baixa. Ela parecia estar encolhendo com o passar das horas, apesar da grande atenção que minha irmã, minha mãe e eu lhe dávamos. Mateusz e papai menearam a cabeça.

— Seu pai ainda está muito ocupado ajudando as pessoas, mas está bem — mamãe disse abruptamente. — Alina, distraia a criança. Deixe os adultos falarem.

Retirei-me com ela para o meu quarto e nos sentamos no sofá. Tentei brincar de um dos jogos de matemática de que Emilia tanto gostava, ao mesmo tempo em que me esforçava para escutar a conversa na parte principal da casa.

— Tudo vai ficar bem, não é, Alina? — Emilia perguntou-me de repente. Ela parecia apavorada, seus enormes olhos verdes arregalados, emoldurados pelo rosto pálido.

Eu me forcei a sorrir.

— Claro, irmãzinha. Tudo vai ficar bem.

***

Depois de uma noite sem dormir, seguimos para a praça da cidade a pé. Caminhamos ao longo da estrada em vez de irmos pela floresta e subir a colina — o caminho significava uma viagem mais longa, mas parecia que nenhum de nós estava com pressa para chegar ao nosso destino.

Quando chegamos, uma multidão já estava reunida na praça, aguardando em um silêncio grave e assustador. Quando nos juntamos ao grupo, eu me coloquei entre os meus pais, como se pudessem me proteger da gravidade de tudo isso. Stanislaw nos deixou para ficar com Irene, a garota que estava cortejando. Filipe foi procurar Justyna. Truda e Mateusz também estavam lá, mas, para minha surpresa, optaram por ficar com a esposa do prefeito e seus filhos. Examinei o meu entorno na multidão reunida, identificando cada um dos casais, e senti pontadas gêmeas de inveja e de medo. Queria tanto que Tomasz estivesse lá comigo. Tinha certeza de que tudo pareceria menos desconcertante se ao menos minha mão estivesse na dele. Em vez disso, eu segurava a mão de sua irmã mais nova, enquanto procurava Aleksy. Ele era alto como Tomasz, por isso, eu tinha certeza de que o encontraria mais cedo ou mais tarde, e então poderia apontá-lo para confortar Emilia.

Eu me sentia desconectada de tudo — em um lugar que eu conhecia tão bem e num dia ensolarado que deveria ser lindo, só que nada *parecia* lindo —, nada mais parecia familiar. Havia estranhos entre nós e, de alguma forma, eles agora estavam no comando; e esse exato fato distorceu por completo a paisagem que eu conhecia como meu lar. Aqueles homens pareciam estátuas em seus uniformes austeros e impecavelmente passados, com o improvável toque de vermelho ao redor da braçadeira, a suástica que usavam com orgulho. Ocorreu-me que o uniforme nazista de algum modo removia sua humanidade, drenava sua singularidade — e os deixava como uma força unificada solidária, como uma parede sólida invadindo nosso espaço. Nem mesmo eram homens — eram componentes individuais de uma máquina que viera para destruir.

O comandante gritou para nós na praça, apenas em alemão. No começo, prestei atenção apenas no tom de sua voz — o desdém, a agressividade, a autoridade —, mas cada palavra acentuou o aperto no meu coração, provocado pelo medo. Eu simplesmente não aguentava não saber o que ele estava dizendo, ou mesmo entender por que não teve a simples *cortesia* de falar conosco em nossa língua nativa. Depois de um tempo, virei para mamãe e sussurrei:

— O que ele está dizendo?

A resposta de minha mãe foi apenas uma ordem impaciente para eu me calar, mas logo vi seus olhos se arregalarem e, pela primeira vez, vi o medo cruzar seu rosto. Segui seu olhar até o canto da praça, onde ainda mais soldados empurravam dois "prisioneiros" para o centro de todos nós, com as mãos amarradas nas costas. Examinei seus rostos e senti um golpe de choque quando os reconheci — nosso prefeito estava atrás, mas, bem na frente, olhando para a multidão, sem medo ou hesitação, estava Aleksy.

Refletindo agora, suspeito que um homem brilhante como Aleksy possa ter entendido qual era seu destino, mas entrou na praça da cidade com a cabeça erguida. Depois de escanear a multidão, seu olhar pousou em Emilia, e ele sorriu para ela como se quisesse tranquilizá-la. Eu a puxei para ficar na minha frente e passei meus braços ao seu redor por trás. Ela estava rígida em meus braços, talvez tão confusa quanto eu. *Por que Aleksy está com problemas? Ele nunca fez uma coisa errada em toda a sua vida.* Aleksy ergueu seu sorriso para mim, e quando nossos olhos se encontraram, ele acenou com a cabeça uma vez. Ele parecia calmo, quase sereno. É por isso que pensei por alguns instantes que tudo ficaria bem, porque Aleksy era o homem mais sábio da cidade, então, se ele não estava preocupado, por que eu deveria estar?

Mas logo o comandante agarrou o braço de Aleksy e o empurrou com força para o chão — e como seus braços estavam amarrados atrás de suas costas, seu rosto bateu desprotegido no paralelepípedo de granito que calçava a praça. Antes que ele pudesse se recuperar, outro soldado deslizou a mão no cabelo de Alcksy e o puxou até colocá-lo de joelhos. Com isso, Aleksy não conseguiu conter um grito de dor, e fiz tudo o que pude para não gritar em protesto também.

Mamãe agarrou o meu braço e, quando me virei para ela, seu olhar estava fixo em Emilia.

— Cubra os olhos da menina — ela disse categoricamente.

— Mas por que eles... — eu disse, enquanto minhas mãos se erguiam em direção ao rosto de Emilia. Ouvi o *clique* da arma sendo engatilhada e ergui os olhos.

A morte de Aleksy foi de certa forma muito *simples* e rápida para ser real, um único tiro na parte de trás de sua cabeça, e então ele se foi. Eu queria protestar — com certeza uma vida tão importante não poderia terminar *assim*, sem dignidade, propósito ou honra. Mas os soldados jogaram seu corpo para o lado como se não fosse nada e, em seguida, executaram o prefeito da mesma forma. Fiquei tonta com o choque de tudo isso, era demais para processar na hora. Meus próprios olhos deveriam estar mentindo para mim porque o que eu estava vendo era totalmente ilógico.

Aleksy Slaski era um bom homem, mas as mesmas coisas que o tornavam tão central em nossa cidade — sua inteligência, seu treinamento, sua habilidade natural de liderar — também o tornavam um alvo imediato. Desestabilizar um grupo de pessoas não é nada difícil, não se você estiver disposto a ser cruel o suficiente. Você apenas derruba os alicerces e uma consequência natural é que o restante começa a ruir. Os nazistas sabiam — e é por isso que uma de suas primeiras táticas na Polônia foi executar ou prender aqueles que provavelmente liderariam qualquer levante contra eles. Aleksy e nosso prefeito estavam entre os primeiros de quase cem mil líderes e acadêmicos poloneses que seriam executados pelo programa *Intelligenzaktion* durante os primeiros dias da invasão.

O choque passou muito cedo para Emilia, que começou a gritar a plenos pulmões. Um soldado perto de nós apontou sua arma para ela, e eu fiz a coisa mais corajosa e estúpida que já ousei na minha vida, pelo menos até aquele ponto. Coloquei-me na frente dela e implorei ao guarda:

— Por favor, senhor, por favor. Minha irmã está angustiada. Por favor, vou confortá-la.

E de imediato me virei — nem mesmo esperando sua resposta. Fiquei tensa, esperando a dor lancinante de uma bala nas minhas próprias costas, mas, mesmo enquanto fazia isso, olhei nos olhos de Emilia e pressionei a palma da mão *com força* sobre sua boca. Seus olhos estavam desvairados pelo choque e tristeza, mas eu pressionei com tanta força que ela estava lutando para respirar pelo nariz agora bloqueado. As lágrimas escorreram por seu rostinho, e quando percebi que *não* estava prestes a levar um tiro e Emilia enfim ficou quieta, abaixei-me e sussurrei:

— Você pode ficar em silêncio, irmãzinha? É muito importante.

Seus olhinhos verdes ainda estavam vidrados. Ela fez que sim com a cabeça, um movimento quase imperceptível que captei, mas não confiei inteiramente. Ainda assim, afrouxei a pressão da minha mão sobre sua boca e ela respirou fundo, mas não gritou. A multidão começou a se dispersar, mas Emilia estava catatônica — seus olhos fixos no corpo de seu pai, amassado sozinho contra a pedra do outro lado da praça. Deslizei meu braço em volta dos ombros dela e a forcei a se virar para os meus pais.

— Não podemos levá-la, não de forma permanente — minha mãe sussurrou com determinação. — Somos muito velhos e muito pobres e você é muito jovem e está sozinha. A ocupação será difícil e simplesmente não sabemos como... — Sua voz falhou, e o olhar de mamãe se desviou para o rosto de Emilia, ela olhou para mim, por um momento bem abalada. Mas ergueu o queixo e endureceu ao dizer: — Sinto muito, Alina. Mas você *deve* encontrar outra pessoa.

— Eu sei — respondi com pesar.

— Depois venha direto para casa. Não é hora de ficar vagando pela cidade sozinha, está me ouvindo?

Sendo franca, eu não conseguia *acreditar* que eles iriam me deixar sozinha na cidade depois do que tínhamos acabado de testemunhar, por isso fiz um protesto movida pelo choque.

— Mas, mamãe, com certeza você ou papai vão ficar e ajudar...

— Temos um trabalho que precisa ser feito em casa. *Não posso* esperar — disse. Não ousei protestar mais, porque ela estava obviamente determinada. Procurei meus irmãos, mas os dois já tinham ido embora com as namoradas, e logo mamãe foi também, arrastando papai, bastante relutante, atrás dela.

Olhei para a multidão que se dispersava enquanto aprendia pela primeira vez como é forçar o bem-estar de outra pessoa a uma prioridade mais alta do que seu próprio instinto de segurança. Eu queria desmoronar e soluçar, ou, melhor ainda, correr atrás de meus pais como a criança assustada que eles sabiam que eu era. Em vez disso, passei o braço em volta dos ombros de Emilia e, juntas, começamos a andar.

— Alina — disse Emilia com voz rouca, quando estávamos a alguma distância da praça.

— Sim, irmãzinha?

— Meu pai — seus dentes começaram a bater. — Meu pai se foi. O homem colocou a arma na cabeça dele e...

— Ele se foi, mas você, minha querida menina, ainda está aqui — interrompi-a. — E não deve ter medo, Emilia. Porque vou encontrar um meio de mantê-la segura até o retorno de Tomasz.

CAPÍTULO 5

Alina

Enquanto Emilia e eu saíamos da praça, percebi com o coração pesado que se mamãe não estava disposta a aceitar a menina, havia apenas uma outra opção. Havia outras famílias na cidade que poderiam acomodá-la — mas nenhuma em quem confiasse o suficiente para cuidar dela do jeito que merecia.

Truda era muito parecida com a mamãe — boa, embora, às vezes, um tanto rude —, mas Mateusz era mais gentil, bastante alegre e jovial, e havia herdado uma fábrica de tecidos do pai, o que lhe dava condições de proporcionar à minha irmã uma vida muito confortável. Eles moravam em uma casa grande na melhor rua da cidade e até tinham luz elétrica, coisa da qual eu tinha bastante inveja, porque ainda lidávamos com lamparinas. Eu sabia que Truda e Mateusz queriam ter filhos, mas, mesmo depois de anos de casamento, ela ainda não engravidara.

Eles tinham os recursos e o espaço para dar a Emilia uma família instantânea, mas estava receosa de pedir isso a eles. Truda era oito anos mais velha do que eu e nem éramos próximas.

De fato não havia alternativa, não importa o quanto eu quebrasse a cabeça em busca de uma solução, por isso andei o punhado de quarteirões da praça até a casa de Truda com uma chorosa Emilia no colo. Viramos em sua bela rua — uma viela estreita de paralelepípedos ladeada por castanheiros maduros. O bairro estava repleto de sobrados de dois andares e canteiros de flores desabrochavam ao longo de toda a calçada.

Muitas casas ali tinham carros — ainda uma novidade para mim na época — e foi a primeira rua da cidade a ter eletricidade. Talvez, com casas tão grandes e uma rua tão curta, aquele trecho pudesse parecer apertado, só que desembocava em um enorme parque no fim. O parque era um paraíso de relva verde e macia e ainda mais castanheiros, um espaço centrado por um imenso lago quadrado onde patos nadavam e crianças brincavam no verão.

Achei que minha irmã viria logo dali, mas o tempo foi passando e comecei a me preocupar com a possibilidade de ela ter voltado com meus pais. Emilia e eu sentamos nos degraus da casa de Truda e vimos uma multidão entrar em fila na casa do outro lado da rua. Foi quando percebi a razão de Truda e Mateusz estarem com a esposa do prefeito na praça — eles eram vizinhos. Minha irmã com certeza estaria naquela casa — consolando a viúva enlutada e sua grande prole. Eu mesma não me atreveria a ir lá — então, tudo que pude fazer foi ficar sentada com Emilia e esperar. Ela chorava sem parar, e às vezes tremia tanto que eu precisava pressioná-la contra o peito para acalmá-la.

— Seja corajosa, Emilia — falei a princípio, porque isso é o que imaginei que minha mãe ou Truda teriam dito se estivessem lá, mas parecia um pedido tão cruel... Depois, não disse mais nada; em vez disso, chorei com ela até as mangas do meu vestido ficarem encharcadas com as nossas lágrimas.

Quando Truda enfim apareceu na calçada, parou de súbito e contemplou o espetáculo à sua frente. Respirei fundo e me preparei para despejar o discurso de vendedor que estava planejando em minha mente, mas Truda com rapidez retomou seu caminho em direção à varanda. Seus passos eram mais velozes agora, trazia o queixo erguido e o olhar determinado. Por um momento, temi que fosse nos mandar embora, especialmente quando nos contornou e abriu a porta da frente.

— Venha, então, pequenina — disse da porta. — Vamos preparar sua cama.

— Vocês vão ficar com ela? — engasguei de espanto.

— É claro que vamos — pontuou Truda com firmeza. — Emilia é nossa filha agora. Não é, Mateusz?

Mateusz apenas se abaixou, pegou Emilia e a aninhou em seus braços como se fosse um bebê, assim como fez quando a resgatou da cidade, dois dias antes. Ela era muito velha e grande para ser carregada daquela maneira, mas acomodou-se no colo daquele homenzarrão mesmo assim.

— Você precisa que eu a leve para casa, Alina? — ele perguntou.

— Eu posso, mas vai precisar esperar até Emilia estar instalada. Ou pode sair agora e estará em casa antes de escurecer.

Emilia pressionava o rosto no ombro de Mateusz e colocara os braços em volta do pescoço dele, e de repente eu me senti como uma intrusa nos primeiros momentos daquela nova família que, de alguma forma, ajudei a criar. Balancei a cabeça e olhei mais uma vez para minha irmã.

— Obrigada — sussurrei, mas estava completamente dominada por gratidão e alívio. Um soluço escapou de meus lábios e eu disse novamente: — Obrigada.

Truda ficava, em geral, constrangida com minhas demonstrações abertas de emoção. Ela dispensou com um aceno de mão impaciente o meu agradecimento, mas seus olhos com avidez inebriaram-se com a visão de Emilia nos braços de seu marido.

— Vá para casa — disse Truda baixinho. — E tenha cuidado, por favor, Alina. Esta é a última vez que quero ver você vagando pela cidade sozinha. Não é mais seguro.

Corri todo o trajeto de volta, subi o caminho pela floresta até a colina e desci direto para a casa. Cheguei, já anoitecia e eu estava completamente exausta. Meus irmãos levavam os animais para o celeiro, e trocamos um olhar quando atravessei o portão. Os olhos de Filipe estavam vermelhos, como se ele tivesse chorado a tarde toda.

Ao abrir a porta, mamãe e papai estavam ambos de pé à mesa da sala de jantar, as mãos por baixo como se a estivessem movendo. Aquilo não fazia o menor sentido — nossos móveis sempre ficaram exatamente no mesmo lugar desde quando conseguia me lembrar. Eu me sacudi, como se alucinasse mais um acontecimento sem sentido em um dia que tinha sido surreal do pior tipo, mas a imagem não desapareceu.

— O que vocês estão fazendo? — perguntei num rompante. O olhar de mamãe se estreitou para mim.

— Não é da sua conta, menina. Para onde você a levou? — Seu tom era rígido, mas seu olhar era de preocupação.

— Truda — respondi, e mamãe acenou com a cabeça, satisfeita, se afastando da mesa em direção ao fogão de barrilete, onde uma panela de sopa fervia.

— Eu deveria ter dito para você fazer isso... estava em pânico... não pensei. Boa menina.

— O que o comandante disse hoje? — perguntei-lhe, e a suavidade desapareceu por completo quando olhou feio de volta para mim.

— Ele não é um *comandante* — retrucou com ênfase. — Nunca se refira a tais animais como se fossem humanos. Não dê a eles o poder ou o prestígio de títulos honrados. Os cretinos são invasores, nada mais.

— O que... o que o *invasor* disse? — perguntei debilmente, e mamãe me evitou.

— Você precisa de sopa. Você deve comer e se manter forte. Esses meses serão difíceis até que encontremos uma maneira de derrotá-los.

— Mamãe — implorei. — Eu preciso saber.

— Tudo que você precisa saber é o que viu hoje, Alina — papai interveio, num tom severo. — Eles não falaram muito mais além de botar banca e nos avisar que vão tomar a produção... eventualmente, planejam confiscar as fazendas e entregá-las a colonos alemães. Nada que sua mãe e eu já não esperássemos. Somos um povo duro, vamos superar isso e esperar o melhor.

— Tomar a *fazenda*? — Abri a boca, pasma.

— Seus planos são imensos... pouco práticos. Essa substituição não acontecerá da noite para o dia e, enquanto a fazenda continuar produtiva, talvez sejamos poupados.

— Mas o que acontecerá conosco se tomarem a fazenda? — engasguei. Mamãe estalou a língua e gesticulou em direção à mesa e às cadeiras.

— Chega, Alina. Não sabemos o que está por vir, nem mesmo quando. Tudo o que podemos fazer é tentar nos esforçar ao máximo para não chamar a atenção.

Eu não queria sopa. Não queria o chá quente que mamãe preparou. Eu *realmente* não queria a vodca que papai pressionou em minhas mãos e, às vezes, me obrigou a beber. Queria me sentir segura de novo — mas nosso lar fora violado, e Aleksy morrera a sangue-frio *bem na minha frente* e toda vez que eu fechava os olhos, via aquilo acontecer.

Naquela noite, deitei na minha cama e olhei pela janela. Nuvens dispersas pairavam baixas acima de nossa casa, observei a ligeira curva da lua quando aparecia nos espaços entre elas. Eu tinha tomado a vodca com muita relutância, mas uma vez que a queimação na minha garganta passou, senti-a afrouxar meus membros e minha mente, e finalmente parei de tremer e relaxei em minha cama. Por fim, deixei minha cabeça se voltar para Tomasz, e me perguntei como ele haveria de saber sobre o destino de Aleksy. O correio ainda funcionava? Poderia enviar uma carta para ele? *Deveria* enviar uma carta a ele?

E, então, da névoa de choque em minha mente, o pensamento mais aterrorizante de todos aos poucos aumentou e ficou mais alto, até consumir os demais por completo.

Tomasz estava em Varsóvia, estudando na universidade para se tornar um médico, assim como seu pai.

Aleksy acabara de ser morto por ser médico.

E se Tomasz também já estivesse morto?

Meu coração disparou e o tremor começou de novo. Sentei-me, abri minha gaveta de cima e, em seguida, vasculhei-a até encontrar a aliança lá no fundo. Eu a apertei com força na palma da mão — com tanta força que deixou uma impressão profunda na minha pele, que era exatamente o que eu queria.

Eu precisava que minhas esperanças me marcassem e que meus sonhos se tornassem parte do meu corpo, algo tangível que não pudesse ser perdido ou levado.

***

Após a brutalidade generalizada dos primeiros dias da ocupação, a atenção nazista logo passou a ter um foco mais restrito. Havia uma próspera comunidade judaica em Trzebinia e, à medida que as semanas se transformavam em meses, foi o povo judeu que suportou o peso da violência. Houve violência indiscriminada e roubo contra eles, tanto por parte dos nazistas quanto, para horror de meu pai, por gangues de moradores oportunistas que operavam com tranquilidade à luz do dia — sua missão era, pelo menos em parte, expressar solidariedade para com as forças de ocupação.

Quando soubemos que Jan Golaszewski tinha participado de uma gangue dessas, papai disse a Filipe e a mim que não tínhamos mais permissão para ver Justyna. Tive muito medo de desobedecer, mas meu irmão começou a fugir à noite para se encontrar com ela no campo. Um toque de recolher foi definido pelas forças nazistas e não deveríamos sair de casa depois de escurecer, por isso, quando Filipe se recusou a interromper suas viagens noturnas para ver seu amor, meu pai foi forçado a ceder.

— Justyna pode visitá-los aqui durante o dia, ou você pode encontrá-la nos limites entre as fazendas. Não é culpa dela que o pai seja quem é, mas eu não vou permitir que meus filhos entrem na casa daquele filho da mãe.

A situação em Trzebinia continuou a piorar. Os negócios e as casas dos judeus foram totalmente confiscados — famílias inteiras forçadas a se mudar para uma "área judaica" e enviadas para trabalhar para os invasores. Havia restrições para viagens e casamentos, e então ouvimos os primeiros rumores de amigos dentro da cidade sendo fuzilados, às vezes por tentarem fugir, mas muitas vezes sem nenhum motivo real. A opressão veio em ondas, cada uma mais determinada do que a anterior — estabelecendo uma nova linha de base do "normal" para os perplexos judeus na cidade e para aqueles de nós que assistiam de perto.

Minha família católica romana convivera lado a lado com os judeus em Trzebinia desde sempre — íamos à escola com seus filhos, vendíamos nossos produtos e contávamos com os produtos de suas lojas. Assim, à medida que o laço em volta do pescoço de "nossa" comunidade judaica começou a ficar mais forte, a pura impotência que o restante de nós sentia afetou a todos de maneiras diferentes. Mamãe e papai amaldiçoavam os invasores, mas reagiam quase violentamente a qualquer sugestão de que não éramos nada além de espectadores indefesos da tragédia que se desenrolava diante de nós. Eles estavam determinados e convencidos de que, se mantivéssemos nossas cabeças baixas, poderíamos ficar sob o radar e permanecer seguros. Mas Stanislaw e Filipe eram garotos de dezoito anos — bem no limite da idade adulta, inundados de testosterona e uma crença otimista de que a *justiça* era alcançável. Eles esperavam até que mamãe e papai estivessem fora do alcance da voz para então terem discussões intensas sobre os crescentes rumores de uma resistência. Os gêmeos trocavam sugestões de esperança, estimulando um ao outro, até que eu estivesse absolutamente apavorada que um, ou os dois, desaparecesse na noite e fosse morto.

— Não faça nada precipitado — implorava a Filipe sempre que podia. Ele era o mais sensível dos gêmeos; mamãe às vezes dizia que Stanislaw nascera um velho endurecido. Filipe era mais brando, muito menos arrogante e eu sabia que se pudesse convencê-lo a permanecer cauteloso, Stanislaw talvez o seguiria.

— A mamãe e o papai acham que se mantivermos a cabeça baixa, os nazistas vão nos deixar em paz — disse-me Filipe certa manhã, enquanto coletávamos ovos juntos no galinheiro.

— Isso é tão tolo assim? — perguntei, e ele riu amargamente.

— A vida não funciona desse jeito, Alina. O ódio se espalha, não se esgota com o tempo. Alguém precisa se levantar e impedir. Pode ter certeza, irmã: quando eles terminarem com os judeus, será a nossa vez, de novo. Além disso, mesmo se pudéssemos enfrentar a guerra de cabeça baixa e ficar sentados enquanto os nazistas matam todos os nossos amigos judeus, que tipo de Polônia poderia ser reconstruída depois que eles se fossem? Essas pessoas são tão importantes para este país quanto nós. É melhor morrer com honra do que sentar para assistir ao sofrimento de nossos compatriotas — desabafou.

— O pai da sua namorada discordaria de tudo o que você acabou de dizer — murmurei, e Filipe suspirou fundo.

— Jan é um cretino fanático, Alina. Já é bastante difícil ser civilizado com aquele homem, mesmo nos meus melhores dias; só tolero me forçar a ser educado com ele porque, se não fosse assim, perderia Justyna, e eu a amo. Mas você não vê? É por causa de homens como

Jan que devemos encontrar uma forma de nos levantar... Devemos isso às nossas irmãs e irmãos.

A raiva de Filipe apenas se intensificou quando tivemos nosso primeiro encontro direto com o assédio nazista. Um grupo de oficiais da ss parou Truda e Emilia na rua em frente à sua casa, quando um dia iam a pé à fábrica para ver Mateusz.

— Eu não entendia o que estava acontecendo — Truda sussurrou para mim e mamãe, enquanto observávamos Emilia sentar-se taciturna no canto. Filipe e Stani estavam tentando fazê-la rir, mas ela parecia chocada demais para reagir às travessuras. — Um dos oficiais mediu sua altura e disse que ela é alta para a idade e seus olhos são verdes, por isso está perto o suficiente de ser ariana e eles deveriam levá-la.

— Levá-la para *onde*? — perguntei hesitante.

— Não sei — admitiu Truda com um encolher de ombros. — Mas a esperta da Emilia estava me chamando de *mamãe*, e meu cabelo é tão escuro. Eles olharam para mim e disseram que o cabelo dela haveria de escurecer conforme ficasse mais velha, e então nos disseram para irmos.

— Ontem, levaram a filha de Nadia Nowak — murmurou Filipe do lugar em que estava, no chão. Ele olhou para nós, a raiva fervendo em seus olhos. Nadia era tia de Justyna, irmã de sua mãe Ola, e eu conheci a filha dela, Paulina. Uma coisinha minúscula, apenas três ou quatro anos de idade, com uma auréola de cachos loiros e olhos azuis brilhantes. — Chamam de programa *Lebensborn*. A ss está avaliando cada criança quanto à sua adequação para ser retirada de suas famílias e "germanizada". Os soldados disseram que Paulina será colocada em uma família adotiva alemã e receberá um novo nome para que tenha chance de crescer para ser *racialmente pura*. Nadia recusou-se a deixá-la ir, então os soldados a arrancaram dos braços da mãe. Ola e Justyna estão lá hoje para consolá-la. Nadia está arrasada.

— Oh, coitadinha — mamãe arquejou, cruzando as mãos na frente do peito. — O marido dela também foi morto nos bombardeios. Ela já sofreu muito.

— Eu lhe disse, não foi? — Filipe falou, olhando bem para mim. Suas narinas dilataram-se e seus ombros estavam muito bem travados. — Eu disse que era apenas questão de tempo até que eles viessem nos buscar também. Esta é a nossa punição porque cruzamos os braços e permitimos que torturassem nossos irmãos e irmãs judeus, Alina. Agora roubam nossas *crianças*, e só Deus sabe o que vai acontecer com aquela pequena agora que está longe de sua família.

Emilia estava ouvindo tudo isso, seus olhos se arregalaram, seu queixo caiu.

— Filipe — sussurrei, olhando para ela com ansiedade. — *Por favor*, agora não.

Stanislaw quebrou a tensão: saltou de brincadeira sobre Filipe, que gritou de surpresa. No momento em que ia empurrar Stani para longe, olhou para Emilia. Um sorriso assustado aparecera no rosto da menina e Filipe não ofereceu resistência. Stani estava mesmo esperando uma luta corpo a corpo e não parecia saber *o que* fazer com Filipe agora que o havia imobilizado, por isso eu, de pronto, pulei pela sala para me juntar ao emaranhado de corpos no chão. Sorri para Emilia, coloquei minhas mãos em garras, e então fiz cócegas em meus robustos e jovens irmãos. Os dois olharam para mim sem expressão, mas quando Emilia soltou uma gargalhada, entraram na brincadeira também.

Quando chegou a hora de Truda e Emilia partirem, Filipe e Stani fizeram questão de acompanhá-las. Enquanto observávamos o quarteto subir pela floresta para cruzar a colina até a cidade, mamãe balançou a cabeça.

— Esse menino me preocupa — murmurou.

Eu sabia exatamente *a qual* menino ela se referia.

***

Depois desse dia, tornei-me a sombra de Filipe. A ocupação já tinha meses e eu não havia recebido absolutamente notícia alguma de Tomasz, então, tinha pouco para preencher meus pensamentos além de temer por ele e conviver com o pavor de que meu irmão estivesse prestes a se meter em algo que acarretaria sua morte — e apenas uma dessas coisas eu poderia controlar. Mantive-me ocupada em seguir Filipe pela fazenda à espera de qualquer oportunidade de convencê-lo a *permanecer em segurança*.

Eu realmente pensava que o maior risco para a segurança de Filipe era a tentação de se juntar à resistência, mas ele nem mesmo teve a chance de ir em busca do perigo, porque bem cedo o perigo veio até nós. Fui surpreendida pelo som de um caminhão barulhento na estrada ao lado de nossa propriedade certa manhã, quando estava no campo com mamãe, colhendo batatas. O soldado no banco do passageiro olhou diretamente para nós enquanto passavam, e o som que escapou da minha boca foi quase um guincho.

— Mamãe...

— Fique calma — disse baixinho. — Faça o que fizer, Alina, não entre em pânico.

O sangue corria forte em meu corpo — ecoando em meus ouvidos —, minhas mãos tremiam tanto que tive de apoiá-las no solo para mantê-las imóveis. No fim, agachei-me sobre os calcanhares e olhei com horror quando o caminhão parou bem no portão de nossa fazenda. Quatro soldados desceram e se aproximaram do celeiro onde o meu pai estava trabalhando.

Eu não conseguia ouvir o que falavam — estávamos muito longe. Foi uma visita bem rápida — entregaram a papai um pedaço de papel e foram embora; então, disse a mim mesma que estava tudo bem. Observei o caminhão continuar ao longo da estrada, em direção à casa dos Golaszewski. Mamãe levantou-se de repente e começou a correr para casa, coloquei minha cesta de lado para segui-la. Quando chegamos até papai, nós o encontramos lendo o aviso, apoiado pesadamente no batente da porta do celeiro.

Meu pai parecia estupefato. Piscava devagar, perplexo, e a cor havia sumido inteiramente de seu rosto.

— O que é isso? — mamãe quis saber, e arrancou o papel da mão dele. Ao ler, produziu um pequeno ruído no fundo da garganta.

— Mãe, pai... — gemi. — O que há de errado?

— Vá buscar seus irmãos no outro campo — disse papai em tom monocórdio. — Precisamos ter uma conversa.

Sentamo-nos ao redor da mesa e cada um teve sua vez para ler o papel. Era uma intimação: todas as famílias em nosso distrito que tivessem filhos com mais de doze anos seriam obrigadas a enviá-los como mão de obra para trabalhos forçados. Fiquei transtornada demais para ler tudo; na verdade, toda vez que tentava, minha visão se turvava de lágrimas. Ainda assim, estava mesmo determinada a manter algum tipo de otimismo — ou, melhor ainda, a encontrar uma brecha.

— Tem de haver uma forma de contornar isso — disse à minha família. Meus irmãos trocaram um olhar impaciente, mas eu os ignorei e pressionei com mais força para encontrar um jeito de escaparmos daquilo. — Eles não podem nos fazer deixar nossa família e nossa casa. Eles não podem...

— Alina — Filipe interrompeu-me de forma brusca. — Essas são as mesmas pessoas que atiraram em Aleksy e no prefeito na frente de toda a cidade. São os mesmos soldados que estão fazendo as crianças judias trabalharem de sol a sol; os mesmos cretinos que não acham nada de mais espancar mulheres e crianças até a morte se elas desobedecerem. Os mesmos homens que *levaram* a pequena Paulina Nowak só porque seu cabelo é loiro. Você realmente acha que vão hesitar em remover um bando de adolescentes, caso tenhamos *saudade de casa*?

Fui deitar cedo naquela noite, fechei a porta entre minha cama e o restante da casa e olhei em volta do meu pequeno quarto — meu mundinho. Meus pais dividiram nossa modesta casa em três cômodos — embora, pelos padrões de hoje, dois deles fossem demasiado estreitos, não mais do que armários. Éramos fazendeiros — camponeses, no vernáculo local —, pessoas que extraíam da terra apenas o suficiente para o sustento e, durante os anos de seca, nem um único grão de trigo de que não precisávamos em absoluto.

Por tantas vezes, desde que Tomasz fora embora, senti-me tão desesperada para fugir daquela casa e correr para Varsóvia para ficar com ele... Mas isso era quando pensava que estaria deixando a minha família para cair nos braços de Tomasz, à minha espera, um cenário bem diferente deste — onde eu estava sendo *arrancada* e enviada para estranhos hostis em uma terra hostil. Eu estava existindo aqui na fazenda em um mundo quebrado, impulsionada para fora da cama todos os dias apenas pelo fato de que cada nascer do sol, pelo menos, tinha o potencial de trazer notícias da segurança de Tomasz. Se os nazistas me levassem embora, como ele *haveria* de me encontrar? Como saberia o que aconteceu com ele? Os meses que se passaram desde sua última carta pareciam quase insuportáveis. Como poderia sobreviver se o não saber se tornasse um estado permanente?

Deitei na minha cama, passei os braços em volta de mim mesma e tentei muito ser corajosa, mas continuei me imaginando muito longe da minha família, isolada em um lugar do qual eu não falava a língua e onde eu não seria mais a filha caçula amada e um tanto protegida, e sim uma jovem vulnerável e sozinha. Por vezes, fechei os olhos e caí em um sono exausto, mas acordei algum tempo depois com sussurros abafados de meus pais na sala de estar. Eu não conseguia entender o que estavam dizendo, por isso, saí da cama para postar-me na porta.

Mas Stanislaw é o mais forte. Devemos mantê-lo — não podemos administrar a fazenda sem ele. No mínimo ficamos com Filipe — *ele não tem bom senso e vai falar o que não deve se o deixarmos ir...*

Não! Alina é pequena, fraca e muito bonita. Ela é apenas uma criança! Se enviarmos Alina, nunca sobreviverá. Devemos mantê-la aqui.

Mas se a mantivermos, a fazenda nunca sobreviverá!

Abri a porta e meus pais sobressaltaram-se em suas cadeiras. Meu pai desviou o olhar, mas mamãe virou-se para mim e disse com impaciência:

— Volte para a cama.

— Do que vocês estão falando? — perguntei.

— De nada. Não é da sua conta.

A esperança floresceu em meu peito. Foi uma sensação tão atraente que tive que pressionar um pouco mais forte, embora soubesse que talvez gritariam comigo.

— Vocês encontraram um meio de ficarmos?

— Volte para a cama! — mamãe repetiu e, como eu esperava, seu tom não deixou espaço para discussão. Não consegui dormir depois disso e, mais tarde, quando ouvi meus pais puxarem o sofá que lhes servia de cama, esperei um pouco até que caíssem em silêncio, então passei furtivamente e fui até o minúsculo quarto dos meninos na outra extremidade da casa. Meus irmãos estavam bem acordados, deitados em direções opostas no sofá que compartilhavam. Quando entrei na sala, Filipe sentou-se e abriu os braços para mim.

— O que está acontecendo? Podemos ficar, afinal?

Ele se afastou de mim para me olhar incrédulo.

— Você não *leu* o aviso?

— Eu li a maior parte... — menti, e ele suspirou de modo profundo.

— *Um* de nós receberá autorização para ficar aqui e ajudá-los a administrar a fazenda. A mamãe e o papai têm de escolher — disse baixinho. Ele afastou meus cabelos do rosto e acrescentou: — Mas pedir-lhes que escolham entre seus filhos é uma crueldade que não vamos tolerar. Stani e eu iremos. Você terá que trabalhar muito, Alina, e você é preguiçosa, então, não será fácil. Mas é mais seguro para você ficar aqui.

— Mas vou me casar com Tomasz em breve e depois me mudarei para Varsóvia — respondi com teimosia.

— Alina — Stanislaw sussurrou impaciente. — Não há mais universidade em Varsóvia. Ouvi dizer que todos os professores foram presos ou executados e a maioria dos alunos ingressou na *Wehrmacht*. Tomasz está na prisão ou trabalhando com aqueles monstros, mas não importa qual das duas opções: você não vai se mudar.

Fiquei indignada com a ideia de que Tomasz algum dia se aliaria às tropas nazistas.

— Como você *ousa*...

— Calma, Alina — disse Filipe, cansado. — Ninguém sabe onde Tomasz está, não tenho certeza, não fique chateada. — Olhou para mim e acrescentou com calma: — Mas se você ficar aqui, ele terá uma chance de encontrá-la se conseguir sair da cidade para voltar para casa.

Eu havia pensado a mesma coisa. Por apenas um momento, agarrei-me aflita à ideia, mas depois me lembrei qual era a compensação. Tentei imaginar minha vida sem os gêmeos, porém, o mero pensamento me enchia de solidão.

— Mas não quero que vocês vão embora — sussurrei em lágrimas, e Stanislaw suspirou.

— Então, Alina, em vez disso... você irá para a fazenda de trabalho por nós? A quilômetros de distância de mamãe e papai... sozinha?

No fim, os meninos não se intimidaram. Quando chegou o dia da partida, mamãe, papai e eu os levamos até Trzebinia para a estação de trem. Mateusz, Truda e Emilia nos encontraram lá, e quando Emilia me viu pulou para o meu lado e sorriu com tristeza.

— É como quando dissemos adeus a Tomasz — ela sussurrou.

Balancei a cabeça, mas estava distraída, absorvendo a cena chocante diante de mim. Era um dia nublado, assim como na partida de Tomasz, e estávamos na estação de trem outra vez — mas Emilia estava muito enganada, porque eu de imediato percebi que *aquele* momento era algo totalmente novo.

Desta vez, ninguém estava esperando na plataforma para enviar seus entes queridos para uma aventura emocionante. Nenhuma dessas crianças deixava Trzebinia para aprender ou explorar — elas estavam sendo roubadas de nós. Para os invasores, não passavam de um recurso a ser explorado, mas aqueles de nós que ficavam sabiam que uma parte da alma do nosso distrito estava sendo arrancada. Até mesmo Nadia Nowak, que já havia perdido o marido nos bombardeios, e depois teve sua preciosa Paulina levada para germanização, subiu naquela plataforma e lamentou-se alto ao se despedir de seus três filhos adolescentes mais velhos. Nadia juntou-se a um mar de outras mães que soluçavam com igual tristeza e terror, e uma multidão de pais que pigarreavam compulsivamente e esfregavam ansiosos os olhos para esconder qualquer sinal de umidade.

Os jovens permaneceram firmes em sua maioria. Alguns dos mais novos choraram, mas não foi a emoção desenfreada que vimos em suas mães — eram lágrimas de choque e incredulidade. Tive a sensação de que, mesmo depois de o trem chegar às fazendas, aqueles rapazes demorariam semanas para aceitar a realidade de sua situação.

E teria sido eu, não fosse pelos meus irmãos.

Fiquei aliviada desde que foi tomada a decisão de que eu ficaria, mas ao enfrentar as consequências de minha fácil aceitação da nobreza de meu irmão, fui inundada por uma onda de tristeza que ameaçou me derrubar de joelhos.

Emilia puxou minha mão de repente e eu a olhei para descobrir que estava me encarando com atenção.

— Você acha que Tomasz ainda está vivo? — perguntou. Pisquei perplexa, surpresa com a pergunta e com o tom resignado com que ela a fez. Eu me sacudi mentalmente e me forcei a me concentrar, porque havia algo de errado com aquele modo adulto e pessimista vindo da doce e pequena Emilia. Baguncei seus cabelos e disse com firmeza:

— Claro que está. Ele está vivo, bem e está fazendo tudo o que pode para voltar para nós.

— Como você pode ter tanta certeza?

— Ele me prometeu, boba. E Tomasz *nunca* mentiria para mim.

Seu penetrante e verde olhar não vacilou, e precisei de todas as minhas forças para não ser eu a desviar a vista. Eu não poderia fazê-lo, porque temia que, se assim não fosse, ela veria através de mim. Eu tinha tanta certeza disso? De jeito nenhum. Mas, apesar de todo o desespero em nossas vidas naquele dia, queria poupar Emilia do pequeno trauma de duvidar de seu amado irmão mais velho.

De repente, ela fez que sim com a cabeça de modo abrupto, e voltou a olhar para a multidão reunida ao nosso redor. Cedo demais, chegaram os avisos de que era hora de os jovens se dirigirem ao trem. Filipe deu um passo em minha direção e me envolveu em um abraço de urso.

— Cuide de mamãe e papai, Alina. Trabalhe duro.

— Eu gostaria que pudesse ficar — sussurrei. Minha culpa era tão palpável naquele momento que não conseguia nem olhar nos olhos dele.

— Eu *não poderia* ficar. Não quando a alternativa era você ir — disse com gentileza. Então, beijou minha testa e soprou contra o meu cabelo: — Seja *corajosa*, irmãzinha. Você é muito mais do que imagina.

Stani aproximou-se de mim enquanto as lágrimas enchiam meus olhos. Ele beijou minha bochecha também, mas ficou em silêncio, mesmo enquanto abraçava nossos pais. Meu pai estava paralisado, seus músculos travados, os dentes cerrados. Mamãe chorava em silêncio. Truda agarrava o braço de Mateusz com tanta força que seus dedos estavam brancos, mas sua expressão era solene.

Os meninos acenaram com a cabeça ao mesmo tempo e se afastaram para entrar na fila para subir no trem. Eles mantiveram o queixo erguido e conseguiram sorrir e acenar de volta para nós um pouco antes de desaparecerem de vista.

Fiquei impressionada com sua coragem e perplexa que mesmo *aquele* momento não parecia incomodá-los nem um pouco. Claro, devem ter ficado apavorados — eram apenas meninos, e todas as coisas que me assustaram naquele arranjo de trabalho forçado devem ter sido igualmente esmagadoras para eles também. Nenhum dos dois falava muito alemão, nenhum dos dois havia morado fora de casa antes.

Eu sabia que o próprio ato de esconder seu medo era um sacrifício, assim como a decisão de ir no meu lugar. Eles eram boas pessoas — as melhores pessoas.

Ainda penso nos meus irmãos mais velhos. Às vezes, pergunto-me se teria feito algo diferente naquele dia, se ao menos soubesse que dentro de um ano ambos estariam mortos e que aqueles momentos de silêncio na estação de trem seria a última vez que eu os veria.

CAPÍTULO 6
Alice

Mamãe virou a casa de repouso de Babcia de cabeça para baixo, mas não conseguiu encontrar a caixa. Agora, está voltando para casa; ela guarda lá algumas das coisas de Babcia e Pa. Já se passaram algumas horas e ela ainda vai demorar, mas Eddie está pressionando o botão do almoço em seu iPad dezenas de vezes por minuto, e isso está deixando a mim, Babcia e as enfermeiras loucas. Abaixei o som, mas Eddie o aumentou de imediato — assim como Babcia fizera antes. Uma das enfermeiras perguntou de modo gentil se eu poderia tirar o aparelho dele, mas aquilo é sua voz e seus ouvidos, por isso, recusei.

Estamos mesmo com sorte porque agora que é hora do almoço, ele vai comer sopa *ou* iogurte — mas também com extremo azar, porque, dado o fiasco no supermercado esta manhã, não tenho nenhum dos dois em mãos. Eddie apenas precisa de uma lata de sopa ou, melhor ainda, de alguns frascos de Go-Gurt, se encontrarmos alguns com o rótulo correto. Tenho que ligar para Wade. Tenho que convencê-lo a vir do trabalho e passar antes numa loja e trazer algo que Eddie possa comer ou, melhor ainda, vir e levar Eddie para casa. Não quero fazer isso porque já sei como será essa conversa.

É uma emergência, direi. *Eu não teria pedido se tivesse uma alternativa, mas não posso deixar Babcia sozinha — ela já está bastante angustiada. E eu não sei quanto tempo mais mamãe vai demorar, mas Eddie precisa desesperadamente comer.*

Wade dará todos os sinais corretos, e então haverá algum motivo impressionante pelo qual não pode ajudar. Ele disse que tinha reuniões, por isso, imagino que irá se referir a essa desculpa pré-fabricada novamente.

Eu só penso em aturar as intermináveis demandas robóticas de *almoço, almoço, almoço* e esperar, mas Eddie parece tão frustrado — como se estivesse prestes a explodir, na verdade — e agora que penso nisso, é um verdadeiro milagre que tenhamos chegado até aqui hoje com *apenas um* colapso. Eu suspiro e ligo para Wade.

— Querida — ele responde no primeiro toque. — Estava tão preocupado. Como vão as coisas?

— As coisas estão terríveis — admito. — Babcia não consegue falar e não acho que consiga nos entender. Ela está usando o iPad de Eddie e nos disse que precisa de uma caixa de fotos que tem em casa, mas mamãe não consegue encontrá-la. E Eddie não tomou seu iogurte esta manhã porque há uma nova embalagem do Go-Gurt no supermercado e ele teve um colapso e agora está morrendo de fome, então outro desses está chegando e não posso dar conta disso sozinha hoje. Eu *preciso* de sua ajuda. Sei que você disse que estava ocupado...

— Sinto muito, querida. Eu tenho essas reuniões...

— Não há mais *ninguém para quem eu possa ligar*, Wade.

Levantei o tom de voz, e Eddie e Babcia me olharam surpresos. Mesmo que não entendam as palavras, o volume, de fato, fala por si. Faço uma careta ao lhes oferecer um encolher de ombros apologético e, em seguida, respiro fundo para me acalmar um pouco.

— Não posso levá-lo para casa, Alice — diz meu marido, um pouco tenso. — Eu apenas tenho muito...

— Não se preocupe, Wade. Não estou pedindo nada *fora da realidade,* como você passar uma tarde sozinho com seu filho — digo, e aí ouço sua respiração aguda e percebo que estamos prestes a discutir. De novo. Talvez porque ele está sendo um idiota, e aquele comentário que acabei de fazer caiu em algum lugar no espectro entre "maldoso" e "sacana", então, é garantido que irá se enfurecer e ficar na defensiva. Fecho os olhos e procuro um tom muito mais conciliador ao enfatizar: — Só estou pedindo que você vá pegar algumas latas de sopa ou

Go-Gurt, se encontrar a embalagem antiga. Traga-os para mim aqui no hospital. Eu cuidarei de *todo o restante*. — Meu tom muda, e agora estou implorando. — *Por favor*, Wade. *Por favor*.

Ele suspira e, em minha mente, posso vê-lo em seu escritório ao telefone. Ficará sentado tenso porque eu o estou irritando, e terá instantaneamente bagunçado seu cabelo porque está chateado com a forma como acabei de falar com ele. Mesmo agora, no terrível silêncio enquanto espero que responda, sei que ele passará várias vezes a mão nos cabelos e, quando a irritação for demais, descansará a mão na nuca e se curvará.

Mas assim como posso imaginar isso com perfeita nitidez depois de tantos anos com Wade, também sei que ele irá fazer o que eu pedi, porque se assim não fosse, teria respondido de imediato e teríamos encerrado esta ligação com um ou ambos desligando com raiva.

— Estou indo agora.

— Se você for à loja perto de seu escritório, eles podem ter estoque do Go-Gurt com os rótulos antigos. — Hesito, depois pergunto com cautela: — Você sabe como eram, certo? Vou enviar uma mensagem de texto para você com a imagem. O mesmo vale para a sopa. Você tem que comprar a sopa *certa*.

— Eu não sou idiota, Alice — responde com impaciência, e ouço sons de movimento em sua extremidade. — Estou saindo agora mesmo.

Wade é um excelente pai, embora quem visse seu comportamento apenas pelas lentes de suas interações com Eddie suspeitaria do contrário. Ele raramente se envolve com Eddie, é bastante resistente às terapias que ajudam nosso filho a sobreviver no mundo, é indiferente e impaciente e não dá apoio.

Mas com nossa filha, Pascale — ou Callie, como costumamos chamá-la —, Wade é um pai exemplar. Está mesmo ocupado com seu trabalho, mas encontra um jeito de comparecer a todos os eventos importantes da vida dela — encontros do clube de debate, recitais de balé, reuniões de pais e mestres, consultas médicas. Callie e Wade, em geral, fazem o dever de casa juntos, embora ela quase nunca precise da ajuda dele. Estão no capítulo doze do último livro de Harry Potter porque leram páginas alternadas em voz alta todas as noites sem falhar nos últimos três anos. Ela teve sua primeira paixão no ano passado e contou a Wade sobre o pequeno Tyler Wilson antes mesmo de me contar.

Eu nem consigo me lembrar da última vez que Wade e Eddie estiveram juntos sozinhos.

Wade diria que tínhamos um filho perfeitamente normal até que Eddie completou dezoito meses e eu o levei ao médico, que colocou um rótulo em nosso filho, e esse rótulo estragou tudo. Wade diria que eu estava tão convencida de que havia algo de errado com Eddie que se tornou uma espécie de profecia autorrealizável, então passei tanto tempo tentando "consertá-lo" que realmente o quebrei.

E ele está certo sobre a paranoia, porque desde o momento em que percebi que estava grávida, soube que havia *algo* diferente. Até eu mesma não entendo como sabia, por isso consigo compreender que para Wade possa parecer que fiz tudo isso acontecer de alguma forma — pelo menos no início. Talvez essa teoria pudesse ser válida até Eddie fazer dois anos e o pediatra do desenvolvimento pronunciar as palavras *Transtorno do Espectro Autista*. Ainda não entendíamos quão ruim seria, mas com certeza esse diagnóstico foi um sinal claro de que a situação estava fora do meu controle.

Não consigo entender como meu marido brilhante, um homem com doutorado e todo um programa de pesquisa sob sua orientação, pode não compreender como sou *totalmente impotente* no que se refere a nosso filho. Sou um fantoche controlado por médicos e terapeutas. Eles me dizem todas as coisas que preciso fazer para me envolver com Eddie. Algumas dessas coisas, como o CAA no iPad, contribuem para que eu me comunique com ele, mas a maioria de suas terapias não surte o mesmo efeito — elas apenas nos permitem sobreviver. Nenhuma dessas terapias o tornou diferente — Eddie simplesmente é diferente. É aí que minha opinião e a de Wade divergem.

Wade diria que todos os meus esforços resultaram num garotinho mimado que *poderia* ser mais próximo do típico se apenas o pressionássemos mais em vez de agradá-lo. Wade fala com Eddie, porque ele não consegue aceitar que a linguagem de Eddie seja tão restrita quanto eu *sei* que é. Wade vê a ecolalia de Eddie como um jogo — uma forma de nos insultar e provocar — e uma prova de que o filho poderia usar a linguagem verbal para se comunicar se quisesse. Não ajuda em nada o fato de que, quando Eddie vê Wade, muitas vezes ecoe as palavras *agora não, Edison*, embora eu nem tenha certeza de por que essa frase persistiu, pois Eddie já não tenta mais se envolver com o pai.

O que Wade adora esquecer é que, de início, ele apoiou bastante a intervenção médica. Ele parecia ter essa ideia de que o diagnóstico de Eddie automaticamente significava que nosso filho seria um sábio, e Wade estava meio que bem com toda a situação até que o psicólogo nos disse que o QI de Eddie estava um pouco abaixo da média, por isso era improvável que possuísse quaisquer habilidades peculiares, mas geniais. Meu marido é um gênio peculiar — ele poderia lidar com o fato de ter um filho brilhante, mas estranho; na verdade, já temos um desses na pessoa de Callie, para quem ele é o melhor amigo do mundo. Era com a designação "abaixo da média" que Wade não conseguia lidar, o autismo em si foi apenas a gota d'água.

Foi aí que a troca de acusações começou, mas não julgo Wade por isso, porque eu também entro nela. Meu marido e, mais importante, seu esperma, passaram muito tempo em torno de fortes produtos químicos industriais ao longo dos anos e foi exposto à radiação no trabalho mais de uma vez. E, céus, se deixado por sua própria conta? A dieta de Wade é terrível. Nós culpamos um ao outro pelas dificuldades de Eddie — a única diferença é que ele, em certas ocasiões, tem a coragem de expressar seus pensamentos sobre o assunto em voz alta. Talvez isso o torne uma pessoa melhor, porque pelo menos é franco. Carrego meu ressentimento por Wade como uma pedra de moinho em volta do pescoço e, em alguns dias, apenas sei que, mais cedo ou mais tarde, algo vai quebrar.

Ele chega vinte e dois minutos após a nossa ligação e, como eu esperava, está exausto. Wade usa terno para trabalhar porque no momento ele é um gerente executivo. Quando sai de casa pela manhã, sua gravata está sempre impressionantemente reta. Agora, está em um ângulo um tanto louco, e seus cabelos loiros estão espetados para todos os lados. Ele parece encabulado ao entrar no quarto do hospital, com as mãos tolhidas pelas alças de duas pesadas sacolas de algodão.

— Oi, gente — ele diz sem propósito para Babcia e Eddie na cama, acena para mim e levanta a sacola da mão esquerda. — Trouxe uma caixa inteira de sopa, está no carro. Eles tinham no estoque bastante iogurte com o rótulo antigo, então comprei todos: aqui está a metade. — Levanta a outra sacola um pouco mais alto e gesticula com a cabeça em direção a ela. — E eu comprei um monte com o novo rótulo também... — Ao constatar meu olhar vazio, diz com hesitação: — Bem... você sabe, para ele poder se acostumar com isso.

Eddie não vai *se acostumar* com o rótulo novo. Não sei como vamos administrar isso ainda, mas o fato de Wade achar que é tão fácil é um lembrete flagrante de quão pouco ele entende.

— Obrigada.

Espero que Wade me passe as sacolas, beije-me com educação e dê meia-volta, mas, em vez disso, coloca as sacolas no chão e me puxa para um abraço. Fico surpresa com isso, e ainda mais surpresa quando ele dá um beijo suave na lateral do meu cabelo.

— Desculpe, Ally. De verdade, eu realmente sinto muito. Eu sei que você está sob forte pressão no momento e não estou ajudando tanto.

Eu suspiro e me inclino para ele, então enrosco os braços ao redor de seu torso e aceito o conforto do calor de seu abraço. *Obrigada. Obrigada. Obrigada.* Raros vislumbres do homem que *sei* que meu marido é sustentaram o nosso casamento. Nesses instantes esparsos, vejo um sinal de esperança no horizonte. Tudo que preciso para continuar trabalhando, lutando e tentando é um sinal disso, de vez em quando. Este vem justo quando eu necessito.

— Estou meio que com um pavio curto emocionalmente — sussurro. — Também sinto muito... sobre mais cedo.

— Ajudaria se eu ficasse esta tarde?

Ele não se oferece para levar Eddie para casa, mas isso é o mais perto que vou conseguir e agradeço a oferta.

— Na verdade — digo —, Callie tem balé às quatro. Se você pudesse ir buscá-la na escola, levá-la ao balé, depois ir para casa e preparar o jantar...

— Com certeza — diz Wade, com entusiasmo, ou talvez seja alívio. — Sem dúvida, posso fazer isso. Qualquer coisa que você precise. — Ele roça seus lábios contra os meus, e então olha para a cama novamente. — Como você está, Babcia?

— Ela não consegue entender você — eu o lembro. — Está usando o CAA: se quiser falar com ela, terá que usá-lo.

Wade se enrijece, depois acena de um jeito vago para a cama e olha para o relógio.

— Preciso voltar para o escritório e dizer a eles que vou sair mais cedo. Vejo você em casa à noite. Avise-me se precisar de mais alguma coisa, tá?

— Ok — digo.

Almoço, diz o iPad de Eddie, *almoço, almoço, almoço, almoço, almoço...*

— Ok, ok — suspiro, curvo-me e pego um pacote de iogurte. Ele fica tão animado que se senta e suas mãos começam a se agitar de modo desordenado.

Seis frascos de iogurte depois, Eddie está sentado na cama assistindo a vídeos de trens no YouTube de novo. Mas, então, mamãe voa de volta para o quarto com uma caixa de arquivo na mão, e Babcia se anima até ser *ela* a agitar as mãos impacientemente.

CAPÍTULO 7
Alice

Mamãe desliza a caixa sobre a mesa-bandeja enquanto eu acomodo Eddie na cadeira ao lado da cama. Babcia fica impaciente e se coloca sentada sem nossa ajuda, então temos que nos apressar para ajustar a inclinação da cama e ajeitar os travesseiros. Ela acena para nós e estende os braços para a caixa, com as mãos trêmulas. Há reverência em seu olhar e, de vez em quando, lança com rapidez a vista para mamãe, transbordante de gratidão e alívio. Tenho que ajudar Babcia a levantar a tampa da caixa quando fica evidente que ela não consegue coordenar a mão direita para executar tal tarefa, mas quando o faço, ela puxa a tampa para si e a abraça sem jeito com os antebraços.

— Onde estava? — pergunto para mamãe em voz baixa.

— Debaixo da cama na casa de repouso, não a vi da primeira vez que fui lá — murmura enquanto balança a cabeça. — Eu não percebi quão perto a mantém, mas talvez deveria. Ela sempre foi muito sentimental. — Mamãe faz essa última declaração como se fosse um traço de caráter bem desconcertante, o que me diverte momentaneamente.

— Você também, mãe — rio baixinho, e ela franze a testa para mim. — Esquece que eu ajudei você e papai a se mudarem da última vez. Sei que seu sótão é, na realidade, o Museu da Família Slaski-Davis. — Ela guardou trabalhos de arte e boletins escolares meus desde a pré-escola e ingressos de seus primeiros encontros com papai e, como é uma *defensora* da letra da lei, manteve a papelada sentimental de sua jornada para a magistratura, mas se autoeditou, identificando detalhes que poderiam ser problemáticos do ponto de vista da confidencialidade. Tentei reduzir um pouco as caixas de lembranças na mudança, mas mamãe se agarrou teimosamente a cada pedacinho de nossa história, e quando apontei como aqueles arquivos editados pareciam ser *inúteis*, respondeu que cada uma das páginas aciona a lembrança de um caso que significava algo para ela. Suspeito que minha mãe esteja com medo de um dia ficar com demência senil como o pai. Talvez esses pedacinhos de nosso passado sejam importantes, caso um dia precisem atuar como um mapa para guiá-la de volta às lembranças que tanto aprecia.

Nesse ínterim, é meio hilário que acima da casa de estilo minimalista industrial da minha mãe haja um sótão repleto de caixas de artesanato com macarrão, cartas e fotografias misturadas. Mamãe suspira agora, mas dá um sorriso triste.

— Suponho que ela me ensinou que algumas coisas não podem ser substituídas — e nós duas olhamos para trás para Babcia, que está sem jeito enxugando as lágrimas do rosto enquanto olha para a caixa. — Ela nunca disse isso — acrescenta —, mas sempre achei que essas pequenas coisas passaram a significar muito mais para ela porque teve que se desligar de toda a sua vida lá na Polônia.

Babcia move-se com impaciência em direção ao iPad de Eddie, que está no meio de um vídeo de trem, por isso espero que ele resista e talvez até resmungue como uma criança pequena puxando o dispositivo contra si. Em vez disso, Eddie olha para a bisavó, pisca buscando entender, sai do vídeo e volta para o CAA, entregando o tablet para ela. Babcia sorri para ele, depois toca no ícone de agradecimento e o mostra para a filha, que acena com a cabeça enquanto afunda na poltrona do lado oposto da cama. Assim que a atenção de Babcia muda, mamãe esfrega a testa e, por um breve momento, fecha os olhos. Ela parece exausta — talvez mais cansada do que já a vi, e olha que eu estava aguardando na linha de chegada em cada uma das oito maratonas que competiu.

— Mãe — digo com brandura. — Você está bem?

— Eu preciso que este hospital faça o que deve e descubra o que está acontecendo com ela. Não posso continuar tirando folga, tenho uma decisão pendente e... — Ela para de falar de modo repentino, ergue as vistas para mim e franze a testa. — É coisa demais, Alice. Você simplesmente não conseguiria entender.

 Qualquer raro vislumbre de vulnerabilidade da mamãe é sempre seguido por um lembrete de quão de fato *importante* ela é, e, muitas vezes, de um pequeno golpe como aquele: um lembrete de como meu papel é *sem importância* em comparação. Falo com minha mãe quase todos os dias e, pelos padrões da maioria dos meus amigos, somos particularmente próximas — mas é uma proximidade difícil, porque "perto" de Julita Slaski-Davis é um lugar difícil de se ficar. Quase todos os dias acabamos levantando a voz uma com a outra. É só a dinâmica da nossa família — ela não entende esta minha vida que gira em torno dos meus filhos; eu não entendo a vida dela que gira em torno da lei, mas nós nos amamos de um modo feroz, mesmo assim. Minha mãe estava determinada em me fazer seguir os seus passos e que, no mínimo, eu me tornasse advogada e, até o fim da minha adolescência, nunca questionei que seria esse o meu caminho. Foi apenas um ano antes de entrar na faculdade que me ocorreu que eu não *tinha que* ser advogada, mas quando decidi "desperdiçar a minha vida" e estudar Jornalismo, meu relacionamento com mamãe mudou para sempre.

 Mudou outra vez no dia em que contei que estava grávida, duas semanas antes de me formar, e então o último prego no caixão foi batido quando nem me dei ao trabalho de procurar um emprego depois da graduação. Não parecia haver sentido, já que não tinha intenção de trabalhar por vários anos após o nascimento do meu bebê, mas, para mamãe, *isso* era imperdoável. Eu não entendia como minhas antepassadas lutaram arduamente na primeira e na segunda ondas do feminismo pelo meu direito a uma carreira. Como poderia traí-las aceitando uma vida em que dependia de um *homem*?

 Dez anos depois, ainda não tenho coragem de dizer para mamãe que a concepção de Callie não foi um acidente, mas sim o resultado de uma decisão muito bem pensada que Wade e eu tomamos de que eu *não* seguiria os passos de minha mãe, mesmo na minha abordagem da maternidade. Mamãe estudou, construiu uma carreira e, aos 43 anos, entrou em pânico e pensou que seria melhor ter um filho, afinal de contas. Eu *realmente a* amo e admiro, mas passei a vida inteira em segundo plano em relação ao seu trabalho e estava determinada a nunca deixar meus filhos se sentirem como uma reflexão tardia. Wade e eu tivemos nossos filhos antes, porque estávamos ambos certos de que eu acabaria me encontrando numa carreira quando eles estivessem na pré-escola.

Então, Eddie apareceu.

A vida tem um jeito de lembrar que você está à mercê do acaso e que mesmo planos bem elaborados podem se transformar em caos num instante. É por isso que, agora, quando posso ficar tentada a condenar minha mãe por seu desespero para voltar ao trabalho durante a crise de saúde de Babcia, em vez disso me forço a ser paciente com ela. Mamãe está aqui há dois dias seguidos, sozinha, afora o tempo limitado que passei com ela. Ela não tem irmãos; sou filha única. Papai está aposentado, mas encontra-se em uma viagem de golfe no Havaí com seus antigos amigos do meio acadêmico e ela é orgulhosa demais para pedir que volte para casa. Minha mãe tem o peso do mundo sobre seus ombros agora. Se ela precisa se refugiar um pouco em seu trabalho para um alívio emocional, que seja.

— Ok, mãe — respondo com suavidade. — Eddie tem escola amanhã... Eu posso vir direto para o hospital depois de deixá-lo e ficar com ela se você quiser colocar o trabalho em dia.

— Ótimo — diz erguendo o queixo. — Obrigada, Alice. Sim, por favor.

Babcia segura minha mão e a leva para a caixa. Pego uma pilha de fotos e papéis e, em seguida, empurro a mesa-bandeja para que possa colocar tudo em seu colo. Suas mãos se movem lentas e desajeitadas enquanto organiza esta primeira pilha. São uma confusão desordenada de tecnologias de impressão e eras: fotos de papai, de mamãe, de meus filhos e da própria Babcia ao longo das décadas, e algumas escassas de cachorros amados dos dias em que Babcia e Pa viviam em sua grande casa em Oviedo. Mas, poucas camadas abaixo na pilha, Babcia congela em uma única foto que eu nunca tinha visto antes: é uma impressão em sépia num papel grosso e envelhecido. O verniz está craquelado, mas a imagem ainda está nítida.

É um jovem sentado casualmente em uma pedra contra uma floresta ao fundo. Está usando botas danificadas, tão usadas que uma meia esfarrapada é visível na ponta da esquerda. Suas roupas estão da mesma forma gastas, mas ele sorri de orelha a orelha para a câmera. Está esquálido, e apesar das faces magras sob a barba rala, ainda é bonito. Há algo impressionante em seus olhos: parece estar segurando uma risada.

As mãos de Babcia tremem enquanto ergue a foto, e suspira quando a leva à bochecha, embalando-a contra a pele. Ela fecha os olhos por um momento e descansa a cabeça na imagem; depois se vira para oferecê-la para mim.

Entendendo como a foto é preciosa para minha avó, procuro segurá-la com a devida reverência. Fico olhando-a em minhas mãos, e me ocorre que este jovem é um estranho e, de alguma forma, familiar.

Depois de um momento, Babcia estende a mão para a foto e a vira. No verso, vejo uma mensagem rabiscada em tinta desbotada — a caligrafia minúscula está bem comprimida.

Fotografado por Henry Adamcwiz, colina de Trzebinia, 1º de julho de 1941.

Leio em voz alta e, em seguida, passo a foto de volta para Babcia.

— Pobre Babcia. Ela está com muita saudade de Pa — digo, e mamãe franze a testa e encara a foto de novo.

— Tenho certeza que sim — diz. — Mas *esse* não é o papai.

— Como você sabe?

— O cabelo do papai era escuro antes de ficar grisalho. Este homem tem cabelos mais claros, a menos que as sombras na impressão sejam enganosas — mamãe dá de ombros. — Além do mais... eu não sei. Esse cara de fato não se parece com o papai. Seus olhos são muito diferentes... o formato dos lábios. Embora, definitivamente, haja algo familiar em algumas de suas características. Ele se parece muito com *você*, na verdade. Mamãe tinha irmãos gêmeos. Este deve ser um deles.

— Eu me pergunto: quem era Henry Adamcwiz? — Franzo a testa. — E 1941... foi depois da guerra?

— Não, a guerra não acabou até 1945 — murmura e então todos nós olhamos para a foto, como se ela pudesse se explicar. Babcia enxuga uma lágrima da bochecha e pega o iPad novamente.

Tomasz, diz ela. *Encontrar Tomasz. Por favor, encontrar Tomasz.*

— Tem certeza de que não é Pa? — pergunto para mamãe, e ela pega a tal imagem de mim e a encara com firmeza; então, balança a cabeça.

— Tenho certeza.

Babcia parece tão frustrada agora que, se *pudesse* falar, tenho certeza de que estaria gritando com nós duas. Eu franzo a testa e olho para mamãe, que me lança a mesma expressão. Desamparo e frustração fazem-na parecer muito mais vulnerável do que de costume — muito mais humana. Sinto outra pontada estranha de compaixão por ela.

— Ela está tão confusa — mamãe cochicha e, então, olha para a porta e a frustração dá lugar à raiva. — Por que a equipe não me escuta? Deveriam estar reavaliando seu estado cognitivo. É óbvio, há mais do que linguagem prejudicada aqui.

Babcia aperta o botão de replay do iPad.

Por favor, encontrar Tomasz. Sua vez.

Engulo em seco e pego o aparelho. Mamãe está olhando para o teto agora, piscando rapidamente — por isso, acho que cabe a mim lembrar a minha Babcia que seu marido se foi. O pavor crescente me inunda e estou tremendo um pouco enquanto deslizo pelas telas, então, gemo de frustração e tento fazer meu próprio ícone.

Pa está m-o-r-t-o, digito, mas Babcia agarra meu punho, balança a cabeça brava e arranca o iPad de mim com uma força surpreendente. Volta para o CAA e encontra um ícone que não precisamos usar há doze meses: *Pa*. A visão de sua imagem faz com que a dor em meu peito se intensifique.

Não Pa. Encontrar Tomasz.

Em seguida, ela vai para a tela de "novo ícone" e, com um esforço meticuloso, começa a digitar. Ela cria um novo ícone por conta própria agora. É uma foto de casas, uma rua suburbana. Ela cuidadosamente adiciona um rótulo: *Trzebinia*. O CAA tenta ler a palavra em voz alta, mas tenho certeza de que não é preciso.

— Essa palavra também está na foto. É uma montanha na Polônia? — pergunto para mamãe. Ela se levanta e enruga a testa enquanto lê o ícone.

— É onde ela cresceu. Viu? Está confusa. Eu lhe disse.

Pego o iPad e efetuo outra busca infrutífera por um símbolo de "morto" — mas o melhor que posso fazer é: *Pa não mais. Sinto muito.*

Mais uma vez, Babcia balança a cabeça, sua expressão se contorcendo de frustração agora, e no aplicativo cutuca em frenesi a tela. Ela aponta para mim, depois para a foto.

Não Pa. Trzebinia.

Ergue os olhos, vê minha confusão, depois rola por todas as telas até encontrar uma página de bandeiras nacionais. Ela seleciona uma vermelha e branca e a adiciona à frase.

Não Pa. Trzebinia. Polônia. Tomasz.

Eddie está assistindo a tudo isso com uma atenção quase maravilhada e estende a mão com ansiedade para o iPad, que Babcia de pronto lhe entrega. Ele sai do programa CAA e carrega os mapas do Google, digita apressado *Polônia*. O mapa amplia a Europa, depois se concentra na Polônia, e Babcia aponta para a metade inferior da tela e me olha como se isso explicasse tudo.

É minha vez. Deslizo de volta para o CAA, copio o nome da cidade e colo no Google Maps. Eddie grita de alegria quando a tela volta a se concentrar na cidade, então, bate palmas. Eu não sabia que ele sabia usar o Google Maps. Faço uma anotação mental para mencionar isso ao professor, porque ele com certeza parece animado com isso.

Babcia sorri para ele, depois para mim. Sorrio de volta e, por um momento, ficamos todos apenas sentados ali, sorrindo como tolos.

— Você acha que isso era tudo que ela queria? — pergunto para mamãe, que dá de ombros.

— Ver um *mapa*? — supõe, quase ironicamente.

Babcia olha de mamãe para mim, espera um pouco, e quando percebe que ainda não a entendemos, seu rosto se contorce em uma careta. Ela tem toda a nossa atenção, mas estamos desamparadas e logo volta a ficar angustiada. Não tenho certeza do que tentar a seguir, mas, outra vez, é Eddie quem nos salva. Ele desliza a tela e vira de volta para o CAA, em seguida, entrega a Babcia e pousa a mão em seu antebraço.

Cada vez que vejo um filme em que um personagem tem autismo e sua característica definidora é a falta de empatia, tenho uma necessidade quase irresistível de destruir minha televisão. Eddie é, às vezes, desafiador, até enlouquecedor — mas seu coração é imenso. Pode ser que nunca fale nem viva de forma independente, mas o que ninguém lhe diz é que um abraço bem dado de um menino que odeia abraços pode mudar por completo o seu dia. Edison Michaels entende a frustração melhor do que qualquer pessoa que conheço. Ele reconhece até seus cartões de visita mais sutis, porque a *frustração* define todos os aspectos de sua vida.

Babcia digita e depois toca as palavras apenas para ter certeza de que todos as ouvimos.

Encontrar Tomasz. Por favor, mamãe. Encontrar Tomasz. Trzebinia. Polônia.

Desta vez, quando se vira para mim, paro e de fato me concentro nela. Seus olhos estão brilhantes e claros. Ela parece determinada e frustrada, e nem um pouco confusa. Ainda não tenho ideia do que ela quer, mas estou inexplicavelmente certa de que *ela* sabe.

— Mãe — digo devagar —, não acho que esteja confusa.

— Alice, ela parece estar nos dizendo que seu marido morto está na Polônia — suspira. — *Claro* que está confusa. Pa está em uma urna na casa de repouso, pelo amor de Deus.

Pelos próximos minutos, Babcia insiste via CAA, sem parar.

Encontrar Tomasz. Por favor, mamãe. Encontrar Tomasz. Trzebinia. Polônia.

Mamãe balança a cabeça e solta um suspiro, depois se afasta da cama.

— *Agora* ela quer falar sobre a Polônia — reclama. — Agora que *não pode* falar. Você sabe tão bem quanto eu como ela e o papai eram fechados para falar sobre a vida deles na Polônia. Você e eu passamos por fases na adolescência em que interrogávamos a mulher sobre a guerra e ela sempre encerrava a conversa.

Encontrar Tomasz. Mamãe, encontrar Tomasz.

Olho para mamãe de novo e ela joga as mãos para o ar.

— Ela está chamando você de mamãe, pelo amor de Deus! — diz exasperada, mas eu me abaixo, edito o rótulo na minha foto e, em seguida, pressiono o ícone de modo incisivo.

Alice.

— Está melhor assim? — retruco, e ela lamenta com impaciência. Babcia pega o iPad novamente.

Encontrar Tomasz, Alice. Por favor, encontrar Tomasz. Sua vez.

Fico olhando para a mensagem dela, respiro fundo e digito uma promessa que não tenho certeza se posso mesmo cumprir.

Sim, Babcia. Alice encontrar Tomasz.

Ela lê a mensagem, então olha para mim e as lágrimas marejam seus olhos. Beijo sua bochecha envelhecida e suspiro.

— Acho que podemos dizer a ela o que ela quer ouvir — diz mamãe com firmeza.

Posso entender por que disse isso, mas não é o que estou fazendo. Não se trata de uma falsa promessa de ajuda à minha avó para confortá-la.

Esta era a mulher que me buscava na escola quase todos os dias e que *sempre* tinha uma fornada de biscoitos frescos esperando por mim em casa. Esta era a mulher que comparecia a todas as reuniões e recitais da escola porque mamãe nunca podia ir. *Esta* mulher me ensinou a lidar com coração partido na adolescência e me ajudou a fazer minhas inscrições para a faculdade e tirar minha carteira de motorista.

Mas, de alguma forma, o mais importante, *esta* mulher me ensinou como ser meu próprio tipo de mulher, esposa e mãe. Eu sou a pessoa que sou hoje por causa de Hanna Slaski, e agora que ela precisa de mim, não vou decepcioná-la. Tenho a intenção de fazer tudo o que puder para encontrar o que ela está procurando.

CAPÍTULO 8

Alina

Mesmo nos piores momentos, a vida assume um ritmo e os dias se confundem. O primeiro ano de ocupação não foi exceção a essa regra. Todos seguiam uma rotina, e essa rotina começava e terminava com pensamentos em Tomasz. Na maioria das vezes, nem mesmo me permitia considerar a possibilidade de estar ansiando por um homem morto.

Havia muito mais com que me preocupar.

Desde o momento em que meus irmãos partiram, minha existência ficou enjaulada. Meus pais me disseram que eu não deveria deixar a fazenda, embora permitissem encontrar-me às vezes com Justyna na divisa entre nossas propriedades. Argumentei contra isso e, a princípio, tinha certeza de que encontraria uma maneira de fazê-los mudar de ideia. Eu tinha amigos na cidade — Emilia, Truda e Mateusz estavam lá e, além disso, a fazenda certamente não era tão mais segura. Muitas vezes, víamos caminhões nazistas passando barulhentos na estrada em frente à nossa casa. Desde o início da ocupação, até os jornais haviam parado de funcionar, exceto as publicações de propaganda nazista, que meu pai se recusava a ler. O rádio também havia sido banido — papai destruiu sua preciosa unidade de rádio após o decreto de que qualquer polonês que possuísse tal dispositivo seria executado.

Se eu não pudesse deixar a fazenda, estaria totalmente isolada do mundo.

Estava desesperada por qualquer notícia, mas, em particular, esperava notícias das fazendas de trabalho ou de Varsóvia, onde eu apenas poderia supor que Tomasz permanecera. Quando papai fazia suas viagens para a cidade, eu implorava que me deixasse acompanhá-lo, mas nada do que dissesse iria influenciá-lo. Ele me prometeu que estava perguntando pelos gêmeos e Tomasz, mas por muito tempo não houve nenhuma informação e, com minha arrogância adolescente, eu tinha *certeza* de que poderia fazer melhor.

— Você já ouviu falar da *lapanka*, é claro — meu pai me disse casualmente um dia.

— O jogo? — perguntei, franzindo a testa. — Sim, claro, nós jogávamos quando crianças... — *Lapanka* era muito parecido com o jogo inglês "tag", ou pega-pega. Papai encolheu os ombros.

— Os nazistas também jogam *lapanka*, Alina. Eles bloqueiam as extremidades de uma rua na cidade e cercam todos ali dentro e os carregam para um campo ou prisão, mesmo pelo mais leve motivo.

— Eu não daria a eles um motivo — disse com rigidez.

— Posso ver seu documento de identificação?

Pisquei perplexa, confusa com o que pensei ser uma mudança abrupta de assunto. Há pouco tempo, havíamos recebido ordens de carregar nossos documentos de identificação conosco o tempo todo, mas eu ainda estava adquirindo esse hábito e, além disso, estávamos na sala de jantar, então, eu sabia que estava segura o suficiente.

— Está no meu quarto, pai.

— Bem, aí está o seu *motivo*, Alina — respondeu com ênfase. — Se um soldado cruzasse o seu caminho e a pegasse sem o seu documento de identificação, eles a levariam ou talvez atirassem em você na hora. Entende isso? Você me diz que quer ir para a cidade, mas mesmo aqui em casa não consegue se lembrar dos requisitos básicos para se manter segura.

Depois disso, mamãe costurou bolsos em todas as minhas saias para meu documento de identificação e eu fervi de raiva de papai. Eu tinha certeza de que ele estava sendo injusto, de que eu seria perfeitamente capaz de me lembrar das regras se me desse a chance de provar meu valor. O problema com a raiva é que é preciso muita energia para mantê-la, e a própria natureza de nossa situação depois que os gêmeos se foram significava que toda a minha energia tinha de ser reservada para o trabalho agrícola.

Se eu tinha permissão ou não para deixar a fazenda para visitar as pessoas da cidade tornou-se um ponto discutível porque, na maioria dos dias, eu nem tinha energia para caminhar até o limite do campo para uma conversa com Justyna. E se tinha ou não um bolso na saia era igualmente irrelevante já que na maioria das manhãs eu ainda me esquecia de colocar o documento de identificação dentro. Até então não tínhamos recebido nenhum controle de soldados checando nossos documentos na fazenda e, embora a história de papai sobre as batidas de *lapanka* na cidade tenha me assustado um pouco, ainda não percebia como o perigo estava próximo.

De segunda a sábado, labutava com a mamãe na terra, às vezes trabalhando nos campos desde antes do nascer do sol até depois de o sol se pôr de novo. Eu levava os animais para pastar antes do dia clarear, deixava as galinhas saírem para vagar pelo quintal da casa e então me juntava aos meus pais nos campos. Quase tudo o que precisava ser feito tinha que ser feito à mão: um ciclo infinitamente laborioso de arar, plantar, remover as ervas daninhas e colher, e depois recomeçar. Mamãe, papai e meus dois irmãos robustos tinham se esforçado para manter o ritmo, mesmo com minha ajuda displicente, mas sem os gêmeos, e com o reumatismo de papai piorando sempre que o frio chegava, mamãe e eu tínhamos que lutar para manter a carga de trabalho normal, apenas por nossa conta. As bolhas em minhas mãos cresceram até que se juntaram e então estouraram, e a pele em carne viva aos poucos se transformou em um calo espesso e manchado de terra que cobria cada palma. Passava tanto tempo do dia curvada nos campos que, à noite, tinha que me deitar em posição fetal porque minhas costas teriam espasmos se eu tentasse deitar reta.

Eu me preocupava com meus irmãos e com Tomasz, mas durante o dia, o mero ato de sobreviver consumia tanta energia que a lembrança dos ausentes era apenas ruído de fundo sob o terror constante. Tínhamos que fazer com que a terra produzisse mais, porque nossa própria sobrevivência dependia disso. Durante os longos dias, não tinha capacidade de pensar em outra coisa senão no trabalho e no pavor que me deixava paralisada toda vez que avistávamos um veículo nazista perto de nosso portão.

Era só quando a atividade frenética parava na hora de dormir que me permitia me concentrar em Filipe, Stanislaw e Tomasz. Eu orava por meus irmãos com toda a energia que me restava, abria minha gaveta, tateava buscando a aliança de mamãe e fixava minha mente por um puro momento em Tomasz.

Em algumas ocasiões, revivia uma lembrança; em outras, imaginava um reencontro; muitas vezes pensava no dia do nosso casamento, planejando aquele momento vitorioso com detalhes irracionais, até a quantidade de papoulas vermelho rubi que carregaria em meu buquê. Eu ainda podia vê-lo tão claramente em minha lembrança: os olhos verdes risonhos, o sorriso travesso, a forma como seu cabelo caía para a frente em sua testa e ele o puxava para trás por hábito, apenas para cair para a frente de novo, logo em seguida.

O problema é que, uma vez que os pensamentos de Tomasz enchiam a minha cabeça, o desejo urgente nunca ficava para trás. Nos segundos silenciosos antes de o sono tomar conta de mim, às vezes eu ficava desesperada com o meu desamparo e acordava com os olhos inchados por ter chorado até dormir.

Não tinha poder para mudar o meu destino. Tudo o que eu tinha era a respiração em meus pulmões e um pequeno fragmento de esperança de que, se continuasse avançando, poderia sobreviver até que outra pessoa mudasse meu mundo.

***

As cotas sobre os nossos produtos aumentavam cada vez mais. Por fim, papai tinha que carregar a carroça com *toda* a nossa produção e levar tudo para a cidade para entregar aos soldados. Em troca, lhe davam nossa cota de selos de racionamento. A primeira vez que voltou com comida, pensei que, de alguma forma, eu não havia compreendido o arranjo.

— Você tem que ir buscar a comida todos os dias?

— Não, Alina — disse impaciente. — Isso deve durar uma semana.

As rações não eram apenas escassas, eram insustentáveis. Papai voltou com um saco de farinha, pequenos blocos de manteiga e queijo, meia dúzia de ovos e um pouco de carne enlatada.

— Como vamos viver disso? — perguntei. — Temos tanto trabalho a fazer, como podemos administrar a fazenda com apenas nós três quando eles estão simplesmente nos alimentando com restos de comida?

— Há muitos que passam por coisas piores do que nós — disse mamãe.

— Piores? — Parecia inimaginável. O seu olhar também ficou impaciente, mas, desta vez, foi meu pai quem falou.

— São quase setecentas calorias por dia, para cada um de nós. Os judeus recebem apenas duzentas. E, menina, você acha que nosso trabalho agrícola é difícil? Venha para a cidade comigo na próxima vez e veja como as equipes de trabalho judias estão sendo tratadas.

— Eu quero ir para a cidade — respondi, levantando o queixo. — Você é que não deixa.

— Não é seguro lá, Alina! Você sabe que tipo de coisas aqueles monstros fizeram com algumas das garotas da cidade? Você sabe o que poderia...

— Nós vamos sobreviver — mamãe o interrompeu de repente, e todos nós ficamos em silêncio. Pareceu-me que tínhamos uma escolha: quebrar as regras e sobreviver ou seguir as regras e morrer de fome, e eu estava com medo de que meus pais escolhessem a segunda opção. Limpei a garganta e sugeri: — Podemos ficar só com um pouco de nossa comida... só um pouco? Podemos pegar apenas alguns ovos ou vegetais...

— Os invasores dizem que nossas fazendas pertencem ao Reich agora — disse papai. — Reter nossa produção nos levaria à prisão, ou pior. Não sugira tal coisa de novo, Alina.

— Mas...

— Deixe quieto, Alina — mamãe foi enfática. Olhei para ela com frustração, mas então percebi sua postura determinada. Sua linguagem corporal disse o que as palavras não revelavam: mamãe tinha um plano, mas não tinha intenção de compartilhá-lo comigo. — Basta fazer o seu trabalho e parar com tantas perguntas. Quando precisar se preocupar, papai e eu diremos a você para se preocupar.

— Não sou um bebê, mamãe! — gritei de frustração. — Você me trata como uma criança!

— Você é uma criança! — papai ponderou. Sua voz tremia de paixão e frustração. Olhamos um para o outro e vi o brilho das lágrimas nos olhos do meu pai. Fiquei tão chocada com isso que não sabia bem o que fazer; a vontade de insistir e discutir com eles se esvaiu em um instante. Meu pai piscou rapidamente, depois respirou fundo e disse num tom de voz irregular: — Você é nossa filha e é a única coisa pela qual nos resta lutar. Faremos o que for preciso para protegê-la, Alina, e você deve pensar duas vezes antes de nos questionar. — Suas narinas se dilataram de repente e ele apontou para a porta enquanto lágrimas começavam a se acumular em seus olhos. — Vá e faça suas malditas tarefas!

Eu queria pressionar, e teria feito isso, se não fossem aquelas lágrimas chocantes nos olhos de meu pai.

Depois daquele dia, baixei a cabeça e prossegui no ritmo em que o trabalho consumia minha vida.

***

Em um dia excepcionalmente quente no fim do outono, eu estava trabalhando no canteiro de frutas vermelhas, que ficava bem ao lado da casa, no local onde a encosta era mais íngreme. O vento havia diminuído e o sol estava saindo com força total, então, estava me bronzeando. Na hora do almoço, coloquei minha roupa favorita: um vestido leve de verão, com estampa floral, que herdara de Truda. Certamente não era uma roupa indecente — eu *não tinha* roupas indecentes —, mas escolhi aquele vestido porque o corte do decote significava que eu poderia desfrutar do calor do sol em meus braços e parte superior do peito. Eu estava agachada no chão colhendo frutos maduros e os colocando em uma cesta de vime, com frequência arrancando ervas daninhas quando as encontrava e jogando-as em uma pilha ao lado do canteiro. Meu pai estava tendo um dia excepcionalmente ruim — estava com tantas dores nos quadris que mamãe optou por ficar em casa para cuidar dele.

Ouvi o caminhão se aproximando e depois diminuindo a velocidade. Prendi a respiração como sempre fazia quando ouvia veículos passando por nossa casa, mas depois soltei o fôlego muito rápido quando vi o veículo virar em *nossa* entrada. Assim que o rugido do motor do caminhão parou, veio o som da porta da frente se abrindo.

Foi quando me lembrei do meu documento de identificação. Lembrei-me de colocá-lo no bolso da saia mais pesada que estava usando naquela manhã e, quando me troquei na hora do almoço, deixei aquela saia sobre a minha cama e meus documentos ainda estavam nela.

Rezei para que fossem embora sem me abordar, mas ergui-me mesmo ao fazê-lo porque tinha pouca expectativa de que minha oração fosse atendida e não queria ficar agachada sozinha no chão quando viessem. Havia apenas dois deles naquele momento. Um era de meia-idade, careca e tão gordo que fiquei zangada ao pensar na quantidade de comida que ele deveria comer para manter o corpo daquele jeito. Seu companheiro era surpreendentemente jovem — talvez da mesma idade dos meus irmãos. Perguntei-me sobre aquele jovem soldado: se estava com medo de ficar longe de sua família, como meus irmãos com certeza estavam. Por um momento, senti uma pontada de empatia, mas ela desapareceu quase imediatamente quando vi o aspecto facial do rapaz. Como seu companheiro mais velho, sua expressão era uma máscara de desprezo enquanto inspecionava nossa pequena casa. Apesar da ligeira distância entre nós, não havia como confundir a curvatura desdenhosa de seu lábio e as narinas infladas. Com os ombros travados e a forma como a mão pairava sobre o coldre de couro no quadril que abrigava sua arma, estava claro que aquele garoto estava apenas procurando um pretexto para liberar sua agressividade.

E eu estava em um campo com um vestido de verão sem o meu documento de identificação, uma bandeira vermelha tremulando ao vento diante de um touro furioso.

O homem mais velho se aproximou da casa, mas o jovem ficou parado observando ao redor. Seu olhar percorreu a linha das árvores na floresta na colina acima e atrás de mim, então mudou cada vez mais para perto do lugar onde eu estava. Desejei tanto, mas tanto, ter *algum* meio de me tornar invisível, enquanto o jovem se virava para encarar mamãe e papai, seu olhar passando por mim.

Pensei por um segundo que ele não tinha me notado ou não se importara em me dar a mínima atenção, mas assim que o alívio começou a aumentar e exalei a respiração que estava prendendo, o jovem soldado franziu a testa e inclinou a cabeça quase bem curioso. Foi como se tivesse sentido minha falta no início e apenas tardiamente registrado que eu estava lá. Ele mais uma vez ergueu os olhos, só que, agora, seu olhar se fixou no meu. Havia nojo palpável em seus olhos, mas estava misturado com uma *cobiça* intensa e inquietante. Meu estômago embrulhou e eu desviei o foco dele o mais rápido que pude, mas ainda sentia seus olhos em mim, queimando-me de alguma forma, até que lutei para suprimir uma necessidade irresistível de cruzar os braços sobre o meu corpo.

Eu sabia que não poderia ficar ali, paralisada. Fazer isso chamaria mais atenção, e isso apenas aumentaria a chance de se aproximarem de mim e, se o fizessem, eu estaria perdida. Sabia que não me deixariam entrar em casa para pegar minha documentação — isso seria um ato de gentileza, e gentileza não era algo que os nazistas achavam que os poloneses mereciam. Eles nos consideravam *Untermensch*, ou subumanos — apenas ligeiramente acima dos judeus em sua pervertida escala racial de valor. Eu tinha que agir como se estivesse atarefada — eu tinha que estar atarefada —, não era assim que deveríamos nos salvar? Sermos produtivos, manter a fazenda funcionando, produzir a qualquer custo — esse era o nosso mantra desde a invasão. Tentei me convencer de que a estratégia me salvaria agora também, mesmo em face de tão direta intensidade por parte daquele soldado. O gotejamento de adrenalina em meu organismo se transformou em uma inundação, e eu senti o suor correndo pela minha espinha junto com ela. Comecei a me mover, mas meus movimentos eram espasmódicos e minhas palmas estavam muito úmidas, e quando me inclinei para pegar a cesta de vime, ela escorregou direto para a terra. As centenas de frutas que eu havia colhido caíram, olhei para trás em pânico para ver o soldado rindo com desdém, zombando de mim sem uma única palavra.

Caí de joelhos e comecei a recolher as frutas. Minhas mãos tremiam tanto que eu não conseguia coordenar os movimentos e cada vez que erguia um punhado de frutas vermelhas em direção à cesta, deixava cair todas as que resgatava. Não precisava olhar para cima para saber que seus olhos ainda estavam em mim. Eu podia sentir a intensidade de sua atenção como se pudesse, de alguma forma, enxergar através das minhas roupas. Se fugisse, eles atirariam em mim, e eu estava apavorada demais para pensar com clareza o suficiente para encontrar alguma tarefa que tivesse condições de executar com legitimidade e que pudesse me afastar de sua visão. Estava travada e nua sob o seu olhar, exposta à sua vista no leve vestido de verão que escolhera com tão inocente otimismo e esperança de uma agradável tarde ao sol.

Em casa, podia ouvir o soldado mais velho e meu pai tentando conversar em alemão, mas soava forçado e estranho porque meu pai sabia apenas um pouco mais de alemão do que eu. Houve uma discussão em tom baixo, então papai disse algo sobre Oświęcim, uma cidade não muito longe da nossa.

E o tempo todo o jovem soldado me encarou.

O mais velho gritou com papai, depois deu meia-volta na terra e retornou para o veículo. Foi quando o soldado mais jovem falou pela primeira vez. Ele se virou preguiçosamente para o meu pai, lançou um olhar desdenhoso e, em seguida, mirou com foco para mim outra vez enquanto falava alto o suficiente uma frase rápida que não consegui traduzir. Ao ser chamado pelo colega, os dois entraram no carro e partiram.

Eu desabei no chão, confusa com quão tenso aquele momento havia sido, e confusa por que mesmo agora que haviam ido embora, meu estômago ainda estava se revirando com violência. Pressionei as mãos na minha barriga, tão focada no desconforto dentro do meu corpo que eu mal percebi que mamãe se aproximava.

— Você está bem — disse abruptamente. — Estamos bem.

— Eu não tinha minha documentação comigo — engasguei. Mamãe gemeu sem paciência.

— Alina, se eles tivessem verificado...

— Eu sei — minha voz falhando. — Eu sei, mamãe. Eu continuo esquecendo, mas... tentarei ser mais cuidadosa da próxima vez.

— Não — retrucou mamãe, balançando a cabeça. — Você se *esquece o tempo todo*, Alina. Não vamos arriscar de novo. Eu guardarei sua documentação para você, e nós garantiremos que se estiver fora, no campo, estarei ao seu lado.

A gaiola ao meu redor estava encolhendo, mas depois dos cinco minutos que acabara de passar, eu não me importei nem um pouco.

— O que eles queriam? — perguntei.

— Eles estavam perdidos, precisavam de instruções para chegar ao quartel. Seu pai acha que estavam procurando Oświęcim — olhou para a colina, sua expressão distante por um momento. Quando voltou a olhar para mim, suas sobrancelhas franziram. — Eu... você deve usar um lenço nos campos, ou um dos chapéus do seu pai. Você deve... agora deve sempre esconder seu cabelo. E você deve... — Olhou para o meu corpo e passou a mão pelos próprios cabelos. — Talvez deva usar as roupas dos seus irmãos... — Ela parou de falar novamente, depois me lançou um olhar inquiridor, um tanto desamparado. — Você entende o que estou dizendo, Alina?

— Eu fiz algo errado, mamãe? O que aquele soldado me disse?

— Ele estava falando com o seu pai — respondeu e, então, suspirou. — Que ele tem uma filha bonita. — Ela encontrou meu olhar e ergueu as sobrancelhas. — Devemos fazer tudo o que estiver ao nosso alcance para garantir que o próximo soldado que passar não veja uma *filha bonita*. Não podemos escondê-la completamente, então, deve tentar se esconder de outras maneiras. Sim?

Eu desejei jamais voltar a me sentir tão exposta de novo. Eu queria queimar aquele vestido de verão e usar um casaco em todos os lugares que fosse pelo resto da minha vida. Nunca pensei muito sobre minha aparência — mas, naquele dia, odiei-a. Eu odiei meus cabelos castanhos cheios e meus grandes olhos azuis e *detestei* a curva de meus seios e quadris. Se houvesse uma forma de me tornar invisível, eu a teria aceitado alegremente. Fiquei tentada a correr para dentro e vestir as roupas grandes e enfadonhas dos meus irmãos naquele segundo.

Mamãe ajoelhou-se ao meu lado e me ajudou a recolher as últimas frutinhas que eu deixara cair.

— Se eles se aproximarem de você — disse de repente —, não lute. Você me entende, Alina? Deixe-os fazer o que... — Era tão raro ela procurar por palavras. Fechei os olhos com força, mamãe estendeu a mão e agarrou meu antebraço até que eu os abri novamente. — Não há necessidade de matá-la se puderem conseguir o que querem de você. Apenas lembre-se disso.

Eu balancei a cabeça e o aperto em meu braço tornou-se dolorosamente forte.

— O estupro é uma arma, Alina — disse ela. — Assim como matar nossos líderes também era uma arma, e levar nossos meninos, e nos deixar com fome até a morte é uma arma. Veem que somos fortes em face de todas as outras táticas deles, então, vão tentar nos controlar de outras formas, vão tentar minar nossa força interior. Se vierem atrás de você, seja inteligente e corajosa o suficiente para superar o instinto de tentar fugir ou resistir. Pois mesmo que machuquem seu corpo, você sobreviverá.

Solucei uma vez, mas ela sustentou meu olhar até que concordei com a cabeça em meio às lágrimas. Só então seu olhar suavizou.

— Alina — suspirou. — Agora entende por que não queremos que vá para a cidade? Todos nós somos vulneráveis. Todos nós somos impotentes. Mas você, minha filha... você é ingênua e linda... isso a deixa em risco de formas que está apenas começando a entender.

— Sim, mamãe — engasguei. Para ser franca, nem de casa eu queria mais sair, quanto mais da fazenda. Qualquer pensamento de visitar a cidade foi esquecido por um longo tempo depois daquele dia.

Não foi o único dia que os soldados vieram ao nosso portão: verificações pontuais em documentações e visitas aleatórias para nos enervar logo se tornaram um estilo de vida. Esses momentos sempre foram assustadores, mas nunca mais me senti tão exposta, porque aquela foi a última vez que um soldado veio e me encontrou trabalhando sozinha no campo. Mamãe sempre esteve perto de mim a partir disso, com nossos documentos aninhados em segurança nos bolsos de suas roupas íntimas. Naquele dia também foi a última vez que um soldado veio à nossa fazenda e me encontrou usando minhas próprias roupas, e a última vez que alguém veio ao nosso portão e me encontrou com meus cabelos compridos soltos sobre os ombros.

Naquele outono, um jovem soldado nazista tirou minha inocência sem ao menos chegar a trinta metros de mim.

***

Aos domingos, Truda e Mateusz subiam com Emilia a colina pelo lado da cidade e depois a desciam até nossa casa para almoçar conosco. Nós os víamos vindo pelo caminho: Emilia estava inevitavelmente de mãos dadas com minha irmã, um pedaço de papel ou um pequeno ramo de flores silvestres seguro com firmeza em sua outra mão. Mateusz sempre caminhava atrás delas, e eu entendia que era um gesto de proteção, mas também sabia que, em última análise, era inútil. Se um soldado quisesse fazer mal a qualquer um de nós, não havia nada a ser feito a respeito, nem mesmo por meu cunhado alto e forte.

Emilia havia se adaptado depressa à vida com a nova família, e era claro que, por sua vez, Truda e Mateusz a adoravam. Aquela garotinha amava sobretudo duas coisas na vida: falar a um milhão de quilômetros por hora e flores de todo tipo. Na preparação para a visita semanal, coletava um pequeno ramalhete no parque no fim da rua ou desenhava flores de algum tipo para mamãe e para mim com uns lápis de cor que Truda comprara para ela. Na maioria dos domingos, as flores eram de cores vivas, desajeitadas e com aspecto de desenho animado, e o resultado era geralmente uma obra de arte alegre que aquecia meu coração só de ver. Em outras semanas, ela desenhava com traços fortes e usava apenas um giz de cera preto. Não importava o que desenhasse, eu sempre reagia com surpresa e prazer ao seu presente e, em troca, era recompensada com seu sorriso. Quase todos os domingos, o sorriso radiante de Emilia era o ponto alto da minha semana.

Todas as semanas, ela me entregava seu presentinho e me perguntava sem fôlego se tinha recebido notícias sobre Tomasz. Todas as semanas, eu fingia que ainda tinha certeza de que ele estava bem e era apenas uma questão de tempo antes que voltasse para casa.

— Claro que está. Ele está vivo e está bem e está fazendo tudo o que pode para voltar para nós.

— Como você pode ter tanta certeza?

— Ele me prometeu, boba. E Tomasz nunca mentiria para mim.

— Obrigada, irmãzona — ela suspirava e me abraçava com força.

A vida na fazenda era difícil, mas, na maior parte do tempo, nos primeiros anos, foi tranquila. A teoria de mamãe parecia correta: mantivemos nossas cabeças baixas e trabalhamos duro, e afora essas verificações pontuais esporádicas, a ocupação só continuava furiosa ao nosso redor. Estávamos famintos e com saudades dos nossos rapazes, mas a vida era *quase* tolerável.

Aos domingos, sempre me lembrava que a vida na cidade não era tão simples. Naqueles almoços dominicais, Truda e Mateusz eram estoicos, mas Emilia ainda era muito jovem para esconder seu trauma. Aquilo saía dela sem prelúdio ou aviso, frases de modo aleatório perturbadoras às quais nenhum de nós de fato sabia como reagir.

— E então os judeus estavam consertando o prédio, mas o soldado disse "judeu imundo" e ele bateu no rosto do velho com a pá e...

— Chega dessa conversa no almoço, Emilia. — Truda sempre falava com ela com a mistura perfeita de *firmeza* e *delicadeza*. A menina olhava em volta da mesa, limpava a garganta e tornava a comer em silêncio. Em outra semana, estávamos conversando tranquilos sobre as galinhas quando Emilia disse sem preâmbulos:

— A mulher estava morta no lago do parque, Alina. Estava flutuando com o rosto na água e sua pele estava toda inchada e a água ficou rosa.

— Emilia! — Truda estremeceu, estava aflita. — Eu disse a você... disse para não olhar... eu disse...

A pequena olhou para todos nós, franzindo a testa.

— Coma mais um pouco, menina — mamãe falou com pressa e ela pegou o prato de Emilia para deslizar uma panqueca de batata extra sobre ele. — Não pense nessas coisas.

Depois do almoço, os adultos tomavam um gole de café aguado, e eu costumava levar Emilia para nos sentarmos nos degraus ao lado do celeiro para que ela pudesse falar livremente por alguns minutos. Eu odiava que aquela criança doce e inocente estivesse rodeada de morte e feiura, mas também conseguia perceber que ela *precisava* falar sobre essas coisas, mesmo que o restante de nossa família não suportasse ouvir.

— Gosto de Truda e do Mateusz, mas tenho saudades do Tomasz e do meu pai — confessou-me num domingo.

— Eu também sinto falta deles.

— Eu não gosto dos soldados malvados em nossa cidade. E não gosto de pessoas mortas em todos os lugares. E não gosto quando as armas disparam à noite e não sei se a bala está vindo para mim.

— Eu sei.

— Tudo me assusta muito e quero que isso pare agora — disse ela.

— Eu também.

— Ninguém quer falar sobre isso. Todo mundo fica com tanta raiva de mim quando eu falo. Por que querem fingir que não está acontecendo? Por que não podemos falar desse assunto?

— É apenas nosso jeito, Emilia. — Sorri para ela com tristeza e puxei-a para um abraço. — Às vezes, falar faz com que pareçam mais reais. Você entende isso?

Emilia suspirou com pesar ao assentir.

— Entendo. Mas me sinto melhor quando falo sobre isso. Eu quero compreender.

— Você pode falar comigo. Eu também não compreendo, mas sempre ouvirei você.

— Eu sei, irmãzona — ela disse, e então, por fim, seu sorrisinho voltou.

CAPÍTULO 9
Alina

Possuíamos um número excepcionalmente grande de galinhas para uma família em nossa região, porque, nos anos secos, quando as safras não tinham um bom desempenho em nosso solo pobre, nossa família sempre sobrevivia com uma dieta à base de ovos contínua. Agora, esses ovos tinham que ser muito bem coletados e contados, e eu não ousava deixar cair nenhum, porque os nazistas haviam estabelecido para nós uma cota de vinte ovos por dia com exatidão.

Às vezes, as galinhas botavam apenas dezoito ou dezenove. Nas primeiras situações em que faltaram ovos, gelei de pânico enquanto procurava pelos outros, e então fiquei com o estômago embrulhado quando por fim admiti a derrota e dei a notícia aos meus pais. No dia seguinte, sempre havia um ou dois ovos extras — e como papai só os levava para a cidade duas vezes por semana, um dia sempre compensava o outro antes que os soldados soubessem que estávamos com produção insuficiente.

Nunca deixamos de cumprir a cota. Muito raro, produzíamos um ou dois ovos a mais, mas nunca um a menos. Houve um período em que pensei que a Virgem Maria estava ouvindo minhas orações e que estávamos sendo abençoados, mas, com o tempo, tornei-me um pouco mais cética.

Outra colheita de verão veio e se foi, e eu presumi que havíamos entregado cada produto conforme fomos instruídos a fazer. Em geral esse era um período agitado para mim e para mamãe porque, depois da colheita, preservávamos o máximo que podíamos para cobrir os meses de inverno, mas agora não havia mais o que preservar e nossas noites eram livres. Pareceu estranho e me surpreendi ao descobrir que sentia falta das horas intermináveis preparando salmouras e conservas com mamãe, que sempre compartilhamos nos anos anteriores.

Então, acordei tarde da noite e fiquei confusa com o cheiro forte de açúcar no ar. Parei um bom tempo olhando para o teto, perguntando-me se estava imaginando coisas ou talvez até sonhando, mas o aroma persistia e eu me sentia cada vez mais confusa. Saí da cama para abrir a porta e encontrei mamãe em pé perto do fogão. O cheiro de açúcar e morangos era inconfundivelmente forte na sala de estar. A lamparina estava apagada — a sala estava iluminada apenas pela luz bruxuleante do fogo na grelha. Mamãe vigiava a panela, seu olhar distante e pensativo.

— O que você está fazendo? — perguntei. Ela saiu de seu torpor e me olhou atentamente.

— Limpando a panela — respondeu no susto. — Volte para a cama!

— Eu... mamãe — minha garganta de repente estava seca. Fiquei olhando, respirei o cheiro forte de novo e me forcei a dizer o óbvio. — Isso é geleia. Posso ver que você está fazendo geleia.

Mamãe voltou a olhar à panela por um momento. Ela mexeu o conteúdo um pouco mais e então se virou para mim, com um olhar desafiador.

— Claro que não é geleia. — Ergueu a colher para que eu pudesse ver a calda pingando. Uma gota se formou e caiu em seguida, e depois outra, mas mamãe permaneceu completamente em silêncio, mesmo que longos momentos se arrastassem por nós enquanto eu observava a colher e ela me observava. Minha sonolência se dissipou, engoli um nó repentino na garganta e, então, forcei-me a fitá-la de volta. A expressão em seus olhos era tão intensa que se tornou muito difícil encará-la, por isso, desviei a atenção para a colher. Na sala quase escura, a geleia vermelha espessa parecia mesmo com sangue. Estava muito quente na casa por causa do fogo, mas um arrepio percorreu o meu corpo da cabeça aos pés.

Mamãe baixou a colher de volta na mistura e tornou a mexer, e olhava para a panela enquanto murmurava:

— Se fosse geleia, eu estaria retendo os produtos e se fosse pega fazendo isso, seria executada. Atirariam em mim, ou me enforcariam, ou me espancariam até a morte. — Fez outra longa pausa e, para mim, aquele silêncio estava carregado com o terror absoluto da verdade de sua declaração. — Agora, seria de *meu feitio* correr um risco tão tolo?

Havia um franco ar de provocação em seus olhos, como estivesse me desafiando a dizer o contrário, e como se declarar o absoluto óbvio fosse a causa de sua morte. Eu estava tremendo agora, confrontada com a realidade de nossas circunstâncias de uma forma que havia facilmente evitado até aquele momento.

Baixei meu queixo e balancei a cabeça.

— Não, mamãe. Claro que não seria — murmurei.

— Bom. Volte para a cama.

Eu obedeci. Virei-me depressa e corri para o meu quarto e, embora estivesse demasiado quente, eu me enfiei debaixo das cobertas e cobri a cabeça. Por fim, caí em um sono profundo, mas quando acordei na manhã seguinte para ver o nascer do sol pela janela, não havia como evitar encarar a verdade.

Minha mãe estava escondendo comida dos nazistas. E agora que eu tinha certeza, queria saber exatamente a extensão do logro que ela praticava.

Era difícil contar as galinhas quando estavam do lado de fora durante o dia — inclusive porque nossa galinhada tinha rédea solta no quintal da casa e no celeiro grande durante o dia. Mas, à noite, eu as perseguia até o celeiro e as trancava para mantê-las protegidas das raposas. Na noite seguinte, decidi confirmar minhas suspeitas. Tranquei as galinhas no celeiro, deixei-as se acomodarem e depois voltei para contá-las quando estavam paradas.

— Temos vinte e três galinhas, mais os galos — disse para mamãe quando entrei. Ela olhou para mim e franziu a testa.

— Não. São apenas vinte, mais os três galos — respondeu com rispidez.

— Talvez tenhamos alguns animais desgarrados, porque acabei de contar...

— Temos *exatamente vinte*, Alina — interveio papai com firmeza. As palavras ricochetearam nas paredes de nossa pequena casa, e então eu soube.

— Nós temos vinte galinhas — repeti estupidamente.

Geleia, ovos... Onde isso acabava? Comecei a observar os suprimentos com que papai voltava quando ia buscar rações e comparei com a comida em nossa mesa. Em geral não tínhamos um estilo de vida luxuoso — mas comíamos ovos na maioria dos dias, apesar de papai trazer apenas meia dúzia quando voltava da cidade a cada semana. Sempre tínhamos geleia com o pão, e eu presumi que fosse uma sobra da temporada anterior à guerra, mas agora olhava com atenção para o pote de onde a tirávamos.

Esse mesmo pote durava meses. A geleia parecia nunca diminuir.

Eu me perguntei como seria minha dieta se não fosse pela geleia contrabandeada e os ovos extras. Perguntei-me o que mais meus pais estavam fazendo que não queriam que eu soubesse. Logo, passei a olhar para a geleia de morango no meu biscoito e me sentir de alguma forma igualmente em pânico por minha mãe ter arriscado a vida para dá-la a mim, e que talvez fosse a última porção.

Certa manhã, quando mamãe e eu estávamos recolhendo os ovos, esperei até que ela dobrasse a esquina do celeiro para verificar o quintal da casa. Corri para dentro para buscar a lamparina a óleo e depois me obriguei a descer para a cavidade escura do porão. Tinha sido difícil o suficiente me forçar a entrar naquele espaço com toda a minha família ao meu redor, mesmo quando a ameaça de bombardeio estava se aproximando. Meu coração disparou quando entrei, e quase parou por completo quando encontrei apenas um único pote empoeirado de geleia e duas batatas brotando.

Foi quando percebi que ainda pior do que a ideia de mamãe mantendo um estoque secreto de comida era a possibilidade de já termos exaurido o que ela tinha. Saí do porão e voltei para a casa.

— Mamãe — eu engasguei. — Ficamos sem comida, não é?

— Não — respondeu, e continuou seu trabalho como se eu nada tivesse falado. Eu a encarei sem acreditar, então agarrei seu braço para forçá-la a olhar para mim.

— Mas eu fui ao porão.

Ela me silenciou com um único olhar incrédulo e, em seguida, soltou uma risada.

— Alina — falou —, desde quando *você* vai ao porão?

— Eu estava tão preocupada...

— Quando você precisar se preocupar, eu direi. Até lá, trabalhe duro e não faça tantas perguntas.

— Mas, mamãe — insisti, inquieta —, eu *preciso* entender.

— Às vezes, *não* entender algo é a coisa mais sábia a fazer — suspirou e olhou para mim. — Não somos nada para os invasores, Alina. Já éramos pobres, então, não há muito mais para tirarem de nós e se eles pensarem que estão recebendo toda a nossa produção, eles nos deixam em paz... na maioria dos casos. Mas se de repente começarem a prestar atenção, você e eu discutiremos esse assunto. Até esse dia, tem que confiar que seu pai e eu cuidaremos de você.

A geleia continuava na mesa muito depois de ter acabado, e as panquecas de batata continuavam sendo servidas aos domingos, e na maioria das manhãs mamãe me servia em silêncio um montinho generoso de ovos mexidos com minha porção da ração de aveia. Eu a vi colocando batatas e ovos e às vezes até um pequeno saco de grãos ou açúcar no casaco de Truda depois do almoço todos os domingos. Percebi que todos parecíamos abatidos e muito magros, mas Emilia de alguma forma mantinha a cor nas maçãs do rosto. Eu vi os grandes sacos de trigo e açúcar que meu pai descobriu na parte de trás da carroça depois de uma viagem "espontânea" à cidade para "visitar Truda".

Sobrevivíamos apenas porque estavam secretamente surrupiando de nossas colheitas e dando um mergulho ocasional no mercado clandestino. Que estava prosperando naquela época, porque todo cidadão polonês estava também na mesma situação.

Não questionei mamãe de novo depois daquela manhã. Eu queria protestar mais e sempre planejei fazê-lo — só não sabia como sobreviveria quando a comida esgotasse. Mesmo com aquelas poucas calorias adicionadas, de vez em quando eu me pegava tonta no campo, ou tão exausta que tinha que me sentar e descansar no meio da tarefa. Sem aquele pouco de sustento extra, sabia que nunca poderia continuar com o trabalho que precisavam que eu fizesse para manter a fazenda funcionando.

Então, em vez de cavar para descobrir a verdade de meus pais, em silêncio adicionei mais uma corrente de terror ao rio que corria a cada hora da minha vida.

***

Às vezes, quando eu estava plantando, arrancando ervas daninhas ou colhendo na plantação de vegetais, levantava-me para esticar as costas doloridas e, quando olhava para o céu, notava uma coluna crescente de fumaça negra. No início, isso mal me chamou a atenção, porque sempre havia fumaça no horizonte quando a ocupação começou. Mas, aos poucos, percebi que era diferente da fumaça que subia quando os nazistas destruíam nossos prédios com fogo — porque *aquela* ia e vinha e se movia, e *essa* fumaça estranha estava sempre no mesmo lugar.

Foi no início um marco ocasional, mas conforme um ano sob o domínio nazista se tornou dois, a fumaça tornou-se visível quase todos os dias. Aos poucos, fiz a relutante conexão entre ela e um cheiro horrível que pairava bastante forte no ar, como um cobertor doentio em todo o distrito. Quando a fumaça aumentava e não havia vento, aquele fedor horrível nunca ia embora. Era um cheiro diferente de qualquer outro — não algo que pudesse identificar, mas que fazia eu me sentir fisicamente mal e às vezes bastante assustada. Logo, eu não queria mais olhar para a coluna negra contra o azul profundo de nossos céus, como se a própria visão da fumaça fosse uma ameaça para mim.

Em dias sem nuvens, às vezes eu conseguia me enganar e acreditar que havíamos voltado no tempo, aos anos antes de Tomasz deixar Trzebinia. Nos momentos assim, eu poderia trabalhar usando as mãos, mas meus pensamentos se perdiam em outro lugar. Eu imaginava que Tomasz poderia descer a colina, assobiando, para se juntar a nós para almoçar e fazer meu pai rir com alguma história extravagante de sua vida de colégio, ou que Filipe poderia surgir do campo distante para implorar à mamãe para deixá-lo ir até a casa de Justyna para uma visita. Eu olhava para o céu e ignorava por um momento que vinha tão cansada e por tanto tempo, que havia esquecido como era me sentir "revigorada".

Mamãe e eu estávamos arrancando ervas daninhas pela manhã, mas quando saímos de casa depois do almoço, meu humor esperançoso e pensativo murchou num instante quando vi que a fumaça havia começado. À tarde, enquanto plantávamos do outro lado da horta, a linha cinza-escuro havia subido tão alto que parecia se estender por todo o céu.

— Pare de olhar — mamãe gritou para mim de repente. — Olhar não vai fazer com que desapareça.

Eu corei, então vi a carranca em seu rosto. Dava para notar que ela não gostava da presença daquilo mais do que eu, por isso, atrevi-me a perguntar pela primeira vez:

— O que você acha que é?

— Eu sei o que é. É de um campo de trabalho para prisioneiros — disse de supetão. — Apenas uma fornalha.

— Uma fornalha? — repeti, olhando para a coluna de fumaça outra vez e franzindo a testa. — Deve ser uma fornalha muito grande.

— É para aquecer a água — explicou. — Há muitos prisioneiros no campo, a maioria de guerra. Eles estão apenas esquentando a água dos chuveiros e da lavanderia.

Isso parecia fazer sentido — então, disse a mim mesma que não havia absolutamente nada a temer com aquela coluna de fumaça, que minha reação visceral a ela era, na verdade, exagerada; que eu estava certa em tentar ignorá-la por completo.

Mas quando a vi no dia seguinte, e no outro, e logo estava lá dia e noite, lá no fundo sabia que minha mãe estava errada.

Eu ainda não sabia o que a fumaça significava, mas estava cada vez mais certa de que era mais um sinal de que o laço em volta do pescoço de minha nação estava sendo apertado.

***

Soubemos apenas por acaso da morte de Filipe. Os gêmeos foram colocados juntos em uma imensa fazenda de trabalho a centenas de quilômetros de nós, trabalhando com jovens de toda a Polônia, um dos quais foi designado para administrá-la. Esse rapaz foi mais tarde "promovido" pelos nazistas a um cargo importante em Cracóvia. A caminho da nova posição, ele passou por Trzebinia e nos procurou.

Poucos meses depois de terem lá chegado, Filipe ficou indignado com algum acontecimento no campo e tentou intervir — sem sucesso, porque é claro que o campo era fortemente vigiado e vários soldados apontaram as armas contra ele num instante. Sua morte não pareceu uma inevitabilidade para mim, embora, em retrospecto, talvez devesse ser.

Não havia nada para enterrar, nenhum corpo sobre o qual conduzir um serviço religioso. Em vez disso, ouvimos que ele havia partido e pronto. Não houve verificação, nenhuma notificação oficial — apenas silêncio onde já havia por muitos meses. Nada mudou, exceto que nada era mais como fora, porque eu costumava ter dois irmãos, e agora tinha um.

Era isso que a ocupação fazia às famílias: quebrava-as em pedaços sem um desfecho ou explicação. Em poucas ocasiões, como acontecera com Emilia e Truda, peças aleatórias se juntavam de uma forma totalmente nova. Mas, no geral? Nossa opressão era perda sem razão, e dor sem propósito.

Meus pais pareceram se fechar em si mesmos depois disso, e todos nós apenas vivíamos e trabalhávamos naquela casinha minúscula, sem nunca discutir de modo direto a angústia de tudo aquilo, cada um de nós carregando sozinho o fardo de nossa dor. Continuei em frente apenas porque me agarrava a um fio de otimismo que por acaso não morria. Talvez a resistência causasse um impacto. Talvez Stanislaw voltasse para casa. Talvez Tomasz encontrasse o caminho de volta. Cada vez que meu pai ia para a cidade, eu o esperava sem fôlego na porta.

— Alguma notícia de Tomasz ou Stani? — perguntava e ele balançava a cabeça, e muitas vezes me dava um beijo suave na cabeça ou um abraço.

— Sinto muito, Alina. Hoje não.

— Você perguntou?

— A todos que pude, filha. Eu juro.

E, então, quando o pior da minha dor por Filipe estava diminuindo, papai voltou de uma viagem para pegar nossas rações. Já era inverno e nevava por toda parte; terminei de cuidar dos animais no meio da manhã e fui me abrigar em casa, perto do fogo, cerzindo meias com mamãe. Ouvi o ranger do portão se abrindo e corri para a porta para saudar meu pai como sempre fazia — mas seus ombros caídos e seus olhos avermelhados disseram tudo.

— Tomasz ou Stani? — perguntei entorpecida. Eu o vi olhar além de mim para dentro de casa e segui seu foco. Mamãe havia se levantado de seu assento e a cor sumira de seu rosto num instante, e assim soube que havia lido a verdade nos olhos de papai, comunicando-se com ele sem uma palavra, da forma que haviam aperfeiçoado depois de trinta anos de casamento. Ela soltou um gemido enquanto caía de joelhos e cobria o rosto com as mãos. Eu olhei de volta para o meu pai e balancei a cabeça.

— Não — sussurrei. Ele deu um suspiro pesado e estremecido.

— Stani — engasgou, enquanto seus olhos se encheram de lágrimas. — Disenteria.

Quase da noite para o dia, era como se meus irmãos nunca tivessem existido. Uma coisa era os nazistas terem o poder de vida ou morte sobre nós, mas essa capacidade sobrenatural de apagar por completo dois jovens que tanto significaram para nós? Assim, do nada, meus pais passaram de uma família de quatro filhos para uma de duas filhas. Qualquer um sofreria com a perda — mas, por muito tempo, meu pai foi tomado por uma depressão avassaladora. Eu o pegava parado no campo, olhando para o nada, e mamãe às vezes precisava forçá-lo a comer sua escassa ração. Quando Truda, Mateusz e Emilia nos visitavam no domingo, ele se sentava separado do restante da família, olhando a esmo. Foi como se tivesse desistido. Eu temia que, como a guerra levara seus filhos e seu nome não continuaria depois que partisse, ele não visse mais sentido em continuar. A própria mamãe era corajosa durante o dia, mas às vezes eu acordava à noite para ouvir os soluços abafados que não conseguia mais conter.

Toda a esperança que me restara era Tomasz. Sempre pensei nele como meu mundo inteiro, mas quando tudo ao meu redor se tornou feiura e tristeza, eu ansiava por ele com uma intensidade que me assustava. Fiquei furiosa com Deus por Ele ter permitido que essas coisas acontecessem ao meu país e, muitas vezes, durante o dia, prometia a mim mesma que nunca mais oraria. Eu não queria mais ser católica — não queria mais ser uma pessoa de fé — se Deus permitia que coisas tão terríveis acontecessem, eu não queria mais nada com Ele.

Mas todas as noites eu cedia e todas as noites fazia uma trégua silenciosa, pelo menos com Mãe Maria. Por alguns instantes, deixava minha raiva e confusão de lado, para que pudesse implorar a ela para interceder por mim e manter Tomasz seguro.

E não pedi mais a meu pai que perguntasse por ele na cidade, e não orei mais por notícias. Todas as *outras* notícias nos últimos meses haviam mudado as coisas, e nunca para melhor, então, disse a mim mesma que até o silêncio ensurdecedor era preferível ao barulho, se o barulho sempre terminasse em luto.

CAPÍTULO 10
Alice

Convenço mamãe a voltar para a casa dela uma segunda vez para trazer seu próprio iPad para Babcia. Eddie precisa do dele, por isso não podemos deixá-lo para trás, mas não parece certo deixar Babcia sem voz. Mamãe pega o aparelho e procuro o aplicativo CAA na loja de aplicativos. É um app absurdamente caro — quase trezentos dólares. Mamãe resmunga ao ver o preço, mas coloca sua senha e o compra assim mesmo. Assim que Babcia percebe o que estou fazendo, aperta o botão de agradecimento vezes seguidas.

Por fim, é hora de ir para casa. Tudo que consigo pensar é em deixar Eddie instalado e me servir de uma boa taça de vinho, mas Callie me recebe na porta, gritando de fúria.

— Você não vai acreditar no que aconteceu comigo hoje. É um ultraje!

Eddie *parece* mesmo meu filho — os mesmos olhos verdes, os mesmos cabelos loiros escuros, as mesmas características essenciais. Até que seu pediatra prescrevesse risperidona para tentar ajudar com seus movimentos repetitivos, ainda tinha a mesma constituição frágil que eu — embora ele esteja com quinze quilos a mais agora e essa "constituição frágil" encontre-se um tanto escondida hoje em dia. Mas Callie é toda Wade e sempre foi — é alta e larga, e tem o mesmo tom de cabelo e olhos azuis frios. Ela também herdou seu intelecto e sua perspectiva de vida em preto e branco.

— O que foi, Callie? — pergunto com um suspiro.

Ela coloca as mãos nos quadris e seu queixo se levanta em desafio. Reconheço os sinais de indignação em minha filha e me preparo mentalmente. O que aconteceu hoje? Alguém se atreveu a sugerir que ela poderia estar errada sobre algo de novo? Ou talvez um professor a tenha designado para fazer dupla com um dos alunos um pouco menos dotados para uma tarefa? Bem na hora em que penso isso, Callie conta qual foi o ultraje.

— Tinha uma professora substituta e ela me obrigou a fazer o trabalho de classe *regular*. Como se eu fosse uma criança *normal*! É um abuso dos direitos humanos!

Eddie se joga em seu pufe na sala da frente. Ele descansa o dreidel em seu colo, e percebo que está carregando aquela coisa o dia todo. Eu gostaria de ter perguntado o nome daquela mulher do supermercado, para que pudesse lhe enviar uma cartinha de agradecimento. O controle remoto está esperando no exato lugar onde o deixou pela manhã, no lado direito do pufe molenga, então ele carrega o aplicativo do YouTube na televisão e, em seguida, navega para um vídeo de *Thomas e seus amigos*. Ele não quer mais assistir isso em público e bem recente na escola tem reagido com violência se a professora tenta colocar um episódio. Ela acha que Eddie tem consciência social suficiente para entender que talvez esteja um pouco velho para assisti-lo, mas não tem linguagem para falar conosco sobre isso, então só quer assisti-lo em particular. Isso quase parte meu coração. Estou feliz que ele ainda se empolgue com o desenho em casa, assim como estou por poder deixá-lo em paz agora. Ele provavelmente assistirá meia dúzia de episódios antes do jantar. Acho que é o equivalente para aquela taça de vinho de que preciso com urgência agora.

Olho para o meu filho que não consegue se comunicar, para minha filha que não consegue *deixar* de se comunicar, suspiro e busco ter paciência. Esses momentos de disparidade surreal em minhas obrigações parentais acontecem com certa frequência e eu sempre consigo lidar com eles, mas sinto minha tolerância *neste* momento escorregar por entre meus dedos e me esforço para me controlar. Minha reserva de paciência se torna uma corda salva-vidas que simplesmente não consigo agarrar, e digo as palavras certas, mas sem muito tato, de modo que disparo toda a força do meu sarcasmo de adulto na minha filha de dez anos.

— Duvido que tenha sido um "trabalho de classe regular", Callie. Eu não acho que eles fazem "trabalho de classe regular" nesse tipo de escola.

— *Foi* um trabalho regular. Não era o *meu* programa avançado, então, pode muito bem parecer uma pintura a dedo para alguém como eu.

É a arrogância determinada que me incomoda. É a postura com os pés afastados, as mãos nos quadris, o queixo empinado, a maneira como seu olhar continua pousando em Eddie, como se ela estivesse tentando ir direto ao ponto. *Eu sou sua filha superdotada, não seu filho com necessidades especiais. Eu mereço mais do que isso porque sou brilhante, não deficiente.*

Estou criando um monstro, e essa percepção repentina me deixa com muita raiva. Espelho sua postura e digo bastante categórica

— Um dia sendo tratada como todo mundo não vai matar você, Callie.

— Eu *sabia* que não entenderia. *Papai* entende. Papai sabe como é frustrante ter potencial intelectual ilimitado e ser forçada a colorir como um... como um... — ela faz uma pausa, olha para Eddie de novo, mas desta vez se demora antes de dizer com amargura — ... como um *retardado*.

Como eu odeio essa palavra. São as conotações de inutilidade que me afetam, as imagens que inspiram de instituições com celas acolchoadas e crianças deixadas para trás. O próprio som da palavra me enfurece.

— Pascale! — estrilo. — Vá para o seu quarto, *agora*.

Suas narinas dilatam quando ela me encara, e então começa a chorar e corre escada acima para o seu quarto. Wade aparece na porta da cozinha. Está usando o meu avental; um modelo branco e rosa-choque que ele me deu no Dia das Mães do ano passado. Wade é tão alto que o avental mal chega à parte superior de suas coxas. Ele o está vestindo sobre sua camisa e calça sociais, e parece bem ridículo.

Se não fosse pelo fato de estar furiosa, provavelmente teria caído na gargalhada ao vê-lo. Em vez disso, fico olhando para ele, e espero que diga alguma coisa — qualquer coisa — para mostrar pelo menos um pouco de empatia.

— Em dias assim — diz ele, começando *exatamente* como eu preciso, mas terminando a frase com um foco ao extremo decepcionante em Callie —, eu fico achando que deveríamos colocá-la em uma classe com crianças mais velhas superdotadas que estão operando no mesmo nível. Ela não é uma criança superdotada normal, é superdotada em alto grau, por isso, é frustrante ter de...

— Não — respondo de imediato. Ele fica em silêncio e eu respiro fundo, tentando suavizar o meu tom. Esta é uma discussão bem surrada, porque estou determinada a fazer com que Callie tenha amigos adequados à idade, bem como desafios escolares, e Wade parece pensar que amizades são superestimadas e só quer que ela trabalhe no limite de seu potencial. — Eu sinto muito. Só não posso ter essa conversa de novo, não hoje. Por favor... amanhã?

Ele hesita, concorda com a cabeça e pergunta tardiamente:

— Tudo bem. Como foi com Babcia?

— Eu lhe conto depois que comer — suspiro. — O que você está cozinhando? Está com um cheiro bom.

— É apenas peito de frango com vegetais.

Ele lidera o caminho para a cozinha e eu vejo o caos — caçarolas e panelas por todas as bancadas, pacotes abertos de ingredientes em todas as superfícies imagináveis, até mesmo restos de vegetais no chão. Este homem de fato entende como criar e manipular nanopartículas para fazer todos os tipos de coisas médicas e industriais quase mágicas, mas não consegue entender a regra de que se *deixar algo cair, você pega*. Mas não posso reclamar sobre a bagunça na cozinha, porque tecnicamente está me ajudando agora, embora eu saiba que ele vai servir a refeição, comê-la e, em seguida, ir para o escritório para pôr em dia o trabalho que perdeu esta tarde, e a zona de desastre da cozinha vai sobrar para mim.

Isso é uma questão para mais tarde. Ele está na cozinha agora e, por enquanto, ela é problema *dele* e eu vou tirar um tempo para mim enquanto posso. Vou direto para o armário, pego uma garrafa de merlot e me sirvo de uma taça.

— Wade — digo. Ele me olha com expectativa, como se eu estivesse prestes a elogiá-lo ou agradecê-lo. Ele fica bastante desapontado quando pergunto: — Você pode me levar um prato quando o jantar estiver pronto?

— Vai comer na banheira esta noite?

O homem tem algumas qualidades redentoras — pelo menos, ele me conhece tão bem quanto eu o conheço.

— Com certeza vou. Tem alguma objeção?

Wade sorri, depois balança a cabeça.

— Querida, estamos casados há muito tempo, então estou bem ciente de que não há o que você *não* faça na banheira.

Bebo metade do vinho em um longo gole e, em seguida, encho o copo até a borda antes de dar alguns passos em direção à porta. Uma reflexão tardia me ocorre, por isso volto para o armário, pego uma lata de sopa e a passo para Wade.

— Eddie precisa comer também. Vejo você em breve. Obrigada e... não economize na batata, viu?

*****

Fico de molho na banheira até que minha pele fique enrugada. É meu único refúgio, às vezes, e Wade está certo: não há muito que eu não possa realizar como a versão relaxada de mim mesma na banheira. Leio horas a fio sempre que encontramos um novo desafio com Eddie e, na maioria das vezes, faço isso no iPad ou no Kindle, aqui no banho. Como Wade costumava se preocupar que eu me eletrocutasse algum dia, instalou um cabo com mola no teto. Agora, se eu deixar cair meu dispositivo, ele salta para cima em vez de cair na água.

Este lugar — os ladrilhos brancos cintilantes, a leveza calmante da água, o silêncio magnífico e restaurador — é *aqui* que meus pensamentos fluem ininterruptamente. Callie sabe que não deve me perturbar no banho e, embora Eddie acabe me procurando se precisar de mim, na maioria das vezes ele vai ficar empacado na dificuldade em que se meteu até que eu vá procurá-lo. Isso é um problema bem comum. É uma bênção quando se trata da hora do meu banho.

Eu me deleito na banheira. *Ainda* estou no banho — completamente imóvel, exceto pelos movimentos suaves dos meus braços enquanto leio. Em todas as outras esferas da minha vida, sempre sinto que estou com pressa, mas não aqui. Esta é a única recompensa que dou a mim mesma, mas a agarro avidamente — durante os períodos de estresse, tomo banho de banheira todos os dias. E, sim, em situações como hoje, não abro mão de uma ou duas taças de vinho aqui — ou mesmo de jantar. Não posso dizer que o peito de frango seja uma refeição muito adequada para o banho, mas dou um jeito. Então, quando a água esfria pela segunda vez, suspiro e volto ao mundo real.

Em seguida, convenço Eddie a tomar sua melatonina — a única maneira de ele dormir mais do que algumas horas. Aí, convenço-o a escovar os dentes, o que ele faz mais ou menos, uma tarefa que ainda odeia, embora eu tenha tentado todas as escovas de dente especiais, sabores de pasta e técnicas conhecidas pela humanidade. Depois, convenço Eddie a subir na cama e, assim que se acomoda, passo pelo quarto da minha filha. Ela está lendo — ela está sempre lendo — tanto que é um desafio encontrar textos que sejam complexos o suficiente para envolvê-la, mas que não tratem de temas muito maduros para ela emocionalmente. Hoje à noite, está absorta em *O Guia do Mochileiro das Galáxias* pela enésima vez e, quando lhe dou um beijo de boa noite, ela mal tira os olhos da página.

Não está pronta para se desculpar ainda. Eu sei que isso vai acontecer, então digo que a amo e a deixo em paz.

Não há mais como adiar o inevitável — a cozinha precisa de atenção, vou para lá a seguir. Demora mais de uma hora para eu desfazer o estrago que Wade fez ao cozinhar esta noite e, como suspeitava, ele se escafedeu. Tento *não* ficar ressentida com isso, porque me ajudou hoje e, ao fazê-lo, superou significativamente minhas expectativas. Ainda assim, meus pensamentos voltam para Babcia enquanto limpo tudo e penso em como toda essa situação seria mais fácil se Wade fosse diferente — Wade, não Eddie. Não posso me permitir desejar que Eddie fosse diferente. Até deixar essa ideia persistir em minha mente seria como uma traição ao meu filho.

Quando enfim entro no quarto que Wade e eu compartilhamos, fico surpresa ao descobrir que ele está no quarto também — presumi que ele estivesse em seu escritório trabalhando, mas tomou banho e está colocando o pijama. Sento na cama e vejo ele se vestir.

— Quer conversar? — pergunta com brandura.

A oferta é surpreendente, mas de fato bem-vinda. Eu me inclino para trás nos travesseiros, dobro as pernas contra o corpo e, em seguida, envolvo os braços em torno delas, tornando-me menor, como se isso fosse me deixar mais forte.

— Babcia fica perguntando por Pa.

— Pobre Babcia — suspira Wade. — Ela… esqueceu?

— Não creio. Mamãe acha que está confusa, mas… estou começando a pensar que ela quer outra coisa. Talvez queira algumas informações sobre Pa, mas não sabe como pedir.

— Isso parece muito frustrante.

— É — suspiro, e, agora vestido com seu pijama, Wade se aproxima da cama e se senta ao meu lado. Ele me vira ligeiramente, e eu me movo para dar-lhe acesso para massagear meus ombros. A força e a compressão são maravilhosas, mas assim que começo a relaxar, ele dá um beijo suave, mas demorado, no meu pescoço.

Há uma mensagem nas entrelinhas naquele beijo — uma oferta e um pedido, e isso me irrita até os ossos. *Sério? Ele acha que estou com vontade de fazer sexo depois do dia que tive?*

Tento me desviar de forma sutil e continuo falando como se não tivesse percebido o beijo.

— Sendo sincera, não sei o que teríamos feito se não fosse pelo aplicativo CAA de Eddie. Sua mão direita não parece estar funcionando como deveria… não acho que consiga escrever.

— Ahã.

— A questão é: o que ela poderia querer que *eu* descobrisse? Ela viveu uma vida inteira com Pa, que pergunta ela nunca pensou em fazer a ele? Depois de mais de setenta anos com alguém, como ainda poderia guardar segredos?

Há um momento de silêncio enquanto meu marido pondera sobre isso, então, diz com cautela:

— Você guarda segredos de mim e estamos juntos há mais de uma década.

— Eu não guardo segredos de você — digo com firmeza. Wade suspira e cai para trás, para afundar em seus travesseiros. Eu me viro e franzo a testa. — *Não tenho*.

— Você está com raiva de mim o tempo todo e, na maioria das vezes, não tenho ideia do motivo.

— Sério, Wade? Você *não faz ideia por quê*?

Ele levanta as sobrancelhas.

— Vá em frente — provoca. — Tire isso de seu peito. Você está obviamente querendo desabafar. Qual é a queixa hoje? Eu sou um pai de merda? Eu sou um marido de merda? Eu trabalho demais? Não entendo como sua vida é difícil? Não entendo o que é sacrificar sua carreira?

Eu o fuzilo com o olhar e aí me levanto, pego meu travesseiro e sigo para a porta.

— Vá em frente, Alice — grita atrás de mim num tom monótono. — Fuja e sinta pena de si mesma porque o Wade Mauzão tentou fazer você ter uma conversa adulta.

— Seu *idiota* — respondo, e me viro para ele da porta, fazendo cara feia através das minhas lágrimas. — Ela vai *morrer*, Wade. Babcia vai morrer e eu não sei como ajudá-la e você escolhe justo *hoje* para tentar resolver os problemas em nosso casamento?

Noto o breve lampejo de remorso em seu rosto quando bato a porta e caminho para o quarto de Eddie. Meu filho está enrolado no canto da cama, mas o edredom está no chão ao seu lado. É pesado e, para mim, desconfortável, mas a pressão ajuda a manter Eddie calmo, embora também tenda a escorregar para fora da cama quando está agitado. Estendo o edredom sobre ele, prendendo-o sob o seu corpo; em seguida, estendo a mão sob a cama e puxo a auxiliar.

Já está arrumada, porque acabo aqui com bastante frequência. Em geral, venho para o quarto de Eddie para ajudá-lo a dormir, mas, esta noite, é por minha causa. Talvez Wade tenha razão. Talvez eu esteja fugindo, mas tudo que sei é que *precisava* do consolo dele esta noite, e não de exigências, e se não posso consegui-lo, vou me contentar com espaço em vez disso.

CAPÍTULO 11
Alina

Desde a invasão, os nazistas executavam qualquer cidadão que fornecesse ajuda material aos judeus — mas, como isso não conseguiu deter algumas pessoas, eles ampliaram o decreto. Agora, executariam a família de tal pessoa — incluindo mulheres e crianças. Por um crime tão inocente como dar um copo d'água a um judeu, uma família inteira seria massacrada.

Aprendemos sobre essa nova regra da mesma forma que aprendemos sobre muitas das dificuldades em Trzebinia: com Truda e Mateusz, no almoço de domingo. Estava nevando naquele dia e Emilia vestia um casaco preto vários tamanhos maior do que ela, herdado de uma das outras crianças em sua rua. Com a chegada do frio, seus mimos de ramalhetes foram suspensos, mas Emilia ainda me trazia um desenho toda semana, muitas vezes no verso de panfletos de propaganda, porque estava cada vez mais difícil para Mateusz e Truda conseguirem papel.

Naquela semana, ela me presenteou com uma obra de arte em carvão, uma imagem sombria de uma rosa sem muitas de suas pétalas. Eu tinha uma pilha dessas imagens em meu quarto agora, os motivos cada vez mais escuros à medida que o mundo ao nosso redor perdia a luz. Agora Emilia usava carvão o tempo todo, e desenhava flores em vários estados de morte e, com frequência, abstrações intensas e desconcertantes. Eu ainda aceitava cada presente com um sorriso surpreso, e ela sempre parecia muito feliz por ter me agradado. A melancolia de suas imagens me preocupou, mas guardava todas: organizadas na gaveta junto com a minha preciosa aliança.

Naquele dia, a conversa do almoço girou em torno dessa nova punição por ajudar os judeus. Truda estava calada e triste, mas Mateusz tremia visivelmente de frustração.

— É sobretudo impossível — disse Truda, infeliz. — Cada vez que penso que não pode ficar pior, eles inventam novos níveis de crueldade.

— Isso vai contribuir muito para desencorajar aqueles que estão empenhados em ajudar os judeus na clandestinidade — papai murmurou, e seu olhar pousou um tempo em mim. — As pessoas são nobres, mas quando você ameaça os filhos de alguém... a própria ideia pode fazer até o mais corajoso dos homens repensar esforços heroicos.

— Por que os nazistas odeiam tanto os judeus? — Emilia falou num rompante, como sempre. Todos olharam-na, procurando uma forma de responder, até que ela murchou um pouco. — Por que *nos* odeiam tanto? O que nós fizemos a eles?

Ela estava crescendo diante dos meus olhos, a cada semana um pouco menos inocente do que na anterior. Tinha um pouco menos de nove anos, mas às vezes parecia mais adulta do que eu.

— Hitler quer terras e poder, e é muito mais fácil convencer um exército a morrer por você quando se tem um inimigo para combater — disse papai, com muita delicadeza. — E os judeus são um inimigo fácil, porque as pessoas sempre odiarão o que é diferente.

— Algumas pessoas ainda assim vão ajudá-los — soltou mamãe de repente. Eu senti como se estivesse tentando nos tranquilizar de alguma forma. — Alguns não ficarão desanimados por qualquer punição. Alguns vão ajudá-los, *não importa* com o que aqueles cretinos nos ameacem.

— E alguns estão ganhando tanto ouro escondendo judeus que nem mesmo a ameaça de morte para suas famílias os deterá — declarou Mateusz. Esta foi a primeira vez que ouvi falar de tal acordo e fiquei chocada.

— Quem *faria* uma coisa dessas?

— Eles são os piores dos nossos compatriotas, Alina, aqueles que lucram com o sofrimento dos inocentes — explicou Mateusz, carrancudo. — *Eles* não passam de uns cretinos, assim como os nazistas.

— O mal está mais perto de casa do que pensa — mamãe murmurou baixinho enquanto se levantava para limpar seu prato. — É por isso que não confiamos em ninguém fora desta família.

Não havia como confundir o tom ao dizer isso — minha mãe estava insinuando algo. Esperei que alguém elaborasse, mas, em vez disso, meu pai lançou-lhe um olhar exasperado.

— Não devemos nos envolver em boatos, Faustina. A fofoca mata pessoas em tempos como este. — O seu tom foi desdenhoso, mas eu franzi a testa para ambos.

— De quem vocês estão falando? *Conhecemos* alguém que faria isso?

— Por favor, deixe isso pra lá, Alina — Truda interveio, acenando com a cabeça com insistência em direção a Emilia. Olhei para a minha "irmãzinha". Ela estava me observando com atenção e, de repente, senti-me envergonhada por ser dispensada na frente dela, mais uma vez.

— Estou tão cansada de todos me tratando como uma criança! — exclamei. — Vocês querem que eu finja que sou uma idiota, que nem mesmo tenho olhos. Ninguém nesta família confia em mim?

— Nós confiamos em você — minha mãe disse com firmeza. — Não confiamos em *todos os outros*. E, Alina: você tem apenas dezessete anos. Tem que aceitar que há *razões* para os segredos que escondemos de você. Falei fora de hora. Por favor, perdoe-me por isso.

— Não guardo segredos de você, irmãzona — disse Emilia, hesitante. Todos olharam-na e ela ergueu o queixo. — Conto *tudo* para Alina porque ela me deixa falar.

— Eu sei que conta, *babisu* — respondi com ternura, estendi o braço sobre a mesa e apertei sua mão. — E você sabe que adoro falar com você. — Emilia concordou com a cabeça e, depois, franziu o cenho para o restante dos adultos na mesa, como se tivessem nos decepcionado de alguma forma.

Truda mudou de assunto e a conversa continuou, mas muito depois de nossos convidados terem saído, eu ainda estava pensando no comentário de mamãe. Fiquei revolvendo tal pensamento durante a noite — pensando em todas as pessoas que conhecíamos na cidade e nas fazendas vizinhas. Alguns eram fáceis de rejeitar, pessoas como o pai de Justyna, Jan, que deixara claro seu ódio pelos judeus. Mas, além dele? *Todo mundo* estava desesperado por comida — quase todos estavam desesperadamente pobres também — e o ouro podia comprar comida no mercado clandestino. Apesar do desgosto de Mateusz, eu poderia imaginar praticamente qualquer pessoa que conhecíamos concordando em esconder judeus se houvesse um bom dinheiro a ganhar.

    Acompanhei mamãe até o poço na manhã seguinte, quando ela foi buscar água e, assim que ficamos a sós, perguntei-lhe sem rodeios.

    — De quem você estava falando ontem à noite? Quando disse que pessoas que conhecíamos escondiam judeus por dinheiro?

    — Eu sabia que você iria me perguntar hoje — murmurou.

    — Bem, eu... — Fiz uma pausa e, depois, disse frustrada: — Mamãe, você tem que me deixar crescer. Até Emilia está crescendo, mas você e papai me mantêm protegida como uma criança.

    — Um dia, quando a guerra acabar, você olhará para trás e, com o passar do tempo, essas coisas que agora parecem enganações injustas parecerão gestos de misericórdia — e seu olhar ficou distante. — Pode não ser muito, mas tudo o que podemos oferecer é resguardá-la o quanto pudermos e, às vezes, isso significa aliviá-la do pesado fardo dos segredos. Um dia, você será grata por nós a mantermos ocupada e focada na sobrevivência. Um dia, filha, todo esse sofrimento estará contido apenas em suas lembranças e você estará livre.

    Parecia um sonho improvável demais para desperdiçar energia esperando por ele. Senti-me abatida pelo desânimo mesmo enquanto ela dizia isso, e as lágrimas encheram meus olhos. Pisquei e sussurrei:

    — Você realmente acredita nisso?

    Ela suspirou tristemente.

    — Alina, se eu *não* acreditasse nisso, não conseguiria me arrastar para fora da cama pela manhã.

***

    A primavera voltou, mas era difícil encontrar qualquer alegria no desabrochar das flores silvestres na grama ao redor de nossos campos. Mamãe e eu retomamos outra vez nossa agenda frenética para preparar as safras da nova temporada, mas, um dia, quando estávamos trabalhando no campo juntas, vi Justyna se aproximando do limite de sua propriedade. Ela acenou para mim hesitantemente.

— Acho que sua amiga gostaria de um bate-papo — murmurou mamãe.

— Posso ir? — perguntei. Mamãe fez que sim com a cabeça e eu me levantei e corri para cumprimentá-la.

— Olá! — disse, animada com a perspectiva de uma conversa com alguém *que não* a minha família. — Como você tem passado? Não a vejo há meses.

— Eu sei — respondeu, baixando o olhar. — Meu pai tem me mantido ocupada. Tenho certeza de que é a mesma coisa com você.

— É, sim — suspirei, mas, então, notei seus lábios franzidos. — Justyna, você está bem?

— Minha tia... minha mãe... — ela começou a dizer, depois respirou fundo e disse com pressa: — Não sei *exatamente* o que está acontecendo, mas acho que minha tia Nadia pode saber algo sobre o seu Tomasz.

Senti um nó no estômago, porque eu de imediato presumi o pior.

— Ah, não, Justyna... são *más* notícias?

Justyna meneou a cabeça com pressa, mas em seguida deu de ombros.

— Eu realmente não sei. Acabei de ouvir papai e mamãe sussurrando. Estavam discutindo; papai quer que fiquemos, mas mamãe quer me levar para ficar com suas outras irmãs em Cracóvia. Ela falou que o campo é muito perigoso hoje em dia. Meu pai disse algo sobre Nadia, e então mamãe *definitivamente* disse "Tomasz Slaski". Não deu para ouvir muita coisa, mas escutei isso claro como um sino.

— Você perguntou a eles sobre o que estavam falando? — sussurrei, com os lábios de repente entorpecidos. Justyna confirmou com a cabeça e, então, seu olhar se entristeceu.

— Eles não quiseram me dizer. Meu pai ficou muito bravo quando perguntei, e mamãe está muito chateada com alguma coisa, chorou muito na noite passada. Mas você conhece minha tia Nadia, Alina. Ela é *tão* gentil... e ela mesma sofreu tantas perdas, tenho certeza de que simpatizaria com a sua situação. Se você encontrasse um jeito de vê-la, *sei* que ela lhe contaria o que sabe.

A casa de Nadia ficava numa rua na periferia de Trzebinia, bem do nosso lado. Poderia correr até lá, falar com ela e ainda estar de volta em menos de meia hora.

Eu me virei para olhar para casa e vi os olhos de mamãe inevitavelmente fixos em mim.

— Eu não tinha certeza se deveria lhe contar. Sei que seus pais nunca vão deixar você ir até lá — disse Justyna, seus olhos seguindo os meus. Engoli em seco enquanto assentia. — Eu *não* poderia deixar de lhe dizer, no entanto. Se Filipe... antes... bom, se alguém tivesse notícias. Qualquer notícia. Eu gostaria de saber.

Poderia pedir a Truda para visitar Nadia por mim? Descartei a ideia de pronto. Ela nunca cortejaria o perigo, nem em um milhão de anos, mas mesmo se eu pudesse convencê-la a fazer isso, nunca me perdoaria se Nadia estivesse envolvida em algo perigoso e houvesse consequências para minha irmã e sua família. Quaisquer que fossem as notícias que Nadia tivesse do meu Tomasz, duvido que tivesse descoberto sem nenhum risco.

— O que você vai fazer? — Justyna me perguntou.

Ergui o queixo, só um pouco.

— A única coisa que posso.

***

Era uma noite excepcionalmente fria e deixei minha janela aberta para que meus pais não ouvissem o barulho do caixilho de madeira se movendo quando chegasse a hora de eu sair. Sentei-me na minha cama, vestida por completo, mas me escondendo em um ninho de cobertores, temendo o momento quando eu teria que deixar o calor. Era lua cheia, mas bocados de nuvens passavam flutuando. Enquanto olhava pela janela e esperava, observei o luar ir e vir.

Quantas histórias eu tinha ouvido ao longo dos meses desde o início da guerra, quando alguém saiu de casa e então nunca mais voltou? Às vezes, suas famílias ficavam sabendo de seus destinos, mas por outras eram dados logo como desaparecidos. Eu não poderia pedir a mamãe meus documentos de identificação, e meus pais certamente me pegariam se tentasse encontrá-los sozinha, então eu teria que fazer essa corrida sem nada, e já havia passado *muito* do toque de recolher. Se um soldado me visse, eu estaria perdida.

Como essa história terminaria para minha família? Meus pais acordariam amanhã, descobririam que eu sumi, e nunca saberiam o que aconteceu comigo? Eles de fato não sobreviveriam sem mim, não agora que os meninos haviam partido. A fazenda iria cair em ruínas e os soldados iriam levá-los embora.

Ou eu saltaria pela janela, subiria correndo a colina e desceria do outro lado, bateria na porta de Nadia sem incidentes e imploraria para que ela me contasse o que sabia. Se fosse uma má notícia, pelo menos eu *saberia*. Eu me imaginei fazendo o percurso de volta soluçando e senti meus músculos ficarem tensos. Era uma possibilidade real que essa viagem fosse um fim, não um começo.

Há muito que me convencera de que *nenhuma notícia* era melhor do que uma notícia ruim, mas isso foi quando não tivera a chance ainda de ter acesso a nenhuma. Agora que eu sabia que havia uma potencial atualização sobre Tomasz esperando do outro lado da colina, não havia como permanecer passiva. Eu teria passado por tiros por causa dessa notícia. Só esperava e rezava para não precisar fazê-lo.

Tinha que arriscar, porque esse risco que estava correndo poderia mudar *tudo* para mim. Se eu soubesse o paradeiro de Tomasz, poderia tentar descobrir como chegar até ele.

E com esse pensamento, pulei com cuidado pela minha janela. O ar estava tão frio que minha respiração escapou como névoa. Engoli meu medo, olhei para a colina e me forcei a correr.

Eu era lenta e muito desajeitada em qualquer dia normal, mas a adrenalina estava comigo e me desloquei o mais rápido que pude. Eu não seguiria o caminho que todos os outros seguiam — porque não era a rota mais rápida e suspeitei que, se fosse pra ser apanhada por alguma equipe de patrulha nazista inesperada, seria por estar no caminho estabelecido. Nunca tinha visto soldados na floresta, mas, se estivessem lá, eles jamais conheceriam aquele território como *eu*. Já subira a colina uma centena de vezes por todos os pontos que poderia fazê-lo. Os melhores momentos da minha vida haviam sido em seu cume, e portanto conhecia aquele lugar como a meu próprio corpo.

Então, escalei a parte mais íngreme da encosta, a rota mais direta para a cidade, mas também a subida mais difícil. Vi-me completamente sem fôlego antes mesmo de chegar ao topo, mas me forcei a continuar, ainda que meus pulmões parecessem que iam explodir e meu coração batesse tão forte contra o peito que eu estava com medo de que pessoas a alguns quilômetros pudessem ouvi-lo.

Foi quando me aproximei do cume que uma espécie de formigamento surgiu na minha nuca e, assim que eu o identifiquei como a sensação de estar sendo observada, ouvi o som de um galho quebrando em algum lugar atrás de mim. Disse a mim mesma que era minha imaginação, mas a sensação de que não estava sozinha não diminuiu nem mesmo enquanto me movia mais rápido, e logo tive certeza de que podia ouvir passos suaves no solo atrás de mim. Seria imaginação ou paranoia, ou havia alguém de fato lá? Eu não podia arriscar cessar meus passos para verificar. Disse a mim mesma que poderia ser Justyna — talvez veio se juntar a mim? Também pensei ser mamãe ou papai no meu encalço. Por apenas um instante, aquele parecia o pior cenário possível. Ser pego por eles seria terrível — sua decepção e raiva seriam difíceis de enfrentar.

A racionalidade corrigiu rapidamente *essa* noção, porque, é claro, ser pega por meus pais escapulindo estava longe de ser a pior hipótese naquele momento, e com aquelas passadas se aproximando, eu realmente comecei a rezar para que eles estivessem de fato prestes a me apanhar, porque tinha certeza agora que *alguém* estava. Sem dúvida, alguém estava me perseguindo pela floresta. Alguém que não estava disposto a gritar para se identificar. Mamãe ou papai gritariam. Justyna também.

Eu não me importava mais se chegaria à casa de Nadia — na verdade, agora nem tinha certeza se *deveria* ir para a casa dela, mesmo que, por algum milagre, eu conseguisse chegar ao topo da colina e então descer do outro lado, inteira. Porque se fosse um soldado me perseguindo, que explicação inocente poderia dar para minha corrida noturna pela floresta até a casa dela?

De repente, eu não estava correndo para um lugar — em vez disso, estava correndo para salvar minha vida. Tive medo tantas vezes durante a guerra, mas naquele momento o que senti foi mais profundo do que o mero medo. Foi uma fuga instintiva de corpo inteiro para longe do perigo — eu estava operando com a certeza de que a morte estava prestes a me pegar, e senti o terror dessa noção em cada célula do meu corpo.

Quando me aproximei da clareira, ouvi meu nome. Não foi um grito ou mesmo um chamado, foi um sussurro bastante desesperado e quando o som foi registrado em meu cérebro, pânico, descrença e alívio se fundiram tão de repente que todos os meus pensamentos ficaram um pouco confusos. Eu estava correndo muito rápido para interromper meus passos de repente, mas procurei fazer isso mesmo assim, ao mesmo tempo que tentava me virar para ver se havia identificado corretamente o dono da voz. Talvez para surpresa nenhuma, acabei de costas no chão, a cabeça girando enquanto observava meu perseguidor finalmente me alcançar e desabar no chão perto de mim.

— Quando eu recuperar o fôlego, e quando você recuperar o seu, você vai se explicar, Alina Dziak — Tomasz ofegou. Ele parecia exausto, mas havia uma veia de bom humor em seu sussurro. — Como soube que eu estava aqui? Tenho sido tão cuidadoso. Foram os ovos, não foram? Eu sabia que tinha pegado muitos. Você está zangada porque roubei da sua família? Só fiz isso porque vocês têm tantas galinhas... Achei que não sentiriam falta deles.

Esfreguei a cabeça, procurando um calombo. Eu havia desmaiado? Devo ter sonhado nos últimos longos minutos que estava sendo perseguida, e agora estava alucinando meu desejo mais profundo. Mas meus dedos não encontraram nenhum calombo — minha bunda latejava, mas o restante de mim parecia ileso. Só que, se eu não estava ferida, por que de repente estava vendo Tomasz? Eu tinha perdido a cabeça?

— Eu... — tentei falar, mas as palavras ficaram presas na minha boca. Estava muito confusa para ter esperança. Um raio de luar filtrado de repente bateu em seu rosto e eu olhei para ele, tentando entender o que estava vendo. Eram os cabelos de Tomasz, crescidos demais, mas familiares, e os belos olhos de Tomasz, sombreados por causa da escuridão, e o rosto de Tomasz, ainda que estivesse escondido sob uma barba rebelde. Mesmo antes que a esperança pudesse surgir, fui inexoravelmente atraída por ele. Eu me vi rastejando de imediato pelo chão, com lágrimas escorrendo. Ainda estava com medo, mas agora era só medo de acreditar nos meus próprios olhos. — Eu...

— Você está machucada? — perguntou, e escalou a distância restante para me encontrar. Estendi a mão para tocar o seu rosto, incrédula, hesitante, apenas com a ponta dos dedos, temendo que, se fizesse um contato muito forte, ele pudesse desaparecer. Mas Tomasz não estava tão hesitante: segurou meu rosto entre as mãos e baixou os olhos até mim, examinando minha expressão com urgência na escuridão parcial. — Alina, *meu Deus*, Alina, por favor, me diga que não está ferida. Eu não aguentaria. Lamento ter perseguido você, estava tentando chamar sua atenção sem gritar, mas não sabia mais o que fazer. Não podem me encontrar aqui. — Continuei a encará-lo sem acreditar, e de repente ele colocou as mãos nos meus ombros e me sacudiu com suavidade. — Alina, meu amor, você está me assustando. Por favor, me diga que está bem.

Eu fiz a única coisa racional, dadas as circunstâncias: bati nele. Minhas mãos ainda estavam fechadas em punho, e bati as laterais delas contra seu peito vez após outra enquanto soluçava.

— Tomasz! Eu estou assustando *você*? Você me assustou quase até a morte!

Ele afastou os meus punhos para o lado, mas, em vez de me empurrar, colocou-me em seu colo e pressionou meu rosto em seu ombro enquanto sussurrava:

— Shhh... sinto muito, meu amor, sinto muito.

Eu me afastei dele para agarrá-lo pela gola do casaco e, então, *sacudi-o* com força. No recôndito da minha mente, registrei quão sujo ele estava. Sob meus dedos, senti a aspereza da lama seca na lã de sua gola.

— O que você está *fazendo aqui*?

— Me escondendo? — sugeriu, dando-me um sorriso ligeiramente irônico. Eu o sacudi bem furiosa.

— Tomasz! Há quanto tempo você está se escondendo na floresta?

— Shh! — Seu pedido para eu baixar a voz era um pouco mais urgente agora, porque estava gritando por perplexidade e choque.

— Apenas algumas semanas... eu... — Ele olhou para mim, confuso. — Espere: não sabia que eu estava aqui? Como *me achou*?

— *Semanas?* — engasguei e, então, olhei para ele. — Você está aqui há semanas e não veio me avisar que estava bem? Você tem ideia de como tenho estado apavorada?

— Alina — sussurrou, gentilmente me repreendendo. — Com certeza sabia que eu voltaria por você.

— Eu *sabia* disso! — protestei, e então comecei a chorar de novo. — Mas estava com medo. Estava tão preocupada que você estivesse ferido... ou talvez que tivesse encontrado outra vida em algum lugar.

Ele afastou meus cabelos do rosto.

— Eu lhe disse naquela última noite antes de ir embora. Nós fomos feitos para ficar juntos. Eu sempre voltaria por você, e sempre, sempre voltarei.

Com isso, nós dois paramos e apenas nos encaramos, com um leve sorriso no rosto. Enxuguei as lágrimas da face e decidi *parar de chorar de imediato*, porque já havia muito pelo que chorar naquela época — mas de onde me encontrava naquela noite, as coisas instantaneamente pareceram muito mais promissoras. Resolvi que haveria tempo suficiente para recriminações mais tarde, por isso segurei seu rosto barbado entre as mãos e puxei-o contra o meu para que pudesse beijá-lo. Ah, era o paraíso estar com ele de novo — o paraíso pressionar meus lábios contra os dele e inspirá-lo, *todo ele*, o cheiro da floresta em seus cabelos crescidos de um jeito selvagem e suas roupas e até mesmo o cheiro de seu suor — apenas porque era *tudo* Tomasz, e isso fazia seu retorno muito mais real. Quando nos separamos, nossos rostos estavam molhados de lágrimas.

Existem alguns momentos na vida que são distorcidos pela expectativa. Ela tem a capacidade de deturpar nossas esperanças — exagerá-las de alguma forma. Não se tratava de um desses momentos. Cada detalhe sobre o minuto em que Tomasz e eu nos reunimos foi tão delicioso quanto eu esperava, e afundar de volta em seus braços foi tão maravilhoso quanto todas as horas que passei sonhando haviam prometido que seria.

— Onde você esteve? — perguntei baixinho.

— Em Varsóvia, a princípio — respondeu, depois suspirou e disse de novo enquanto balançava a cabeça. — Nos últimos meses, tenho me deslocado a caminho daqui para encontrar você. Não foi fácil voltar.

Ele tinha apenas vinte e um anos, mas todo o seu comportamento mudara de repente. Seus ombros estavam caídos e agora que eu estava sentada em seu colo e perto o suficiente para ver seu rosto no escuro, pude notar que suas bochechas estavam magras sob a barba, e o brilho havia amortecido um pouco naqueles lindos olhos verdes. Ainda assim, eu o amava com uma ferocidade que quase me assustava. Sujo, faminto, infeliz e cansado — nada disso registrado além de um reconhecimento passageiro. Eu o amava tão profundamente que tudo o que eu enxergava era que ele era meu outra vez. Tudo o mais no mundo poderia ter ido para o inferno, mas esse único fato era incontestável.

— Vai ficar tudo bem — prometi. — Estamos juntos de novo agora. Isso é tudo que importa.

— Eu sei, meu amor. Mas você precisa entender: *ninguém* pode saber que estou aqui, nem mesmo seus pais. Estou com alguns problemas — admitiu. Mas antes que eu pudesse sequer pensar o que isso poderia significar, só então me ocorreu que ele provavelmente não tinha ideia sobre o destino de Aleksy, ou como a vida na região havia se tornado difícil para todos nós.

— Eu tenho que lhe contar algumas coisas — sussurrei, olhando direto em seus olhos. Por um momento, mal consegui reconhecer o garoto que amava. De repente, ele parecia um velho, cansado e abatido pela guerra e pela tristeza.

— Se for sobre o meu pai, eu já soube — sussurrou.

Exalei, aliviada por não precisar dar a notícia, mas a tristeza em seus olhos era tão intensa que eu tive que desviar os meus. Tomasz não se conformou com o meu gesto. Ele deslizou as mãos sobre os meus ombros e cabelos, depois segurou minha bochecha e me virou para voltar a encará-lo. Nossos olhos se encontraram, e senti um frio na barriga com a intensidade do amor em seu olhar.

— Eu sei o que sua família fez por minha irmã, Alina, e como você a salvou naquele dia. Eu amava você antes... você *sabe* que sempre amei você, antes mesmo de saber o que isso significava. Mas a maneira como cuidou dela... — Sua voz falhou um pouco, e ele se deteve, respirou fundo e continuou em um tom embargado. — Se ainda não estivéssemos noivos, eu a pediria em casamento neste momento.

— E eu diria "sim" de novo — sussurrei. Rocei meus lábios nos dele, mas quando ele se moveu para me beijar apropriadamente outra vez me recostei um pouco. — Espere, Tomasz. Conte-me sobre esse "problema". Quem está atrás de você? São os invasores?

Ele suspirou, mas não permitiu que a distância aumentasse entre nós — na verdade, inclinou-se e descansou a testa contra a minha, depois fechou os olhos. Cerrei também os meus e, por um momento, ficamos sentados juntos em silêncio.

— Todo mundo, Alina. Eu gostaria de não ter que lhe dizer isso, mas estou encrencado com *todos* — desabafou bem hesitante. — Com os poloneses... com os nazistas... parece que consegui irritar o mundo inteiro.

Passei os braços em volta de seu pescoço, querendo estreitá-lo mais, porém abri os olhos para encará-lo.

— Que diabos você fez? — perguntei.

— Cometi alguns erros em Varsóvia — admitiu. — Tenho tentado compensá-los desde então. Ainda estou tentando. — Esperei que me contasse, mas depois de um momento, ele abriu os olhos e se virou, exalou trêmulo e, então, fitou-me, com uma súplica no olhar. — Não quero falar sobre isso agora, Alina, por favor, não me peça isso. Haverá tempo para essas discussões mais tarde. Só quero abraçá-la e, por cinco minutos, nesta guerra esquecida por Deus, sentir novamente que vale a pena viver.

Eu podia ver o desespero em seu olhar, e isso partiu um pouco o meu coração.

— Por que ficar me olhando quando você pode me beijar? — provoquei-o. Ele trouxe seus lábios de volta aos meus então, e foi tudo aquilo de que senti falta e tudo o que careci em sua ausência. *Lar*, pensei, *estou em casa*, o que não fazia o menor sentido, já que estava presa a uma pelo que parecia uma *eternidade* àquela altura. Mas os braços de Tomasz eram um tipo diferente de lar, e eu senti saudade desse abraço por muito tempo. Quando nos separamos alguns minutos depois, ele segurou meu rosto com as mãos de novo para me olhar nos olhos.

— Alina, você sabe que sempre vou encontrá-la? Jure que você sabe disso. Eu não sei o que jaz à nossa frente, mas quando estamos separados, só há uma coisa em minha mente, e é voltar para a minha garota.

— Eu sei. Eu sinto o mesmo — jurei-lhe, e ele me beijou mais uma vez.

— Agora, você *realmente* precisa me dizer como me encontrou. Fui descuidado?

— Eu *não* o encontrei. Estava indo para a casa de Nadia Nowak — esclareci. Ele ficou tenso de imediato e se afastou um pouco de mim.

— Por que você estava indo lá?

— Justyna ouviu os pais discutindo, e eles falaram algo sobre Nadia... algo sobre você... — respondi com cautela. Tomasz exalou e, então, afastou-se de mim mais um pouco. Estava mesmo preocupado com esta revelação, e eu toquei suavemente sua face com as costas da mão.

— Alina — ele disse, olhando para mim desconfiado. — O que você sabe sobre Nadia Nowak?

— O que você quer dizer? Claro que a conheço. Ela é irmã de Ola e... eu sei que seu marido morreu e levaram a maioria de seus filhos... — Ele ainda estava olhando para mim desconfiado, mas eu balancei a cabeça. — Tomasz, eu não estou entendendo! O que você *quer dizer*?

— Isso é tudo o que você sabe? — insistiu, e eu franzi a testa.

— O que mais *há* para saber?

— Eu tenho que pedir a você para ficar longe da casa de Nadia, por favor. E você *deve* ficar bem longe de Jan Golaszewski.

— Eu só ia à casa de Nadia para perguntar por você, Tomasz. Estava tão desesperada por notícias, e esta foi a primeira pista que tive em todo esse tempo, por isso eu *tinha* que tentar. E papai há muito me proibiu de visitar Justyna em casa e me mantém tão ocupada que mal consigo falar com ela no campo, então você também não precisa se preocupar com isso — expliquei baixinho. Ele assentiu e depois me puxou para perto de novo e pressionou o rosto contra os meus cabelos. — Conte-me... diga-me *tudo*. Por favor, Tomasz. Onde você *está* se escondendo?

Ele hesitou apenas um momento antes de admitir:

— Só na floresta, por enquanto. Eu queria muito que soubesse que eu estava bem e que estava aqui, mas... Fiquei com medo de colocar você em perigo. Achei que se esperasse, poderia ficar de olho em sua família e fazer o que pudesse para ter certeza de que você estava segura. E eu via a Emilia passando aos domingos, então, este... é um lugar muito bom para mim. Estou perto e seguro, mas não coloco nenhum de vocês em perigo com a minha presença.

— Tomasz, é a *floresta*! — eu disse, chocada. — Não há nenhum lugar para se esconder aqui, nenhuma proteção contra o clima. Você não pode ficar aqui!

— Eu tenho alguns pontos onde posso me tornar invisível. A floresta é muito pequena para qualquer outra pessoa se preocupar em se esconder aqui, então os nazistas não irão ficar vasculhando o lugar todos os dias. Por enquanto, está tudo bem.

— Como você dorme?

Ele me lançou um olhar afetuoso pela preocupação em meu tom.

— Eu dou um jeito, Alina.

— E comida, como... — Eu estava pensando sobre a logística de sua situação, e quanto mais eu entendia, mais assustada ficava.

— *Por favor*, não se preocupe comigo. Há tantos que estão em situação muito pior do que eu.

— Mamãe sempre diz o mesmo — falei, repentinamente frustrada. — Mas Tomasz, só porque nosso sofrimento não é o pior, isso não significa que não conte. — Eu o beijei mais uma vez, forte e rápido. — Jure que você estará seguro.

— Estarei — disse, mas de um jeito muito leviano, agarrei seu colarinho com força de novo.

— Você não entende, Tomasz. Eu de fato não suportaria se algo acontecesse com você. Jure e seja sincero.

— Eu entendo, *sim* — ele me assegurou com paciência. Houve um brilho repentino de lágrimas em seus olhos e seus braços ao redor de mim se apertaram. — Na primeira noite em que voltei aqui, fui até sua janela. Eu não conseguia olhar para dentro. Estava com muito medo de olhar porque não tinha certeza de que você estaria lá e... quando por fim a vi dormindo, Alina, tranquila e saudável e... segura... e você estava *tão terrivelmente linda* e eu... não podia nem ... não posso nem... — Sua voz falhou, agarrou meus braços com força. Uma lágrima escorreu de seus olhos e percorreu por sua bochecha, e comecei a chorar também. Eu *entendi* o momento que estava descrevendo porque eu própria o estava vivendo, agora mesmo enquanto ele o descrevia. — Nem tenho palavras suficientes para falar sobre esse alívio, *moje wszystko*. Basta dizer que fiquei tão aliviado que *chorei* naquela noite. Eu prometo, só vou correr os riscos que precisar, porque eu realmente entendo o quanto é importante para você que eu esteja seguro.

Ficamos sentados assim por um longo tempo, deleitando-nos em um silêncio satisfeito. Por longos minutos, eu tinha tudo o que precisava no mundo outra vez e estava mais feliz do que podia me lembrar ter sido algum dia. Cedo demais, a sombra da realidade pairou ameaçadora, porque, por mais que eu quisesse de modo desesperado, não poderia ficar com ele assim para sempre.

— Não sei como posso deixar você, mas não tenho condições de ficar fora por muito mais tempo — acabei sussurrando. — Se meus pais derem pela minha falta, prestarão mais atenção amanhã e não poderei vir vê-lo de novo.

— *Não* venha me ver de novo — disse. Eu arfei de surpresa e comecei a discutir, mas ele balançou a cabeça e pressionou o dedo contra os meus lábios. — É muito arriscado, Alina, já é um milagre eu tê-la visto esta noite. Mas... Deus me ajude, não posso ficar longe de você agora. Vou esperar até que seja bastante tarde da noite e, presumindo que seja seguro, irei até a sua janela, ok?

— Você irá?

— Eu irei — prometeu e, então, suspirou. — Eu *não* deveria, mas irei.

Engoli o nó na garganta ao lembrar do perigo que ele corria, mas Tomasz me beijou e, em seguida, com gentileza desembaraçou nossos membros. Então, ele se levantou e me ajudou a ficar de pé, e caminhamos em silêncio de volta à borda do bosque.

— Eu amo você, Alina — murmurou.

— Eu também amo você. Muito — sussurrei.

Nós trocamos um último beijo ao luar antes que ele com carinho me impulsionasse em direção à minha casa. Quando dei meus primeiros passos, ele pegou minha mão e me virei para olhar para ele. Nós deslizamos de volta no tempo, através dos anos difíceis até a noite do pedido de casamento. Por um segundo, fui a mesma garota mimada que era antes da guerra, e ele o garoto musculoso e arrogante que me pediu em casamento. Em algum lugar nesse tempo, sempre seríamos assim, e no fundo da minha alma eu tive essa certeza.

— Eu não posso deixar de pensar que isso é um milagre, Alina — Tomasz sussurrou, seu olhar estudando o meu rosto. — Não posso deixar de pensar que você me encontrar esta noite foi um presente de Deus. Talvez Ele possa me perdoar, afinal.

A escuridão estava retornando a seus olhos. Tínhamos muito mais a dizer um ao outro, e sequer tempo para iniciar a conversa.

— Vamos conversar amanhã, Tomasz — sussurrei. — Está bem?

Relutantemente, ele soltou a minha mão e seu olhar disparou para o campo além de mim por um momento. Depois, sussurrou:

— Durma bem, *moje wszystko*.

— Fique seguro, Tomasz.

A casa ainda estava silenciosa quando subi pela janela. Tirei o casaco e os sapatos e me enfiei embaixo dos cobertores, mas, mesmo depois de fechar os olhos, resisti ao sono.

Em vez disso, deliciei-me com o cálido brilho de algo mais notável — algo quase milagroso. Eu estava animada com o retorno de Tomasz, é claro — mas, da mesma forma, fiquei aliviada ao receber um vislumbre de felicidade e de esperança em minha vida de novo.

CAPÍTULO 12

Alice

Eu acordo às cinco da manhã por hábito, e não por necessidade, nos dias de aula. Planejo o calendário visual de Eddie, separo suas roupas e, em seguida, arrumo sua mochila — o dreidel, que ele ainda leva para onde quer que vá, seu brinquedo de pelúcia da locomotiva Thomas, para o caso de ele querer, seis Go-Gurts, uma lata de sopa e seis cuecas sobressalentes, cada qual com seu respectivo saco ziplock para os inevitáveis acidentes.

Quando acabo de preparar os suprimentos de Eddie, são seis da manhã e a casa ainda está silenciosa. Eu me sirvo de uma xícara de café e vou até a sala de estar, onde ligo a televisão em um canal de notícias e, em seguida, prontamente me distraio com o ruído de fundo. Olho ao redor da sala, as intermináveis prateleiras de livros e a poeira no parapeito da janela que talvez deveria limpar em algum momento.

É o meu cômodo favorito, e sinto esta casa como um lar mais do que qualquer outra em que já morei. Compramos este lugar há seis anos, quando Wade conquistou a primeira de uma série de promoções. Não que sejamos extravagantemente ricos, mas ele ganha bem acima de um salário médio para a atualidade, e eu de fato não consigo entender como seu esquema de bônus funciona, mas parece trazer muito dinheiro. Tem algo a ver com indicadores de desempenho para as equipes que gerencia e a cada poucos meses ele tem uma vitória no trabalho; aí, há outro grande depósito na conta e Wade quer beber champanhe e eu o ouço enquanto tenta explicar. Eu assinto e sorrio, mas nunca de fato entendi porque apenas não tenho um referencial para o seu mundo.

Nunca tive um emprego com indicadores de desempenho. O meu último trabalho foi dar aulas particulares de inglês para calouros na faculdade. Mesmo assim, só fiz isso porque todo mundo que eu conhecia tinha um emprego, e eu gastei o dinheiro por completo comendo fora ou em roupas. Mamãe e papai eram obcecados com minha educação — e acho que faz sentido, com a carreira da mamãe sendo a parte mais importante de sua vida e até papai sendo um acadêmico na época. Eles ficaram mais do que felizes em me apoiar financeiramente durante meus anos de faculdade.

Foi muito mais fácil depender do dinheiro deles do que do meu marido. Eu sou uma mistura confusa de gratidão, culpa e frustração com as circunstâncias da minha família todos os dias. Não fosse por *nossa* decisão de formarmos uma família ainda jovens e *nossa* decisão de que eu deveria ficar em casa por um longo prazo, uma vez que nos demos conta de que Eddie não seria uma criança comum, eu também teria uma carreira e as coisas seriam diferentes.

Mas as coisas não são diferentes e nunca mais foram as mesmas.

Não é nada que Wade faça ou diga que me faz sentir assim. Às vezes, eu me pergunto se me sentiria tão desconfortável com a nossa situação se eu tivesse escolhido ser uma mãe do lar. Em vez disso, aquela vida simplesmente aconteceu comigo, e agora há certos dias em que esta bela casa é um pouco como uma gaiola dourada.

— Mamãe.

Eu me assusto e olho para cima, dando de cara com Callie parada na porta. Ela está pálida esta manhã, seu cabelo loiro mel uma bagunça desgrenhada em torno de seus ombros, seus grandes olhos azuis nadando em lágrimas.

— Ursinha — suspiro, voltando automaticamente para o apelido que Wade e eu lhe demos quando era bebê. — O que foi? — Deposito a xícara de café sobre a mesa e abro os braços para ela, que corre pela sala e se lança sobre mim.

— Sinto muito por ter chamado Eddie de *retardado*.

— Ah, Callie. Eu sei que você sente. Ontem foi um dia ruim para todos, não foi?

— Mas talvez você não saiba a origem dessa palavra, mamãe. É uma palavra *terrível*. Já foi um termo médico legítimo, mas é usado para desonrar pessoas com deficiência há décadas. Pesquisei num site de etimologia. Cometi um *crime de ódio* contra meu irmão caçula. E ele nem sabe disso, o que torna tudo ainda pior, porque só você, eu e papai sabemos que pessoa horrível eu sou. Como você pode me perdoar?

Eu a puxo para mais perto de mim e escondo um sorriso enquanto corro a mão sobre seus cabelos.

— Você não é perfeita, Callie Michaels. Você pode cometer erros.

— Um *crime de ódio* é um pouco mais do que um erro — diz, e está soluçando agora.

— Agora que entende por que fiquei tão brava com você por causa dessa palavra, vai usá-la novamente?

— Está *brincando*? — abre a boca espantada, afastando-se de mim para me olhar com horror. Seu rosto está inundado de lágrimas, e eu me pergunto quanto tempo ela dormiu. Uma pontada de culpa me acomete, porque eu nem mesmo verifiquei se ela foi dormir na noite passada. Isso é o que acontece às vezes em nossa casa. Minha posição padrão é verificar Eddie. Callie aprendeu a se defender sozinha, mas isso não está certo. — *Claro* que não vou usar essa palavra de novo. Eu não a suporto agora que sei o que significa.

— Bem, isso é tudo que importa. Peça desculpas a Eddie mais tarde e vamos esquecer isso.

— Mas é imperdoável…

— Bebê. Agora você está pensando nisso além da conta — digo baixinho, e ela faz uma pausa.

— Ah — dá uma fungada com ar infeliz. — Ok.

— Assista a um vídeo de trem com Eddie hoje à noite para compensá-lo. Tudo será perdoado.

— Ok, mamãe.

Eu a abraço novamente e descanso minha cabeça contra a dela.

— Lamento que você tenha ficado frustrada na escola ontem, Callie.

— Desculpe por eu ter agido como uma criança mimada sobre isso, mamãe.

Às vezes, esqueço que ela também tem desafios. Esqueço que o mundo é tão misterioso para Callie, que o percebe de modo tão intenso quanto é para Eddie, que o entende tão pouco. Assim como Eddie precisa que eu abra um caminho neste mundo para ele, Callie precisa que eu a ajude a navegar em seu próprio.

— Devemos acordar os meninos e começar o dia? — pergunto.

— Podemos esperar mais cinco minutos? — ela sussurra, e se aconchega mais a mim. — Eu gosto às vezes quando é só você e eu.

— Eu também, ursinha — sussurro de volta. — Eu também.

***

Estou no hospital às nove horas — exatamente no horário hoje. Babcia está cochilando de leve quando entro em seu quarto, sento-me em silêncio ao lado de sua cama.

O iPad está ao seu alcance, na mesa-bandeja. Logo atrás dele está uma coleção do que, eu suspeito, sejam as coisas mais preciosas do mundo para minha avó. No topo da pilha, um sapatinho de couro feito à mão, que serviria em um bebê muito novo. O sapato é de fato muito antigo e não é tão bem confeccionado — a costura é tosca e irregular, e é feito de vários tons de couro envelhecido. Eu me pergunto se pertenceu à minha mãe e por que Babcia o guardou — por que ela o está mostrando para mim agora.

Debaixo do sapatinho, há duas cartas: a de cima, está em um envelope não tão antigo, com meu nome escrito na caligrafia cuidadosa de Babcia. O envelope desbotou um pouco, por isso, sei que não é *novo*, mas mesmo sem essa pista eu teria certeza de que o escreveu há quase uma década, porque o endereço na frente é de Connecticut. Ela deve ter escrito esta carta quando eu ainda estava na faculdade, já que alguns meses depois de me formar, Wade e eu decidimos nos mudar de volta para a Flórida.

Só então ela abre os olhos e leva a mão esquerda ao meu punho. Trocamos um sorriso e depois ela acena com a cabeça em direção à carta; rasgo o envelope e desdobro o papel que há lá dentro.

Querida Alice,

Como você está, minha linda neta? Espero que esteja aproveitando seu último semestre na faculdade. Estou muito orgulhosa de você por se formar. Você sabia que sua mãe foi a primeira pessoa na minha família a fazer isso? Estou muito feliz por estarmos aqui na América, onde há tantas oportunidades.

Querida, preciso de um favor. É imenso e hesito em pedi-lo, mas sinto que o tempo está se esgotando e estou ficando desesperada. Com a doença de Pa, serei cada vez mais necessária aqui, então esta pode ser minha última chance de me ausentar.

Ainda há fios soltos em minha vida na Polônia – coisas que não foram ditas e, mais importante, questões que não foram respondidas. Tenho certeza de que você já sabe que acho muito difícil falar sobre a guerra e nossa vida lá, mas há coisas que simplesmente preciso saber antes de terminar meus dias em paz. Mas agora estou com oitenta e cinco anos, querida Alice, e já se passaram sessenta e cinco anos desde que deixei a Polônia com tanta pressa. Tenho certeza de que meu país natal agora é um mundo de fato novo em comparação com a vida que conheci. Gostaria de convidá-la para passar uma breve temporada comigo lá. Pagarei sua passagem – preciso apenas de ajuda para planejar a viagem e de alguém para me acompanhar. Você é tão inteligente, minha querida, e tão esperta para descobrir coisas com todos os seus estudos e sua escrita – talvez você possa pensar nisso como um projeto de pós-graduação sobre a história de sua própria família.

Eu pedi para Julita há um tempo e pensei que poderia ir comigo, mas ela anda tão ocupada com seu novo cargo e, além disso, agora vou precisar que ela cuide de Pa na minha ausência.

Se você puder me ceder um pouco de seu tempo, talvez possamos tirar duas semanas para visitar o lar de meus ancestrais e tentar descobrir algumas informações. Significaria muitíssimo para mim, Alice, de verdade. Podemos ir assim que você se formar, e talvez possamos fazer uma viagem a Paris ou Roma para que possa ver um pouco mais da Europa como uma expressão de minha gratidão a você.

Amor sempre,
Babcia

Sou lançada de imediato de volta ao momento desta carta — o momento mais tumultuado da minha vida. Pa acabara de ser diagnosticado com demência — poucas semanas depois que mamãe foi nomeada para o tribunal distrital. Papai ainda estava trabalhando como professor de Economia na Universidade da Flórida, mas falando em se aposentar para que pudesse viajar — sem a mamãe, já que finalmente aceitara que ela estava falando sério quando disse que esperava trabalhar até que seu cérebro ou corpo falhasse. Wade estava terminando sua segunda pós-graduação e trabalhando em seu primeiro emprego de tempo integral.

E, então, quando meus resultados finais chegaram, houve um declínio acentuado no meu desempenho acadêmico no último semestre da minha graduação, porque eu passava a maior parte das minhas horas, quando não estava dormindo, obcecada em como dizer à minha família que, em vez de fazer um estágio no ano seguinte, eu me tornaria mãe.

Ergo os olhos da carta agora, e minha visão está turva enquanto me arrasto de volta para o aqui e agora. Babcia está olhando para mim com expectativa e sinto uma enorme tristeza pela oportunidade perdida. Se ela tivesse enviado a carta, eu teria ido de qualquer maneira — grávida ou não. Ainda assim, não estou surpresa que ela não tenha me pedido quando soube que eu estava prestes a me tornar mãe. Babcia sempre respeitou esse foco singular que desejo ter para minha família.

Agora Babcia desajeitadamente pega a outra carta com a mão esquerda e a deixa cair perto de mim na mesa-bandeja. Abro-a com muito cuidado — *esta* é com certeza *muito mais* antiga do que a primeira. Enquanto desdobro o papel áspero e envelhecido, temo que vá se despedaçar. Parece algo que eu deveria manusear usando luvas de algodão, em um museu.

A maior parte da tinta desbotou e só algumas poucas linhas finais da carta ainda estão vivas. Está em polonês, embora as letras estejam tão apagadas que não tenho certeza se mesmo alguém que *domine* o idioma poderia entender muito bem. Mal consigo distinguir as primeiras linhas — mas posso ver o nome na parte inferior: *Tomasz*.

Olho sem expressão para a minha avó, mas está chorando silenciosamente agora, e se estica para pegar a carta mais antiga das minhas mãos com muita delicadeza. Ela a dobra de novo e a coloca na mesa-bandeja. As lágrimas escorrem com liberdade por seu rosto, mas as enxuga com as costas das mãos e alcança o iPad com certa determinação. Ela tem todos os ícones de que precisa salvos em sua tela de favoritos, por isso, leva apenas um instante para ela iniciar nossa conversa.

Alice.
Encontrar Tomasz.
Alice avião Polônia. Alice avião Trzebinia.
Babcia fogo Tomasz.

Ela me olha com expectativa e depois aperta o botão *sua vez*. Eu me encho de tristeza de novo enquanto pego o aparelho. Minhas mãos tremem um pouco ao digitar minha resposta.

Babcia não avião...

Ela bastante impaciente pega o iPad de mim.

Sim. Ela digita, e acho que estamos em uma discussão estranha, até que passa os próximos minutos me corrigindo enquanto acessa os ícones recentes da tela.

Babcia doente.
Babcia velha.
Babcia não avião.
Avião Alice.
Alice avião Trzebinia.
Encontrar Tomasz.
Babcia fogo Tomasz.

— Mas... *eu* não posso ir para a Polônia, Babcia — protesto em voz alta, esquecendo por um momento que é inútil fazer isso. Ela aperta o botão de repetir no iPad, olha para mim e como eu apenas a encaro enquanto tento descobrir como explicar como isso é insano, ela pressiona *repetir* outra vez, e depois de novo.

Em seguida, ela coloca o tablet na mesa-bandeja, cruza os braços sobre o peito e me olha fixo com teimosia. Seu queixo está levantado. Sua mandíbula está rígida. Babcia está exatamente como minha filha na noite anterior, quando entrei pela porta da frente.

— Mas... — protesto abobalhada. Eu não podia deixar Callie e Wade... e definitivamente não podia deixar Eddie. Eu nem consigo imaginar como poderia fazer *isso* dar certo. Wade nunca tiraria uma folga; Eddie nunca se ajustaria à minha ausência; Callie também faria uma cena... Meu Deus, seria um pesadelo para todos eles. Além disso, ainda não tenho certeza de qual *questão* Babcia quer que eu elucide. Quem são essas pessoas? O que diabos *Babcia fogo Tomasz* quer dizer? Digamos que eu pegue um avião e atravesse o mundo por ela: o que *faria* quando chegasse lá?

Babcia pode ler minha mente ou está pensando a mesma coisa. Ela volta para a tela inicial e encontra o botão FaceTime, aponta para o ícone e olha para mim de novo. Quando olho para ela perdida, desliza até o botão da câmera, o pressiona e abre a rolagem de fotos. Está vazia porque este é o iPad da mamãe e ela de fato não faz o gênero vovó-paparazzi, mas entendo assim mesmo a mensagem.

Minha avó quer ver sua terra natal pela última vez.

Babcia me passa o iPad agora; abro o CAA e deslizo vagamente pelos ícones, perguntando-me como posso usar essa linguagem limitada para dizer "não há como eu arranjar um voo para a Polônia e tirar algumas fotos para você, inclusive não em curto prazo, e não temos ideia de quanto tempo você ainda tem, então, eu teria que ir agora mesmo de todo jeito".

Como posso dizer à mulher que me proporcionou amor e compreensão sem fim por toda a minha vida que o primeiro favor que ela me pede é um que devo recusar? Como posso dizer a uma pessoa que me deu *tudo* que a única coisa que ela quer de mim é demais? A resposta vem com rapidez.

Eu não posso. Quando a matriarca da família lhe diz para fazer algo, você faz e pronto.

Mas ela está pedindo algo de mim que nem tenho certeza se posso organizar fisicamente na linha do tempo que temos. Mas não há ícone para "talvez" no CAA — o conceito é muito vago para crianças como Eddie, e é para isso que o programa foi projetado. Em vez disso, deslizo para a tela de Notas para digitar a palavra *talvez*, mas fico surpresa ao descobrir que já há notas lá.

Trzebinia
Ul. Świętojańska 4, Trzebinia
Ul. Polerechka 9B, Trzebinia
Ul. Dworczyk 38, Trzebinia
Alina Dziak
Emilia Slaska
Mateusz e Truda Rabinek
Saul Eva Tikva Weiss
Proszę zrozum. Tomasz.

Olho para ela, confusa. Essas notas estão em polonês, que ela conhece muito bem e eu não entendo. Ergo o iPad para que não veja a tela, deslizo para o Google, carrego o Tradutor e digito as palavras *Você consegue me entender?* Bato no ícone do alto-falante e palavras que não significam nada para mim preenchem o ar, mas os olhos de Babcia se arregalam e ela assente com entusiasmo. Trocamos um sorriso, e então volto para a seção de Notas no iPad e me encho de desânimo outra vez.

Posso sentir os olhos de minha avó em mim, penetrantes, questionadores, desesperados e esperançosos. Engulo em seco, forte, ergo a vista para ela. Olhamos uma para a outra em silêncio, até que Babcia acena com a cabeça, apenas uma vez, e então parece satisfeita. Ela afunda de volta em seus travesseiros e volta a fechar os olhos, o eco de um sorriso persistente em seus lábios.

Não tenho ideia do que ela pensou que viu no meu rosto agora. Mas eu passo o restante do dia ao lado de sua cama, tentando descobrir se há um jeito de fazer isso dar certo.

CAPÍTULO 13
Alina

Tomasz e eu imediatamente caímos num padrão de visitas noturnas em que trocávamos alguns beijos inocentes e um abraço desajeitado através da moldura da janela, mas era impossível falarmos muito, porque meus pais estavam sempre dormindo do outro lado da parede. Eu tinha um milhão ou mais de perguntas que precisava fazer a ele — tantas coisas que queria lhe dizer ou ouvi-lo dizer —, mas tudo tinha que se reduzir a fragmentos de conversa porque ele nunca ousava ficar mais do que alguns minutos por vez.

— Deixe-me ir para a floresta — implorava. — É muito difícil para nós falarmos aqui da maneira que precisamos.

— Não acho que seja uma boa ideia, Alina — ele sussurrava de volta. — Se seus pais pegarem você saindo de casa, será impossível explicar.

— Mas se nos pegarem conversando aqui...

— Se eles nos pegarem conversando aqui, *prometo* que irei desaparecer tão rápido que você vai pensar que fiquei invisível.

Ali estava o garoto convencido por quem eu me apaixonara, arrogante na confiança que tinha de que poderia me proteger. Ele parecia pensar que havia transferido o risco de nosso encontro de mim para si mesmo ao ir até a casa, mas eu não tinha tanta certeza. O problema é que era impossível discutir com Tomasz — até mesmo porque tínhamos que conversar em sussurros. Eu queria explicações, mas meu desespero para encontrá-lo na floresta era ainda mais profundo do que isso. Eu queria abraçá-lo e beijá-lo e conversar com ele de forma aberta. Sentia falta das histórias de Tomasz desesperadamente. Sentia falta dos contos de fadas, dos exageros e até dos fatos um tanto bizarros de terras distantes, da biologia e ciência — mas não havia tempo para longas conversas como aquela quando sussurrávamos pela minha janela. Essas visitas todas as noites eram um luxo passageiro, que parecia cada vez mais curto, mas não ousei ficar desapontada, porque pelo menos ele *voltara* e estava bem ciente de quão sortuda eu era por ter no mínimo isso.

Poucos dias depois do retorno de Tomasz, mamãe e eu estávamos caminhando para ir cuidar do campo perto da propriedade Golaszewski e encontramos Jan de joelhos, arrancando ervas daninhas. Eu andava na frente e logo descobri que estava tão perto que a única coisa educada a fazer era cumprimentá-lo.

— Olá, Jan — disse, da forma mais polida que pude. — Como você está hoje?

As sobrancelhas grossas e grisalhas de Jan baixaram e sua testa franziu enquanto ele olhava para mim.

— Ola levou Justyna embora. Achei que você gostaria de saber.

— Jan — mamãe cumprimentou-o secamente ao se aproximar.

— Faustina — respondeu Jan, seu tom tão seco quanto.

— Para onde a Justyna foi? — perguntei, hesitante. — Para... para a cidade?

— Sim, para a cidade — confirmou Jan, mas seu rosto foi ficando vermelho e suas narinas dilatadas, e eu sabia que não estava satisfeito com a virada dos acontecimentos. — Em todo caso, ela se foi e ponto-final.

Ele cumprimentou mamãe mais uma vez com um gesto de cabeça brusco, jogou as ferramentas no chão, virou-se e foi embora, atravessando o campo até a casa dele. Jan sempre parecera tão imponente para mim, mas naquele dia, de certa forma, parecia menor, talvez porque fosse evidente para mim que, apesar de toda a sua arrogância e energia, ele era, na verdade, apenas um homem, e agora um homem muito solitário.

— Lamento que sua amiga se foi, Alina — mamãe murmurou, enquanto voltávamos para nossa própria casa.

— Obrigada, mãe.

Eu via Justyna tão pouco, que sabia que mal sentiria sua falta. Mesmo assim, fiquei um pouco triste, mas talvez não tão triste quanto estaria se tivesse acontecido algumas semanas antes.

***

Nas noites em que a lua estava cheia e eu realmente podia ver Tomasz bem, não havia dúvida de que as cavidades em suas bochechas cresciam a cada dia que passava. Decidi que encontraria um meio de conseguir um pouco de comida para ele.

Eu sabia que estaria roubando comida de minha mãe — que provavelmente roubava comida dos nazistas —, mas tinha muito mais medo de mamãe do que dos invasores, e isso já dizia alguma coisa. A primeira vez que passei para Tomasz uma xícara de sobras do meu jantar, o clarão de pura fome em seu olhar já valeu o terror que senti escondendo a comida.

— Como você conseguiu isso?

— Do meu jantar — disse. Ele hesitou e eu acenei em direção à comida. — Por favor, Tomasz. Vá em frente, comi bastante.

Ele riu incrédulo.

— Alina Dziak. Não há *bastante* neste país desde o início da ocupação. Não minta para mim. Você está pele e osso.

— Por favor, coma. Eu faço duas ou mesmo três refeições por dia na maioria das vezes... não é farto, mas estou sobrevivendo. Mas você... — Eu não tinha certeza de como chamar a atenção para seu físico definhando depressa sem ser cruel, por isso, depois de uma pausa apenas segurei sua mão na minha e sussurrei: — Tomasz, estou com medo por você. Você não pode continuar assim. Eu não sei o que está fazendo, e claramente não quer me dizer. Mas, com certeza, envolve muita furtividade e muito esforço para se manter alerta e pronto para pensar e agir rápido. Deixe-me pelo menos dar a você as sobras das sobras que eles nos dão.

Ele pegou um pedaço de pão e cheirou, quase desconfiado. Então, o jogou na boca e seus olhos se arregalaram.

— Tenho *quase* certeza de que os nazistas não estão lhe dando geleia de morango com o pão — pontuou com cautela, e eu dei de ombros.

— Você não é a única pessoa neste distrito realizando atividades secretas. Mamãe parece ter um misterioso estoque escondido em algum lugar.

— Eu farei um acordo com você, querida Alina — Tomasz disse pensativamente enquanto pegava um pouco de batata da xícara. — Se você puder guardar um pouco de comida para mim, vou comer metade dela e passar o restante para os meus amigos. Tudo bem?

— Mas quase não há comida aqui, mesmo para você — eu sussurrei em desespero. — Por favor, você pode comer isso e, amanhã, vou tentar conseguir mais comida para seus amigos.

— Bem, se existe uma forma de você fazer isso sem colocar em risco a sua sorrateira mãe ou a si mesma, então...

A porta do meu quarto se abriu naquele momento, e meu pai estava lá na minha porta, com olhos de sono e carrancudo.

— Alina — ele disse num tom monótono. — Com quem você está falando?

Eu olhei freneticamente para a janela, mas Tomasz havia sumido. Então, olhei para o céu e comecei a orar com muita angústia por uma mentira convincente e percebi que já tinha uma.

— Eu estava rezando — respondi.

— *Rezando* — repetiu meu pai, sem tentar esconder sua desconfiança.

— Sim. Rezando. Para Tomasz.

Meu pai franziu a testa um pouco mais.

— Vá dormir — falou. — Temos muito trabalho a fazer amanhã. — Ele deu um passo para trás em direção à sala, e então hesitou. — Deixe a porta aberta.

Subi depressa na cama, meu coração disparado, meu olhar na janela. Tomasz não voltou — mas, pela manhã, a xícara vazia tinha sido passada de volta pela janela e acomodada na minha cama.

***

Na noite depois que meu pai nos pegou conversando, Tomasz veio até minha janela como vinha fazendo, mas estava com o cenho franzido. Eu sabia antes que ele falasse que estava vindo se despedir.

— Sinto muito — sussurrou. — Era arriscado... nós sabíamos que era arriscado. Eu...

— Não, eu é que sinto muito — sussurrei de volta. — Fui descuidada... falava muito alto. Prometo que serei mais cuidadosa.

Ele suspirou e então beliscou a ponta do nariz. Ansiedade irradiava dele, e quando estendi a mão através da janela para pousá-la em seu ombro, senti sua tensão em meu próprio corpo. Tomasz inclinou-se em minha direção e beijou minha face.

— Alina, já não é inteligente fazermos isso — com ar infeliz. — Não podemos continuar.

Eu mordi meu lábio.

— Mas de que outra forma posso ver você? Talvez devêssemos apenas contar à mamãe e ao papai...

— Não! — ele me interrompeu, sua voz um sussurro desesperado. — Não, eles não podem saber, Alina. Eles não podem... É ruim o suficiente que você saiba que estou aqui. Não é seguro. Você *sabe* disso, não é?

— Como posso saber disso? Eu nem entendo o que você fez.

Ele suspirou e me lançou um olhar suplicante.

— Se contarmos a seus pais, não acho que irão permitir que continuemos a nos ver.

— Claro que irão!

— Alina... — ele disse, muito gentilmente. — Por favor, confie em mim, *moje wszystko*. Seus pais a amam e vão querer mantê-la segura. E não há nada seguro em você se encontrar comigo.

— Mas...

— Mesmo se eu estiver errado e eles apoiassem que ainda continuássemos nos encontrando, é muito arriscado contar a alguém o nosso segredo. Se *alguém* descobrir que estou visitando você... — Ele ergueu o queixo e olhou bem nos meus olhos. — Eu não me importo com o que possa acontecer comigo. Eu realmente não me importo. Mas se alguma coisa acontecer com *você* por minha causa? Eu não poderia... — Então, ele se interrompeu, seus olhos na porta do meu quarto.

— Vou encontrar um jeito de ver você durante o dia. Isso seria melhor? Se o encontrasse na floresta em vez disso?

— À *luz do dia*? — falou como se a sugestão fosse absurda, mas eu dei de ombros.

— Talvez, antes da guerra, as pessoas às vezes caminhassem naquela colina. Mas agora? Você é a única pessoa que vejo lá há anos, além de Truda, Mateusz e sua irmã quando eles vêm almoçar no domingo. É o local mais seguro que iremos encontrar. — Ele ainda me encarava com ceticismo, por isso, lancei-lhe um olhar penetrante. — Você está lá há semanas e não foi notado, Tomasz. Alguém chegou perto de encontrar você? Quem exatamente você acha que vai nos pegar lá juntos?

— Seus pais com certeza notariam se fosse para a floresta todos os dias.

— Eu sei. Eu pediria a eles permissão para visitar a floresta, mas não lhes contaria por quê.

Ele suspirou fundo.

— Que possível razão você teria para ir para a floresta *todos os dias*, Alina?

— Você não é o único neste relacionamento que pode ser engenhoso — sussurrei, mas forcei um tom brincalhão e alegre em minha voz, e ele me deu uma risada relutante.

— Ok, Alina Dziak. Vamos ver o que você pode fazer.

***

No café da manhã, fiz o discurso que passara a metade da noite preparando.

— Mamãe — falei —, decidi que assumirei o compromisso espiritual de rezar o rosário por nosso país todos os dias. Vou acordar de manhã cedo e passar uma hora orando sozinha na colina.

Mamãe colocou o café na mesa e ergueu uma sobrancelha para mim. Ela e papai trocaram um olhar. Por fim, focou seus olhos de volta em mim, e assentiu com a cabeça um pouco brusca.

— Certamente, vá até a colina para orar, mas não por uma hora, isto aqui não é um convento. Você pode levar vinte minutos e ficará perto da orla da floresta. Posso chamar *a qualquer momento*, então não se distraia muito com sua *oração*.

Era quase impossível esconder meu sorriso quando disse:

— Vou começar amanhã.

Mamãe encolheu os ombros.

—Talvez *suas* orações inspirem Deus a acabar com este pesadelo, então, deve começar o mais rápido possível. Comece hoje.

Eu não conseguia acreditar na minha sorte: eu iria mesmo ficar *vinte minutos* sozinha com Tomasz todos os dias, livre para conversar, abraçá-lo e vê-lo à luz do dia. Comi o restante do meu biscoito rápido demais e, então, como se as coisas não estivessem maravilhosas o suficiente, mamãe segurou meu cotovelo enquanto eu me preparava para correr para fora de casa e pressionou algo em minha mão. Olhei e então abri a boca, pasma. Ela me dera um pedaço de pão surpreendentemente grande.

— Mamãe!

— Para sustentá-la — disse baixinho. — Para o seu *tempo de oração*.

Havia um tom de insinuação nessas três últimas palavras, mas eu estava animada demais para me permitir pensar sobre isso e todos os perigos implicados. Em vez disso, sorri para ela o mais inocentemente que pude, tirei a mesa do café da manhã e fui buscar o rosário no meu quarto. Fiz uma demonstração exagerada de segurar as contas com as mãos abertas, só para ter certeza de que mamãe as visse. Mesmo depois de sair de casa, caminhei devagar pelo campo porque não tinha certeza se meus pais não estariam me observando — não podia parecer muito ansiosa para começar meu "tempo de oração". Eu *sabia* que minha história era frágil, mas foi a melhor que pude inventar, mesmo depois de quebrar a cabeça metade da noite.

A floresta era densa, uma curiosa mistura de galhos de pinheiros verde-escuros no alto e bétulas verde-claras aninhadas abaixo. A maior parte do restante das terras ao redor da colina fora completamente desmatada para cultivo, mas esse pequeno trecho era tão rochoso e íngreme que havia permanecido fechado e selvagem. Eu meio que esperava ver

Tomasz sentado na pedra longa e plana na grande clareira no topo, como ele sempre fazia nos dias anteriores à guerra, mas, quando me aproximei, percebi que estaria muito exposto agora que estava escondido. Quase gritei por ele, mas, então, percebi quão tola era essa ideia.

Se estivesse nas profundezas da floresta, eu nunca o encontraria — e esse era de fato o objetivo, não era? Ele nem estava me esperando hoje: quando fizemos esse plano à noite, contávamos que levaria algum tempo para convencer meus pais de que deveria vir. Entrei na parte mais densa da floresta e encontrei um tronco para sentar. Fiquei desapontada e abatida, mas não podia voltar para casa tão cedo, não sem levantar suspeitas, e não estava disposta a arruinar esse arranjo incrível *no primeiro dia*.

— Alina — uma voz suave chamou, e eu me virei... mas, ainda assim, não conseguia vê-lo.

— Tomasz?

— Olhe para cima, *moje wszystko* — sua voz cadenciada num tom de diversão.

Ele estava sentado na forquilha de uma árvore, alto demais para o meu sossego, inclusive por estar com as pernas balançando dos dois lados de um galho que mal parecia forte o suficiente para suportar até mesmo seu leve peso. Ele sorriu, depois escorregou com facilidade da árvore e deu alguns passos em minha direção.

— *Esse* não é um lugar seguro para se esconder — protestei, enquanto me levantava do tronco e corria em sua direção.

Ele deu de ombros ligeiramente e retrucou:

— Nada mais é seguro, Alina — as palavras num tom de piada, mas havia um desgosto em sua voz também. Fui lembrada de que tínhamos muito o que conversar agora que poderíamos, enfim, *conversar*.

— Conte-me. Conte-me agora sobre esse problema — eu exigi, mas ele pulou algumas pedras para me alcançar e, então, passou os braços em torno de mim.

— É tão maravilhoso abraçar você de novo à luz do dia — sussurrou contra os meus cabelos. Pressionei a face em seu pescoço e fechei os olhos, aspirando-o. Logo depois, levantei o rosto em sua direção e o encarei à luz do dia pela primeira vez desde o seu retorno. Ele olhou de volta para mim e, espontaneamente, trocamos um sorriso satisfeito. Mesmo demasiado magro, mesmo com uma mancha de sujeira na bochecha, mesmo com uma barba desgrenhada e cabelos despenteados, ele ainda era bonito para mim. O mundo parecia todo perfeito naquele momento — a luz da manhã espreitando através do dossel acima de nós, o cheiro de orvalho no solo, os pássaros à distância e, o melhor de tudo, os braços de Tomasz em volta da minha cintura. Ele colocou uma mecha rebelde de cabelos atrás da minha orelha e, então, curvou-se para me beijar gentil e doce.

— Um dia, vou tirar você daqui — sussurrou. — Um dia, iremos para um lugar seguro, um lugar pacífico. Um dia, quando for minha esposa, teremos a casa mais bonita da rua mais bela e as crianças mais lindas da cidade e todos dirão: "Olhem para Tomasz e Alina, namorados de infância, agora envelhecendo juntos". Você vai ser uma daquelas mulheres que envelhecem bem. Posso ver isso agora: mesmo quando for uma *babcia* bem velhinha, continuará de tirar o fôlego e eu não serei capaz de manter meus olhos ou minhas mãos longe de você.

— Você sempre foi um sonhador — suspirei, mas estava alegremente entretida. Fiquei aliviada em ter um vislumbre do velho Tomasz, por este lado mais leve do meu amor ter sobrevivido ao que quer que o tenha mantido longe de mim por tanto tempo. Naquelas noites desconexas na minha janela, eu pegara reflexos de um homem cuja expressão era coberta permanentemente pela culpa e pela tristeza, como uma máscara. Foi um alívio tão grande ver esse lado mais doce dele ressurgir quanto foi o de estreitá-lo em meus braços.

— Então, como convenceu os seus pais? — perguntou.

— Disse-lhes que queria retirar-me para rezar o rosário — respondi, e tirei as contas do bolso para lhe mostrar. Ele se pôs a rir.

— E seus pais de fato acreditaram que você iria fazer caminhadas de oração meditativa na floresta? — questionou incrédulo. Eu ri enquanto assentia e ele beijou novamente meus cabelos.

— Precisa confiar em mim — eu o repreendi suavemente. — Eu posso guardar seus segredos, Tomasz.

— Não tenho dúvidas sobre isso — falou baixinho. — Mas tenho a responsabilidade de mantê-la segura, acima de tudo. Já é bastante arriscado nos encontrarmos agora.

— Você se juntou à resistência? — perguntei. O exército clandestino polonês vinha atacando os nazistas há algum tempo, mais um incômodo para as forças de ocupação do que propriamente um oponente à altura, mas Truda às vezes trazia rumores de um jornal secreto e carregamentos de suprimentos atrasados ou destruídos por ataques organizados. Eu temia por Tomasz, mas também estava orgulhosa de pensar que ele poderia estar envolvido nesses esforços. Tive a sensação de que nossa libertação seria apenas uma questão de tempo se heróis como Tomasz Slaski estivessem empenhados nesse objetivo.

— Estou lutando da única maneira que sei — sussurrou. — Você confia em mim?

Eu me afastei para olhar para ele um pouco incrédula.

— Como pode me perguntar isso. *Você* confia em mim?

— Com a minha própria vida, Alina — afirmou.

A intensidade em seu olhar era de tirar o fôlego, mas não me distraí desta vez. Lancei a ele um olhar penetrante e disse:

— Então você deve me contar tudo.

— Farei isso — prometeu. — Contarei todos os detalhes excruciantes, assim que puder. Mas hoje... vamos sentar em algum lugar aqui e fingir que é um dia normal e que o mundo não está indo para o inferno ao nosso redor.

Suspirei e deixei que me embalasse com uma tagarelice sobre essa gloriosa vida pós-guerra que compartilharíamos assim que toda a feiura e as lutas acabassem. Dei-lhe o pão e ele o colocou no bolso, mas prometeu comer pelo menos a metade. Eu queria acreditar nele, mas, de alguma forma, sabia que seus "amigos" na resistência se beneficiariam com os despojos da generosidade de mamãe muito mais do que o próprio Tomasz.

Nós nos despedimos com um beijo e, embora não fossem nem nove horas da manhã, desejamos uma boa-noite, porque ele não arriscaria mais me visitar na janela. Corri de volta pelo campo até a casa da fazenda e fiquei surpresa ao encontrar mamãe arrancando ervas daninhas bem na borda da floresta — muito mais perto do esconderijo de Tomasz do que eu esperava. Ela estava perto o suficiente para que, se tivéssemos falado no volume normal, talvez nos tivesse ouvido, por isso, de repente fiquei muito feliz por termos mantido nossas vozes baixas como um sussurro. Quando me viu me aproximando, mamãe perguntou ironicamente:

— Sua alma foi consolada?

— Ah, sim, mamãe — gritei de volta, e me dediquei às minhas tarefas naquele dia com gosto.

CAPÍTULO 14
Alice

Quando mamãe chega do tribunal naquela tarde, Babcia está descansando com tranquilidade.

— Como ela está? — pergunta.

— Então, parece que consegue entender pelo menos algumas palavras faladas em polonês — digo. — Quanto você lembra deste idioma?

— Nada, infelizmente — responde. — Falei um pouco quando era criança, mas quando Pa estava estudando para obter o registro de médico de novo aqui, ele teve que aprender inglês muito rápido, e Babcia estava tentando aprender na mesma velocidade. Eles baniram o polonês em nossa casa quando eu tinha uns quatro ou cinco anos para que todos fôssemos forçados a praticar o inglês, e eu não usei meu polonês desde então.

Mostro o histórico de mensagens no CAA e as anotações de Babcia no iPad, e ela faz uma pausa e corre o dedo em uma linha.

— "Alina" — lê, franzindo a testa. — Hum...

— Você sabe quem é?

— Não, mas... — As sobrancelhas de mamãe se franzem e me olha pensativa. — Lembra? Ela queria que eu chamasse *você* de Alina.

Olho sem expressão.

— Eu não sabia disso.

— Claro que sim.

— Definitivamente não, mãe.

Mamãe de repente parece um pouco melancólica.

— Ela falou que era um nome de família. Cresci com um nome incomum, pelo menos incomum aqui, e não queria isso para você. Seu pai sugeriu que usássemos uma variação americana e "Alice" foi o mais próximo que pudemos chegar.

— Por que colocou em você o nome "Julita", se Alina é o nome de família?

— Bem, isso quase prova a questão. Tenho certeza de que ela me disse a certa altura que Julita era do lado do Pa, então, acho que isso significa que Alina era do lado da mamãe.

— Você nunca me disse isso, mãe — eu rio baixinho.

Mamãe franze a testa.

— Mas *devo* ter contado, porque você acrescentou seu próprio toque a isso com Pascale.

Eu olhei para ela sem acreditar.

— Mãe, ajustar o nome "Alina" para "Alice" já é um exagero. Como você acha que Pascale se relaciona com isso?

— Alina, Alice: apelido Ally... Callie — mamãe esclarece; então, faz uma pausa, e diz incrédula: — Você está me dizendo que foi por *acaso*? Que outra razão poderia ter para dar à sua filha um nome cujo diminutivo soa quase *exatamente* como o seu apelido?

— Mãe, batizamos Callie em homenagem a Blaise Pascal, assim como Eddie foi batizado em homenagem a Thomas Edison: era o sonho de Wade dar aos filhos o nome de cientistas famosos, e por acaso eu gostei desses nomes. Nem *percebi* o apelido até você chamar a minha atenção para isso.

— Hum — nós duas rimos baixinho.

Entretanto, eu me recomponho rápido e digo:

— Você acha que Alina era a mãe de Babcia?

— Eu nem sei. Ela apenas disse que era um nome de família... — mamãe franze a testa e aí olha para o iPad novamente. — *Dziak* não é nem um pouco familiar, no entanto. O nome de solteira de Babcia era Wiśniewski.

Em seguida, pega a carta que Babcia me escreveu e, depois, examina a mais antiga — aquela que não conseguimos ler. Por fim, mostro o sapato minúsculo, e reconhecimento e surpresa transparecem em sua expressão.

— Esqueci completamente desse sapatinho — murmura. — Faz décadas que não o vejo. — Ela o pega e o aninha na palma da mão com o maior cuidado.

— Era seu? — pergunto. Mamãe encolhe os ombros.

— Não faço ideia. Provavelmente, era o bem mais precioso de Pa, além de seu registro no conselho de Medicina dos Estados Unidos. Ele mantinha isso em uma caixa acolchoada no topo de seu guarda-roupa, e quando eu era muito pequena, às vezes ele o tirava de lá e sentava-se em sua poltrona apenas para olhá-lo. Na verdade, eu me lembro de perguntar várias vezes de onde era, porque ele sempre me respondia com piadas bobas... Uma vez disse que era uma máquina do tempo, outra que era um portal para outro mundo... coisas assim. — Ela ri meio boba, depois coloca o sapatinho de volta na mesa-bandeja. — Talvez tenha se cansado das minhas perguntas, porque, a certa altura, ele parou de tirá-lo da caixa, pelo menos quando eu estava por perto. Sei que você nunca entendeu isso, Alina, porque tentamos ser abertos sobre tudo o que podíamos desde quando você era pequena. Sexo, morte, Papai Noel... você sabe como eu tinha por norma lhe dizer a verdade, tanto quanto você aguentava, em todas as fases da sua vida.

Essa abordagem tinha sido desconfortável, às vezes — como quando peguei meus pais em um momento *muito* embaraçoso e, na manhã seguinte, eles me fizeram sentar e conversaram comigo em uma profundidade dolorosa sobre amor, sexo e intimidade e por que não havia nada de vergonhoso ou constrangedor sobre o incidente todo. Ironicamente, o momento mais incômodo da minha vida não foi tanto flagrar os corpos nus dos meus pais, mas a longa análise do evento no dia seguinte. Deixando essa conversa em particular de lado, sempre apreciei sua franqueza. Nunca houve um momento em que eu perguntasse para minha mãe sobre algo e ela terminasse a conversa; apenas não era assim o seu estilo de ser mãe.

— Bem, você sabe que Pa e Babcia tinham uma abordagem muito diferente na vida para todas essas coisas — diz mamãe agora. — Havia coisas sobre as quais conversávamos quando eu era criança, claro, mas... também havia muitas coisas sobre as quais *não* falávamos. Meus pais tinham todo um conjunto de lembranças que simplesmente não suportavam enfrentar. *Tudo* que tivesse a ver com a guerra estava fora dos limites. Mamãe falava muito sobre sua infância, mas papai não conseguia lidar nem com isso. — Hesita de repente, então, olha para o corpo adormecido de Babcia. — Talvez seja uma teoria maluca, mas às vezes me pergunto se Pa na verdade era judeu.

Olho-a com surpresa.

— Mas ele sempre ia à missa conosco no Natal e na Páscoa.

— Sim, mas a igreja católica era, de fato, a paixão de mamãe, Pa nunca foi sem ela. E mesmo quando ia, nunca comungava, e quando se mudaram para o asilo, *acho* que mamãe o estava levando para uma sinagoga. Perguntei sobre isso algumas vezes, em determinada ocasião cheguei até a pressioná-la, mas ela rejeitou o questionamento e apenas disse que eles estavam passando algum tempo com amigos que por acaso eram judeus. Quer dizer, aquele asilo tem uma grande comunidade judaica, então isso fazia algum sentido. Mas... — ela hesita, depois dá de ombros. — Eles deixaram a Polônia no meio do Holocausto, e eu me lembro de mamãe me dizendo que ficaram petrificados quando chegaram aqui e perceberam que a América não era o paraíso multicultural que eles pensavam que seria. Veja bem, não tenho ideia do que aconteceu na Polônia, mas e se Pa realmente fosse judeu? Bem, você não precisa ser um historiador para saber que teria sido o inferno na terra.

Olho para Babcia e meu peito aperta quando, por um momento, tento imaginar meus doces e compassivos avós sobrevivendo na Polônia ocupada pelos nazistas. Pa era o tipo de pessoa que você só encontra raramente na vida: demasiado inteligente, determinado, mas também humilde e generoso demais. Quanto a Babcia, ela é durona, mas sempre foi muito otimista e, às vezes, propensa a acreditar na bondade das pessoas bem rápido.

Eu não consigo nem conceber o tipo de resiliência que meus avós tiveram para sobreviver àquela guerra e permanecerem gentis em espírito da maneira como fizeram.

— Eles pediram para você levá-los de volta à Polônia? — pergunto em voz baixa.

— Sim e não — mamãe responde. — Pa era inflexível na questão de que *nunca* mais voltaria. Acho que é por isso que mamãe nem mesmo considerou a ideia até que ele adoeceu. Então, me pediu logo depois que assumi o posto no tribunal distrital e não havia como eu tirar férias. Na verdade, o momento não poderia ter sido pior para nenhum de nós. E, francamente, fiquei um pouco chateada por ela ter esperado tanto, assim como estou chateada com essa tolice de querer fotos agora. Você sabe tão bem quanto eu, Alice, seu pai e eu fomos à Europa várias vezes quando você era criança, muito antes de Pa adoecer. Por que não me pediu naquela época? Eu teria adicionado feliz uma parada na Polônia se tudo que ela quisesse fossem algumas fotos.

— E não há ninguém lá que possamos contatar? — pergunto. — Ninguém mesmo?

— Ela costumava enviar cartas para a irmã, todas as semanas, durante anos e *anos*. — Mamãe olha para o iPad de novo, estende a mão para pegá-lo e desbloqueá-lo. — Bem, eu pensei que fosse a irmã, mas... eu me lembro de ela dizendo que estava tentando escrever para "Amelia". Mas olhe: ela escrevia para *Emilia Slaksa*. Eu me pergunto se era para ela que escrevia. Slaksa... Slaski... talvez seja um erro de digitação... Será que era parente do lado de Pa?

— Elas perderam contato? — pergunto, e mamãe olha para mim.

— Ah, não. Emilia ou Amelia ou qualquer que seja o nome *nunca* respondeu. Eventualmente, acho que Babcia teve que aceitar que ela havia morrido. Tenho certeza de que conhece a história polonesa tão bem quanto eu, mesmo depois que a guerra terminou, o país foi ocupado pelos comunistas por décadas e as coisas ainda estavam muito difíceis lá. Quem sabe onde essa irmã foi parar, se ela ainda estava viva depois que a guerra acabou. Você sabe, eu já era adulta antes de Babcia desistir dessas cartas. Ela deve ter enviado centenas ao longo dos anos...
— Mamãe faz uma pausa e, em seguida, acrescenta baixinho: — Na verdade, talvez tenham sido milhares.

— Pobre Babcia — sussurro, minha garganta apertando. — Eu nem consigo imaginar como seria deixar tudo da noite para o dia e não saber o que aconteceu com as pessoas que você deixou para trás.

Ficamos em silêncio por um longo tempo; depois, mamãe pergunta:

— Então, ela entendeu quando você disse que não pode ir?

— Eu... — engulo em seco. — Eu não disse que não posso ir. Ainda não. É difícil dizer com o CAA. Preciso explicar a ela todos os motivos pelos quais isso é impossível. Terei que pensar em como fazê-lo esta noite.

— Certamente ela entende que isso é pedir demais de você.

— Não sei — respondo. É muito difícil explicar para mamãe por que estou tão inclinada a tentar encontrar um meio através das dificuldades da minha vida familiar para realizar essa busca maluca, porque muitas das minhas motivações começam com *quando mamãe estava ocupada demais trabalhando para me dar o que eu precisava, Babcia preencheu a lacuna.*

— Quem sabe o que está acontecendo em sua mente? Ela provavelmente está confusa. — Mamãe suspira. — Talvez amanhã até esqueça que pediu isso.

— Talvez — concordo meio boba, mas então olho para o relógio. — Eu tenho que ir buscar as crianças. Vou trazê-los daqui a pouco para que possam vê-la.

— Tudo bem — seu olhar cansado se ilumina um pouco. — Você vai trazer Callie também desta vez?

— Sim, mãe — combino o suspiro dela com o meu. — Callie também.

Estou de volta ao lado da cama de Babcia em uma hora, desta vez com as duas crianças no colo. Eddie sobe para se aninhar ao lado de Babcia. Ele puxa a mesa-bandeja sobre as pernas e tenta fazer o precioso dreidel girar. Depois de algumas tentativas, Callie fica impaciente, arranca-o de sua mão e o põe em movimento. Eddie inspira deliciado, aí grita e bate palmas.

Callie cumprimenta Babcia, mas rapidamente começa a conversar com mamãe sobre o seu dia na escola. Os olhos de Babcia me seguem enquanto eu me desloco pelo quarto. Mantenho meu corpo ocupado apenas para gastar a energia frenética gerada por meus pensamentos acelerados. Jogo fora algumas flores velhas do início da semana que estão em um vaso e ajusto e reajusto as persianas quando o sol da tarde fica muito forte. Estou vagamente ciente de que Babcia está usando o iPad, mas fico sobressaltada quando o dispositivo fala por ela.

Alice casa agora. Viro-me para Babcia, surpresa. Ela olha de forma incisiva para mim, depois se volta para o iPad. *Alice casa agora. Mais tarde, Alice avião Polônia.*

— Do que ela está falando? — Callie franze a testa.

— Ela está muito doente — mamãe diz com tristeza. — Ela não está dizendo coisa com coisa no momento, querida. Você não precisa se preocupar.

Mas Babcia *está* dizendo coisa com coisa para mim. E está ficando cada vez mais claro que não vai desistir.

CAPÍTULO 15

Alina

Todos os dias nas semanas seguintes, Tomasz e eu ficávamos sentados na floresta de mãos dadas ou abraçados, bastante felizes só de estarmos juntos. Nos melhores dias, ele contava uma história para mim — geralmente uma sobre a nossa fuga, que nos afastava da guerra, da ocupação, da tristeza e da fome. Um dia, eu estava sentada em um toco, encostada no tronco de uma árvore, e ele descansava no chão, com a cabeça no meu colo enquanto brincava com preguiça com seus cabelos. Eu havia cortado seus cabelos e barba algumas vezes desde seu retorno — escondendo uma tesoura debaixo do meu casaco para ajudar a arrumá-lo. Fiz um péssimo trabalho, mas tive um imenso prazer em ser capaz de fazer aquela pequena coisa por ele.

— Para onde devemos ir hoje? — perguntou. Ponderei sobre isso por um momento, percorrendo a lista muito limitada de países que eu conhecia, mas me decidi por sua fantasia favorita.

— América — respondi.

— Ah, a América é um país muito rico, sabe? Certamente viveríamos em uma mansão — Tomasz disse, e um grande sorriso estampava o seu rosto quando ele olhou para mim.

— Eu me contentaria com uma casa — suspirei, porque pelo menos naquele dia eu queria que a fantasia fosse um pouco realista. Mas então me detive, pensando na minúscula casinha dos meus pais e em como a casa que Tomasz, Aleksy e Emilia haviam compartilhado um dia era tão maior. "Casa" pode significar muitas coisas diferentes, mesmo na Polônia. Eu não conseguia imaginar como seriam as casas em um país rico como a América. — Uma casa grande, veja bem.

— Bem, precisaríamos de uma casa grande — concordou, e quando olhei para ele, seus olhos enrugaram. — Para nossos onze filhos, é claro.

— Onze! — engasguei, então ri. — Esta é a minha fantasia, Tomasz, então, escolho o número de filhos. Teremos uma pequena família: apenas quatro. — Fiz uma pausa e acrescentei: — Ok, talvez cinco, mas certamente não mais do que seis.

— E eu serei médico, é claro.

— Claro.

— Posso ser um médico especialista nesta fantasia?

— Um especialista? — perguntei, olhando para ele com surpresa. — Que tipo de especialista?

— Médico de crianças — ele sorriu.

— As crianças têm seus *próprios* médicos? — Isso parecia tão improvável quanto a ideia de nós morarmos em uma mansão.

— Em Varsóvia têm — Tomasz me afirmou. — Tenho certeza de que é assim também em países ricos como a América. Pediatras, como são chamados.

— Eu não sabia que você queria fazer esse tipo de Medicina. — Dei um sorriso confuso, e ele respirou fundo, então exalou devagar.

— Na faculdade, em Varsóvia, estudei com todo tipo de especialistas em hospitais. Por exemplo, no hospital judaico, conheci um cirurgião. — Uma expressão de tristeza e lástima cruzou o seu rosto. — O seu nome é Saul. Ele me inspirou muito e me fez pensar que talvez fosse interessante essa opção mais focada. Mas a cirurgia não é para mim. Gosto de conversar com as pessoas… colocá-las à vontade. Gosto da ideia de que, se algum dia encontrarmos um jeito de sair da Polônia e eu puder estudar novamente, dedicarei minha vida às crianças.

— Não precisamos deixar a Polônia para você estudar de novo — ri baixinho. Tomasz voltou seu olhar para mim e a tristeza faiscou em sua expressão.

— Talvez tenhamos.

— Mas... quando os nazistas forem embora, as universidades serão reabertas. Você pode voltar para Varsóvia. E acredite em mim, Tomasz, *ninguém* vai me impedir de ir junto desta vez.

— Alina — Tomasz disse um tanto abrupto e ele se moveu no chão, sentando-se de frente para mim. Ele alcançou minhas mãos e segurou-as entre as suas, descansando-as no meu colo. Dava para ver pela expressão intensa em seu rosto que estava prestes a dizer algo que eu não queria ouvir. Resisti a um desejo estranho de cobrir meus ouvidos como uma criança. — Mesmo quando a guerra acabar, não podemos ficar aqui. Levará anos até que as universidades funcionem como deveriam, e eu nunca poderei reconstruir uma vida em Varsóvia ou mesmo em Cracóvia. *Precisamos* de um novo começo.

— Mas... *eu* não posso deixar a Polônia — respondi inquieta. Voltei meu olhar em sua direção. — Meus pais... até... Truda e Emilia estão aqui. *Precisamos* ficar aqui por Emilia.

Uma súbita tensão surgiu entre nós, e eu não gostei nem um pouco — especialmente quando Tomasz tentou desviar dessa afirmação com outro de seus contos de fadas tolos.

— Talvez eu construa uma casa de gengibre para você — disse de repente, seu tom afetando uma leveza forçada. — Então, se você algum dia passar fome de novo, você poderá comer a casa.

— Talvez eu construa uma igreja para você — eu lhe disse, e ele ergueu as sobrancelhas diante da frieza do meu tom.

— Achei que a oração da manhã era apenas um disfarce para nos encontrarmos. Não me diga que você está pensando em fazer votos, está?

Ele ainda brincava para me provocar, mas eu estava falando sério agora. Afastei as mãos das dele e me levantei enquanto murmurava:

— Você não pode mentir em uma igreja, Tomasz. Se eu construir uma igreja para você, terá que me dizer a verdade sobre todas as coisas que eu não entendo.

Ele ficou em silêncio, estendeu a mão apenas para pegar um galho da terra e se pôs a girá-lo entre os dedos. Sua expressão era sombria, seu olhar distante.

— Estou com medo de lhe dizer — admitiu com voz tremida e, depois, olhou diretamente para mim, e havia tamanha dor naquele olhar que esqueci que estava com raiva e tomei meu lugar no toco outra vez, só para poder estender a mão e pegar a dele. Vi sombras em sua expressão, como se estivesse rememorando um pesadelo. Mas, então, ele se sacudiu, olhou para nossas mãos e admitiu: — Cometi erros terríveis. Estou tentando desfazê-los, para que possa ser um homem de honra. Tudo que eu quero neste mundo é ser um homem digno de uma mulher como *você*. Eu vou lhe contar quando for a hora certa, prometo. Mas agora? Você sabe o que está em jogo nesta guerra, embora eu tenha certeza de que seus pais ainda a protejam e a tratem como uma criança, às vezes.

— Eles *tratam*! — exclamei com frustração. — Eles realmente me tratam como criança. E é por isso que não posso suportar quando faz o mesmo.

— Não é isso que estou fazendo — argumentou com voz suplicante.

— Isso é *exatamente* o que você está fazendo — disse com firmeza.

Podia ouvir mamãe me chamando do campo, a exasperação em seu tom, por isso, eu me desvencilhei de Tomasz, mas estava relutante em deixá-lo depois da conversa demasiado tensa que acabáramos de ter. Rocei os lábios contra os dele mais uma vez.

— Tomasz — disse com ternura. — Fale de novo. Sobre nós.

Um sorriso liberou a tensão em suas feições.

— Estamos destinados a ficar juntos — ele sussurrou, passando o dedo pela lateral do meu rosto. — Fomos *feitos* um para o outro e tudo o mais no mundo vai ter que se resolver, porque vamos ficar juntos. Eu amo você.

— Eu também amo você. — Pressionei um último beijo contra os seus lábios, então, forcei-me a ficar de pé. — Boa noite, Tomasz. Eu vejo você pela manhã?

Ele permaneceu no chão, mas me deu um sorriso triste enquanto relutantemente soltava os meus dedos.

— Cada minuto até lá, estarei pensando em você.

Eu me virei para me afastar, mas parei e olhei para trás, por cima do ombro.

— Tomasz?

— Sim, Alina?

— Está na hora, meu amor. É hora de me contar a verdade sobre a sua situação. — Ele engoliu em seco, mas depois assentiu. — Eu sou forte, e nosso amor é forte. Seja o que for que tenha a me dizer, não mudará nada.

— Você não pode me prometer isso, *moje wszystko* — sussurrou.

— Eu posso — disse, levantando o queixo. — E farei. Amanhã?

Ele fechou os olhos enquanto inspirava, mas quando os abriu novamente, assentiu com a cabeça, e eu sabia que na próxima vez que o visse, ele me diria a verdade.

Eu só esperava estar mesmo pronta para ouvi-la.

***

Encontrei Tomasz sentado na clareira no dia seguinte, ao ar livre pela primeira vez desde nosso reencontro. Quando me viu chegando, desviou o olhar, arrependimento e culpa estampados em seu rosto.

Eu caminhei em silêncio para sentar ao seu lado, mas ele não se moveu para me tocar.

— Eu vejo Emilia vir com sua nova família aos domingos — murmurou meio distraído. Ficamos sentados por um tempo, ouvindo os sons tranquilos da floresta. — Eu subo em uma árvore perto da trilha só para poder observá-la. Ela está sempre segurando a mão de Truda.

— Sim — sussurrei.

— Mateusz está sempre atrás delas. Ele fica atento ao perigo enquanto caminha. Dá para ver também que é um bom pai para ela.

— Ele é.

— Eu também observei você, sentada nos degraus com ela depois do almoço — disse, sorrindo bem suave depois. — Vejo que minha irmã ainda fala muito.

— Ela fala.

— Que papel é aquele que ela sempre carrega quando os visita?

— Desenhos — murmurei. — Ela desenha para mim e para a mamãe. Flores, principalmente. — Não lhe contei quão escuras aquelas imagens haviam se tornado. Ele parecia já ter muito com que se preocupar sem saber disso. — São muito bons... ela é uma artista e tanto.

— Garota esperta. Ela está triste e com medo, mas é amada — acrescentou e, então, olhou focando em mim. — A maioria das crianças judias em Trzebinia já se foi, Alina.

Eu franzi a testa diante da mudança abrupta no rumo da nossa conversa.

— Bem, sim... eu sei.

— A maioria morreu de fome, foi levada para um campo, trabalhou até a morte ou foi executada.

Eu semicerrei os olhos para ele, confusa.

— Eu *sei* disso, Tomasz. É horrível e triste, mas eu *sei*.

— Talvez, mas sabe qual é a diferença entre Emilia e aquelas crianças judias?

Lutei para encontrar uma resposta para isso e, no fim, só pude dizer um pouco impotente:

— Eu... eu não sei.

— Todas são filhas de Deus, mas também filhas do nosso grande país. São nossa esperança e nosso futuro como nação e como espécie... e... isso é tudo que deveria importar. — Ele mudou de posição na rocha, depois se levantou e pegou minha mão. — Vamos caminhar enquanto conversamos hoje. Eu sei que não pode ir muito longe do campo, mas não consigo olhar para você enquanto digo isso.

E assim caminhamos em silêncio, fora da trilha, ao longo dos afloramentos rochosos onde a encosta era íngreme. Depois de uns instantes, apertou minha mão e disse baixinho:

— Se Emilia fosse uma judia em Varsóvia, ela estaria em um gueto hoje. Sei que a comida é escassa aqui, mas as crianças do gueto têm comido serragem e pedras para encher o estômago vazio porque, depois de um tempo, fome e dor parecem a mesma coisa e elas só precisam de alívio. E eu sei que as pessoas estão ficando doentes aqui, mas as crianças do gueto estão morrendo em tal ritmo que as autoridades não conseguem acompanhar a contagem de todos os corpos. E eu sei que Emilia está com medo aqui, mas ela ainda sorri. As crianças do gueto não sorriem, porque não há mais nenhum vislumbre de alegria naquela vida. Só existe medo, dor e fome. E... — Ele respirou fundo, estremecendo e, então, disse com imensa tristeza: — Alina, se Emilia fosse uma criança judia em Varsóvia, ela estaria naquele gueto. E talvez estivesse lá por *minha* causa.

Eu fiquei sem ação. Tentara me preparar para algo vergonhoso, mas fiquei tão horrorizada com aquela declaração que não consegui esconder minha reação.

— *O quê?* — minha voz saiu rouca. Eu podia sentir meu rosto se tornando lívido. Tomasz também parecia muito mais pálido do que o normal. Ele exalou profundamente e começou a esfregar a nuca. Continuava olhando para mim, como se estivesse tentando descobrir se havia uma forma de evitar ser sincero comigo mesmo naquele momento, ou talvez estivesse me avaliando para ver se eu conseguiria lidar com a verdade, afinal. O silêncio estava se estendendo por muito tempo, e eu não aguentava mais um segundo daquilo. Endureci meu olhar e cruzei os braços sobre o peito. — Explique-se — sussurrei brava. Ele fechou os olhos e eu levantei a voz. — *Explique-se*, Tomasz!

Seus olhos se nublaram e, em seguida, seus ombros se curvaram para frente.

— Você se lembra quando disse que queria ser pediatra? — ele sussurrou.

— Claro — respondi, tensa.

— Eu... havia... o cirurgião. Lembra que eu falei sobre o cirurgião?

Eu me abrandei, então — só um pouco, porque reconheci o esforço na voz de Tomasz e percebi que estava prestes a ouvir um novo tipo de história, uma que ele não sabia *como* contar. Eu o encarei e, naquele momento, tive que me forçar a focar na certeza de que conhecia aquele homem por toda a nossa vida. Ele era um bom homem. Esta podia não ser uma boa história, mas o homem que a contava para mim era por essência *bom*. Se o que acabara de dizer fosse verdade, haveria uma razão para isso, mesmo que, naquele momento, eu não pudesse sequer começar a imaginar qual fosse.

Mas eu confiava nele, pelo menos o suficiente para lhe dar a chance de se explicar. Peguei sua mão e ele me olhou surpreso.

— Está tudo bem, Tomasz — disse com brandura. — Apenas me conte. Eu não vou a lugar algum.

Comecei a andar de novo, sua mão com firmeza na minha. Ele se pôs a caminhar ao meu lado, respirou fundo e soltou o ar rapidamente com uma confusão de palavras.

— Lutei com o exército polonês em Varsóvia até sermos derrotados. Oferecemos uma resistência infernal, mas não éramos páreo para os nazistas, não no fim. Eles capturaram a mim e a um grupo de amigos da faculdade, e nós tivemos uma escolha: ingressar na *Wehrmacht* ou eles matariam nossas famílias e nos colocariam na prisão. Eles disseram que tinham informações sobre todos nós e sabiam onde nossas famílias estavam — e eu pensei que se fizesse o que eles pediam, eu poderia salvar meu pai e Emilia e talvez até você, querida Alina, porque... e se eles já soubessem que estávamos noivos? Senti que não tinha escolha. Não sabia mais o que fazer, então, entrei para a *Wehrmacht*. — Ele cuspiu a palavra com amargura. — Usei o uniforme imundo e fiz tudo o que fui instruído a fazer.

Lembrei-me de meus irmãos me contando que estudantes de Varsóvia haviam sido recrutados para a *Wehrmacht* e de como eu zombara deles, porque tinha tanta certeza de que Tomasz jamais cumpriria tal ordem... Mas uma coisa que eu sabia muito bem sobre Tomasz era o profundo amor que tinha por sua família — e o profundo amor por mim. Eles haviam encontrado seu calcanhar de aquiles, a única coisa que o teria convencido a trair seu país.

— Você matou pessoas? — perguntei com voz trêmula.

— Existem coisas piores do que assassinato, Alina — sussurrou. — Eu traí nossos compatriotas, e um dia... um dia quando a Polônia estiver inteira, pode apostar que haverá uma prestação de contas para covardes como eu. *Especialmente* eu. Fui a Varsóvia para aprender a curar e, em vez disso, reforcei a ideologia deles. Eles gostaram de mim porque eu falava um pouco de alemão, aprendido durante as férias de verão. Gostaram de mim porque era forte e rápido, e porque... — ele se interrompeu por completo agora, e ouvi o soluço que tentou abafar. — O comandante disse que eu tinha um jeito que deixava as pessoas à vontade. Designaram minha unidade para mover famílias para a área judaica. As criancinhas estavam com tanto medo, e suas mães, muito assustadas, mas eu lhes disse que tudo ia ficar bem. Só tinham que fazer o que dizíamos para fazerem e ficariam bem. Mas não estava tudo bem, nem mesmo nos primeiros dias, porque não havia espaço ou comida suficiente e era apenas uma forma de encurralá-los todos em um só lugar para tornar mais fácil atingi-los. Eles construíram um muro ao redor desse gueto. É o inferno na terra e não há como escapar, e conduzi aquelas crianças para lá e prometi que ficariam bem.

Ele não conseguia mais abafar os soluços, e eu não conseguia mais suportar ouvir essa história sem abraçá-lo. Parei, virei-me para ele e joguei meus braços em volta de sua cintura. Pressionei o rosto contra o seu peito e ouvi seu coração, as batidas soando mais rápido e mais forte enquanto as lembranças e sua vergonha vinham à tona. Eu me debatia naquele momento entre o horror e a repulsa por suas ações e também, uma compreensão crescente.

Porque finalmente fazia sentido o ar sombrio que vislumbrava nele de vez em quando. Estava enraizado na mortificação e no arrependimento do tipo mais profundo; havia tomado decisões que traíam os próprios valores que faziam de Tomasz Slaski o homem que era.

Ele se deixou desabar no chão a certa altura, mas eu fui até ele e então o empurrei até que descansasse contra um tronco de árvore. Tomasz ainda não conseguia olhar para mim, por isso montei em seu colo e segurei seu rosto em minhas mãos.

— Conte-me tudo, meu amor — sussurrei. As lágrimas rolaram por seu rosto em sua barba, e ele ergueu os olhos para as copas das árvores acima de nós.

— Seu pai me mataria se soubesse o que fiz.

— Talvez não, se soubesse *o porquê*, Tomasz.

— Seu pai é um bom homem. *Ele* teria resistido.

— Ele não vai julgar você, Tomasz, e nem eu.

— Os poloneses vão me matar um dia, se os nazistas não me pegarem primeiro. Homens bons como o seu pai vão me encontrar e me matar pelo que eu fiz.

Balancei a cabeça ferozmente, depois o beijei, com força — a melhor coisa que eu poderia pensar em fazer para interromper tal conversa. Ele engoliu em seco e, então, encontrou meu olhar de novo.

— Tomasz — disse com firmeza. — Conte-me o resto.

Ele respirou fundo, estremecendo, e depois suspirou.

— Um dia, eu estava patrulhando o gueto e o vi. Saul Weiss.

— Seu amigo cirurgião?

— Sim. Ele e sua esposa, Eva, também haviam sido levados para lá. Foram arrastados de um bom apartamento perto do hospital para um quarto ridículo no gueto que tinham que dividir com outras duas famílias. Fingi não reconhecê-lo no início, porque tinha muita vergonha de fazer parte do que estava acontecendo com ele. Desviei o olhar, andei mais um pouco e depois olhei para trás, e você sabe o que ele fez? Sorriu para mim. *Bondosamente*, Alina. Sorriu para mim. — Eu mal conseguia entender as palavras que saíam da boca de Tomasz porque ele estava chorando de novo. Comecei a chorar também, e me inclinei e beijei as lágrimas de seu rosto, então esfreguei meu nariz contra o dele.

— Eu ainda estou aqui, meu amor — sussurrei. — Continue falando comigo.

— Mas ele *deveria* ter me odiado, só que se recusou a se rebaixar com ódio. Tínhamos uma história em comum, uma amizade, e mesmo nessas circunstâncias me tratou com ternura. Saul Weiss havia perdido tudo por causa de pessoas como *eu*; pessoas que não tiveram coragem de se posicionar, e ainda assim? Ele escolheu sorrir. Foi nesse dia que me despedacei por dentro e *soube* que não aguentaria mais.

— Como você saiu de Varsóvia?

— Pelos esgotos — disse; aí, pressionou sua testa contra a minha e parou por um momento, recompondo-se. — Nós vadeamos pelo esgoto. Eu, Saul e sua esposa, Eva.

— Você os deixou escapar com você?

— Não — riu amargamente e, então, a tristeza tomou conta dele. — Você ainda acha que sou o herói desta história, Alina, mas estou *tentando* dizer que sou o vilão. Eles me deixaram escapar com os dois. Voltei para me desculpar com Saul. Eu o arrastei para frente de uma loja vazia porque tinha que fazer meu papel, mas, quando ficamos sozinhos, fui *eu* quem chorou e, alguns dias depois, quando chegou a hora de partir, ele confiou em mim o suficiente para me convidar para ir junto. Eles haviam usado todo o dinheiro que lhes restara para pagar um guia que os conduzisse pelos esgotos. Sinceramente, achei que fosse uma missão suicida, foi por isso que concordei em ir. Eu não tinha ideia do que faria se conseguíssemos, porque nem se afigurava como uma possibilidade, e a morte parecia muito melhor do que ficar lá com aquele uniforme e morrer de podridão por dentro. Ninguém ficou mais surpreso do que eu quando saímos para a luz do dia nos arredores de Varsóvia. Saul e Eva não tinham planos a partir daí, então, começamos nossa viagem a pé, vivemos sob pontes e em celeiros por meses no caminho de volta para cá.

— Mas como? Você percorreu *todo* o caminho a pé? São *centenas* de quilômetros, Tomasz. É...

— Quase impossível, certo? — disse com tristeza — Você entende meu ponto, então. Tivemos tantos apuros que fiquei pensando que em breve tudo estaria acabado... mas a sorte ou Deus ou o destino estava do nosso lado, porque acabamos encontrando um fazendeiro solidário que nos conectou à rede Żegota, é um conselho clandestino para ajudar os judeus, apoiados pelo governo no exílio. Nunca teríamos sido capazes de sair da área do Governo Geral sem a ajuda deles.

Caímos em um silêncio dolorido por um tempo. Afinal, eu desci para o chão ao lado dele e passei os braços em volta de sua cintura, descansando em seguida a cabeça contra o seu peito. Deixei minha mente evocar imagens de tudo o que ele me disse — até mesmo as partes que não queria imaginar, porque elas eram uma parte de Tomasz agora, e eu queria saber e entender tudo dele.

Depois de um tempo, pigarreou.

— Você precisa entender, Alina. Saul e Eva salvaram minha vida e assumi a missão de ajudá-los. Eles estão escondidos nas proximidades e, até que eu possa retribuir, farei o que puder para ajudá-los a se esconder.

— Você rouba comida para eles?

— Sim, se eu puder encontrar. Eu capturo pássaros às vezes, outras vezes esquilos. Roubo dos fazendeiros quando posso, só porque sei que os nazistas acabam levando tudo mesmo, então estou na verdade roubando deles. Eu peguei ovos do seu próprio galinheiro, mas só porque você tem tantas galinhas que pensei que não fariam falta... só quando estava realmente desesperado.

Senti que tinha que dizer as palavras em voz alta — apenas para deixar tudo às claras. Levei mais alguns minutos para encontrar coragem de pronunciá-las e, mesmo assim, eu as sussurrei.

— Você está ajudando judeus a se esconderem. É isso?

— Tenho três grupos de amigos escondidos nos arredores de sua fazenda, incluindo Saul e Eva. Muitos outros estão escondidos em casas na cidade e, de vez em quando, eu também os ajudo... mas outros que trabalham com o Żegota, em geral, levam comida para eles. Andar às escondidas pela cidade é extremamente perigoso.

— *Tudo* o que você acabou de dizer é muitíssimo perigoso! — exclamei, afastando-me dele. — Você não entende? Os nazistas baixaram um decreto que, se ajudar um judeu com um copo d'água que seja, eles matarão você *e* toda a sua família! Como você pôde pensar em não me falar sobre isso? Eu sou sua família, Tomasz... e Emilia também. Você poderia apenas ter se escondido sem eles e isso teria sido muito menos perigoso...

— Saul e Eva têm um bebê recém-nascido — Tomasz me interrompeu, sua expressão repentinamente dura. Eu pisquei atônita.

— Um *bebê*?

— Sim. Eva deu à luz há algumas semanas, logo depois de voltarmos para cá. Tikva não pode se alimentar com outra coisa senão o leite de sua mãe, e Eva não pode produzir leite a menos que eu leve comida para ela. Devo deixar o bebê recém-nascido morrer de fome, Alina? — Ele sustentou o meu olhar, o sentimento de pura frustração encurtando suas palavras. — Saul é um bom homem, muito melhor do que eu. Mas é judeu, então, os invasores o fariam morrer de fome como um animal, ou pior, iriam trancá-lo em um campo e matá-lo de trabalhar. E esse bebê é a bonequinha mais linda que você verá. Ah, mas ela nasceu de pais judeus, por isso, suponho que também mereça morrer? *Você* puxaria o gatilho na têmpora dela, então?

— Não *diga* essas coisas — protestei um tanto brava Eu estava chorando, oprimida e com medo, mas Tomasz não se intimidou com minhas lágrimas.

— Mas é isso que *você* está dizendo quando me fala que eu deveria tê-los deixado para trás. — Uma tristeza paralisante atravessou seu rosto e seu olhar implorou por minha compreensão. — É por isso que não ia deixar você saber que eu estava aqui. Ficaria escondido e encontraria maneiras de ajudá-la, mas nunca mostraria meu rosto. Eu sei que teria sido cruel, porém, mais seguro *para você*. Eu escolheria nosso amor acima de *qualquer outra coisa*, mas não vou escolher você acima do que é certo, não desta vez. Eu não seria o homem que *você* merece se não ajudasse essas pessoas. — Ele parou abruptamente e passou a mão pelos cabelos, a frustração gravada em seu rosto. — Monstros não deveriam sentir um grande amor como o que nós temos, deveriam? Tenho que *provar* que não sou um monstro. Por favor, não me peça para parar. *Por favor*.

Os riscos que Tomasz corria eram inaceitáveis — mas tudo na vida naquela época era inaceitável, porque cada vez que aceitávamos nosso quinhão, as coisas ficavam ainda piores. Tive uma explosão repentina e surpreendente de clareza. Tínhamos que lutar — mesmo que não com armas e bombas, com a força absoluta de nosso espírito e, para cada um de nós, *resistência* significava algo diferente. Para mim, *resistência* significaria fazer tudo o que Tomasz precisava que eu fizesse, mesmo que isso representasse morte certa para nós dois. Encarei esse pensamento um tanto decidida e confusa com minha própria coragem. Na verdade, a revelação de Tomasz me fez pensar, não se ele era a pessoa que pensei que fosse, mas se *eu* era a pessoa que pensei que era. Mesmo sabendo com certeza que meu relacionamento com ele era, em essência, uma sentença de morte, não me intimidei de forma alguma.

Com o passar dos anos, passei a me ver bem como os outros esperavam que eu fosse; de estatura pequena, bonita e delicada, *feminina* demais para ser de muita utilidade na fazenda — mimada, preguiçosa e imatura e talvez até um pouco tola.

É certo que não corajosa. Claro que não sou heroica ou nobre.

Se realmente *fosse* aquela garota, a ideia de arriscar minha vida por Tomasz teria me petrificado. Eu teria corrido um milhão de quilômetros na outra direção. Mas, naquele momento, tudo o que queria fazer era encontrar uma forma de deixá-lo seguro, um meio de lhe dar paz, um jeito de ajudar seus amigos. O amor que eu sentia por ele era tão grande que eclipsou meus medos e carregou seus fardos como se fossem meus. Nosso amor era agora um espelho, e dentro dele pude me ver com clareza pela primeira vez. E não vi uma garota tola e mimada apaixonada por seu amigo de escola. Vi uma mulher que estava sentindo um tipo de amor muito altruísta, muito adulto.

— Não vou pedir para você parar — disse, e ele ergueu os olhos para mim. — Na verdade, vou encontrar uma forma de ajudá-lo.

Ele balançou a cabeça de imediato.

— Sem chance, Alina...

— Não faça isso — disse com firmeza, mas com brandura. — Não se atreva a me dizer que é muito perigoso. *Amar* você é perigoso agora, e não poderia impedir isso, mesmo se tentasse. Sua vocação é minha vocação. Fazemos isso juntos, porque o que *sempre* me diz?

— Estamos destinados a ficar juntos — sussurrou, mas seu olhar era sério. — Ainda assim, não posso deixar você correr mais riscos do que já está correndo, Alina.

— Você não me *deixa* fazer nada, Tomasz — disse bem suave e ele me deu um sorriso triste e relutante. — Não sei o quanto posso ajudar, mas tenho que tentar. Mesmo que só possa conseguir um pouco mais de comida para esta mãe e seu precioso bebê recém-nascido. Mas agora... — Respirei fundo e olhei para trás, em direção aos campos. Eu não tinha ouvido mamãe, mas com certeza ela tinha me chamado, e talvez estivesse prestes a vir me procurar. — Eu estive fora por muito tempo e tenho que ir.

Rocei os lábios contra os dele. Tomasz Slaski estava exausto — física e emocionalmente destruído. Mas havia um novo nível de franqueza entre nós — uma intimidade diferente de tudo que tínhamos experimentado antes, nascida no tipo mais profundo de vulnerabilidade.

Ele me deixara vê-lo, cada parte dele — até sua vergonha. E, em troca, eu poderia oferecer apenas compreensão e aceitação. Levaria anos antes que apreciasse quão intenso foi aquele momento; que alívio deve ter sido para ele. Na época, estava fazendo apenas o que o amor que sentia me compeliu a fazer. Estava agindo apenas por instinto.

— Eu amo você — disse ele.

Eu o beijei uma última vez e fechei os olhos para aspirá-lo.

— Eu também amo você, Tomasz. E você não é *nenhum* monstro, não para mim — e, então, olhei para ele e as lágrimas surgiram outra vez. — Você é um herói, meu amor. Eu sei que não se sente como um ainda. Mas um dia, você verá.

Quando desci da colina naquele dia, mamãe olhou para mim com a testa franzida.

— Você andou chorando — disse ela.

— O quê? — eu me fiz de desentendida. — Não, talvez eu esteja pegando um resfriado.

— Um resfriado — repetiu, suspirando, então, quase para si mesma: — Alina acha que está pegando um resfriado.

Eu sabia que não acreditava em mim, mas não tive tempo para me preocupar com isso.

Já estava pensando no jantar e em quanto poderia esconder para Tomasz e seus amigos.

CAPÍTULO 16

Alina

O verão de 1941 estava aos poucos dando lugar ao outono e, a essa altura, aquela esporádica coluna de fumaça que eu tanto temia logo no início da guerra estava se tornando um sinal permanente. O cheiro acre que me perturbara quando o senti pela primeira vez tornou-se tão familiar quanto o fedor de excremento de galinha nos campos. Partículas de cinzas com um estranho tom depositavam-se em minhas roupas e em meus cabelos e caíam nos campos como uma neve fina quando não ventava. Aprendi a ignorar isso. Eu precisava ignorar, porque apenas não havia como escapar daquilo.

Tomasz continuava vivendo desabrigado na floresta e com roupas um tanto finas — a ponto de me fazer tentar imaginar uma forma de conseguir levar escondido algumas peças dos meus irmãos antes que o tempo esfriasse ainda mais.

Eu sabia que ele já passava frio — vez ou outra, ia encontrá-lo de manhã e o descobria cochilando em um tronco oco porque agora precisava dormir aconchegado à noite, e seus lábios estavam azulados e seu corpo inteiro, tremendo.

— Você é amigo de Nadia Nowak, não é? — perguntei-lhe certo dia. Ele enrijeceu.

— Eu conheço Nadia, sim.

— Você não pode ficar com ela, agora que caiu um pouco a temperatura? Ou mesmo se esconder com alguns de seus amigos judeus?

— Não, eu não posso ficar com Nadia... é arriscado demais até mesmo tentar isso. E, quanto aos meus amigos, é muito difícil entrar e sair de seus esconderijos. Preciso transitar com facilidade toda noite para conseguir mais comida para todos nós.

Eu acreditei nele quando disse que daria um jeito, mas me preocupava até que ponto levaria essa missão de ajudar seus amigos. Eu agora compreendia que suas ações eram guiadas pela culpa que carregava por suas decisões em Varsóvia, e estava com medo de quão longe isso o levaria. Ele já havia realizado uma missão suicida e sobrevivera; quanto tempo demoraria até que fizesse isso de novo?

Certa manhã, eu caminhava para me encontrar com ele tão perdida em pensamentos, assombrada pela questão, que fiquei descuidadamente alheia ao que estava à minha volta. Ouvi um movimento à frente e ergui o olhar. Vi-me olhando com foco nos olhos de um soldado parado a poucos metros de distância. Tamanho foi o meu sobressalto que deixei escapar um grito. O som agudo e penetrante ecoou por toda a floresta e o soldado desceu seu rifle do ombro, apontando-o na direção do meu rosto.

— Por favor — balbuciei, a voz falhando, balançando a cabeça. — Por favor, não.

Ele vociferou para mim em alemão, mas não consegui entender o que dizia, e o encarei confusa. Levantei as mãos sobre a cabeça, caso houvesse me ordenado a fazê-lo, mas ele me lançou um olhar impaciente e, para minha surpresa, falou em polonês:

— O que você está fazendo aqui?

— Alina — mamãe chamou atrás de mim, soando estranhamente exasperada. — Vá mais devagar, menina.

— Mamãe... — murmurei. Tentei virar o rosto para avisá-la que não chegasse mais perto, mas não consegui desviar os olhos do soldado e, no fim, não importava: já era tarde demais para adverti-la. Senti-a se aproximar de mim e ela cumprimentou o soldado.

— Bom dia — disse ela. Seu tom era casual e caloroso, como se não houvesse nada fora do comum na cena que acabara de presenciar. Lancei-lhe um olhar incrédulo.

— O que vocês estão fazendo nesta floresta, senhora? — o soldado exigiu saber, desviando o rifle de mim para mamãe, e então tornando a apontá-lo na minha direção.

— Estamos seguindo a trilha, indo para a casa da minha filha na cidade — explicou mamãe sem dificuldade alguma, acrescentando em seguida com um convincente tom de preocupação: — Você está procurando alguém?

Mais acima na colina, vi outro soldado se aproximando e, atrás dele, um terceiro. Quando examinei o terreno ao meu redor, contei seis homens, dispostos em formação, seus olhos fixos em mim e mamãe naquele momento. Gelei por completo, e tive de me esforçar ao máximo para evitar olhar para o alto. E se Tomasz estivesse bem acima de nós? E se tivesse outra vez adormecido ao relento? Só podia presumir que não possuía identificação e, além disso, bastaria baterem os olhos nele para saberem que estava se escondendo de *alguma coisa*. Ele não passava de um saco de pele e ossos, unidos por trapos.

— Há judeus escondidos neste distrito — declarou o soldado. — Estamos vasculhando a floresta à procura de fugitivos.

— Aqui? — mamãe perguntou, soando ligeiramente incrédula. Riu alto, sem se segurar. — Quem se esconderia neste pequeno trecho de floresta? Vocês vão achá-lo em um piscar de olhos, se houver alguém aqui. — Ela apontou de maneira vaga para trás, em direção a nossa casa. — Nós moramos a apenas algumas dezenas de metros daqui. Acredite em mim quando digo que não há ninguém nesta floresta. Eu *saberia*, se houvesse.

— Documentos — exigiu o soldado, e quando pensei que cairia morta de vez, de tanto pavor, mamãe com calma enfiou a mão na blusa, deu um passo à frente e lhe entregou nossos documentos de identificação. Ele os examinou, assentiu com indiferença, devolveu de qualquer jeito os papéis, e fez sinal com seu rifle para que continuássemos pela trilha.

Mamãe retornou os documentos à blusa, deslizou a mão pelo meu cotovelo e me conduziu, passando pelos soldados, em direção ao topo da colina. Tentei virar a cabeça na direção deles para ver o que estava acontecendo, mas ela me sacudiu com força e murmurou, dura:

— Olhe para frente, Alina.

Havia vários caminhões nazistas estacionados na base da colina do lado de Trzebinia, no espaço onde a grama era alta, mas as árvores haviam sido derrubadas para dar lugar às casas. Mamãe e eu passamos direto por aqueles caminhões vazios, meu braço preso com firmeza por seu cotovelo. Caminhamos os quarteirões restantes até a casa de Truda em um silêncio severo e horrível. Quando Truda abriu a porta, enfim comecei a chorar.

— Pegue um pouco de chá para ela — mamãe suspirou, e me encarou fixamente. — Alina, minha querida, tenho sido paciente com você além da conta, mas está mais do que na hora de me contar a verdade.

Emilia veio pulando pelo corredor, sua voz alegre ao gritar:

— Alina! Até que enfim você veio à *minha* casa, para variar... — Seu rostinho foi tomado pelo desânimo quando viu minhas lágrimas. — Ah, não... o que foi?

— Está tudo bem — disse. Tentei fixar um sorriso no rosto, mas não conseguia conter os soluços, e Truda me encarou feio e mandou Emilia sair para brincar.

Mamãe e eu sentamos lado a lado na mesa da cozinha de Truda. Truda preparou chá para nós, depois saiu para ver Emilia e, durante todo esse tempo, chorei e evitei o olhar de minha mãe. Eu estava em tamanho pânico que não conseguia aclarar meus pensamentos. Se tivesse ido até a colina dois minutos antes, poderíamos estar sentados juntos quando os soldados chegaram, e eu soube que nunca mais poderíamos arriscar nos encontrarmos assim de novo, mesmo se os soldados não tivessem encontrado Tomasz em sua busca. Depois de alguns minutos, quando meus soluços ainda nem tinham começado a diminuir, mamãe suspirou profundamente.

— Pare de exagerar, Alina. Não precisa fazer tanto drama.

— Foi o susto... — respondi de maneira pouco convincente. Mamãe revirou os olhos para mim.

— Eu descobri o seu segredo — revelou.

Sua declaração tornou uma situação já terrível inesperadamente complicada. Porque, será que ela *realmente* sabia do meu segredo, ou apenas achava que sabia? E se *pensasse* que meu "segredo" era outra coisa? Eu também não queria irritá-la, porque minha mãe era uma mulher intimidadora, e alguém que não gostaria de contrariar. Ponderei sobre tudo o mais rápido que pude e então voltei a olhar para o meu chá.

— Eu não entendi o que você quis dizer, mamãe — sussurrei, o mais inocentemente que pude, visto que tivera uma nova descarga de adrenalina e meu coração voltara a martelar, mas, então, ela desferiu um tapa na minha nuca e murmurou baixinho algo que se parecia muito com *Eu não sou idiota*.

— Quando ele voltou? — perguntou de modo categórico.

Meu coração batia tão forte contra meu peito que eu tinha certeza de que ela podia ouvi-lo.

— Eu...

— Alina, Tomasz retornou, e está se escondendo. Estou certa? *Oração pelo país em guerra* — zombou. Eu a encarei, chocada, mas, em seguida, ela riu. — Mesmo se já não tivéssemos suspeitado, logo descobriríamos quando você insistiu em ir para a colina quando estava chovendo. — Seu olhar se abrandou ligeiramente, e murmurou: — Eu também já tive dezoito anos e me apaixonei, muito tempo atrás.

— Por que você não me contou que sabia?

— Bem, para ser sincera, estava com medo de contar. Não tinha certeza do motivo de vocês pensarem ser uma boa ideia escondê-lo de nós, então estava esperando que me dissesse o que estava acontecendo. Nesse meio-tempo, decidi que ficaria por perto no campo, para o caso de ouvir sinais de problemas... e sorte a sua eu ter feito isso, considerando o que aconteceu hoje.

Então, fui tomada por uma sensação de náusea e, ao levar o chá à boca, minhas mãos tremeram um pouco. Mamãe e eu permanecemos em silêncio por uns instantes, aí, me perguntou:

— Você precisa me contar agora, Alina. Por que ele está se escondendo?

Olhei para ela inquieta.

— Eu não sei — menti. Ela ergueu as sobrancelhas para mim e me leu com uma de suas encaradas. Senti meu rosto enrubescer e comecei a suar. — Não sei, juro!

— É a resistência? — questionou, e se recostou na cadeira, acrescentando por acaso: — Ou ele tentou ajudar alguns dos que estão se escondendo?

Fiquei em silêncio, mas ela deve ter percebido a verdade pela minha expressão. Ela grunhiu, e o som pareceu muito com uma aprovação. Olhei-a, surpresa.

— Mamãe?
— Sim?
— Se... eu não estou dizendo que ele está fazendo isso, mas... *se* estivesse escondendo alguns amigos judeus...
— Eu ainda assim estaria confusa sobre o motivo pelo qual você não me contou sobre isso antes.
— Mas talvez ele estivesse tentando me proteger...
— Então, não é tão inteligente quanto eu pensava que era, porque, se fosse, saberia que qualquer contato com você representa perigo para todos nós, mas que seu pai e eu entenderíamos.

A esperança, cálida e surpreendente, floresceu em meu peito.

— Você entende? — disse surpresa, engasgando.
— Lembra de quando Filipe quis se juntar à resistência? — perguntou. Ela raramente falava sobre os filhos que perdera, e fiquei um pouco espantada.
— Lembro...
— E todos nós o desencorajamos. Todos pensamos que era mais seguro para ele apenas abaixar a cabeça. Lembra-se disso?
— Sim, mamãe.
— Bem, nós estávamos *errados*, Alina. Ele está morto do mesmo jeito, e talvez se tivéssemos nos levantado e lutado... — Sua voz falhou, e ela pigarreou, então, exalou. — Tentamos tanto manter vocês todos seguros. Fizemos tudo o que podíamos para protegê-los. Mas nem de perto isso foi o suficiente, e agora eu lamento muito por não termos encontrado alguma forma de oferecer resistência. Talvez pudéssemos ter feito a diferença... Se não por Filipe, então por outra pessoa. Nossa passividade nos torna cúmplices, Alina. Seu pai e eu vínhamos conversando há algum tempo sobre como poderíamos corrigir isso, mas a oportunidade certa não se apresentou. Os amigos dele têm abrigo?

— Os amigos, sim... mas *ele*, não...

— Então, o que ele fará quando o inverno chegar? — Encarei-a apenas, e ela ergueu as sobrancelhas para mim. — Logo chegará, Alina. Ele não pode viver na floresta quando a neve começar a cair. Diga-me que vocês têm um plano.

— Ele se esconde nas árvores, às vezes se oculta atrás de troncos. Mas tem caído no sono durante o dia e... — Engasguei com outro soluço. — Ele diz que vai suportar, mas estou com tanto medo.

— Você compreende como ele está encrencado?

— Compreendo.

— Preciso saber se compreende o quanto *você* está encrencada, Alina. Você o está ajudando. Com ações inócuas, talvez, se tudo o que está fazendo é ficar de namorico na floresta e levar escondido algumas migalhas, mas ainda assim o está ajudando. Se ele está auxiliando judeus escondidos, então, você também está, e isso é punível com a morte. — Seu olhar era penetrante e focado bem no meu rosto. Segurei seu antebraço e o apertei, com força. Ela tinha que entender. Ela só precisava saber o quanto eu o amava. Só *precisava* saber que eu correria qualquer risco para ajudá-lo.

— Mamãe. É o *Tomasz*. Ele não tem ninguém no mundo a não ser eu. Mesmo sendo perigoso, jamais poderia abandoná-lo. — Enxuguei os olhos com a outra mão e disse com determinação: — Além disso, mamãe, ele está ajudando uma família... Um bebê recém-nascido vai morrer se não ajudarmos. Como posso escolher *minha* vida no lugar daquela criança?

Mamãe me encarou. Ela estudou meu rosto e as lágrimas em minhas bochechas, então, concordou com a cabeça, como se estivesse satisfeita.

— Não pode — disse mamãe. — E nem eu. Deixe-me ajudar.

***

Não havia mais sinal dos caminhões dos soldados quando voltamos para subir a colina, e a floresta estava outra vez calma e silenciosa. Examinei em desespero as copas das árvores, mas também não encontrei vestígio algum de Tomasz. Tentei me convencer de que ele havia permanecido nas árvores ou se escondido em um tronco oco e sobrevivido à busca, mas não tinha como saber o que havia acontecido.

— Você acha que eu já poderia chamá-lo? — perguntei para mamãe. Ela fez que não com a cabeça.

— Tenho algo a lhe mostrar. Volte para casa por algumas horas e você pode procurá-lo mais tarde.

Papai veio nos receber à porta de casa, com os olhos cheios de preocupação.

— Onde vocês estiveram esse tempo todo?

Mamãe passou direto por ele e anunciou:

— Alina precisa daquela ajuda que conversamos. Fique de olho na estrada e na floresta... Há soldados por aí.

Meu pai assentiu bruscamente e se posicionou na janela da cozinha. Mamãe atravessou a sala e arrastou nossa mesa para longe do pesado tapete sobre o qual ela repousava. Ela levantou o tapete e eu fiquei boquiaberta, porque, preso por debaixo do tapete, havia um alçapão. Quando mamãe dobrou o tapete sobre si mesmo, abriu uma porta tosca em nosso chão e revelou a entrada para um espaço abaixo de nossa casa.

— Mamãe! — arfei.

— Quieta — ela disse sem paciência. — As coisas são como são.

Era um *segundo* porão, aparentemente um local de armazenamento menor do que o grande que tínhamos embaixo do celeiro. Era um porão do qual nunca soubera da existência, em todos os meus anos morando ali, naquela mesma casa. Suponho que teria notado alguns desníveis no chão se tivesse andado sobre o tapete — mas eu nunca o fiz, porque, desde que me conheço por gente, a mesa sempre esteve naquele mesmo lugar, bem em cima dele. Eu caminhei até a beirada para espiar o interior.

Havia uma escada e, embora estivesse curiosa para saber o que poderia haver lá embaixo, a escuridão parecia absolutamente sufocante e eu não tinha intenção de descer para descobrir. Mamãe voltou para a cozinha e acendeu a pequena lamparina a óleo que ficava sobre a bancada, e o passou para mim. Eu a segurei em silêncio enquanto ela descia os degraus; então, estendeu o braço para cima, indicando-me que eu a passasse para ela.

— Venha — disse.

— Mas...

Ela suspendeu a luz ao seu redor, para me mostrar que o espaço era maior do que parecia à primeira vista, e seu olhar foi ficando impaciente.

— Alina, a escuridão ainda a assusta? Você não pensa duas vezes em correr o risco de morrer nas mãos dos nazistas por ajudar seu namorado fora da lei, mas descer uma escada a faz tremer? Que maluquice, menina.

Então, eu a segui escada abaixo, adentrando a escuridão. O ar ali embaixo parecia denso, mesmo com o alçapão aberto e apesar da lamparina acesa. Eu não tinha certeza se conseguiria sobreviver dois minutos naquele lugar, mas assim que meus pés tocaram o chão vi a comida. Havia dezenas de potes de conserva e um estoque de batatas, além de vários sacos de farinha e açúcar. Uma cesta de ovos jazia no chão.

Era mais provisão do que nós três comeríamos em meses, pelo ritmo que vínhamos racionando. Dezenas e dezenas de porções escondidas para nossa utilização — cada uma delas uma garantia de morte para os meus pais, caso os nazistas encontrassem aquele lugar.

— Como você escondeu isso de nós? — perguntei-lhe embasbacada.

— Começamos a estocar muito antes da guerra, ao primeiro sinal de problema nos jornais. Transferimos tudo o que tínhamos para este espaço no dia em que os invasores mataram o prefeito e Aleksy, e desde então vínhamos aumentando quando podíamos, apenas para o caso de as coisas piorarem. Só descíamos aqui no meio da noite, quando tínhamos certeza de que você estava dormindo — contou e, então riu de leve. — Foi assim que pegamos você "rezando" na janela alguns meses atrás. Seu pai estava esperando para estocar alguns ovos aqui embaixo e levar um pouco de geleia lá para cima. Foi quando ouviu você falando. — Ela inclinou a cabeça para mim. — Você estava conversando com Tomasz naquela noite, não estava?

Assenti, suspirando.

— Ele tinha acabado de voltar naquela ocasião. — Assimilei aquilo, e olhei em volta mais uma vez. Encarei novamente mamãe, incerta. — Por que você nunca me contou sobre isso?

— É responsabilidade dos pais sustentar seus filhos e aconteceu de termos uma forma de fazer isso — respondeu com tranquilidade. — Você não precisava saber. Não é como se tivéssemos escondido o porão de propósito... Nos primeiros anos, não lhes contamos sobre este lugar porque sabíamos que vocês, crianças, fariam travessuras se soubessem. E nunca tivemos a intenção de destiná-lo para tal uso. Foi sorte, não estratégia... Um mero resquício de antes de seu avô construir o porão maior com o novo celeiro. — Mamãe pousou a mão no meu ombro bem devagar. — Talvez ele possa ser útil para Tomasz. Não tem aquecimento, mas nunca fica frio a esse ponto aqui embaixo. Podemos fornecer-lhe esta lamparina... Não podemos gastar muito óleo, veja bem, mas talvez o suficiente para quando for necessário. E tenho guardado a comida estritamente até que *precise* ser usada, mas com os meninos mortos e sendo tão difícil levar suprimentos para Truda e Emilia agora, eu simplesmente acho mesmo que não conseguiríamos consumir tudo a tempo. Deixar desperdiçar comida em tempos tão difíceis é um *verdadeiro* crime. — Ela fez uma pausa e disse com um encolher de ombros: — Seu pai e eu ficaremos muito satisfeitos se Tomasz puder distribuir esta comida para seus amigos judeus. Temos procurado por uma forma de ajudar.

— Mamãe — sussurrei. — Eles matariam vocês se encontrassem isto.

— Bem, Alina — disse sem rodeios —, há uma boa chance de que, se encontrarem Tomasz e descobrirem que você o ajudou, matem você também. Todos nós assumimos os riscos com que podemos lidar na guerra.

— O que o papai sabe? — perguntei, olhando bem nervosa para o alçapão.

— Ele sabe o mesmo que eu.

— Tomasz serviu na *Wehrmacht* — disparei de repente. — Em Varsóvia. Isso faz alguma diferença para você?

Mamãe piscou de perplexidade para mim, então, suspirou.

— Um bom e jovem polonês como Tomasz Slaski jamais serviria com aqueles malditos desgraçados a menos que não tivesse escolha. Estou certa?

— Está — sussurrei.

— Então, não, não faz diferença alguma.

— E o papai vai deixar Tomasz se esconder aqui?

— Ele permite que você vá vê-lo sozinha na floresta todo santo dia, então isso não é muito diferente, é? — disse com sarcasmo. Senti o rubor subir pelas minhas bochechas, e ela riu baixinho. — Por que acha que eu a sigo? Não é apenas com os soldados que você pode se meter em problemas, menina.

— Quando Tomasz pode vir?

— Espere mais algumas horas, aí vá procurá-lo e diga-lhe para vir hoje à noite, quando escurecer.

CAPÍTULO 17

Alina

Aguardei quase duas horas, depois caminhei em direção à floresta o mais calmamente que pude. Meus pensamentos estavam a mil — eu ainda estava tentando assimilar o fato de que meus pais sabiam e de que Tomasz poderia, em breve, estar morando sob nosso teto. Quando cheguei ao topo da colina, vi-o descer escorregando de uma árvore para correr em minha direção.

— Eu os vi chegando, e vi você chegando, mas eles estavam bem abaixo de mim e não pude fazer nada — falou, atropelando as palavras, puxando-me contra si. — Meu Deus, Alina, eu sinto muito... Eu... Não podemos mais fazer isso. É muito arriscado, foi tão *estúpido* da minha parte...

— Meus pais sabem — revelei logo, e ele reagiu como se estivesse prestes a sair correndo. — Espere... Sabem, mas querem ajudá-lo.

— *Ajudar?* — repetiu. Ele parecia incrédulo diante da ideia, como se eu tivesse sugerido algo bastante absurdo, e isso partiu um pouco mais meu coração.

— Não lhe contei que guardavam comida em algum lugar? Tem um outro porão. A entrada está sob o tapete, embaixo da mesa de nossa casa. Eles disseram que você pode se esconder lá.

Tomasz ficou atônito, então, envolveu meus ombros com as palmas das mãos.

— Alina — disse taxativo. — É muito gentil da parte dos seus pais e muito gentil da sua parte, mas não posso aceitar essa oferta.

— Mas por que não? — perguntei, tomada de desespero. — Aqui fora não é seguro, Tomasz. Estou temendo tanto por você.

Quando terminei de falar, estava chorando e ele me puxou com força contra o peito outra vez.

— Eles matariam vocês se me encontrassem lá e eu não posso... — Ele falou com voz estrangulada contra os meus cabelos. — Já é egoísmo o suficiente encontrá-la desse jeito, mas imaginei que eles só conectariam um ao outro se nos pegassem juntos. Mas se me esconder na sua casa...

— Não se preocupe com isso — disse.

— Eu me preocupo com *você*.

— Se isso é mesmo verdade, então vai me conceder essa pequena bênção e nos deixar ajudá-lo dessa forma. Meus pais têm tentado descobrir como levar comida para quem precisa, então talvez você seja a resposta às orações deles. — Quando ele permaneceu rígido em meus braços, acrescentei suavemente: — Tomasz... você pode imaginar quanta ajuda essa comida trará para esta jovem família de quem está cuidando?

— Eu...

— E há outros também? Mais pessoas se escondendo? Mamãe tem um *saco* inteiro de batatas.

— Vocês não podem apenas me dar a comida, *moje wszystko*? — implorou. — Vou levar para aqueles que precisam. Eu não preciso ficar em sua casa, onde os nazistas podem me encontrar. Se eu fizesse como me pede, teria que entrar e sair de sua casa pelo menos uma vez por dia. É perigoso demais.

Fiquei tão surpresa que dei um passo atrás e cruzei os braços sobre o peito.

— Você se lembra quando disse que eu era mimada, Tomasz?

— Eu... me lembro...

— Bem, estou acostumada a fazer o que quero — disse com firmeza. — E não vou deixar de chantageá-lo quando sei que é para o seu próprio bem. Então, ou você *virá* ficar conosco, ou eu vou encontrar outra maneira de levar a comida a quem precisa. — Ele me encarou impassível, então, levantei as sobrancelhas e acrescentei lentamente: — Talvez eu possa visitar Nadia Nowak? Quem sabe ela tenha algumas ideias sobre como eu poderia distribuir essa comida sozinha.

Seus olhos se arregalaram.

— Alina Dziak — falou incrédulo. — Isso é...

— Esse é o acordo. — Dei de ombros. — É pegar ou largar.

— Você não me deixa escolha.

— Essa era de fato minha intenção — pontuei. Ele balançou a cabeça para mim, visivelmente frustrado. — Eu tenho mais truques na manga, Tomasz. Não me faça usá-los.

— Que truques são esses? — perguntou, franzindo ainda mais a testa.

Inclinei-me para frente e rocei os lábios nos dele.

— Vou guardá-los para a próxima vez que me subestimar — respondi com brandura e, depois, afastei o cabelo de seus olhos. Ainda me encarava de cenho franzido, então, beijei-o de novo; em seguida, virei-me para voltar para casa, dizendo baixinho por cima do ombro. — Venha assim que escurecer. Estaremos prontos para recebê-lo.

CAPÍTULO 18

Alice

Faço de forma mecânica as coisas em casa. Wade está trabalhando até tarde, compensando o tempo perdido do dia anterior — ele tem um projeto para um plástico que o está atormentando, então não fico surpresa. Assim que as crianças vão para a cama, eu me sirvo de uma taça de vinho, ponho um pouco de música para tocar e afundo no sofá.

Alice avião Polônia.

É um pedido absurdo. Completamente irracional. Totalmente impraticável.

Só não tenho ideia de como vou recusá-lo. Se Babcia pedisse a lua neste momento, eu teria que tentar encontrar uma forma de obtê-la. E *acho* que tudo o que ela está me pedindo é para entrar em um avião, tirar algumas fotos e retornar para casa. Em quanto tempo eu poderia partir? Em quanto tempo conseguiria voltar? Eu nem sei onde fica Trzebinia. Todo meu conhecimento a respeito da geografia da Polônia resume-se em saber que fica na Europa, e que Varsóvia é sua capital.

Eu poderia pesquisar tudo no laptop de Wade. Está bem ao meu alcance, sobre a mesa de centro à minha frente. Não estendo os braços para apanhá-lo. Em vez disso, escuto música e espero até ouvir Wade entrando na garagem.

Não dissemos uma palavra um ao outro desde a discussão da noite anterior, mas, ainda assim, sei que ele trará flores esta noite e estará desesperado para receber o meu perdão. No mesmo instante, ele entra em casa carregando um buquê de rosas vermelhas de caule longo, com uma expressão contrita. Deposito a taça de vinho ao lado do laptop enquanto fico de pé, pego as rosas e aceito o beijo que oferece.

— Sinto muito — sussurra.

— Eu também — retribuo no mesmo volume o pedido de desculpas.

— Como estão as crianças? Como está Babcia? Como *você* está? — Wade pergunta.

— Por que não vai buscar o seu jantar e eu lhe conto tudo enquanto você come?

***

"... mesmo se eu quisesse ir, seria impossível."

Esta noite, Wade está ouvindo em silêncio enquanto falo, e isso faz eu me recordar de nossos primeiros anos juntos, quando eu era a tagarela e ele, o calmo e científico. Costumava me surpreender que alguém tão brilhante parecesse ter um interesse infinito em tudo o que eu tinha a dizer — nos primeiros meses de nosso relacionamento, conversamos até o nascer do sol em mais de uma ocasião, e eu nunca havia me sentido tão *importante*. Estamos muito longe disso hoje em dia, mas, por um momento, é realmente bom lembrar as pessoas que costumávamos ser juntos — quase como se tivéssemos tirado umas férias curtas e retornado a um lugar especial que costumávamos visitar.

O olhar de Wade é desprovido de expressão quando pergunta:

— Você quer ir?

— Não importa o que quero — digo com firmeza. — Como eu poderia deixar as crianças?

Ele recupera por completo minha simpatia depois de me ouvir tagarelar sem parar sobre isso pelos últimos quarenta e cinco minutos, mas, então, de uma só tacada, volta a me irritar profundamente.

— Caramba, Alice — Wade diz. Sua exasperação é bastante palpável. — Me dê um voto de confiança, para variar. Eu tenho um ph.D., pelo amor de Deus. Consigo me virar alguns dias sozinho com dois filhos.

Sou logo possuída por um ódio intenso, tão vívido e repentino que não consigo ver além dele. Sou uma pilha de fúria incandescente e borbulhante e não faço ideia do que devo fazer com toda essa *raiva*, então, eu apenas o encaro, boquiaberta.

— É mesmo? — digo quando minha raiva arrefece o bastante para que eu possa me obrigar a falar novamente. — É simples assim, não é?

— Sim, é simples assim — diz meu marido com arrogância. Ele se inclina para trás na cadeira e cruza os braços sobre o peito. — Não estou dizendo que faria tudo do *seu* jeito, mas nós sobreviveríamos.

É a minha vez de me recostar na cadeira, e imito *exatamente* sua postura — cruzando os braços sobre o peito e projetando o queixo para frente, erguendo-o levemente.

— E como seria isso, Wade? O que você faria com Eddie, por exemplo?

Quebrei uma regra implícita de nossa vida familiar: ninguém chama a atenção para a questão problemática. A carência de relacionamento de Wade com Eddie é um fantasma que todos podemos ver, mas que nunca abordamos de fato. O rubor nas bochechas do meu marido sugere que ele está envergonhado com a pergunta, mas a impaciência não desaparece de seu olhar.

— Iria para a escola. Como uma criança *normal*.

— Ele não consegue lidar com a escola em tempo integral, Wade — digo um pouco brava. — Até os professores dele concordam nisso.

— Bem, ele lidaria com isso por uma semana. Talvez seja hora de pressioná-lo um pouco mais.

— Pressioná-lo um pouco mais? — repito as palavras sem emoção, mas posso sentir minhas sobrancelhas baixando enquanto meu rosto assume uma expressão de escárnio.

— *Sim*, Alice — Wade confirma, impaciente. Ele faz uma pausa e depois diz com cautela: — É que, às vezes, talvez, você o paparique um pouco…

— *Paparique* ele? — eu arquejo, e pronto: cheguei ao meu limite. Bato as mãos na mesa, pronta para ficar de pé, mas estamos casados há dez anos… Wade de fato me conhece muito bem.

— Não se atreva a ir embora batendo porta — resmunga. — Você perguntou o que eu faria, e estou lhe dizendo. Não tem o direito de me interromper só porque não gostou da minha resposta.

— Você tem ideia de como seria difícil para Eddie se você simplesmente o deixasse na escola em tempo integral sem planejamento ou explicação?

— Talvez, se você der uma chance ao garoto, ele possa surpreendê-la.

— O que isto quer dizer?

— Quer dizer que você ficou convencida de que algo estava muito errado com Eddie desde que era um bebê, e nunca deu a ele a chance de provar que você estava enganada.

— Ah, claro, Wade. Isso é tudo invenção minha, não é? Os médicos, professores e terapeutas estão todos enganados...

— Não estou dizendo que Eddie é uma criança normal. Ele é obviamente autista, Alice. Eu não sou cego. Só acho que talvez... — Wade começa a falar com raiva, mas, então, o som daquele tom ríspido ecoando por toda a nossa cozinha deve ter retornado aos seus ouvidos porque ele estremece e faz uma pausa. Quando volta a falar, afasta toda a agressividade, dirigindo-se a mim de maneira até *bastante carinhosa*. — Tenho medo que o subestimemos, querida. É apenas isso. Só estou dizendo que, talvez, se destinasse a mesma quantidade de tempo estimulando-o tanto quanto o faz protegendo-o, talvez sua vida fosse diferente. E se você apenas *deixasse* de ser tão rigorosa, caramba, talvez então *eu* pudesse...

Eu me levanto tão rápido e com tanta veemência que tombo a cadeira e ela colide com os ladrilhos. O som é alto e ecoa à nossa volta. Wade fica em silêncio, mas sua determinação em não recuar é evidente. Esta discussão tem sido adiada. Talvez por semanas, talvez por anos. Aparentemente, ambos procuramos um motivo para jogar nossas cartas na mesa, e esse momento chegou.

Eu não quero brigar. *Não* quero magoá-lo. Mas preciso fazê-lo entender, e a única maneira de isso acontecer é sendo sincera.

— Você não daria conta, Wade — disparo de uma vez. Ele ergue as sobrancelhas para mim.

— Você está de brincadeira comigo, né? Sou responsável por trezentas pessoas no trabalho, Alice. Posso lidar com nossos filhos por alguns dias. Pelo amor de Deus, seriam só umas férias, caramba.

Há uma sensação estranha dentro do meu peito — o estilhaçar e fragmentar de algo precioso que esteve sob pressão durante anos. Verdades nunca ditas estão sendo despejadas por toda parte hoje, e acontece que *há* certas coisas que podem apenas representar a gota d'água para mim.

Dou meia-volta e caminho em direção à sala de estar. Bato a porta atrás de mim e então volto para o meu sofá. Bebo o restante do vinho em uma só golada, depois pego o laptop. Abro a foto que tirei das anotações de Babcia e começo a pesquisar no Google, teclando bem furiosa. Demora cerca de dois minutos para confirmar que algumas das informações que inseri na busca referem-se a endereços — e o Google os mapeia com facilidade, então considero isso como algum tipo de confirmação cósmica, o que amplia minha determinação em ajudá-la. Em seguida, procuro os nomes. Retornam muitos links — principalmente páginas de mídia social com jovens homônimos, mas, então, encontro uma página da Wikipédia para Henry Adamcwiz.

> **Henry Adamcwiz (1890-1944) foi um fotógrafo americano conhecido por sua cobertura dos países ocupados pelos nazistas durante a Segunda Guerra Mundial. Ele integrou um esforço inicial, porém, infrutífero, de alertar os governos americano e britânico sobre a escalada da brutalidade nazista contra a população judia polonesa, trabalhando com o conselho Żegota para providenciar mensageiros para contrabandear filmes e registros para fora da Polônia ocupada. Ele foi executado pelas forças nazistas durante a Revolta de Varsóvia em 1944...**

Pesquiso em frenesi no Google — estudando mapas, o Tradutor e o calendário. Descobri que posso voar para Cracóvia e chegar à cidade onde Babcia nasceu em uma hora. Preciso de alguns dias para me preparar e tenho que estar de volta em uma semana — por isso, decido ficar por quatro noites. Voos de última hora são caros — obscenamente caros — e, por fim, isso me faz hesitar. Estou sendo impulsiva e, apesar do que minha mãe às vezes insinua, eu não sou assim. As coisas que interpreta dessa forma em meu passado refletem minha falta de coragem, não impulsividade — todas as vezes em que não ousei avisá-la com antecedência que queria desesperadamente seguir um caminho diferente daquele que ela escolhera para mim.

Posso lidar com nossos filhos por alguns dias. Pelo amor de Deus, seriam só umas férias, caramba.

A porta se abre de supetão e Wade vem possesso atrás de mim.

— O que você está fazendo? — questiona, olhando para o computador no meu colo.

Ergo a vista para ele com calma.

— Você pode cuidar de nossos filhos por alguns dias, lembra-se? Serão umas *férias*.

— Alice. Pare com isso, eu não posso tirar uma folga com essa rapidez. Você sabe disso — ele diz bem impaciente. Num tom paternalista. Tratando-me com superioridade. Como se eu fosse uma criança tola, em vez da mulher que mantém todo o seu mundo funcionando, *que é exatamente o que eu sou*.

— Vou dizer a Babcia para não morrer até que o evento se adapte ao seu horário de trabalho — digo com amargura, e então seleciono as passagens.

— Alice... o que é que você está fazendo? — Ouço a repentina ansiedade no tom de voz de Wade. Ele não consegue enxergar a tela, mas a expressão no meu rosto *consegue*, e algo ali o está deixando muito nervoso. Bem, deveria mesmo.

Deixo o navegador preencher automaticamente as informações do cartão de crédito e, antes de perder a coragem, clico no botão do mouse decidida a efetivar a compra.

Por favor, não pressione o botão Voltar do seu navegador. Esta operação pode levar até um minuto.

Por uma fração de segundo, saboreio o triunfo, mas então percebo o que fiz, e sinto minha frequência cardíaca aumentar cada vez *mais* até que sou inundada pela adrenalina e mal consigo me forçar a respirar.

Ergo os olhos para Wade, em pânico, e, pela primeira vez, ele também entra em pânico.

— Ally... — diz ele, então dá a volta com pressa na mesa de centro para olhar para a tela do laptop. — Querida... o que você fez?

Faço então o que é sensato e penso em quanto dinheiro acabei de desperdiçar em passagens aéreas e como a coisa toda é impossível, e começo a chorar. Wade pega o laptop da minha mão no momento em que um *ding* ressoa indicando que a compra foi efetuada com sucesso.

Ele fica em silêncio enquanto lê o recibo de pagamento que agora está carregado na minha tela. Levanto o olhar e vejo o cerrar de sua mandíbula e a forma como suas narinas dilatam. Ele não me encara de volta, parece levar uma eternidade até que o faça.

— Alice... — enfim começa a dizer, mas eu levanto abruptamente a mão em direção a ele.

— Pare — eu digo. — Pare. Apenas... *pare*.

— Vou lhe dar um tempo para se acalmar — ele suspira, e joga o laptop no sofá sem qualquer cerimônia. Ele quica no couro e para perto da borda. Nenhum de nós procura apanhá-lo, como se estivéssemos com medo de tocá-lo, como pudesse nos envenenar. Wade se vira e caminha em direção à porta, mas antes de sair da sala, lança um último recado por cima do ombro. — Mas *precisamos* conversar sobre isso esta noite.

CAPÍTULO 19
Alice

Wade se recolhe em seu escritório, mas, quando passo pela porta fechada, posso ouvir os cliques rítmicos de seu teclado eletrônico. Quando está estressado ou pensando sobre algum problema complexo, ele faz uma de duas coisas: ou corre quilômetros e quilômetros, ou coloca os fones de ouvido e se senta ao teclado e tenta aprender concertos para piano absurdamente difíceis — um hábito que vem da infância, quando sua mãe previu assertiva que um menino tão apaixonado por matemática apreciaria o desafio e a simetria da musicalidade. Nas semanas que se seguiram ao diagnóstico de Eddie, Wade trabalhou no Terceiro Concerto de Rachmaninoff até acabar arrumando para si mesmo um caso severo de lesão por esforço repetitivo em ambas as mãos. Ele diz que distrair a parte consciente de seu cérebro com algum outro tipo de trabalho o ajuda a processar as coisas.

Há muito tempo suspeito que Wade sofre também da mesma dificuldade que temos com Callie — seu cérebro funciona rápido demais e, a menos que se ocupe com algo de fato intenso, tende a ser consumido pelo turbilhão de pensamentos.

E isso é meio que o oposto do meu mecanismo de enfrentamento, porque também estou aborrecida, mas me regalo com um banho de banheira. Hoje à noite, dedico um tempo para acender várias velas — as com aroma de rosas —, porque me lembram a encantadora roseira de Babcia em sua antiga casa. Despejo na água todo o frasco de espuma para banho, e as bolhas espumantes no topo elevam-se até transbordarem na beirada plana dos ladrilhos ao redor da banheira, mas eu nem me importo. Afundo na água e choro um pouco mais porque estou mesmo confusa sobre o que fazer a seguir.

Isso deveria ser simples. Tudo que precisaria fazer é ligar para a companhia aérea e cancelar as passagens.

Só que não tenho certeza se é o que eu realmente *quero* fazer. Há uma batalha sendo travada em meu interior; exatos cinquenta por cento de mim estão torcendo e desesperados para embarcar nesta missão maluca, mas a outra metade está da mesma forma desesperada para ficar em casa.

Fico muito tempo no banho. As bolhas estouram devagar. A água esfria. Torno a encher a banheira com água quente várias vezes e minha pele enruga, mas ainda assim não saio. Quando a porta se abre em silêncio, já passa da meia-noite, e eu continuo enfiada no banho, ainda chorando de tempos em tempos. As velas já se apagaram e, embora há muito tenham se consumido, sua fragrância e o cheiro da cera permanecem muito fortes, deixando no ar um odor adocicado enjoativo. Wade entra no banheiro cuidadosamente, como se esperasse que eu estivesse cochilando e tivesse receio de me acordar, mas, então, bate a tampa do vaso sanitário e se senta pesadamente sobre ela.

— Você quer mesmo fazer isso — diz. É uma declaração, não uma pergunta, mas eu realmente gostaria muito que fosse assim tão simples. Ergo os olhos para ele com a visão turva.

— Eu não sei. Eu sei que é pedir muito. Sei que vai ser muito difícil para a família, mas... sinto que devo fazer isso.

— Ally — Wade suspira. — Não sei como chegamos aqui. Você faz ideia?

Odeio quando não consigo acompanhá-lo em uma conversa, e esta mal começou e já não tenho noção do que está falando. Olho ao redor do banheiro e, então, volto-me para ele, perdida.

— Aqui?

— Você lembra como era lá atrás, no início? Conversávamos sobre *tudo*. Houve um tempo em que você me ligaria porque leu um artigo em um jornal que a interessou ou viu algo incomum no caminho da loja para casa... E adorava isso em você... — Uma tristeza desesperada vagarosa invade sua expressão, exala e então acrescenta: — Eu adorava isso em nós. Agora você reserva passagens para a Europa sem me comunicar. Vivemos na mesma casa, mas não faço ideia do que está acontecendo dentro da sua cabeça. Você ao menos está feliz? Você... — Sua voz falha, e ele para por um momento antes de me perguntar em um sussurro: — Alice, você ainda me ama?

Há um momento de doloroso silêncio. Olhamos um para o outro — próximos o bastante para quase nos tocarmos, apesar do oceano de distância entre nós.

— Eddie — eu digo. Essa simples palavra é áspera com anos de emoção reprimida. Wade engole em seco e desvia o olhar, direcionando-o para os ladrilhos brancos e brilhantes no chão. — Eddie mudou tudo.

Assim como existe uma cortina de caos entre Eddie e o mundo, agora existe uma cortina de caos entre mim e Wade, porque meu mundo gira em torno do meu filho e meu marido não encontrou uma forma de se conectar com ele. Odeio isso mesmo nos melhores dias, mas agora, enquanto o encaro de baixo, pergunto-me pela primeira vez se *ele* também odeia. É fácil presumir que o fracasso de Wade em se conectar com Eddie foi uma forma intencional de fazer birra — o mundo não lhe deu o filho que deseja, então, ele se recusa a reconhecer o que tem. Se eu me forçar a deixar minhas emoções de lado e me obrigar a ser completamente racional aqui, esse tipo de comportamento apenas não é da natureza de Wade. É mais reconfortante dizer a mim mesma que Wade é o culpado aqui, porque a alternativa é que Wade não sabe *como* se conectar com Eddie — ou que ele está temeroso demais para tentar.

— Encontrei uma guia turística — diz Wade, em outra mudança brusca de assunto que faz eu me sentir outra vez perdida.

Gesticulo vagamente em direção às toalhas e ele me entrega uma, então observa em silêncio enquanto saio da banheira. Uma vez que a toalha está enrolada com firmeza em torno de mim, volto a olhá-lo.

— Uma guia que possa visitar aqueles lugares para Babcia?

Faz todo o sentido do mundo. Podemos cancelar as passagens aéreas que foram muito caras e pagar a alguém que já está no país para tirar algumas fotos para Babcia. Só não consigo entender bem por que estou tão decepcionada com a solução que Wade encontrou, já que na verdade resolve cada um dos meus problemas.

— Não. — Ele franze a testa, então me lança aquele olhar arrogante, aquele que eu tanto odeio, aquele que faz às vezes quando está ocupado sendo brilhante e eu simplesmente não estou acompanhando. — Alguém que possa levar você a esses lugares, Ally. Ela é fluente em inglês e polonês, tem mestrado em História Moderna e é guia turística licenciada. O nome dela é Zofia. Acabei de conversar com ela ao telefone e ela parece perfeita, porque lida com questões ligadas a genealogia o tempo todo... Disse que as excursões de história da guerra como essa constituem a maior parte de seu ganha-pão, na verdade. Mas ela, em geral, recebe reservas com meses de antecedência e só está livre porque teve um cancelamento na próxima semana, então eu agendei na hora. Ela irá levá-la à cidade e ajudá-la a ver as coisas que Babcia quer. Zofia disse que os três dias que você reservou devem ser tempo suficiente para visitar a cidade e dar uma boa olhada por lá... É um lugar muito pequeno.

— Você... você fez o *quê*? Mas...

— A cidade é Trzebinia, certo?

Fico encarando-o, incrédula.

— Como você poderia saber disso?

— Deixou as abas abertas no laptop... — Ele dá de ombros, então, seu olhar encontra o meu de novo. — Você pode enviar um e-mail e realizar um planejamento, mas o essencial é que você pegará um avião na segunda à noite, de modo que chegará à Cracóvia na terça. Zofia vai reservar um hotel para você e a encontrará por lá na quarta-feira de manhã e partir daí.

Eu entrei em pânico quando reservei as passagens, mas aquilo foi um ato de raiva intenso e era algo que eu pretendia desfazer. Esse pânico é diferente; parece um pouco mais com medo, porque tenho uma leve suspeita de que estou prestes a me encontrar em uma situação completamente fora da minha alçada. Eu aperto a ponta do meu nariz e tento respirar fundo, porque não tenho ideia se devo gritar com Wade por me tratar como um bebê ou agradecê-lo por me ajudar. Ergo os olhos de repente enquanto tento decidir como reagir, mas meu peito se contrai quando vejo como ele está sentado.

Seus ombros desabaram, está com o olhar fixo nos ladrilhos com espuma no chão, uma expressão de profunda angústia em seu rosto. Ele sente que o estou encarando, no entanto, e levanta o queixo para dirigir a vista a mim. Quando nossos olhos se encontram, eu sinto tantas coisas — *tristeza* por as coisas entre nós parecerem tão destruídas, *confusão* porque ainda não sei como reagir à sua intervenção aqui, e *amor*. Amor acima de tudo, talvez. O homem partiu meu coração mais vezes nos últimos anos do que consigo contar, e me decepcionou, e decepcionou o nosso filho. Mas, no fim das contas, o amor que tenho por ele não diminuiu nem um pouco, e estou furiosa comigo mesma por dar motivos para pensar o contrário.

— Sabe, durante meses... talvez até anos... tenho tentado descobrir como fazer para melhorar tudo — diz gravemente. O cansaço atravessa seu rosto, mesmo quando ele desvia o olhar para evitar o meu de novo. — Tenho tudo o que sempre quis na vida. Você. Esta casa. Meu trabalho. Esta família... em grande parte. Mas a cada dia parece que você se afasta um pouco mais de mim, e você é a chave para isso tudo. Se eu perder você, Alice... o restante vai também.

Há uma crueza em tal declaração que me tira o fôlego. Wade pega minha mão e a segura contra a bochecha; em seguida, fecha os olhos. Baixo a vista para ele, sentado ali, tão vulnerável, e, bem, sentado no tampo do nosso vaso sanitário, de todos os lugares do mundo onde poderíamos ter tido essa conversa. No fim, parece que ainda tenho algumas lágrimas para derramar, porque quando vejo meu belo e brilhante marido finalmente desesperado para nos *consertar* quando durante tanto tempo temi que nem se importasse que estivéssemos despedaçados, minha visão volta a turvar.

— Babcia é muito importante para você, e você é muito importante para mim — ele sussurra agora. — Eu também a amo, é claro, mas... embora tenha dito coisas estúpidas e você estivesse com raiva, eu sei que não teria reservado aquelas passagens aéreas se, em algum nível, não quisesse ir. Então, sabendo disso, vou fazer tudo ao meu alcance para ajudá-la a chegar lá.

— Acho que está confundindo duas questões diferentes — digo áspera. Ele me lança um olhar irônico.

— Estou, é?

— A situação de Babcia não tem nada a ver com...

— Vamos fazer um experimento mental — sugere Wade. Ele solta a minha mão, depois se inclina para trás contra a caixa do vaso sanitário e ergue as sobrancelhas para mim. — Imagine uma situação em que tivemos nosso segundo filho e calhou de ele ser exatamente como sua irmã mais velha superdotada. Nada de... desafios. Diga-me: como seria sua vida a essa altura?

Não posso me permitir imaginar isso. Não posso me permitir querer um filho diferente, nem por um único segundo. Temos o filho que temos. Eu o amo do jeito que ele é, e sempre amarei. Endireito o corpo e balanço a cabeça.

— Você sabe como seria.

— Vamos lá, Ally, mostre-me; entretenha-me. Teria feito esta viagem se tivéssemos filhos mais normais de sete e dez anos?

Sem pestanejar.

Odeio este jogo logo de cara, mas ele traz um surpreendente esclarecimento. Continuo dizendo a mim mesma que *minha família precisa que eu fique*. Mas talvez não seja *minha família* — não Callie ou Wade, ou o grupo como um todo que me impede de ficar fora por alguns dias. É Eddie; porque, ao contrário do meu marido brilhante e da minha filha igualmente brilhante, Eddie *precisa* de mim. Wade se levanta e pousa as mãos com delicadeza nos meus ombros. Um pouco relutante, encontro seu olhar.

— Você teria feito a viagem, Ally — ele sussurra. — Porque você teria confiado em mim para cuidar de nossos filhos se Edison tivesse nascido diferente.

— Eu realmente confio em você — asseguro-o, mas as palavras são postiças, então, a mentira não convence. Wade suspira e, com ternura, afasta uma mecha de cabelo molhada do meu ombro.

— Nós sempre iríamos para a Europa, não iríamos? — diz baixinho. — Droga, já fui meia dúzia de vezes para conferências e você nem mesmo pestanejou enquanto aguardava aqui em casa por mim. Íamos ser a família que levaria seus filhos nas férias para o exterior, para ampliar seus horizontes e mostrar-lhes o mundo. Sei que isso não é muito possível para nós no momento, mas foi algo que *você* sempre quis, ainda mais do que eu. Você passou tantas férias legais quando criança com Pete e Julita, não foi?

— Não quero fazer esta viagem para tirar *férias* — digo, na defensiva.

— Eu sei. E nem estou dizendo isso. Estou dizendo... isso significa algo para você, e esta é a primeira vez que a vi se dedicando a alguma coisa além das crianças em anos.

— As crianças são importantes. Elas são... esta família é o trabalho da minha vida, da mesma forma que seu trabalho e sua pesquisa são o seu.

— Entendo isso. Entendo de verdade. As crianças são importantes, mas... — Wade diz, hesitante —, Babcia também é, certo? — Quando concordo com a cabeça, acrescenta suavemente: — É normal querer algo que não envolva a mim e às crianças, sabe? Todos nós somos importantes, mas, caramba, Ally, *você* também é.

Não consigo me lembrar da última vez que pronunciou essas palavras para mim. Quase parte meu coração ouvi-las — e começo a chorar de novo. Eu assinto para Wade em meio às lágrimas, e ele me abraça com força. Ficamos assim por alguns momentos, até que o frio no ar começa a me atingir e eu me afasto dele e pego um lenço de papel para enxugar os olhos. Abro a porta para o nosso quarto e saio para vestir um pijama, e Wade me segue, observando em silêncio. Uma vez que estou vestida, sorri com gentileza.

— Então, querida... isso está acontecendo?

Estou apaziguada. Estou confortada. Sinto-me apoiada agora, mas ainda estou dividida e, sendo sincera, ainda estou com medo. Encolho os ombros ligeiramente.

— Posso pensar sobre isso esta noite?

— Claro — diz; então, o canto de sua boca se levanta e ele me lança o sorriso atrevido que foi parte da razão de ter me apaixonado por ele, para começo de conversa. — Quero dizer, você já pagou pelas passagens aéreas e eu acabei de gastar uma pequena fortuna em uma guia particular por três dias, mas claro... Vá em frente e pense sobre isso também.

— Deus — sussurro, então, fecho os olhos e engulo em seco. — Mesmo tirando a família, estou meio nervosa. Não sei bem ao certo o que Babcia quer... Não exatamente. E eu não sei como preparar Eddie para isso... Ou mesmo como preparar *você* para o...

— Deixe Eddie comigo — Wade enfatiza.

Abro os olhos e o encaro.

— O que você faria nos dias em que ele não está na escola?

— Já pensei nisso. O ideal seria que fosse para a escola em tempo integral, mas se você tem certeza de que ele não consegue lidar com isso...

— Ele não consegue.

— Então, eu vou levá-lo para o escritório comigo.

Houve uma época em que eu queria desesperadamente que Wade levasse Eddie para o trabalho para uma visita, mas ele estava decidido desde o início que seria arriscado demais — seu escritório é muito amplo e caótico, cheio de pilhas altas de papelada e pesadas obras de referência — e fica em um complexo de pesquisa industrial que ele insistiu ser repleto de perigos. Callie visitou Wade no trabalho várias vezes. Eddie, não. Essa foi a decisão o tempo todo.

— Mas...

— Eu *sei*, Alice — interrompe abruptamente. Fico em silêncio. — Sei que disse que era uma péssima ideia quando me pediu no passado, mas pensei a fundo sobre isso esta noite e podemos fazer dar certo. Eu *quero* pressioná-lo um pouco esta semana, para tirá-lo de sua zona de conforto.

Está tarde. Nós dois estamos exaustos. Nós nos encaramos, e posso dizer que estamos *ambos* tentando em desespero impedir que isso culmine numa briga. Apesar da tensão, esta ainda assim é a discussão mais sincera do que qualquer outra que tivemos nos últimos tempos, já que nossas discussões sempre foram carregadas de provocações e insinuações passivo-agressivas.

— Vamos encarar isso como uma questão de ciência — pontua Wade, um pouco mais leve agora. — Minha teoria é que Eddie e eu podemos nos dar bem esta semana se violarmos algumas de suas regras. Se o experimento for um fracasso, descartaremos a teoria e admitirei que precisamos fazer as coisas do seu jeito. Talvez eu entenda um pouco melhor por que você é tão rígida sobre o funcionamento da rotina dele. Ok?

— Sinto que não tenho escolha.

— Bem, Ally Michaels — suspira e segura meu rosto em suas mãos para me encarar com ternura. — De uma forma ou de outra, todos nós *iremos* sobreviver. Você, eu, Callie... e, sim, até mesmo Edison. — Ele se inclina e me beija suavemente, e então descansa a testa contra a minha. — Eu amo você.

Apesar da tensão entre nós, apesar da distância nestes últimos anos — sei que Wade me ama, e sei que o amo. De vez em quando eu também meio que o odeio, mas, na maior parte do tempo, o amo. Casamento às vezes é assim. É como as coisas são, afinal; os anos não podem ser todos bons, porque a vida nem sempre é boa. Passamos por uma fase difícil — bastante difícil —, mas sei que ainda estamos trilhando o mesmo caminho. Concordo lentamente com a cabeça, e um sorriso aparece em seu rosto.

— Também amo você — sussurro, e então o beijo com paixão. — Eu o amo tanto, Wade, e sempre amarei. Não importa o que mais aconteça em nossa vida, por favor, nunca mais duvide disso de novo.

— Venha para a cama — chama baixinho, puxando minha mão enquanto se vira.

Na noite anterior, aquele mesmo tom sugestivo parecia um fardo e me deixou furiosa.

Esta noite, mal posso esperar para me reconectar com ele, e fico feliz em deixá-lo me conduzir.

CAPÍTULO 20

Alina

Já estava completamente escuro quando uma batida hesitante ressoou à porta, e prendi a respiração quando papai a abriu. Tomasz estava na varanda, segurando o chapéu esfarrapado contra o peito, com os olhos baixos.

Mamãe empurrou papai para fora do caminho, agarrou Tomasz pelos ombros e o manteve afastado de si para examiná-lo, encarando-o horrorizada.

— Tomasz Slaski! — ofegou. — Você está só pele e ossos. Sente-se. — Ela estalou a língua e o conduziu enérgica em direção à mesa. — O que tem feito com o pão que tenho mandado por Alina? Espero que não esteja compartilhando *tudo* com nossos irmãos e irmãs judeus.

— A esposa do meu amigo teve um bebê... — disse debilmente enquanto se afundava em uma das cadeiras. — Eu tenho dado a ela cada bocadinho que consigo poupar.

— Isso acaba hoje. — Como ele não reagiu, ela pousou de novo as mãos em seus ombros, desta vez para sacudi-lo um pouco. — Está me ouvindo, mocinho? Você não os ajudará se você mesmo não comer primeiro. A partir de agora, deixe-me engordá-lo um pouco. Logo mais, eu lhe mostrarei o porão e você poderá ver a fartura que temos para compartilhar.

Tomasz lançou-me um olhar e eu contive uma risadinha pela mistura de alegria e perplexidade em seu rosto. Algum tempo depois, quando estava com a barriga cheia de sopa, ovo, pão e até mesmo algumas doses de vodca que meu pai lhe ofereceu, Tomasz desceu ao porão para dar uma olhada. Sentei-me na beirada da entrada daquele espaço escuro. Ele olhou para mim, divertido.

— Você me chantageou para eu vir para cá e agora não vai descer para visitar o meu palácio?

— Eu vou — admiti, então estremeci. — Mas a escuridão me assusta. Não sei como a aguentará o dia todo.

— A escuridão é como o sono — encolheu os ombros. — E qualquer coisa deve ser melhor do que dormir em uma árvore como um esquilo.

— Está muito aborrecido por eu tê-lo forçado a vir? — perguntei-lhe, hesitante. Ele suspirou e passou as mãos pelos cabelos.

— É difícil responder a isso agora. Estou comprometido porque está quente aqui e estou um pouco bêbado e o colchão é tão confortável e minha barriga está tão cheia... — disse com um relutante sorriso, que logo se desfez e deu lugar à preocupação. — Sou grato a você e a seus pais, mas nunca me perdoarei se isso se revelar um erro.

— Vai ficar aqui esta noite?! — mamãe gritou do outro lado da sala, onde estava arrumando sua própria cama. — Você precisa de uma boa noite de descanso.

— Seria melhor se eu não ficasse! — ele respondeu, também gritando. — A maioria dos meus amigos ficaria bem por um ou dois dias... Mas Saul e Eva, não. O fazendeiro que os esconde não faz nada além do necessário para receber seu ouro e Eva precisa desesperadamente da comida.

— Eu fiz um pão ontem... Você pode pegar tudo o que sobrou, e um pote inteiro de geleia da estação passada, *e* eu ainda prepararei alguns ovos para você... mas só se dormir. Vamos colocar o despertador para tocar e você pode sair e retornar antes que o sol nasça.

Tomasz deu alguns passos, subindo a escada, até que se postou ao meu lado. Ele parecia quase dominado pelas emoções — com os olhos arregalados e a mandíbula cerrada.

— Obrigado, sra. Dziak — falou com dificuldade, então, seu olhar desviou-se para o meu pai, que estava aquecendo as costas próximo à lareira. — Obrigado, sr. Dziak. Pela sua coragem. Sua generosidade. Sua bondade para comigo.

— Se não fosse pela maldita guerra, você seria nosso filho agora — papai disse em tom austero. Tomasz pegou minha mão e a apertou.

— Um dia — sussurrou para mim, então, sorriu e meu coração palpitou. — Um dia em breve, meu amor.

— Durma enquanto pode, Tomasz — sussurrei de volta. — Nós podemos conversar amanhã.

***

Tínhamos que manter um cronograma militar agora que Tomasz estava no porão. Ele saía de casa pouco antes de meus pais irem para a cama, levando consigo qualquer comida que mamãe lhe oferecia, e voltava pela manhã, em geral logo antes do amanhecer. Quando retornava para casa, Tomasz ou mamãe me acordava, e eu passava algum tempo conversando com ele no porão. Enquanto eu estava lá, mamãe preparava o café da manhã e, como estava lá para vigiar, deixávamos o alçapão aberto.

Mesmo com a luz que provinha das janelas do andar de cima, nunca me acostumei com a escuridão do porão. Cada vez que descia a escada, meu estômago se embrulhava com o escuro e o cheiro de mofo e pó. Sentávamo-nos na cama improvisada e Tomasz me envolvia em seus braços para me ajudar a superar o pânico — então, afastávamo-nos um do outro sentindo que estávamos fazendo algo errado sempre que ouvíamos mamãe passar perto da abertura.

Conversamos sobre muitas coisas naquelas semanas. Falamos da angústia da separação à qual sobrevivemos e sonhamos acordados com nosso futuro. Agora que não havia segredos entre nós, Tomasz me contou tudo sobre o trabalho que estava realizando e seus temores por seus amigos.

— Alguns fazendeiros fazem isso apenas pelo dinheiro, e eu gostaria que não estivéssemos tão desesperados a ponto de usar essas pessoas — disse-me Tomasz. — O homem que hospeda a família de

Saul me deixa muito nervoso, na verdade. Queremos tirá-los daquela casa o mais rápido possível, mas é tão difícil encontrar lugares adequados.

— E os outros que você está ajudando?

— É apenas um punhado de pessoas, Alina. Não consigo viajar para mais longe porque tenho que ir a pé todas as noites, então, apenas levo comida para as fazendas que me são possíveis de alcançar daqui. No início, não usávamos as fazendas vazias, porque presumimos que os fazendeiros foram transferidos para dar lugar aos ocupantes alemães, mas não houve nenhum sinal disso até agora neste distrito e o abrigo era bom demais para ser desperdiçado. Causa estranheza, no entanto, a razão de os nazistas desocuparem as fazendas e não usarem as residências.

— Será que os fazendeiros estão fugindo para as cidades? Sempre me perguntei se a vida nas cidades é mais fácil.

Tomasz soltou uma risada amarga.

— Não pelo que testemunhei em Varsóvia. Nem de longe.

Eu não tinha soluções nem discernimento a oferecer, mas adorava colaborar em carregar o fardo do problema.

Os domingos já tinham sido o melhor dia da semana para mim, mas, agora, eram praticamente o pior. Havíamos decidido que era perigoso demais contar a verdade sobre Tomasz para Emilia ou mesmo para Truda e Mateusz. Quanto menos pessoas soubessem sobre o nosso segredo, papai sussurrara, melhores nossas chances de guardá-lo, e era pedir demais a uma criança de oito anos para guardar um segredo tão grande quanto aquele.

Isso significava que Tomasz permaneceria escondido no porão bem abaixo de sua irmã enquanto ela se sentava à mesa da sala de jantar para conversar com sua nova família. Eu sabia que isso era muito difícil para ele. Dava para ver a tensão em seu rosto nas manhãs de domingo antes de eles chegarem, e a dor renovada à noite depois que partiam.

— Ainda assim, isso é melhor do que estar tão longe dela — murmurou para mim um dia, quando abri o alçapão depois que ela saiu. — Mas eu mal posso esperar pelo dia em que poderei voltar a abraçá-la.

— Vou abraçá-la por você até esse dia chegar — prometi. Depois disso, toda vez que a abraçava à mesa da sala de jantar, eu lhe dizia: "*Este* abraço é de Tomasz, irmãzinha", e ela sempre sorria para mim.

— Tem certeza de que ele ainda está bem, Alina? — perguntava.

— Claro que tenho — respondia, só que agora eu estava mesmo dizendo a verdade.

— Como pode ter tanta certeza?

— Porque ele prometeu, bobinha, e ele nunca quebraria uma promessa feita a mim.

E esse ritual passou a fazer parte do ritmo de nossa vida durante aquelas semanas. À noite, eu ficava acordada até a hora de Tomasz ir embora outra vez, apenas para que pudéssemos trocar um beijo casto na frente dos meus pais quando partia.

— Fique em segurança — eu sussurrava, enquanto saía sorrateiramente pela porta. E ele sempre se virava para mim e me oferecia o mesmo sorriso confiante e determinado antes de desaparecer na noite, como se a realidade de que ele *não* estava em segurança fosse um pequeno detalhe com o qual não precisava me preocupar.

CAPÍTULO 21
Alice

Estou nervosa diante da ideia de dizer a Callie que estou de partida, até que me ocorre que ainda não falei para mamãe e também tenho que descobrir como contar a Eddie — então, Callie, na verdade, é a pessoa *mais fácil* de lidar dentre as que tenho que conversar hoje. Estou dirigindo para sua aula de balé de sábado de manhã, mas espio pelo retrovisor e a vejo sentada perfeitamente imóvel, com os olhos no livro em seu colo. Trata-se de um livro didático — talvez o de francês. Seus cabelos loiros dourados estão presos em um volumoso coque bem no alto da cabeça, e ela parece serena e mais focada do que qualquer criança de dez anos tem o direito de estar.

— Callie — digo entusiasmada. — Adivinha só? Vou fazer uma viagem.

— É? — responde com brandura. Seu olhar transita brevemente entre mim e Eddie, que está encarando fixo pela janela, mas ela já tornou a baixar os olhos para a apostila quando pergunta: — Para onde vocês vão?

— Só eu vou — esclareço. — Estou indo para a Polônia.

Callie fecha o livro com força e posso sentir seus olhos perfurando minha nuca enquanto permaneço atenta à direção.

— Sem o *Eddie*? — questiona, horrorizada.

— Papai vai cuidar do Eddie por alguns dias. Ele vai ficar bem — eu asseguro. Encontro os olhos de Callie por um breve instante no retrovisor. Ela pisca de perplexidade para mim.

— Mãe. O papai com certeza *não* ficará bem com Eddie por alguns dias. O papai sabe alguma coisa sobre a vida do Eddie? Ele nem usa o CAA. E não sabe operar a máquina de café, e você sabe como fica o papai pela manhã se não bebe seu café. E viu o que ele faz quando tenta *cozinhar*. Ah, e, por favor, nem me faça começar a falar da *minha* vida; papai não vai saber para onde me levar ou quando me pegar... Não. Não tem como isso dar certo, mãe. Quer dizer, eu amo muito o papai, mas dificilmente ele está preparado para *algo assim*.

Caramba, eu por certo me sentiria culpada neste momento, se a indignação de Callie não fosse tão hilária. Tento manter minha expressão suave, mas não consigo esconder minha diversão, e quando o sorriso surge, eu me deixo levar e acabo rindo.

Callie não ri comigo. Quando olho de novo pelo espelho, sua expressão é uma adorável mistura de revolta e tensão.

— Callie Michaels — falo rindo —, vocês ficarão bem sem mim por alguns dias. Você pode ajudar o papai com a rotina do Eddie. Pode *ensinar* o papai a usar o CAA quando ele enfim perceber que precisa fazer isso... E quer saber do que mais, ursinha? Estou com um pouco de inveja porque você provavelmente verá esse momento e eu não.

— Mãe. Por favor. Isso *não* vai ser engraçado. Papai se recusa a usar o CAA há *anos*.

— Sim. Mas ele nunca teve que administrar a rotina do Eddie sozinho, e você sabe tão bem quanto eu que sem o CAA... simplesmente não há como fazer isso.

Callie fica em silêncio. Eu a espio mais uma vez pelo espelho e descubro que está olhando pela janela. Ela parece mesmo assustada.

— Vai ficar tudo bem, ursinha — asseguro-lhe com ternura.

— Não gosto nada dessa ideia, mãe — diz.

— Preciso fazer isso por Babcia e, francamente, depois de ouvir esse pequeno discurso que acabou de fazer, acho que preciso fazer isso por você também.

— Agora eu sei que você perdeu a cabeça. Você acha que está abandonando sua família por *mim*? — Ela está me olhando feio agora, e dá para dizer que está se preparando para fazer beicinho em potência máxima.

— Um dia, mocinha, você poderá constituir sua própria família, se desejar ter uma. E não quero que pense que se tornar mãe significa que toda a sua existência tem que girar em torno de seus filhos e companheiro. Nossas circunstâncias são difíceis, mas isso não é desculpa. Seu pai e eu não temos sido bons modelos para você em termos de uma vida familiar equilibrada. — Respiro fundo e admito: — Além do mais, essa viagem é mesmo importante para mim. Fico nervosa em deixar vocês, mas preciso fazer isso.

Callie suspira com impaciência e afunda de volta em seu assento.

— Está bem. Mas espero que saiba o seguinte: vou ajudar o papai com o básico, mas se ele bagunçar completamente as coisas, vai ficar por conta própria. — Começo a rir de novo e, desta vez, ela encontra meu olhar no retrovisor e me lança um sorriso resignado. — Que bom pra você, mãe. O que tem na Polônia?

— Alguns lugares especiais da infância de Babcia.

— Ela só quer que você visite alguns lugares?

— E tire fotos. Acho que há algo mais, mas... não tenho certeza do quê. Você sabe que a comunicação tem sido difícil, mas está bem claro que ela quer que eu vá.

— Então... — Ela pondera sobre isso por um momento e depois se anima. — É como se estivesse em uma missão. Você não tem certeza de qual é, mas vai mesmo assim e espera descobri-la durante a jornada. Isso é *fodástico*, mãe.

— Olha a língua, Callie.

Ela dá um sorrisinho e volta os olhos para o livro. Quando chegamos à academia de balé, ela salta do carro e apanha sua bolsa no banco de trás e, pela primeira vez em anos, aproxima-se da minha janela e me desfere um beijo na bochecha.

— Ah — exclamo, surpresa. — Obrigada, ursinha. Amo você.

Ela lança um aceno casual por cima do ombro enquanto corre em direção à academia. Sorrio comigo mesma ao partir em direção ao hospital, satisfeita por Callie ter, no fim das contas, apoiado esta pequena aventura, e então o dia parece ainda melhor quando chegamos ao quarto de Babcia, porque Eddie não apenas conhece o caminho e me leva até lá com entusiasmo, mas a própria Babcia está mais forte hoje. Ela já está sentada na cama quando entramos em seu quarto e sua expressão se ilumina quando nos vê. Eddie sobe na cama ao seu lado e se aconchega perto dela. Pego o iPad da mamãe na mesa-bandeja e, com as mãos trêmulas, conto as minhas novidades a Babcia.

Alice avião Polônia.

Babcia olha os símbolos na tela. Vejo seus olhos percorrerem-na várias vezes, então ergue a vista para mim e um sorriso aparece em seu rosto cansado. Seus olhos se enchem de lágrimas e um leve soluço escapa de seus lábios. Ela não precisa de palavras para exprimir sua gratidão. A expressão em seu rosto diz tudo.

E, por um momento, não me sinto nem um pouco dividida a respeito disso. Eu sei que ela quer mais do que apenas fotos, e não tem como me dizer o que é, terei que torcer para encontrar a agulha no palheiro. É loucura — mas agora tenho certeza de que estou fazendo a coisa certa.

Claro, essa certeza vai para o espaço no instante em que minha mãe irrompe no quarto em uma névoa de perfume caro e afobação. Ela está vestindo um terninho preto formal, apesar do fato de ser fim de semana. Eu sei que terá uma audiência fechada hoje — isso é bastante típico dela. Os fins de semana *nunca* significaram muito para minha mãe.

— Acabei de chegar da administração do hospital — ela me cumprimenta, e posso ver pela sua mandíbula contraída porque talvez algum pobre recepcionista acabara de sofrer uma reprimenda. — Meu Deus. Eu só queria tratar de conseguir um intérprete de polonês, mas pelo visto ninguém sabe como arranjar um em curto prazo, *muito menos* em um fim de semana. Francamente, com os valores que cobram aqui, você imaginaria que poderíamos...

— Ela está bem, mãe — digo baixinho. — Estamos nos virando bem com o CAA. — Eu sei que mamãe está muito preocupada com Babcia. Eu só desejo que, em vez de concentrar toda a sua energia em lutar contra o hospital e menosprezá-lo, admita que está sofrendo e se sentindo sozinha e com medo. Talvez devesse usar o tempo que acabou de gastar dando ordens de modo autoritário para empregá-lo em um telefonema sincero com o papai, um que termine com um pedido ou exigência para que apenas diga a seus amigos de golfe que sua sogra está doente e ele tem que voltar para casa.

Então, ocorre-me que ela nem sabe que vai ficar sozinha por alguns dias, porque ainda não lhe contei. Respiro fundo.

— Mãe — digo sem mais delongas. — Estou indo para a Polônia.

Ela pisca de perplexidade para mim.

— O quê?

— Segunda à tarde. Wade e eu decidimos ontem à noite. Eu reservei as passagens e tem uma guia que vai me levar para conhecer...

— Você *só pode* estar brincando, Alice. Eu nem sei por onde começar... Isso é tão *típico* de você, não é? — Para uma mulher de setenta e seis anos com uma carreira profissional de sucesso, minha mãe na certa faz uma impressionante representação de uma irritante adolescente de quatorze anos quando está aborrecida. Seu olhar se estreita, e ela apela para golpes baixos. — Isso é a faculdade se repetindo. Alice tem um impulso, então Alice vai em frente e age para satisfazê-lo. Quer se rebelar? Ignore uma década de planejamento e trabalho duro pensando na faculdade de Direito e, em vez disso, estude *Jornalismo*. Está com tesão? Fique grávida do seu professor...

— Mãe, ele não era *meu* professor... — eu gemo, embora não haja sentido algum, porque ela sabe *perfeitamente bem* que Wade nunca me deu aula... Que interesse eu teria por nanotecnologia? Mamãe não está procurando ser objetiva... Só está querendo produzir um efeito dramático.

— Está se sentindo sobrecarregada? — acrescenta agora, o tom sarcástico se acentuando ainda mais. — Abandone sua carreira *de uma vez* antes mesmo de dar uma chance a ela e fique em casa como uma dona de casa dos anos cinquenta. E, agora, a cereja do bolo: está com pena de uma velha confusa em seu leito de morte? Embarque num *avião*, pelo amor de Deus...

— Mãe! — exclamo. — *Pare!*

Mamãe está triste, diz o iPad de Eddie. Mamãe e eu nos entreolhamos num silêncio tenso, até que o aplicativo de Babcia declara, *Alice legal. Julita malvada.*

A voz é robótica, é claro, mas isso não significa que não seja acusatória. Mamãe e eu nos viramos bruscamente em direção à cama. Babcia olha bem incisiva para nós — nenhuma palavra é necessária para comunicar seu descontentamento com nossas vozes elevadas e a reação de Eddie a elas. Olho para o meu filho, está me encarando, um tanto preocupado e confuso. Ofereço-lhe um sorriso, tentando passar uma tranquilidade que não sinto de forma alguma. Mamãe está em ótima forma hoje e, pelo jeito, vamos desenterrar todas as decepções do passado que já consegui lhe infligir.

— Mãe — digo, respirando fundo. — Posso falar com você lá fora, por favor?

Mamãe resmunga sua resposta e me segue até o corredor. Ficamos uma de frente para a outra como lutadoras em um ringue, nossa respiração irregular.

Essa conversa não é nova para nós, então sabemos o que acontece agora. Esta é a parte em que eu recuo — talvez vá em frente e ainda assim faça o que quero mais tarde, mas, *neste* ponto da conversa, eu geralmente admito que ela está certa apenas para acabar com a tensão. Mesmo quando não está sendo tão *desagradável*, como hoje, minha mãe pode me vencer de dez a zero em qualquer discussão. Ela foi promotora durante quarenta anos — *sabe* como transmitir sua mensagem. De certa forma, na verdade é mais fácil argumentar contra essa versão emocional de minha mãe porque é menos racional do que em geral seria. Talvez seja por isso que, hoje, vou ignorar minha inclinação automática em concordar.

— Ela não está confusa — digo bastante firme. — Ela sabe exatamente o que quer. Não sei *por que* isso é tão importante para ela, mas é óbvio que é.

— Então você vai mesmo me deixar aqui para lidar com tudo *isso*? — mamãe pergunta. É difícil impedir que meus olhos se arregalem de choque, porque de repente eu entendo a razão desta pequena discussão que estamos tendo. Mamãe não se preocupa que eu esteja *indo*; ela se preocupa que a esteja *deixando*.

A própria ideia de a formidável juíza Julita Slaski-Davis ter medo do que quer que seja — quanto mais de algo tão prosaico como *ficar sozinha* — é surpreendente. Eu amo a minha mãe — eu a admiro, guardo rancor dela, fico intimidada —, sinto tantas coisas em relação a ela, mas algo que não fico com frequência é surpresa, e não tenho certeza se *algum dia* já senti *pena* dela.

— Talvez seja hora de ligar para o papai...

— Eu *não* vou pedir para ele voltar para casa.

— Ele entenderia, mãe. Ele viria de imediato se pedisse.

— Eu não sou *você*, Alice Slaski-Davis — ela rosna para mim, recorrendo ao meu nome completo, bem previsível, como se eu fosse uma criança, recusando-se a reconhecer, também previsivelmente, que assumi o sobrenome de Wade *sem ao menos um hífen*! Ninguém pode acusar mamãe de não ser coerente: ela ficou horrorizada com esta decisão dez anos antes e, ao que parece, ainda está escandalizada até hoje. — Eu não dependo e não dependerei de um *homem* para atravessar esta situação. Isto é...

— Ouça — eu a interrompo, porque sei que estamos prestes a começar toda aquela discussão de que "Alice é uma péssima feminista" de novo e ela nunca termina bem... Ou sequer termina, na verdade. — Não quero discutir com você sobre o papai. — Ou sobre Wade. Ou sobre o meu sobrenome. Ou sobre a minha incompreensível capacidade de sobreviver sem uma carreira. Eu só quero que entenda por que quero fazer isso por ela. Babcia me deu lugares reais, nomes reais... Pelo menos, torço para que sejam reais. — Só vou para a Polônia tirar algumas fotos, talvez chamá-la uma vez ou outra pelo FaceTime, se o fuso horário contribuir. Não entendo ao certo por que isso é tão importante para ela, mas obviamente é, e só Deus sabe quanto tempo ainda lhe resta.

— O que diabos você acha que vai conseguir? Quem viaja para o outro lado do mundo para só para tirar algumas *fotos*? É uma tolice sem tamanho.

— Bem — digo baixinho, pensando nos comentários de Callie sobre Wade no carro esta manhã. — Deixe-me descobrir isso da maneira mais difícil.

Em seguida, arrumo as coisas de Eddie para irmos embora e beijo Babcia na bochecha.

Hoje é sábado, eu lhe digo, pelo iPad. *Alice casa amanhã. Alice avião Polônia segunda-feira.* Ela olha para mim, e franze a testa, confusa.

— Está vendo? — mamãe diz com amargura Ela está sentada em um canto com os braços cruzados sobre o peito. — Eu lhe disse que precisamos de um tradutor.

Olho para o iPad e, por um instante, não consigo descobrir o motivo de Babcia estar confusa. Ela conhece os símbolos para *hoje* e *Alice* e *casa* e *avião* e não teve problema algum para encontrar a bandeira que significa *Polônia*.

São os dias da semana. Os nomes estão em inglês, de modo que só consegue usar os ícones que ela mesma cria e os que já conhece. Um pensamento repentino me ocorre e eu pressiono a opção de configurações do iPad.

Polonês.

Eu altero o idioma e retorno para a tela de ícones. Babcia olha de novo, sorri para mim e assente. Minha avó pega o aparelho e eu aguardo enquanto lida com o dispositivo por vários minutos. Ela tira uma selfie, não fica satisfeita e faz uma careta, exclui a foto e repete o processo várias vezes até aparentar estar feliz com o resultado. Por fim, o dispositivo lê para mim uma frase num polonês robótico. Espio a tela e descubro que ela criou um novo ícone, ilustrou-o com uma selfie de um meio-sorriso seu e o fixou entre rostos sorridentes de *clipart*. Configuro o sistema de volta para o inglês e releio.

Babcia feliz. Babcia orgulhosa.

Cinco minutos depois, mamãe, a enfermeira-chefe e Babcia já sabem como usar o CAA como um tradutor rudimentar. Pego a preciosa carta de Babcia e tiro uma série de fotos, tentando capturá-la com a luz certa para que Zofia, a guia turística polonesa, tenha a oportunidade de traduzi-la.

— Ok, estou indo agora — digo, apontando para a porta. Babcia sorri. Mamãe me encara, impassível. — Não estarei aqui amanhã, tenho que preparar as coisas para as crianças. Mas voltarei para casa em seis dias, e tentarei manter contato por telefone e mensagens de texto.

Mamãe ainda está me lançando aquele olhar fixo e inexpressivo. Suspiro e beijo Babcia, depois dou a volta ao redor de sua cama e me curvo para beijar também a bochecha de mamãe. No último segundo, mamãe segura meu antebraço e, então, levanta-se e retribui o beijo na bochecha.

— Boa sorte — irrompe com gravidade. Eu agradeço e depois saio correndo porta afora antes que possa acrescentar o inevitável *você vai precisar* e estragar a leve empolgação que sua despedida me provocou. Uma vez que Eddie e eu estamos no carro, cerro os dentes e ligo para o papai.

— Ally — saúda bastante alegre. — Como estão as coisas? Como está a sua avó?

— Não está bem, pai — admito. — Mamãe lhe contou que ela não consegue falar?

— Contou. E sua mãe parece pensar que o hospital está deixando a desejar.

— Sim, eu sei...

— Mas *você* acha que sua mãe está sendo cabeça-dura, como não consegue deixar de ser?

Rio com leveza. Eu amo mesmo o meu pai, especialmente sua versão relaxada da aposentadoria.

— Eu meio que acho. Mas, pai... na verdade, penso que a mamãe precisa de você. Eu sei que ela não quer pedir que volte para casa, mas acho que você precisa. Babcia me pediu para ir para a Polônia, e eu vou, então, mamãe vai ficar sozinha...

— Espere, querida, volte um pouquinho a fita — papai diz com paciência. — Que história é essa de ir para a *Polônia*?

— É complicado — murmuro. — Babcia me pediu para ir e ainda não tenho certeza do motivo, mas vou mesmo assim.

— Bem, isso é inesperado. Que divertido para você.

Eu rio com a facilidade com que meu pai aceita minha aventura maluca.

— É quase exatamente o contrário da conversa que tive com mamãe quando contei a ela — desabafo. — Ela está super estressada, nessa correria entre o trabalho e visitar Babcia no hospital. Estou um pouco preocupada sobre como vai lidar com a situação se alguma coisa acontecer com Babcia enquanto eu estiver fora. Você pode vir?

— Claro que posso — responde, e suspira com pesar. — Se ela tivesse pedido, eu teria voltado para casa quando Babcia adoeceu. Você sabe disso, não é?

— Sei, pai. — Eu também suspiro. — Sei mesmo.

— Bem, quando é que vai acontecer essa mudança de dona de casa para *jet setter* internacional?

— Segunda-feira à tarde — respondo e, então, engulo em seco.

— Acho que não vou vê-la até você voltar — diz papai. — Faça-me um favor, Alice, e traga-me um pouco de vodca. Algo de qualidade... A mais forte possível. Acho que vou precisar dela para lidar com a sua mãe quando Babcia enfim partir.

— Não consigo nem pensar nisso — admito.

— Bem, minha querida filha, ganhei na loteria em matéria de sogra quando conheci sua mãe, então, odeio dizer isso, mas Babcia tem noventa e cinco anos. Mais cedo ou mais tarde, todos nós teremos que deixá-la partir.

CAPÍTULO 22

Alina

Depois de algumas semanas com Tomasz em nossa casa, comecei a nutrir fantasias de que as coisas poderiam continuar assim indefinidamente. Eu deveria saber que não duraria para sempre. Se havia uma coisa coerente em relação à guerra, era que as coisas *sempre* pioravam.

Na manhã em que tudo mudou, eu tinha acabado de me despedir de Tomasz e mamãe estava prestes a fechar o alçapão para que ele pudesse dormir. Saí de casa para o campo, sabendo que ela viria logo atrás de mim, já pensando nas tarefas do dia. Meu pai estava na cidade entregando a produção da semana, mas eu o ouvi gritar quando retornou pelos portões. Ele saltou da carroça e começou a correr — algo que meu pai *nunca* fazia por causa de seu reumatismo.

— Alina! — gritou, enquanto se apressava em direção à porta. — Corra, Alina! Pelo amor de Deus, *corra*!

Ele desapareceu no interior da casa e eu me apressei para alcançá-lo.

— O que foi?

A mesa fora deslocada e o alçapão, reaberto. Mamãe e papai estavam agachados ao lado dele, sussurrando com urgência para Tomasz.

— Não há tempo. Para o alçapão. *Agora* — mamãe disse bem rígida.

— Mas o que está...

Ela agarrou meu antebraço e, enquanto me empurrava sem jeito para baixo da mesa, senti os arrepios percorrendo todo o seu corpo. Aquilo me alertou para que eu ficasse quieta; em seguida, desci rapidamente a escada e Tomasz me pegou em seus braços. Ele pressionou seu dedo indicador sobre os meus lábios e me conduziu para o colchão; então, sentou-se ao meu lado. O porão mergulhou na escuridão; aí, ouvimos o baque pesado do alçapão se fechando e do tapete sendo puxado, e o som de arrastar quando a mesa foi colocada no lugar.

Eu tinha estado naquele minúsculo porão todo dia por várias semanas até então — mas nunca com o alçapão fechado, e mesmo com ele aberto eu ainda entrava em pânico todas as vezes. Agora, meus olhos começavam a se ajustar à luz fraca, mas meu cérebro de alguma forma não conseguia se acostumar ao ar abafado. Cada vez que eu respirava, ficava convencida de que seria a última.

Inspire. Ah! Consegui puxar o ar!
Expire. Essa será minha última respiração. Agora, vou sufocar.
Inspire. Ah! Há um pouco mais de ar, afinal.

Eu sabia que não aguentaria dois minutos ali dentro, muito menos duas horas, então, tive que perguntar a Tomasz o que estava acontecendo.

— Tomasz — comecei a dizer, mas ele pressionou a mão sobre a minha boca, com força, assim como eu havia feito muito tempo atrás com Emilia. Tirei seus dedos do meu rosto, mas permaneci sentada em silêncio, fervilhando de frustração, confusão e, não demorou muito, uma raiva genuína.

Então, ouvi o barulho do caminhão à medida que se aproximava — e soube quando estava bem na porta da frente. Até aquele estrondo ressoar, eu estava muito mais irritada do que com medo. Havia algo de sinistro em escutar aquele som do subterrâneo — a maneira como vibrava pela terra, como se o porão fosse desmoronar ao nosso redor —, ele me lembrava vividamente aqueles primeiros ataques aéreos e o terror que parecia nunca ter fim. Eu não tinha ideia de qual perigo *exatamente* enfrentávamos desta vez, porque todas as nossas vidas já estavam em perigo àquela altura. Eu apenas sabia que para mamãe e papai me esconderem deveria ser algo, de fato, significativo.

Houve saudações abafadas — mas não o suficiente para ocultar o contexto. Ouvi a rigidez nas vozes dos soldados, a polidez esperançosa de mamãe.

— *Hübsche tochter?*

Eu já estava confusa, nervosa e apavorada, mas ao som *daquelas* palavras meu sangue gelou, pois eu soube, naquele momento, quem era o soldado que estava em casa.

Linda filha.

Era o jovem soldado do dia de outono, a última vez que usei um vestido. Ele havia retornado, e estava perguntando sobre mim. Eu estava apavorada demais para gritar, mas, da mesma forma, estava apavorada demais para me controlar e não conseguia pensar racionalmente o bastante para ter certeza *do que* poderia fazer a seguir.

Mas os braços de Tomasz me envolveram com firmeza, levantou um deles para começar a acariciar bem suave meus cabelos. Fechei os olhos e descansei contra o seu corpo, e ele depositou um beijo suave na minha têmpora. Eu nunca havia entendido o significado da expressão "extrair forças" de alguém até aquele instante, porque com todo o universo fora do meu controle, a única coisa que me manteve em silêncio naquele momento foi a força de seus braços em volta de mim e o calor de seu corpo ao meu lado.

— Foi para Varsóvia… — ouvi minha mãe dizer — …cuidando do sobrinho doente…

Sobrinho doente? Eu nem mesmo *tinha* um sobrinho… A mentira de mamãe era ultrajante e ridícula… E, além disso, não fazia sentido algum contá-la. Em todas as agruras às quais havíamos sobrevivido até aquele ponto, ela nunca tinha feito algo tão maluco antes. Voltei a ficar tensa — porque, com certeza, seria pega e, então, todos nós pagaríamos o preço por isso. Será que tinha perdido a cabeça?

As vozes dos soldados — agora mais ferozes, mais determinadas e cada vez mais próximas e mais próximas até que… *ah, meu Deus, eles estavam na casa*. Estavam bem acima de nós, ao lado da mesa que ficava bem em cima do alçapão.

Tomasz segurou-me com tamanho vigor que a pressão em torno dos meus braços finos como juncos era dolorosa; concentrei-me no desconforto. Eu precisava do estímulo para me estabilizar, porque, além daquela leve dor, *só me restava* o medo. Ouvi o som retumbante dos soldados caminhando pela casa. Ouvi-os enquanto entravam no meu quarto; ouvi a maneira como zombavam de nossa vida simples; ouvi quando tornaram a passar *direto pela mesa* à minha procura no trajeto para o quarto dos meus irmãos.

E, então, ouvi a porta da frente fechar. Todos estavam do lado de fora agora, e as vozes foram de novo sumindo, até que o caminhão deu a partida, e então, instalou-se um completo o silêncio.

Tomasz e eu esperamos durante horas. Achei que mamãe e papai iriam cuidar de suas tarefas rotineiras lá fora e nos deixar ali até que tivessem certeza de que era seguro, mas o tempo passou e a porta não se abriu e suas vozes não retornaram. Em determinado momento, por fim, Tomasz mudou ligeiramente de posição no lugar, e produziu um som com o nariz que a princípio não reconheci. Eu me virei para ele e aguardei. Àquela altura, já havia me acostumado com a escuridão, mas ainda assim demorei um momento para perceber que seu rosto estava brilhando.

— Por quê? — sussurrei. Eu não sabia ao certo o que estava questionando. Por que está chorando? Por que eles não voltam para dentro? Por que a guerra?

— Eles disseram ao seu pai no posto de racionamento. Disseram-lhe que fosse para casa e fizesse as malas. Disseram-lhe que viriam buscar.

— Buscar a *mim*? Mas...

— Não, Alina. Os soldados vieram buscar *todos* vocês.

— Mas isso é por minha causa? Porque eu...

Não verbalizei, porque não queria que ele se sentisse mal — mas isso aconteceu porque eu o havia ajudado?

— Simplesmente pelos campos, Alina. Esta manhã, quando foi ao posto de racionamento, disseram a Bartuk que estão criando uma *Interessengebiet*, uma "zona de interesse" em torno dos grandes campos de trabalho, e que ele deveria voltar para casa e fazer as malas e se preparar para partir de imediato. Pelo menos, agora sabemos por que a maioria de seus vizinhos se foi. Existem dezenas de milhares de prisioneiros nos campos atualmente, um exército de mão de obra gratuita, e se suas rações são escassas, ainda assim são muito mais do que os trabalhadores recebem.

— Então, para onde meus pais foram?

— Alina, *moje wszystko*... não importa onde estejam, nós *temos* que ir embora agora. O quanto antes.

— Ir embora da casa?

— Ir embora... do distrito, no mínimo.

— *Ir embora?* Quer ir embora *agora*? Meus pais se foram e não temos ideia de onde eles estão... Você ficou maluco? Eu tenho que ficar! Tenho que tentar ajudá-los!

— Isso é maior do que seus pais, Alina — Tomasz sussurrou. — Seu pai ouviu falar de uma *cerca* em volta de todo o distrito. Não sabemos dizer se esta fazenda estará dentro do limite demarcado, mas precisamos sair caso esteja.

— Mas meus pais...

— São pessoas resilientes e inteligentes — assegurou, mas sua tentativa de tranquilizar foi muito pouco convincente.

Mais cedo, eu estava convencida de que não aguentaria dois minutos no porão, mas permanecemos lá o dia inteiro. Nós nos aconchegamos sob os cobertores no colchão e ouvimos o relógio do andar de cima badalar as horas. Houve momentos em que cheguei a chorar e, às vezes, Tomasz também.

Quando finalmente comecei a ficar com sono, ele me ajudou a subir e foi buscar água fresca no poço enquanto eu usava a casinha lá fora. Não podíamos acender a lareira nem a luz, no caso de alguém estar vigiando a casa de longe, então, em vez disso, caminhávamos tropeçando no escuro. Quando chegou a hora de descer a escada, ocorreu-me como seria difícil recolocar a mesa e o tapete sobre nós mesmos sem ajuda externa, mas Tomasz já havia elaborado um plano com meus pais para uma situação como essa. Ele puxou a mesa só um pouco, de modo que duas das pernas não estivessem mais em cima do tapete, mas a mesa ainda assim cobrisse a escotilha. Com sorte, para qualquer pessoa que nunca estivesse antes na casa, pareceria apenas que nossa pequena mesa estava descentralizada em seu tapete. Foi difícil para ele voltar para dentro com a mesa por cima, mas agora, quando fechava o alçapão, o tapete permanecia esticado sobre ele.

Tomasz voltou para debaixo dos cobertores comigo e me abraçou até que eu dormisse um pouco, mas quando o relógio no andar de cima soou duas da manhã, me acordou com um beijo na testa.

— Eu tenho que ir — disse. Fiquei desesperada diante da ideia, e tentei convencê-lo a ficar, mas ele insistiu. — Preciso descobrir se alguém sabe para onde seus pais foram levados, e deixar comida para Eva. Ficarei ausente por algumas horas porque precisarei ir a Trzebinia para ver Nadia.

— Diga-me — murmurei. — Nadia é seu contato no Żegota? É por isso que você estava tão determinado a me manter longe da casa dela?

Ele assentiu silenciosamente.

— Sim. Ela está coordenando os esforços para esta região.

— E Jan ficou com raiva porque ela estava ajudando judeus? — presumi. Tomasz fez que não com a cabeça.

— Você se lembra do fazendeiro em quem não confiei?

Encarei-o boquiaberta.

— Jan está escondendo judeus em sua casa? — perguntei incrédula. — Isso... isso *não* faz sentido, Tomasz.

— Ele se isolou na metade da frente da casa porque é estúpido demais para se deixar enganar pela propaganda nazista, então está convencido de que meus amigos são portadores de doenças — contou Tomasz, sua indignação evidente. — E permite que Saul e Eva usem apenas um minúsculo espaço nos fundos da casa, assim, há uma barreira entre eles. Não se engane, Alina. Ele faz isso apenas pelo ouro. Nadia só se aproximou dele porque estávamos desesperados. Precisávamos encontrar um lugar seguro para Eva dar à luz.

— É por isso que Justyna e Ola foram embora.

— Ola não queria se envolver nisso. Ela ficou furiosa com Jan *e com* Nadia por arriscarem a vida de Justyna. — Tomasz resvalou a mão contra minha bochecha.

— Deixe-me ir com você esta noite — implorei.

— Não, Alina. Não quando devo ir à cidade. Se eu fosse pego violando o toque de recolher, seria ruim, mas pelo menos teria uma chance de passar uma conversa para escapar do perigo. Mas *você* é muito marcante, meu amor. Você deve ficar aqui escondida por enquanto.

— Mas, e se você não voltar? — sussurrei. Pressionei sua mão em meu queixo, tentando impedir que meus dentes batessem.

— Você acha que poderiam me impedir de voltar, Alina? Depois de tudo a que sobrevivemos? Depois de tudo que passei para retornar para cá para você? — Tomasz sussurrou, roçou seus lábios contra os meus. — Não existe essa possibilidade, *moje wszystko*. Mas se eu não voltar rápido como planejo, apenas se esconda aqui. Você tem comida e água que vão durar semanas, e vou garantir que Nadia saiba, para vir procurá-la.

Ele encheu sua pequena mochila com batatas e alguns ovos, depois subiu para fora do porão, recolocou o tapete e a mesa no lugar e seguiu seu caminho.

CAPÍTULO 23

Alina

Ouvi o relógio badalar a uma hora, depois às duas, então às três. E durante todo esse tempo, aguardei e fui invadida por ondas de pânico e medo conforme surgiam. Eu queria berrar pela injustiça de tudo isso — queria ficar com raiva de Tomasz por me abandonar sozinha no porão no pior dia da minha vida —, queria voltar no tempo e enterrar minha cabeça debaixo do travesseiro na minha cama lá em cima e fingir que nada daquilo estava acontecendo.

Passava das cinco da manhã quando escutei um som vindo de cima. Ouvi um movimento abafado sobre mim, logo o alçapão se levantou e, quando reconheci Tomasz na abertura, comecei a chorar. Ele esperou até colocar o alçapão de volta no lugar para me confortar. Estava tremendo também, pela adrenalina e pelo frio, imaginei.

— Você descobriu alguma coisa?

— Sim.

— Ok. Para onde eles foram levados?

— Para Oświęcim — disse ele.

— Ok — exalei com alívio. — Certo. Para a cidade, então? — Não parecia tão ruim. Oświęcim era um lugar bom o bastante, um lugar muito parecido com Trzebinia, com muitas fábricas e residências. Por um momento, imaginei os dois aceitando um emprego em uma linha de montagem para os nazistas... Não era o ideal, mas me senti confiante de que poderiam sobreviver a isso.

— Não, Alina. Não na cidade. Eles foram levados para o campo de trabalho — esclareceu Tomasz e respirou fundo. — Embora haja dois agora lá, não consegui descobrir qual deles é.

O sonho de meus pais na linha de montagem se despedaçou e, agora, em vez disso, eu os vi amontoados como sardinhas com as dezenas de milhares de trabalhadores agrícolas sobre os quais Tomasz me alertara. Fui de novo tomada pelo desânimo.

— Não importa qual é o campo, não é? — deduzi, de repente me sentindo muito pesada. — Seja como for, não podemos resgatá-los. Ou Nadia Nowak tem a capacidade de contornar todo o exército nazista?

— Não. Não importa qual é o campo — ele admitiu sombriamente.

— Mas eles vão apenas esperar pelo fim da guerra lá. Eles vão trabalhar duro e ficar longe de problemas, como sempre fizeram — eu disse com alguma determinação, até que um pensamento me ocorreu. Enrijeci um pouco. — Espere... Estes são os campos com fornalhas?

— Sim — Tomasz sussurrou. — Eles chamam o campo menor de Auschwitz. O campo maior é chamado de Birkenau. — Trocou de posição na cama, puxando-me para mais perto. — Existem, *sim*, grandes fornalhas em ambos os campos, e...

— Mamãe disse que as fornalhas são apenas para aquecer a água — interrompi, mas mesmo aos meus próprios ouvidos eu soava ligeiramente histérica.

— Não temos certeza. *Ninguém* fora dos campos sabe ao certo — falou, mas então respirou fundo e seu tom endureceu. — Mas os nazistas foram vistos transportando caminhões cheios de cinzas para despejá-las no rio, e há algumas suspeitas de que possam ser os restos mortais de alguns dos prisioneiros. Talvez seus pais tenham sorte... ou talvez consigam encontrar uma forma de sobreviver. Mas milhares de pessoas foram para os campos, milhares de judeus de muitas nações, milhares de poloneses católicos como seus pais e *milhares* de prisioneiros políticos... mas foi só há pouco tempo que os nazistas precisaram expandir suas acomodações. Todos esses prisioneiros estão indo para *algum lugar* e, independentemente de serem assassinados ou trabalharem até a morte, o lugar mais provável em que acabarão é nas fornalhas.

Este era o novo Tomasz — o homem que foi destruído pelas tribulações e pelo remorso, o realista que substituíra meu belo sonhador. Ele estava me dando um tapa verbal na cara porque acreditava que eu precisava de um choque de realidade. Por um instante apenas, eu o odiei por isso — até que me lembrei de que *nada disso era culpa dele*. Comecei então a chorar, e ele cobriu o meu rosto de beijos.

— Eles não vão voltar, Alina.

— Mas, talvez...

— Eles *não vão voltar* — sussurrou. — Se conseguir encontrar uma forma de sair da Polônia, temos que aproveitá-la. Prometa-me que virá comigo se eu encontrar uma forma.

— *Sair* da Polônia? — repeti em meio aos meus soluços. — Isso nem mesmo é possível. Como *sairíamos* da Polônia?

— Não sei ao certo. Pelo menos, não por enquanto — ele admitiu. — Conheci um fotógrafo há alguns meses. Ele estava documentando o trabalho do Żegota e sei que estava usando mensageiros para contrabandear filmes para fora do país. Ele me perguntou naquela ocasião se eu faria uma viagem por ele. Fiquei tentado, Alina, serei sincero com você. Foi pouco antes de nos reencontrarmos e quase fui, pensei em tentar fugir, e então talvez você pudesse me seguir depois, mas não consegui me obrigar a deixá-la. Agora... bem, eu nem sei se ele ainda está pela região, mas Nadia está tentando encontrá-lo. Se pudermos achá-lo e ele nos ajudar, *moje wszystko*, não há outra opção. Não para nós, não agora. *Não temos escolha* a não ser tentar sair.

— Mas nós poderíamos ficar! — sussurrei. — Poderíamos viver nas sombras, como você tem feito...

— Eu não quero essa vida para você, Alina.

— Mas nós poderíamos ficar aqui...

— Uma hora a comida vai chegar ao fim... E se a cerca for construída antes disso, ficaremos presos dentro desta zona.

— Poderíamos tentar entrar na cidade...

— *Eu não quero essa vida para nós, Alina* — Tomasz repetiu, levantando a voz, voltando a endurecer o tom, até que me afastei dele. — Sim, pode haver maneiras de sobrevivermos aqui... Talvez possamos conseguir documentos de identidade falsos. Poderíamos nos mudar para Cracóvia ou Varsóvia e tentar viver à vista de todos. Talvez fôssemos apanhados e mortos. Talvez sobrevivêssemos e sofrêssemos por seja lá quantos anos de fome e violência que a guerra nos infligisse. Mas não há a menor condição de *vivermos* aqui. E *não* há a menor condição de construirmos a vida que havíamos planejado. Não se ficarmos. — Ele suspirou profundamente e me puxou mais uma vez para junto de si. — Eu *preciso* que você fique segura.

— Mas este é o meu lar — eu disse. — A Polônia é o meu lar. O que mais há lá fora para nós?

— Lar não é o país em que se está... somos *nós*. Lar é o futuro que planejamos e com o qual sonhamos. Podemos construí-lo em qualquer lugar. E, sim, você é uma criaturazinha desamparada... — Grunhi em protesto, e ele riu baixinho — ... mas você é durona, Alina, e acho que também sabe disso agora. Posso ver isso em você, um ímpeto para sobreviver, um ímpeto para ter uma vida melhor. É o forte lampejo de indignação em seus olhos quando acha que está sendo deixada de fora em um segredo. É a força que demonstrou quando decidiu ficar ao meu lado, sabendo que, ao fazê-lo, isso poderia levá-la à morte. E se conseguirmos sair deste lugar *juntos*? — Seu tom tornou a se abrandar, até que estava de modo gentil implorando para mim. — Pense só nisso, *moje wszystko*. Eu poderia começar a estudar de novo e enfim me tornar um médico, talvez até *você* pudesse estudar. Poderíamos arranjar empregos... uma casa... ter filhos um dia e dar um futuro para *eles* também. Não percebe? Ficar aqui é aceitar a morte nas mãos desses monstros, e eles já tiraram o suficiente de nós dois. Nossa única opção é tentar fugir.

— E se tentarmos e fracassarmos?

— Então... — Fez uma pausa, e, por um momento, procurou as palavras; depois, sussurrou: — Bem, então, Alina, pelo menos fracassaremos juntos. Isso vale alguma coisa, não vale?

Apertei sua mão, dei um suspiro trêmulo e fechei os olhos. De certa forma, sentia que não tinha mais nada a perder — mas eu *tinha* algo a perder, e ele estava sentado bem ali comigo, implorando a mim para que tentasse fugir.

Eu estava apavorada. Mas, se Tomasz estava indo, eu realmente não tinha escolha, porque ficar para trás nem era mais uma opção.

— Ok — sussurrei. — Está bem.

CAPÍTULO 24

Alice

Passo as trinta e seis horas seguintes em pânico às voltas com uma organização desesperada que diverte minha filha e confunde meu filho. Eddie me observa em silêncio enquanto procuro na internet por maneiras de lhe comunicar que *Mamãe está indo viajar*. No fim, redijo um roteiro social que Wade pode lhe dar como rotina para lembrar a Eddie onde estou e, em seguida, crio um calendário de dias que ele pode contar regressivamente. Escrevo instruções estritas a Wade para desmarcar um dia todas as manhãs para que Eddie possa ver quantas noites de sono faltam. Imprimo uma foto minha e colo na base, depois pinto ao redor dela com um marcador de texto verde brilhante para dar ênfase.

Quando termino, olho nos lindos olhos verdes do meu filho e começo a chorar. Eddie considera isso por um momento, então se afasta em silêncio. Ele retorna alguns minutos depois com seu iPad na mão e pergunta:

Mamãe machucada?

Eu me acalmo, asseguro-lhe que estou bem, coloco-o para assistir *Thomas e seus amigos* e começo a documentar sua rotina para Wade. Tento encontrar um equilíbrio entre querer que Wade siga *tudo* à risca e apenas oferecer-lhe o básico para que ele possa chegar ao fim de cada dia. O problema é que, com Eddie, na verdade não existe algo como "suficientemente bom". Tudo tem que estar certo. Eu sei que Wade não entende tal ideia, por isso sei também que não vai respeitá-la. Nem imagino o que vai acontecer com o meu filho enquanto eu estiver fora.

Nesses sete anos desde que ele nasceu, o mundo inteiro mudou para mim. Entrei para um clube do qual nunca quis fazer parte — o clube das mães de autistas — e o custo de adesão foi a vida que eu planejara até então. Alguém uma vez me disse que ter um filho com autismo era como fazer uma viagem para outro país onde você não fala o idioma e, na época, achei que essa analogia era genial e adequada. Mas, nos últimos anos, à medida que a extensão da deficiência de Eddie de fato se tornava aparente, perguntei-me se, em vez de estar em um país totalmente diferente, estou em um *planeta* totalmente novo.

Agora, estou deixando Eddie por seis noites inteiras. Estou viajando no tempo, retornando a uma fase da minha vida em que não tinha um filho que exigisse a maior parte do meu foco. Vou sentir falta dele? Vou ficar aflita pensando nele? Ou, a possibilidade mais assustadora de todas: será que sentirei alívio por ser liberada da responsabilidade por seus cuidados? Eu amo Eddie — por Deus, eu o adoro de coração. Mas, não poucas vezes, quando penso na vida que tenho com meu filho, sinto-me completamente só e constantemente oprimida.

A parte rancorosa de mim espera que nos próximos seis dias Wade tenha um gostinho de como é isso. Essa é a parte que sabe que todas essas instruções que estou preparando sobre a rotina de Eddie são inúteis, porque meu marido é muito arrogante para se preocupar em segui-las.

Eu tenho um ph.D., Ally. Consigo me virar alguns dias sozinho com dois filhos.

É a postura de pouco-caso quanto à complexidade do meu papel em nossa família que me irrita — quase nunca verbalizada de forma tão explícita, mas implícita em muitas de nossas interações nos últimos anos. Mesmo agora, quando Wade está bem na fita comigo pelo apoio que está dando, sei que está subestimando a dificuldade daquilo que concordou fazer pela próxima semana.

Estou preocupada sobretudo com Eddie, mas Callie também entra nessa equação: é uma menininha adorável, mas o fato de ser superdotada às vezes representa um desafio. Ela fica terrível quando seu nível de estímulo está baixo, então seu cronograma é lotado e sua mente opera a um milhão de quilômetros por hora o tempo todo. Isso necessita de um monitoramento cuidadoso, porque, quando tudo a sobrecarrega, tende a entrar em parafuso. Wade nunca teve que lidar, de fato, com esse lado dela. O que ele faria se desse um chilique?

Eu respiro fundo e prometo a mim mesma que, aconteça o que acontecer, eles irão sobreviver. *Todos* eles irão sobreviver. E eu também.

***

Organizei tudo que me é possível organizar, enviei por e-mail à guia turística o que ela precisava, e fiz as malas com precisão militar — mas, no minuto em que entramos no aeroporto, a enormidade do que estou deixando para trás se instala à minha volta como uma névoa pesada e, de repente, é tudo em que consigo pensar. Sinto apenas medo, ansiedade e arrependimento — que coisa mais estúpida e impulsiva eu fui fazer! E se algo acontecer com Eddie ou Callie e eu estiver do outro lado do planeta? Levaria dias para chegar em casa. E — *meu Deus* — se algo acontecer com Babcia? O que eu realmente estou achando que vou fazer, afinal? Eu nem sei o que ela está procurando.

— Alice — Wade diz de repente.

Eu me viro para ele e de súbito percebo que estou hiperventilando de forma audível. Ele agarra meus braços e baixa os olhos para mim.

— Eu não vou decepcioná-la — diz tranquila. — As crianças vão ficar bem. Eu prometo.

— Isso foi um erro — inspiro fundo. — Fui impulsiva e estava com raiva e estou transtornada...

— Não — interrompe, mas o faz com gentileza, com cuidado. Fico impressionada com a ternura em sua voz, e interrompo meus protestos para deixá-lo levar o tempo que quiser antes de explicar. Ele respira fundo, remove as mãos dos meus braços para segurar meu rosto delicadamente entre as palmas. — Nestes últimos anos, você viveu e respirou nossa família. Você é uma esposa maravilhosa. Uma mãe brilhante. Mas... Ally... — Inspira o ar devagar de novo e, então, seu olhar adquire cada vez mais uma expressão de súplica. — Por melhor que isso seja, não é *tudo* que você queria ser, querida. Eu sei que esta viagem é por Babcia. Mas... eu... meio que espero que seja também por você. Uma chance para largar um pouco do peso de nossa vida familiar e para *eu* assumi-lo, para que você possa carregar outras coisas também. Andei pensando desde que conversamos na outra noite. Nunca, nem por um segundo de nossa vida juntos, você me pediu para colocar as *minhas* coisas em segundo lugar. Bem, durante esta semana quero que descubra como é essa sensação, para que você saiba que eu realmente sou grato. Talvez... possamos encontrar uma solução para tudo isso e compartilhar melhor a carga um dia. Não sei como vai ser, ou como faremos, mas quero ser um marido melhor para você. Um pai melhor... para... para o Eddie.

Esta é a primeira vez em anos que ele chamou Eddie pelo seu apelido. Também é o mais perto que Wade já chegou de admitir que falhou com nosso filho e, ao fazê-lo, falhou comigo. Eu provavelmente deveria estar brava com este reconhecimento — por ele, de fato, saber bem o que fez conosco nestes anos de negligência para com suas obrigações emocionais.

Mas não estou brava.

Porque isso não é novidade para mim, não é novidade para Wade, e agora foi verbalizado. Há algo de excepcional em ter essa coisa horrível às claras entre nós e, de repente, do nada, consigo voltar a respirar. Eu sei que vai ser difícil entrar naquele avião. Não posso nem imaginar como vou dormir esta noite, sabendo que estou tão longe deles, sabendo que estou completamente por conta própria.

Mas Wade está certo. Há uma oportunidade aqui para mim. De alguma forma, é ao mesmo tempo uma chance que ele está me dando e que estou aproveitando avidamente, e é meio assim que uma parceria *deveria* funcionar — nós dois estamos fazendo isso acontecer, por Babcia e por mim.

Não faço ideia do que me aguarda na Polônia. Não faço ideia de como vou encontrar as respostas quando nem mesmo sei as perguntas, mas o *desafio* de tal objetivo de repente parece divino.

— Vá — diz Wade, e beija bem suave minha testa. — Amo você. Eu não vou decepcioná-la. Faça sua viagem... e tente também se divertir um pouco, ok?

Tenho que me virar antes que as lágrimas me vençam, então o faço — dou meia-volta, pondo-me de costas para ele, agarro minha mala com força e caminho decidida na direção do balcão de check-in.

CAPÍTULO 25

Alice

Tenho me preocupado com a barreira do idioma, uma vez que as únicas palavras em polonês que conheço são *Jen dobry* — olá — e, de alguma forma, durante minhas muitas horas em que Babcia tomou conta de mim quando mal começava a andar, peguei a frase *Iść penico* — vá para o penico —, nenhuma das quais parece ser muito útil em todas as etapas que preciso cumprir antes de me encontrar com Zofia amanhã. Mas assim que passo pela alfândega, encontro o motorista do hotel esperando, segurando um iPad que exibe o logotipo do hotel e meu nome. Ele se apresenta num inglês com leve sotaque.

— Prazer em conhecê-la — diz. — Eu sou Martyn. Longa viagem? Vamos levá-la para o hotel.

Eu me sento na parte de trás do carro de luxo de último modelo e fico olhando pela janela enquanto a cidade passa voando. Tudo é muito mais novo do que eu esperava, com áreas em construção aparentemente intermináveis e quarteirões de edifícios modernos se sucedendo à medida que avançamos pela cidade. O trânsito é muito congestionado, pior ainda do que o trânsito a que estou acostumada quando dirijo em casa. Algumas pistas de faixa única conseguem abrigar vários meios de transporte ao mesmo tempo — carros e ônibus, um bonde *e* o tráfego surpreendentemente intenso de pedestres e bicicletas. Nos arredores da cidade, se não fosse a farta publicidade em polonês, quase me sentiria em casa. Mas, à medida que avançamos, a modernidade desaparece das fachadas dos edifícios que ladeiam as ruas — até que fico cercada por edifícios de pedra e tijolo que não teriam parecido muito diferentes mesmo cem anos atrás.

O saguão do hotel é luxuoso, com enormes lustres de cristal pendurados no teto e piso de mármore polido, e entre os outros hóspedes que se misturam no espaço, ouço muito inglês — na verdade, muito inglês com sotaque igual ao meu. O motorista traz minha mala e eu me aproximo do balcão.

— Fazendo check-in? — fala a jovem recepcionista, cumprimentando-me, de novo em inglês.

— Sim, obrigada. Sou Alice Michaels. Tenho um check-in antecipado combinado.

— Um momento — responde a recepcionista, e seus dedos voam sobre o teclado; então, olha para mim e faz uma careta. — Sinto muito, sra. Michaels, seu quarto ainda não está pronto.

— Ah, mas minha guia disse que confirmou um check-in antecipado... Estou saindo de um voo noturno e não dormi...

— Eu sinto muito. Não vai demorar, talvez mais uma ou duas horas. Você pode deixar sua mala aqui. Por que não vai dar um passeio, almoçar? E aí volte no início da tarde.

Eu pisco atônita para ela. O que eu *quero* fazer é colocar minha cabeça em um travesseiro e dormir um pouco. Explorar uma cidade estrangeira sozinha provavelmente não pareceria atraente mesmo em um dia normal, quanto mais quando estou tão cansada! De jeito nenhum.

— Mas...

Ela sorri para mim de forma tranquilizadora e retira um mapa da parte inferior do balcão.

— Você está aqui. A Cidade Velha fica bem aqui, e a Praça também fica perto. Aproveite o passeio!

Eu olho para o relógio na parede e vejo que são onze e quarenta e cinco aqui em Cracóvia, o que significa que são cinco quarenta e cinco em casa. Ainda não posso ligar, mesmo se já estivesse no meu quarto, e estou morrendo de fome.

Parece que vou mesmo dar um passeio.

É muito movimentado na rua. O tráfego é frenético, com carros, bondes e ônibus congestionados competindo sem parar pelo espaço estreito da via. A calçada também está cheia de pessoas, todas fluindo na mesma direção em que estou seguindo, então, integro-me à multidão e começo a caminhar. As bicicletas passam por mim na calçada e alguns adultos andam de skate e patins. Agora é meio-dia de uma terça-feira, mas enquanto caminho, sinto-me um pouco como se estivesse indo para uma festa ou um festival. Logo, os restaurantes começam a aparecer — marcas que conheço de casa, bem como nomes de restaurantes desconhecidos que prometem "autêntica comida polonesa" e até "autêntica cozinha americana". Fico impressionada com as flores ao meu redor — flores de cores exuberantes em plantas naturais em vasos nas mesas e em jardineiras ao longo da rua, até mesmo penduradas em sacadas, e buquês repousam nos braços de homens e mulheres enquanto caminham. O amor de Babcia por flores está começando a fazer muito sentido.

Planejei parar no primeiro lugar atraente que encontrasse, mas continuo andando, porque *todo mundo* está andando e pensei que me sentiria sozinha, mas não. O passeio é pavimentado com delicada calçada portuguesa composta por tijolos de granito quadrados ligeiramente irregulares. Talvez seja impossível usar saltos altos, mas como estou de tênis de lona, até a calçada parece encantadora.

Logo desemboco em uma grande praça, e é claro que a multidão e eu chegamos, porque *este* é um lugar que atrai. Imensas igrejas ornamentadas, restaurantes e lojas a circundam, e há jovens vendedores com cachos gigantes de balões de hélio, carrinhos de refrescos, pretzels e café no centro. Um performer manipula enormes varas com laços de corda na ponta, que mergulha num grande balde contendo um líquido espumoso, de modo que, quando as levanta contra a brisa, bolhas gigantes flutuam por toda a praça. Bandos de crianças gritam e correm para estourá-las ou tentar pegá-las. Outros artistas sentam-se em almofadas e cantam ou tocam acordeão ou violão. Vários deles têm adoráveis cachorrinhos ou gatinhos sentados bem tranquilos em almofadas ao seu lado, observando com paciência seus donos trabalharem. Está um dia magnificamente ensolarado, mas o sol não queima, e quando adentro a praça, fecho os olhos por um momento e respiro tudo — o sol, o riso das crianças enquanto correm pelo espaço sem carros, o cheiro de linguiça e cerveja e até fumaça de cigarro.

Eu me pergunto se Babcia já visitou Cracóvia — se já visitou esta praça. Eu me pergunto se era exatamente assim, setenta e tantos anos atrás — os prédios parecem antigos, então quase certo que era. Pego meu telefone no bolso e tiro algumas fotos rápidas e casuais, depois viro a câmera e tiro uma selfie na praça com os prédios e a multidão atrás de mim. Fico olhando para a foto, e não posso deixar de sorrir, porque pareço *exausta*, mas também, feliz. Orgulhosa. Animada.

Envio todas as fotos para mamãe e peço a ela que mostre para Babcia, e depois atravesso a praça até um restaurante com jardineiras de gerânios vermelhos e brancos delimitando a área de mesas ao ar livre. O menu em exibição é inteiro em polonês, e hesito um momento antes de caminhar em direção ao garçom.

— Mesa para um? — diz em inglês. Quando confirmo com a cabeça, surpresa, ele estende o braço para pegar algo debaixo de um balcão e pergunta:

— Menu em inglês?

— Sim, por favor. Como você sabia que falo inglês?

— Presumimos que todos falam inglês até que nos digam o contrário. — Ele dá de ombros. — Todos os jovens poloneses falam inglês, assim como a maioria dos turistas, logo… faz sentido, não?

Enquanto sento na minha mesa, planejo pedir o prato mais seguro que puder encontrar, talvez apenas um sanduíche, talvez um café forte — quer dizer, talvez com um pouco de cafeína, eu *aguentasse* ficar acordada até uma hora de dormir mais sensata, para poder explorar um pouco. Mas, então, leio o menu — e não há sanduíches na lista. Em vez disso, arenque, sopas, salsichas, cortes estranhos de carne de porco e algo chamado bigos e guisados, e então várias páginas de variações de pierogis. E a lista de bebidas é igualmente pesada — há vodcas, vinhos e cervejas. Muitas cervejas.

— Já escolheu? — o garçom me pergunta. Fecho o menu.

— Sim, por favor — respondo. — Gostaria de uma cerveja e alguns pierogis.

— Qual tipo, senhorita?

— Surpreenda-me — sugiro, e ele ri enquanto acena com a cabeça.

***

O pierogi é surpreendentemente bom — mas a cerveja sobe direto para minha cabeça, por isso fico um pouco alegrinha *demais* enquanto caminho de volta para o hotel, e mais do que pronta para uma soneca quando chego ao meu quarto. São sete e meia lá em casa agora, então, arrasto-me para a cama e ligo para Wade pelo Skype.

— Querida — ele me cumprimenta. Quando entra a transmissão de vídeo, vejo que está sentado à mesa da cozinha. Está barbeado e seu cabelo parece úmido. Veste uma camisa social bem passada — eu em geral as passo a ferro, mas, como fiquei sem tempo esta semana, sei que ele mesmo teve tempo de passá-la.

Parece perfeitamente organizado, e nem um pouco perturbado. Fico surpresa e meio impressionada.

— Oi — digo.

— Você chegou bem?

— Sim. Acabei de almoçar na Praça da Cidade Velha. É...

— É o que? — pergunta quando paro, e eu sorrio incerta.

— Sabe, na verdade é uma cidade incrível.

Um largo sorriso se abre no rosto de Wade, e fico pasma: como está bonito esta manhã! A familiaridade consegue mascarar esse tipo de observação. Acho que, agora, estou aproveitando todos os benefícios de fazer algo bem fora da rotina.

— Isso é ótimo, querida — responde, e me parece emocionado, o que me deixa ainda mais feliz.

— E as coisas estão bem aí?

— Ah, com certeza. As coisas estão bem — e sorri novamente. — Tudo sob controle.

Exceto que, então, ouve-se o som de vidros quebrando e o sorriso descontraído de Wade torna-se pânico. Ele se levanta e vejo que está apenas de cueca boxer, Callie vem em disparada para a sala e ainda está de pijama e gritando a plenos pulmões e Eddie vem logo atrás, agarrado a Thomas, sua locomotiva de pelúcia, e soluçando. A última coisa que vejo antes de a tela ficar preta é o rosto molhado de lágrimas de Eddie enquanto pega o telefone de Wade na mesa.

A adrenalina bombeia através de mim enquanto ligo de novo, e Eddie atende no primeiro toque. Ele está olhando para o iPad e parece muito angustiado.

— Eddie — sussurro, tocando a tela com a ponta do dedo.

— Eddie, eu amo você — ele diz, e então joga o telefone de volta na mesa. Ele está balançando para a frente e para trás e ainda visível apenas na borda da tela. Posso ver que está beliscando os braços.

— Está tudo bem, querido — digo, e depois chamo furiosa: — Wade Michaels! O que diabos está acontecendo aí?

— Está tudo bem! — Wade grita de algum lugar ao fundo. — Está tudo sob controle, Ally, eu só...

— Mãe... — Callie arranca o telefone de Eddie e seu rosto preenche a tela. — *Não* está sob controle. Eu disse que papai não estava preparado para isso. Papai disse que Eddie não precisava de melatonina, então Eddie mal dormiu e nos manteve acordados metade da noite, e papai não conseguiu entender o ferro de passar, e aí fez um buraco nas calças e não temos certeza do que Eddie come na escola e ele quebrou um copo porque papai não quis lhe dar seu copinho com canudinho...

Há outra disputa pelo telefone e depois Wade aparece de novo.

— Está tudo bem — diz com firmeza. — Está tudo sob controle. Mas temos que nos preparar para a escola e o trabalho agora, então terei que dizer adeus e falaremos com você mais tarde. Ok?

As coisas não estão *nada* bem, é óbvio, e a necessidade de consertar é quase irresistível. Mas ver meu marido em geral imperturbável, que tinha *tanta certeza* de que isso seria um passeio no parque, neste estado de pânico é meio que satisfatório. Respiro fundo e pergunto de forma casual:

— Você deu a Eddie sua programação visual e o roteiro social que preparei?

Ele confirma meus piores medos quando diz com desdém:

— Está tudo bem, Alice. Está tudo bem.

— Tudo bem, então — digo descontraída, embora eu de fato suspeite que as coisas estão prestes a piorar para o meu marido, já que está claro que *não* leu minhas orientações; então, provavelmente ele não tem ideia sobre as rotinas pós-escola de Callie esta semana. — Bem, falo com você amanhã de manhã, mais ou menos nessa mesma hora?

— Claro, claro...

Eu desligo, a lembrança do rosto angustiado de Eddie passa diante de mim, e eu *quase* posso entrar em pânico — só que a cerveja ainda faz eu me sentir tão relaxada e sonolenta que me convenço de que talvez possa adiar o pânico para um pouco mais tarde. Quero dizer, não há muito que eu possa fazer para ajudá-los agora... Eu me enrolo como uma bolinha na cama e caio no sono rápido e, quando acordo, há uma mensagem de Callie à espera.

Mãe. Configurei as mensagens no meu iPad para que possamos manter contato enquanto você estiver fora. Eu sinto sua falta e te amo muito.

Suspiro e respondo.

Callie Michaels, você sabe que não tem permissão para enviar mensagens de texto. E você não está na escola??

Sua resposta vem no mesmo instante.

Eu prometo que só vou usar com você. Sim, estou na escola, mas expliquei ao sr. Merrick o que estava fazendo e ele achou que era um ótimo projeto de extensão de tecnologia e geografia. Então, você viu algo legal? Você pode tirar algumas fotos para mim?

Eu mando as fotos da praça, e ela responde de imediato.

Mamãe! Isso é tão legal! Estávamos conversando na aula sobre figuras inspiradoras em nossas vidas e eu ia falar sobre a vovó, mas em vez disso falei sobre você porque é tão incrível que esteja fazendo isso. Não se preocupe com papai e Eddie. Gostaria de dizer que estão bem, mas, em vez disso, vou apenas lembrá-la de que daqui a alguns

dias você estará de volta e vou ajudá-la a limpar a bagunça. Haha. Amo você, mamãe.

Decido focar na parte da mensagem que não me faz querer voltar correndo para casa neste exato minuto. *Minha filha realmente acha que sou inspiradora.* Tudo o que fiz foi pegar um maldito avião sozinha, e Callie acha isso incrível. Há algo ao mesmo tempo empolgante e deprimente nisso.

Também amo você, ursinha.

Coloco o iPad na mesa e olho para a janela. Ainda está claro lá fora. Estava planejando dormir cedo esta noite, depois de pedir alguma coisa pelo serviço de quarto, mas, de repente, estou morrendo de vontade de ver como fica a praça à noite, depois que a cidade termina seu dia de trabalho. Calço os sapatos, arrumo os cabelos e saio para dar outra caminhada.

CAPÍTULO 26

Alina

Quando o relógio bateu dez horas na noite seguinte, Tomasz disse:
— Venha comigo.

Eu estava cochilando levemente em seus braços, mas acordei de imediato com isso.

— Ontem você disse que era muito perigoso.

— Ontem tive que visitar quatro fazendas próximas e depois ir à cidade ver Nadia. Hoje, vou aqui do lado, à casa dos Golaszewski, e só por causa de Eva. A incursão de hoje à noite é muito menos arriscada, e eu adoraria que você conhecesse meus amigos.

A última coisa no mundo que queria fazer era permanecer naquele porão sem ele pela segunda noite consecutiva; então, saímos de nosso esconderijo juntos e escapulimos noite adentro. A lua estava cheia e o céu, limpo, mas ainda conseguia me convencer de que cada sombra no horizonte era um soldado nazista. No momento em que cruzamos os campos para a casa de Golaszewski, eu estava tremendo de medo.

— Não sei como faz isso todas as noites — sussurrei.

— Você vai entender quando vir o bebê — disse ele calmamente.

A residência de Golaszewski era muito maior do que a minha; seu solo era muito fértil e sua fazenda muito mais lucrativa do que a nossa. Jan havia acrescentado muitos cômodos à casa ao longo dos anos, e agora era uma mistura de materiais e estilos de construção. Tomasz evitou a parte da frente da casa; em vez disso, conduziu-me para a parte de trás da estrutura. Eu conhecia a planta da construção, por isso fiquei surpresa ao ver onde paramos.

— Sabendo o que Jan sente sobre os judeus, não posso acreditar que deu a seus amigos seu *próprio* quarto — sussurrei para Tomasz, que suspirou.

— Ele os colocou atrás de uma parede falsa, meu amor. Até a saída está bloqueada, estão presos, a menos que Jan mova uma pesada estante de livros em seu quarto. Além disso, assim que os levou para dentro, trancou as portas daquela parte da casa e se mudou para o antigo quarto de seu filho, na frente, a fim de manter uma barreira entre Eva e Saul e seu espaço. Se eu não os visitasse para passar comida por este respiradouro, morreriam em dias. Não se engane; a situação deles é terrível.

Veio à minha mente uma lembrança das vezes em que estive dentro da casa dos Golaszewski quando criança, antes de o relacionamento de Jan e meu pai azedar. Lembrei-me de ter ficado surpresa com a quantidade de espaço que eles tinham — fiquei surpresa com o fato de os pais terem seu *próprio* quarto, já que os meus sempre dormiram em nossa sala. Lembrei-me daquele quarto grande e também do pequeno recanto bem no fundo, que outrora abrigava uma estante de livros. Seria preciso muito pouco esforço para murar aquele pequeno nicho, mas deixaria um espaço muito minúsculo.

— Como você fala com eles... — comecei a perguntar, mas Tomasz pousou o dedo sobre os lábios e se abaixou até o nível do solo. Havia uma pequena pedra na terra, na parte inferior da parede.

— Criamos um sistema para que eu soubesse se eles haviam sido comprometidos. Se a pedra estiver aqui, é seguro bater na portinhola. Ela abre por dentro — murmurou; então, levantou-se e bateu em um dos painéis de madeira nas paredes. O painel tremeu e então deslizou para baixo, revelando uma abertura na parede na altura do rosto. Tive meu primeiro vislumbre dos grandes olhos castanhos e maçãs do rosto salientes de Eva, e um delicado rosto em formato de coração que eu sabia que seria demasiado bonito se não estivesse tão mortalmente magra. Atrás dela, dava para eu ver o interior do nicho por trás da parede falsa e, como eu temia, era tão pequeno que os dois mal tinham espaço para se mover.

Por um momento, porém, ela não pareceu perturbada por sua situação, porque toda a sua atenção estava em mim e seus olhos estavam acesos.

— Tomasz! Esta é a famosa Alina? — sussurrou com animação.

— É — e deslizou o braço em volta dos meus ombros e apertou. — Alina, conheça Eva Weiss.

— Olá — eu disse, sentindo-me repentinamente tímida. — É muito bom conhecê-la.

Houve mais movimentação na janela e, então, Saul também apareceu, sorrindo de forma positiva para mim.

— Sou Saul e o prazer é todo nosso — ele assegurou, estendendo a mão através da abertura para apertar a minha mão. Seus dedos eram finos como ossos, mas seu cumprimento era firme. Seus pelos faciais muito escuros, o que fazia um contraste chocante contra a pele branca e fantasmagórica de seu rosto. — Ouvimos muito sobre você.

— Muito *mesmo* — Eva reforçou, lançando um olhar levemente provocador para Tomasz. — Todos aqueles meses viajando e todos os dias era a mesma coisa: *Alina isso, Alina aquilo*. Não era suficiente que ele estivesse disposto a atravessar a Polônia para retornar para você, tinha que tentar fazer com que nos apaixonássemos por você também.

Olhei para Tomasz, e então ri de leve com o constrangimento que cruzou seu rosto. Ele me encarou e encolheu os ombros com pesar.

— Não deveria ser surpresa para você que estivesse sempre em minha mente — disse ele. Senti um calor nas minhas bochechas. Sussurrei de volta:

— E você na minha.

— Obrigado por tudo que sua família fez por nós, Alina — Saul murmurou de repente.

— Não foi nada... — eu me apressei em dizer, e fui mesmo sincera. O que quer que tenhamos feito, não foi o suficiente. Não por aquelas pessoas, que logo de saída me pareceram amáveis e cordiais, apesar das circunstâncias desesperadoras em que se encontravam. Naquele momento, fiquei envergonhada por não ter encontrado uma forma de fazer mais, de fazer *algo* real por eles, além de permitir que Tomasz lhes trouxesse migalhas de comida que de qualquer maneira provavelmente iria estragar.

— Como você pode dizer isso! — corrigiu-me Eva, arregalando os olhos. — Você arriscou suas vidas por nós, e a comida... a comida é talvez a única razão... — Pigarreou de repente e, então, ergueu uma mão ossuda. — Bem, deixe-me mostrar. — Ela se curvou, sumindo de nossas vistas, e depois se endireitou, trazendo um pequeno embrulho consigo. — Você gostaria de segurá-la? — Eva me perguntou baixinho.

— Eu... eu realmente não tenho muita experiência com bebês — admiti.

— Basta segurá-la com delicadeza contra o seu corpo e apoiar a cabecinha dela... ainda não está firme — instruiu Eva, enquanto passava o minúsculo embrulho pela abertura na parede. Os poucos bebês que eu *havia* segurado no passado eram rosados e robustos, seus rostos rechonchudos pela gordura do leite e seus sorrisos, angelicais. Tikva Weiss parecia diferente desde o primeiro momento em que a vi. Ela tinha apenas alguns meses de idade, mas a pele de seu rosto afundava em suas faces encovadas e se estendia sobre as maçãs do rosto, como se não houvesse nada entre as duas superfícies.

A leveza do embrulho parecia impossível: afastei um pouco o cobertor, só para me assegurar de que havia um bebê inteiro ali dentro.

Ela era muito pequena — pequena demais, mas Tomasz estava certo. A criança era perfeita e preciosa e tinham valido a pena todos os riscos que já assumira para ajudar aquela família.

— Qual é o nome dela mesmo? — perguntei para Saul e Eva.

— Ela é nossa pequena Tikva — Saul murmurou. Olhei-o e ele sorriu. — O nome dela é a palavra hebraica para *esperança*.

Curvei-me e passei o dedo sobre a pele macia do rosto do bebê. Afastei a fina mecha de cabelos escuros de sua testa. Eu a segurei um pouco mais perto, um pouco mais alto em meus braços. Percebi naquele momento que não estava apenas segurando um bebê: estava segurando toda a esperança que aqueles dois haviam deixado no mundo. Meus olhos se encheram de lágrimas e pisquei para afastá-las imediatamente.

Eu sabia que tinha que me controlar. Minha piedade não faria nenhum bem àquela pequena família.

Tomasz olhou para o bebê em meus braços e então me cutucou com carinho com o ombro.

— Será a nossa vez em breve — ele sussurrou em meu ouvido. O calor de sua respiração contra a pele da minha orelha me deu arrepios, do tipo bom, enfim. Desviei o olhar do bebê por um momento e trocamos um sorriso gentil.

Ficamos apenas cinco ou dez minutos. Tomasz esvaziou o penico para Saul e Eva e trouxe água fresca para vários dias, depois entregou toda a comida. Segurei o bebê quase o tempo todo, até que ela começou a se contorcer e choramingar e Eva disse que talvez estava ficando com fome de novo.

Quando passei o pequeno embrulho de volta pela janela, queria dizer algo — qualquer coisa. Queria me desculpar e implorar o perdão deles, não por algo que eu fizera de errado, mas por tudo o que eu não fiz. Ao longo dos anos de ocupação, eu me permiti ser protegida e me concentrei apenas em minha própria autopreservação.

Eu me senti impotente durante a guerra, mas, naquela noite, percebi com certo choque que nunca tinha estado mesmo impotente. A qualquer momento, eu poderia ter tomado posição — como Tomasz, até mesmo como Filipe, ou milhares de outros sobre os quais ouvi rumores, mas nunca ousei estender a mão para ajudar. Eu ainda não entendia as profundezas horríveis do mal da agenda nazista — mas, de alguma forma, ao luar daquela noite, *senti* a perda da humanidade, uma pausa no batimento cardíaco de nossa existência compartilhada neste planeta.

Aquele bebê deveria ser gordo e suas bochechas deveriam estar rosadas e deveria estar morando em uma casa, não em um buraco de rato, e quando eu o devolvi para sua mãe naquele cubículo escondido, tive vergonha de minha covardia, como se fosse de fato isso que o colocara lá. Se eu tivesse feito algo, qualquer coisa, o bater daquela asa de borboleta teria mudado algum pequeno ramo do caminho que levou aquela família a ficar presa dentro daquela parede?

— Nós realmente precisamos voltar — Tomasz falou, desculpando-se.

— Foi muito bom conhecê-la — disse Saul, seu tom tão caloroso que fez meu coração doer.

— E obrigada de novo — Eva acrescentou com sinceridade.

Eu não conseguia falar, só pude forçar um sorriso e um aceno de cabeça, mas quando Tomasz e eu deixamos a casa, comecei a chorar. Tomasz pegou minha mão e a segurou com força enquanto caminhávamos, mas não parou até que estivéssemos no campo perto da minha casa. Ele olhou para mim e suspirou desamparado.

— Alina...

— Não está certo.

— *Eu sei*. Tudo o que podemos fazer é tentar ajudá-los. Não podemos mudar a guerra e é certo que não podemos mudar o mundo. Mas podemos fazer isso por eles: ajudá-los a se esconder, trazer comida, sermos seus amigos. É muito mais do que alguns de nossos compatriotas estão fazendo. Você deve se orgulhar disso.

— Mas o bebê... — sussurrei com a voz rouca, e outro soluço explodiu de meus lábios. — Tomasz, o bebê está preso lá com eles, e são alvos fáceis... Tudo o que os nazistas precisam fazer é ouvi-la chorar...

— Temos que acreditar que há esperança — Tomasz disse com firmeza. — Eles chegaram até aqui, contra todas as probabilidades. Isso conta alguma coisa, meu amor. Na verdade... talvez, em tempos como estes, isso conte mais que tudo.

CAPÍTULO 27

Alina

— Tomasz. Fale-me sobre esse seu amigo fotógrafo.

Era muito tarde, mas eu não conseguia dormir. Ficava me lembrando do rosto magro daquele bebê toda vez que fechava os olhos. Tomasz bocejou alto, então pigarreou. Sua voz estava rouca de sono quando disse:

— O nome dele é Henry Adamcwiz. Ele é americano.

— Americano? — repeti. — O que está fazendo *aqui*?

— Os pais são poloneses, mas emigraram para a América e ele nasceu lá. Ele trabalha para um grande jornal e agora está cobrindo a ocupação. Ele me disse que morava na Flórida — contou Tomasz. — O clima de lá é tropical, quase não há inverno. E, de sua casa, pode *caminhar* até a praia. Você consegue imaginar isso?

Fechei os olhos e me permiti sonhar por um minuto. Eu nunca havia ido à praia, mas tinha uma ideia de como era. Imaginei areia, água e calor, e não pude deixar de sorrir.

— Se ele puder nos ajudar, teremos que contrabandear algumas fotos?

— Filme. Não revelado.

— São fotos do quê?

— Da última vez, foram fotos dos campos, algumas fotos de judeus nos guetos, até uma foto minha na sua colina, acredite ou não. Ele tirou uma quando veio me visitar e me pediu para atuar como portador.

— Eu gostaria de ver essa foto.
— Tenho certeza de que saí devastadoramente bonito.

Ri de leve.

— Tenho certeza que sim.

— Henry me disse da última vez que está sempre procurando por mensageiros, e achou que eu era engenhoso o bastante para ser um. Da última vez, ele estava bastante desesperado, só espero que ainda seja o caso. Acontece que você está noiva de um brilhante estudante de Medicina que se destacou nos estudos de gesso. Eu disse que colocaria o filme no meu braço para mantê-lo seguro, e ele ficou animado com a ideia.

— Isso é...

— Genial? — Tomasz sugeriu. Dava para perceber o sorriso em sua voz, mas apenas suspirei.

— Diga-me sinceramente, Tomasz. Quão arriscado é isso?

— Bem, o maior risco neste momento é que Henry não precise de nós ou não tenha uma rota para fora do país.

— Da última vez, quando você decidiu não ir, qual era o plano então?

— Nadia me contou que colocaram o homem que entrou em meu lugar na traseira de um caminhão de suprimentos para contrabandeá-lo para perto do front, depois ele foi a pé. Ela sabe que o rapaz alcançou o território soviético, mas não sei se o filme chegou ao seu destino.

Eu tinha ouvido muitas histórias sobre os soviéticos ao longo dos anos — eles ocuparam metade da Polônia em determinado momento, enquanto os nazistas ficaram com a outra metade. As histórias que chegavam do território controlado pelos soviéticos não eram menos horríveis do que as do nosso lado. Se esse fosse o nosso plano também, suspeitei que iríamos pular da frigideira para o fogo, e a esperança frágil que brotou em meu peito começou a se desvanecer.

— E você decidiu não ir por minha causa?

— Achei que talvez pudesse convencer Henry a deixar você vir comigo... mas... — suspirou, passando a mão para cima e para baixo em meu braço. — Bem, eu teria aparecido na sua janela do nada certa noite e dito que era um homem procurado e, então, pedido que fugisse comigo de uma *relativa* segurança, para um perigo extremo. Não parecia justo, e pensei que, se tivesse algum juízo, teria dito não, de qualquer maneira.

— Eu provavelmente teria dito — admito. — Mas não porque não desejasse estar com você, apenas porque mamãe e papai estavam contando comigo, então... — Só de falar neles minha garganta começou a apertar outra vez. — Não consigo mais pensar sobre isso — sussurrei, abraçando-o um pouco mais perto. — Conte-me uma história. Fale-me sobre nós. — Então, como eu sabia que ele adoraria, acrescentei: — Fale-me sobre nós vivendo na América como Henry. Perto da praia, onde não há inverno.

— Ok — sorriu, e depois riu suavemente. — Vamos comprar uma casa grande na Flórida. Teremos um carro, é claro.

— Claro.

— E eu serei um pediatra. E você quer um emprego?

— Sim, obrigada — ponderei sobre isso por um momento antes de decidir:

— Acho que vou trabalhar em uma biblioteca.

— E nossos filhos? Quais são os nomes deles?

— Hum. Talvez nosso filho possa se chamar Aleksy, por causa de seu pai.

— Uma escolha adorável — Tomasz sussurrou e, então, beijou meus cabelos.

— Mas podemos chamar nossa filha de Julita? Como sua mãe?

— Não deveríamos honrar seus pais também?

— Ah, haverá mais crianças, lembra? Pelo menos mais três. Podemos honrá-los mais tarde.

Ele riu baixinho, e foi assim que mudamos de pessimismo e medo para um estranho tipo de felicidade que animou nosso espírito. Eu que estava tão determinada naquela noite a abandonar meu pensamento infantil, bastaram algumas horas sonhando acordada com Tomasz para me entregar totalmente à fantasia de um final feliz para nós. Mesmo depois de tudo que vi, quando estava com ele, ainda podia acreditar que a vida poderia ser um conto de fadas.

Dormimos então e, no dia seguinte, acordamos no escuro com intermináveis horas de privacidade e tranquilidade enquanto esperávamos por Henry. Parecia que não havia mais nada a fazer a não ser aproveitar aquelas horas preciosas e desfrutar um do outro de todas as maneiras que nunca tivemos tempo ou privacidade para fazê-lo. Nós nos empanturramos de intimidade da mesma forma que nos empanturramos de comida, compartilhando uma espécie de lua de mel feliz, como se a guerra não estivesse acontecendo acima de nós, como se realmente fôssemos viver aquele final feliz.

E naqueles breves dias no porão do qual eu tinha tanto medo, provei a mim mesma de uma vez por todas: a felicidade realmente poderia ser encontrada em qualquer lugar, contanto que Tomasz estivesse comigo.

CAPÍTULO 28

Alice

Zofia é muito mais jovem do que eu imaginava. Ela me cumprimenta fervorosa no seu inglês com leve sotaque e depois me leva até um restaurante para que possamos tomar café da manhã. A entusiasmada garçonete cumprimenta Zofia pelo nome e nos conduz a uma mesa, logo desaparecendo para buscar nossos cafés.

— O que você recomenda comer aqui? — pergunto a Zofia. Ela sorri para mim.

— Isso depende de quão corajosa você é. Porque sinceramente recomendo o *smalec* no pão de centeio fresco, mas não tenho certeza se o seu paladar americano irá apreciar. É quase só banha de porco. Temperada, é claro. Bem gostoso.

Imagino-me comendo essa banha espessa e gelatinosa e não consigo conter uma careta, mas Zofia ri e sugere:

— Vou pedir uma porção, pode provar da minha. — Ela vai até o balcão onde jaz uma caixa registradora sem vigilância e pega por conta própria dois cardápios. Passa os dois para mim, mas aponta para o de cima. — Nesse ínterim, talvez você possa comer algo deste menu, é de pratos de café da manhã americano.

Eu me contento com bacon e ovos e, enquanto esperamos pela comida, Zofia sugere:

— Vamos planejar esta viagem para Trzebinia — diz. — É um lugar muito pequeno, mas não sabemos de fato o que queremos descobrir, certo?

— É mais ou menos isso.

— Bem, ontem à tarde, fiz o dever de casa com os detalhes que você me mandou por e-mail — prossegue Zofia, e tira um iPad da bolsa. Ela o desliza sobre a mesa entre nós e carrega um aplicativo de mapeamento de genealogia. — Algo que muitos turistas que vêm em visita para cá não percebem é que só uma pequena parte dos nossos registros de nascimento, óbito e casamento são digitalizados ou mesmo centralizados. Fui de carro a Trzebinia ontem à tarde, assim que recebi seu e-mail, só para examinar os registros do conselho municipal. Algumas pessoas gostam mesmo de fazer isso elas próprias, mas você de fato não tem tempo. Eu fiz varreduras dos registros relevantes para que não perca nada.

— Eu não me importo — asseguro-lhe. — Mas estou curiosa... que tipo de coisas estava procurando?

— O que eu mais queria era ver se conseguia descobrir quem eram todos — respondeu Zofia com calma. — A boa notícia é que consegui identificar alguns deles. Emilia era a irmã mais nova de seu avô. Seus pais eram Julita e Aleksy Slaski. Agora, não consegui encontrar um registro de morte de Emilia ou Aleksy, mas Julita morreu no parto de Emilia.

Após pressionar a tela algumas vezes, Zofia me mostra uma página digitalizada de palavras em polonês que inicialmente não têm sentido para mim — até que o nome de Pa me salta aos olhos.

Tomasz Slaski, 1920.

— O registro de nascimento dele — diz Zofia, e pego o iPad e fico olhando para a página. Ela estende o braço e muda a tela novamente para me mostrar uma digitalização de uma página semelhante escrita à mão. — E este era um dos outros nomes, Alina Dziak. Ela nasceu alguns anos depois do seu avô. Sua avó também lhe passou o nome de Truda Rabinek — bem, parece que era a irmã mais velha de Alina, e se casou com Mateusz Rabinek no início dos anos 1930. Não consegui encontrar os registros de óbito de Truda, Alina ou Mateusz.

— Isso significa que eles ainda estão vivos?

— Alina estaria na casa dos noventa, Truda e Mateusz teriam bem mais de cem, por isso, é improvável. Eu verifiquei a lista telefônica mesmo assim, mas não tive sorte. Uma pena que, neste caso, um registro de óbito desaparecido não é um indicador confiável de que estão vivos. Nossos registros do período da guerra são, na melhor das hipóteses, irregulares. Os nazistas mantiveram registros meticulosos dentro dos campos de concentração, mas muitos deles foram destruídos durante a liberação, e as mortes na comunidade foram registradas aleatoriamente por aqui.

— Então, essas pessoas, Alina e sua irmã, eram parentes de Babcia?

— Não tenho ideia — diz Zofia. — Não consegui encontrar um registro da sua avó em lugar nenhum.

— Ah... — resmungo, franzindo a testa. — Ela de fato nasceu aqui.

— Bem, isso é bem improvável, visto que não há registro de nascimento ou batismo para ela — Zofia pede desculpas, mas seu tom também é terminante, e ainda estou pensando nisso quando anuncia: — Agora, essa outra família que ela mencionou...

— Não, espere — eu a interrompo. — Babcia definitivamente nasceu aqui. Não sabemos muito sobre a vida dela, mas tenho certeza de que nasceu e viveu em Trzebinia. Toda a sua família, também tinha irmãos, e todos nasceram na casa em que viveram até a guerra.

As sobrancelhas irretocáveis de Zofia se contraem e se erguem.

— Não sei o que lhe dizer, Alice — responde com um encolher de ombros cuidadoso. — Não há registros dela. Na verdade, não consegui encontrar nenhum registro da família Wiśniewski aqui. Meu melhor palpite é que ela nasceu em outro lugar e se mudou para cá quando criança, isso talvez explicaria. O mesmo vale para Saul, Eva e Tikva Weiss. Você sabe alguma coisa sobre eles?

Ainda estou pensando em Babcia, porque sei tão pouco sobre sua vida antes de se mudar, mas uma coisa que ela *deixou* claro é que todo o seu mundo era de Trzebinia antes de emigrar, e lembro-me claramente de me dizer que havia nascido na casa em que cresceu. Obrigo-me a voltar a me concentrar em Zofia.

— Não, nunca tinha ouvido esses nomes antes.

— O nome Eva é razoavelmente popular entre os cristãos *e* judeus aqui na Polônia, mas em particular naquela época o nome "Saul" era popular nas famílias judias, e Tikva é *definitivamente* um nome judeu... quero dizer, é uma palavra hebraica. Também não havia nenhuma lista dessas pessoas em lugar algum, então, tentei pesquisar os registros judaicos de nascimentos, casamentos e mortes na cidade. Mas não encontrei referência a nenhum deles, o que talvez signifique que também não eram locais.

— Decepcionante — murmuro. — Existe algum outro lugar que possamos verificar?

— A menos que saiba de outra localidade, então, não. Espero que o destino dessas pessoas não seja o que Hanna enviou você aqui para descobrir, porque se for... bem, pode não haver um meio, especialmente neste curto espaço de tempo.

— Não acho que seja isso — digo com lentidão. — Ela simplesmente parece mais interessada no Pa, para ser franca, por mais que isso não faça sentido. É sobre Pa que está perguntando desde que percebemos que ela poderia se comunicar conosco por meio do iPad.

— O que achei mais interessante sobre a lista que sua avó deu a você não foi que Tomasz estava listado lá, mas as palavras polonesas ao redor de seu nome. — Ela passa a ponta do dedo pelas palavras *Prosze zrozum. Tomasz.* — Isso se traduz livremente por "por favor entenda Tomasz". Tem alguma ideia do que isso pode significar?

— Eu não sei... quero dizer, como *eu* devo entender um homem com quem ela viveu por bem mais de setenta anos, e que agora está morto?

— Essa carta que você mandou também foi interessante. Ele começa com algo sobre eles sentados juntos enquanto ela está lendo, mas ela está rindo dele por questionar se conseguiria chegar aonde ela está. Então ele lhe diz que a guerra tem sido caótica... e a vida é um tanto arriscada, por isso quer que saiba de seus sentimentos. — Zofia olha para cima e ri baixinho. — Seu avô era um romântico, ao que parece.

— Parece — digo, depois franzo a testa um pouco, porque até Pa ficar mesmo doente, mal consigo me lembrar de tê-los visto se tocarem. — Embora isso pareça ter passado um pouco na velhice.

— Muitas décadas de casamento têm esse efeito num homem — Zofia ri. Então, explica: — Agora, algumas dessas palavras são ilegíveis, mas acho que a essência é que o amor dele por ela foi a grande força motriz em sua vida, e que ele sempre encontraria o caminho de volta se eles estivessem separados porque haviam sido feitos um para o outro. Não consigo ver a quem se dirige porque as primeiras linhas estão muito desbotadas, mas dado que seu avô a escreveu e sua avó está de posse dela, não acho que seja um grande mistério. Mas essas últimas linhas... tenho que adivinhar um pouco, porque faltam palavras aqui e ali, mas *acho* que ele está dizendo que estavam juntos quando a escreveu. Então, fala sobre uma potencial separação, e agora ela está nos pedindo para entender Tomasz... Eu me pergunto se talvez tenham se separado por um período durante a guerra, e ela agora quer saber o que ele fez enquanto estavam separados?

— Se é isso que ela está procurando, com certeza é impossível.

— A menos que por algum milagre uma das pessoas em sua lista esteja viva e possamos encontrá-la e por acaso ela saiba, nunca seríamos capazes de descobrir algo tão específico.

— Eu sei que é loucura vir aqui com tão pouca informação, mas... mesmo muda, ela pode ser muito persuasiva.

— Há mais *alguma* coisa?

— Algumas vezes disse *Babcia fogo Tomasz*, só não tenho ideia do que isso significa.

— Bem, nesta carta ele fala sobre o amor deles ser o *fogo* que é a força motriz de sua vida, palavras nesse sentido pelo menos. Talvez esteja falando sobre paixão? — Sugere.

— Eu não havia pensado nisso. Há um símbolo para *amor* em seu dispositivo, mas talvez ela não tenha conseguido encontrá-lo? — digo, pensando em voz alta. — Deve ser isso.

— Um mistério já resolvido — Zofia sorri. — Vamos comer, depois vamos para Trzebinia e ver o que podemos encontrar, está bem?

A garçonete aproxima-se com dois pratos de comida. Ela coloca pão fresco e uma tigela de smalec na frente de Zofia, e depois meus ovos e bacon na minha frente. Zofia corta um pedaço de pão, aí espalha uma colher de banha sobre ele e me entrega.

— Ah — digo, e pigarreio. — Eu realmente não tenho certeza...

Os olhos de Zofia se enrugam um pouco quando sorri.

— É uma iguaria, juro.

Coloco todo o pedaço de pão na boca e, enquanto mastigo, lanço um olhar surpreso para ela. O smalec é salgado e gostoso, e a textura não é tão repugnante quanto eu esperava. O efeito combinado do smalec delicado e do pão pesado vai aumentando em mim enquanto mastigo, até que eu poderia com facilidade me imaginar comendo um prato inteiro daquela coisa.

— Que tal? — Zofia pergunta, rindo de novo. — Outro dia voltamos aqui para o café da manhã e smalec?

Eu rio com leveza e concordo com a cabeça.

— Ok, você me convenceu. Smalec da próxima vez.

CAPÍTULO 29

Alina

Quando o relógio tocou seis horas da tarde em nossa terceira noite no porão, Tomasz estava começando a falar sobre sair para coletar alguns dos ovos frescos para que não fossem desperdiçados, e eu estava tentando convencê-lo com o mesmo afinco a permanecer em nossa pequena bolha por mais uma noite apenas. Ouvimos a porta do andar de cima abrir e uma voz chamou baixinho:

— Tomasz? — e, assim do nada, Henry Adamcwiz nos encontrou.

Tomasz o ajudou a entrar no porão, depois fechou outra vez o alçapão e, pela primeira vez em dois dias, acendemos a lamparina a óleo. Nosso pequeno ninho de amor adquiriu um brilho amarelo romântico e pude voltar a ver Tomasz. Nossos olhos se encontraram — e, naquele olhar, silenciosamente falamos de todos os segredos que havíamos compartilhado na escuridão. Tínhamos passado dois gloriosos dias sozinhos confortando um ao outro e descansando juntos, e eu estava muito triste que aquelas horas maravilhosas haviam chegado ao fim.

Henry era muito mais baixo do que Tomasz, e muito mais velho do que eu esperava. Seu polonês era fluente, mas carregado no sotaque, e precisei de alguns minutos de forte concentração ouvindo-o falar até que pudesse entendê-lo com facilidade.

— É tão bom conhecê-la enfim, Alina — e apertou minha mão. — É sério, Tomasz fala muito bem de você. Eu sabia que devia ser uma garota especial quando ele decidiu ficar só por você.

— Obrigada — disse, enrubescendo.

— Bem, talvez isso, *e também* o fato de ele ser um pouco suicida — Henry observou com uma risada.

Franzi o cenho, mas não houve tempo para me preocupar com o comentário, porque Tomasz solicitou:

— Dê-nos umas boas notícias, Henry. Você está aqui, então presumo que tenha alguma?

— Achamos que a rota que usamos com nosso último mensageiro ainda vai funcionar, com alguns ajustes. A Frente Oriental se deslocou bastante desde que o último garoto passou, então, vai ser uma jornada mais longa, mas esperamos tirar vocês da Polônia de uma forma muito parecida.

— Ótimo — Tomasz assentiu. Ele se inclinou para a frente, esfregou as mãos e, em seguida, recostou-se... como se a animação fosse grande demais para ficar quieto no lugar. Nossos olhares voltaram a se encontrar, e Tomasz me lançou um largo sorriso. Naquele momento, senti que os detalhes eram irrelevantes... Tomasz parecia alegre como se já estivéssemos livres e seguros, então, por um segundo, foi como eu mesma me senti, apesar da realidade de nossas circunstâncias.

— Antes que você fique animado demais, deixe-me dizer o que estou propondo. Jakub construiu uma grande caixa de madeira. Do lado de fora, assemelha-se a muitos caixotes empilhados uns sobre os outros. No interior, *há* lugar para dois, embora ele diga que será apertado e desconfortável e provavelmente com pouco espaço para bagagem — talvez uma maleta para comida e água. Vocês ficarão na parte mais funda do caminhão, portanto, terão que realizar todo o trajeto sem interrupção naquele espaço dentro da caixa. Vai demorar pelo menos um dia... mais tempo, se ele tiver que parar para dormir, o que ele espera evitar, mas...

Tomasz e eu trocamos um olhar. Seu largo sorriso agora havia sumido de seu rosto. Ele estava me avaliando — garantindo que eu compreendia o que isso significava. Sem pausas para ir ao banheiro. Sem privacidade. Sem *luz do dia*. Seria tão ruim quanto nossa situação atual neste porão, onde me vi na humilhante contingência de ter que usar o penico na sua frente — mas, ainda pior, porque pelo menos no porão eu poderia ficar de pé e me esticar e até mesmo andar de um lado para o outro caso a ansiedade se tornasse muito intensa.

Será que conseguiria fazer isso? O próprio pensamento fez com que me sentisse mal e, mesmo apesar da luz da lamparina, as paredes do porão de repente estavam se fechando sobre mim. Mas eu precisava ser realista — e não tive escolha senão ser corajosa. Levantei o queixo e olhei diretamente para Henry.

— E depois disso?

— Nosso motorista irá levá-los a um lugar onde o rio Don seja acessível. Há um local lá com um barco — ele os conduzirá até o outro lado. Stalin libertou os poloneses que estava retendo, então, *tecnicamente*, vocês estarão livres assim que chegarem à outra margem e entrarem em território soviético.

Um longo momento se passou até que eu registrasse essa última fala e, quando o fiz, falei num rompante, incrédula:

— Livres?

— *Livres...* — Tomasz também repetiu a palavra, mas a pronunciou devagar como se estivesse saboreando o gosto em sua língua. Nossos olhos se encontraram e voltamos a sorrir um para o outro.

— Sim, vocês estariam livres, embora — acrescentou Henry com cautela — a jornada não teria acabado por aí e vocês ainda não estariam fora de perigo. Depois de cruzarem o rio, precisarão caminhar a pé até uma cidade chamada Voronezh... Não fica longe da Frente Oriental, mas ainda está sob o controle soviético. Vocês podem embarcar em um trem lá, que os levará até Buzuluk. Eu só preciso ter certeza de que vocês entendem no que estão se metendo, meus amigos. Esta também será uma jornada desagradável... e longa, de pelo menos algumas semanas. Os trens estão superlotados com seus concidadãos poloneses há pouco libertados dos gulags e dos campos de trabalho. Estão *todos* desesperados para chegar a Buzuluk.

— O que tem em Buzuluk? — Tomasz perguntou.

— A Segunda Divisão polonesa está se reestruturando e eles estão treinando naquele local. Mas ouvimos dizer que as condições por lá também estão difíceis... A comida é escassa, as doenças imperam... E alguns refugiados poloneses estão sofrendo demais Mas eu *preciso* que alcancem Buzuluk, porque há um carregamento de uniformes britânicos chegando para manter as novas tropas polonesas aquecidas durante o inverno. Se isso funcionar como eu espero, os oficiais britânicos que estão trazendo o carregamento de roupas estarão procurando por vocês e, quando retornarem à Grã-Bretanha, eles os levarão de volta e os entregarão à embaixada dos Estados Unidos. Meu irmão vai assumir as coisas a partir daí.

— Seu irmão é...?

— Ele é um juiz na América. Ele tem contatos no governo... Esperamos que, se pudermos mostrar como as coisas estão ruins aqui, irão intervir. Nossos esforços ainda não foram frutíferos, mas... talvez este novo filme seja aquilo que irá motivá-los. — Ele suspirou com dificuldade e encolheu os ombros com tristeza. — Vamos continuar tentando. É tudo o que podemos fazer.

— Nós também faremos o que for preciso, não é, Alina? — Tomasz disse, checando comigo, e eu sorri boba enquanto assentia.

— Sim, faremos.

Qualquer animação que senti com a perspectiva de liberdade agora estava completamente abafada pelos lembretes de Henry da difícil jornada à frente. Ainda me parecia impossível. Eu ainda *sentia* ser impossível.

— Tomem... — Henry retirou de sua bolsa um rolo de pano e uma pequena vasilha, depois uma lata e várias garrafinhas. Ele os passou para Tomasz. — Lamento... Foi tudo o que consegui encontrar. Vai dar um gesso convincente?

Tomasz leu os rótulos, verificou os recipientes e fez uma careta.

— Não há muito com o que trabalhar aqui.

— É tão difícil conseguir suprimentos médicos... como você bem sabe.

— Sim — Tomasz murmurou, examinando com cuidado os materiais. Ele deu de ombros. — Mas eu vou dar um jeito.

— Não podemos simplesmente carregar o filme? — perguntei.

Houve uma pausa, então, Tomasz disse baixinho:

— Se formos apanhados, é melhor que o filme não seja descoberto.

— E assim que alcançarem o território soviético, vocês encontrarão muitas pessoas que estão terrivelmente desesperadas... Qualquer coisa que tenha valor potencial para venda corre o risco de furto. O filme *deve* ser escondido — Henry afirmou baixinho. — Agora, consegui estes rublos para vocês... Não é muito, mas de certo terão que comprar algumas roupas, e comida pode ser difícil de encontrar por lá. Poderão precisar ser criativos, mas vocês mais do que provaram que são capazes de realizar a missão. E, por fim, necessitarão de seus documentos para obter acesso ao campo em Buzuluk... Há tantas pessoas tentando ingressar, que estão recusando terminantemente a entrada exceto para aqueles que podem provar a cidadania polonesa. — Ele olhou para Tomasz. — Você ainda tem a sua documentação?

— Sim, consegui ficar com o meu passaporte anterior à guerra — disse Tomasz, mas senti um frio no estômago.

— Ah, não — sussurrei, e me virei para Tomasz, em pânico. — Mamãe lhe entregou meu documento de identificação antes de a levarem embora?

Ele balançou a cabeça, franzindo a testa, e comecei a tremer.

— Minha... Ela sempre o mantinha consigo, porque nunca nos separávamos e eu vivia me esquecendo. Eu... O documento de identificação era tudo o que eu tinha. Não tenho passaporte.

Henry abriu a boca, então a fechou. Tomasz cerrou os olhos com firmeza. A esperança estava se esvaindo de mim, o desespero apressando-se para substituí-la. Senti-me fisicamente mal, tamanho o arrependimento. Mamãe só guardava minha documentação porque fui tola no início da ocupação... Descuidada e preguiçosa, apesar do fato de que minha própria vida estava em risco. *Idiota, idiota, idiota.*

— Podemos chegar a Buzuluk sem passaporte, correto? — Tomasz questionou de repente. Henry concordou com a cabeça com cautela.

— Claro. Vocês estarão escondidos nos fundos de um caminhão. Ninguém vai verificar sua papelada.

— E eu terei acesso ao campo? Com meu passaporte?

— Pelo que entendi, sim.

— Então... — Tomasz olhou para mim e encolheu os ombros —, chegamos a Buzuluk e esperamos pelo melhor. Na pior das hipóteses, Alina vai apenas esperar do lado de fora por mim?

— O campo é *enorme*, Tomasz. Dezenas de milhares de pessoas já estão lá dentro. É preocupante que não se dê conta de como seria difícil para os dois, caso se separassem lá. Na verdade, conhecendo você como o conheço, meu amigo, tenho uma leve suspeita de que, se *percorrer todo o caminho* para chegar até Buzuluk e Alina for deixada sozinha fora do campo, você se recusará a entrar também, e isso torna toda esta missão inútil — disse Henry, sua voz áspera de frustração. Ele suspirou e esfregou as têmporas. — Não, parece-me que a única maneira de proceder é voltar a Nadia e ver se conseguimos alguns documentos falsos para Alina. É nossa única chance de sucesso aqui. — Tomasz apertou minha mão e eu assenti. Henry gesticulou com as mãos espalmadas. — Isso já seria bastante difícil em qualquer momento, mas nosso problema é que o tempo é curto porque... se vamos fazer isso, tem que ser amanhã.

— *Amanhã?* — engasguei, e se antes eu já me sentia ansiosa, agora estava mesmo passando mal diante da ideia. Pisquei rapidamente, recusando-me a chorar. A expressão de Henry era solidária.

— Eu sinto muito, Alina. Jakub não pode se arriscar a isso quando tem companheiro de viagem. Tivemos sorte hoje, mas pode levar meses até que uma nova oportunidade apareça.

— Não, está tudo bem — disse, e ergui o queixo muito decidida. — Eu vou ficar bem.

— Nadia sabe sobre isso? Ela saberá como cuidar dos meus amigos quando eu for embora? — Tomasz perguntou. Henry assentiu e Tomasz exalou. — Ok, ótimo. Ainda assim, preciso ir vê-los... Pelo menos Eva e Saul.

— Vou deixá-los a sós — Henry murmurou. Ele nos deu instruções para o ponto de encontro, que não era longe da minha casa... Fora da estrada principal, nos arredores de Trzebinia. Nós o vimos subir a escada e, então, Tomasz e eu ficamos sozinhos.

— Quanto tempo nós temos?

— Cerca de onze horas — Tomasz suspirou.

— Se Henry não conseguir encontrar um passaporte para mim...

— Então, iremos assim mesmo — respondeu categórico. — Somos pessoas espertas, meu amor. Chegaremos ao campo e encontraremos um meio de entrar. *Prometo* isso a você.

Exalei e concordei com a cabeça.

— Só preciso de uma coisa além do meu casaco. — Peguei sua mão e o levei para o meu quarto. Afastei os desenhos de Emilia e revelei a aliança.

— Mamãe deu isso para nós. Para o nosso casamento — sussurrei enquanto a segurava com cuidado a minha mão. Lembrei-me tão vividamente naquele momento da noite em que ela a deu para mim, e de como Tomasz ter partido para a faculdade havia parecido a pior coisa do mundo. Aquela versão ingênua de mim mesma parecia uma amiga com quem eu havia perdido o contato. Tomasz me beijou com carinho na testa.

— Assim que sairmos deste país esquecido por Deus, Alina, farei de você minha esposa. O primeiro padre que encontrarmos... — Tomasz me prometeu. — Vou colocar esta aliança no seu dedo e todos saberão... Eu sou seu, e você é minha.

— É grande *demais*, não posso usá-la até encontrarmos um padre *e* um joalheiro — rio de leve, mas as lágrimas voltaram a brotar. Fechei os olhos por um momento e, em seguida, falei com firmeza: — Se eu puder ter cinco minutos com a lamparina, vou costurá-la na bainha do meu casaco, para que não seja perdida na jornada.

— Temos algum tempo... Não há necessidade de pressa. Aproveite para dar uma olhada neste lugar e dizer adeus. Eu sei que... — Ele fez uma pausa e sussurrou: — Meu amor, eu sei que não é fácil. Sei que é tudo assustador. Se houvesse alguma outra maneira...

Beijei-o com força nos lábios e respirei fundo.

— Mamãe me dizia para eu parar de fazer cara feia e calçar logo minhas botas de trabalho — disse, com determinação. — Posso fazer cara feia e chorar no fundo desse caminhão nazista que talvez esteja nos conduzindo à nossa ruína.

— Nossa ruína? — Tomasz riu, então, balançou a cabeça. — À nossa *liberdade*, Alina. E eu estarei lá para abraçá-la. Eu a abraçarei durante toda a maldita jornada.

— Então, vou sobreviver. — Sorri para ele, e acreditei de todo o coração ao dizer: — Contanto que você esteja comigo, posso sobreviver a qualquer coisa.

CAPÍTULO 30

Alice

Enquanto dirigimos no sentido de Trzebinia, Zofia me dá uma aula de história — um breve e rápido resumo da trajetória da vida polonesa, até o momento em que o comunismo foi dissolvido e o país aderiu à União Europeia. Pergunto-lhe sobre os túmulos e monumentos que vejo espalhados à beira da estrada. Alguns são elaborados — outros, pequenos o bastante para serem quase imperceptíveis, a não ser pelas flores ou lanternas depositadas no chão ao lado deles.

— Alguns são em homenagem a santos ou à Mãe Santíssima — explica, apontando para um monumento de pedra adornado com fitas azuis. — Este, por exemplo, é de um festival recente em homenagem à Virgem Maria. Outros, são em memória daqueles que perderam a vida. Alguns são modernos, outros muito, muito antigos... e uma grande quantidade deles é do tempo da guerra. Existem túmulos por toda parte no interior, mas foi pior em Varsóvia. Já vi fotos de sepulturas improvisadas nas ruas... Nenhuma lápide, nenhuma forma de homenagear a vítima. — Ela suspira profundamente. — Seis milhões de cidadãos poloneses morreram naquela guerra. A escala da morte e do sofrimento é inimaginável para a nossa mentalidade atual.

Depois disso, dirigimos em silêncio por um tempo. Logo, saímos da rodovia e entramos em Trzebinia, e posso dizer logo de cara que se trata de uma cidade industrial. Os primeiros quarteirões são ladeados por grandes fábricas e empresas e, pelo menos hoje, há poluição do ar visível mesmo ao nível da rua. Quando chegamos à área residencial, Zofia casualmente aponta com o dedo indicador em direção a um prédio em ruínas à esquerda.

— Essa é a única sinagoga que sobrou aqui depois da guerra — conta. — No início do conflito, havia milhares de judeus na cidade... Quatro sinagogas, uma comunidade próspera. No fim da guerra, *todos* eles haviam partido. A sinagoga remanescente não é usada e mal é conservada. Não dá para reconstruir uma comunidade quando não há mais ninguém para fazer a reconstrução.

Estico o pescoço para olhar para a sinagoga enquanto ela desaparece atrás de nós, e não sei o que dizer sobre isso. Claro, eu aprendi sobre a guerra durante as aulas de história na escola, mas nunca em detalhes, e nunca pareceu ser de todo real — dava a sensação de algo muito grande, muito ruim e muito *distante* para realmente ter acontecido num passado tão recente.

De repente, estou pensando de novo sobre a incapacidade de Babcia e Pa de compartilhar a história de suas vidas aqui, e me perguntando sobre todas as coisas que eles certamente devem ter visto e experimentado e das quais eu jamais saberei agora, não importa quão bom seja o resultado desta viagem. O que acontece quando histórias como a deles se perdem? O que acontece quando não sobrou ninguém para transmitir sua experiência ou você apenas não consegue se forçar a compartilhá-la?

Não é a primeira vez, mas gostaria que, quando eu perguntasse à minha avó sobre a guerra, *para variar*, em vez de me dizer "foi uma época terrível, não quero falar sobre isso", ela fosse capaz de contar algo mais. *Qualquer coisa* mais. Talvez, se pudesse ter compartilhado um pouco de sua história, eu poderia ter aprendido com ela, poderia ter educado meus filhos a partir dela — nós poderíamos ter construído um mundo melhor com as lições difíceis que ela certamente aprendeu.

A área residencial termina do nada, os fundos da última fileira de casas dando para um trecho cerrado de floresta que se estende sobre uma pequena colina. A estrada faz uma curva acentuada através da floresta em torno de um lado e, de repente, estamos cercadas por campos e a estrada nem mesmo é asfaltada. Como a colina cobre a vista da cidade a partir dos campos, em algumas centenas de metros parece que estamos no meio do nada — não há muito para ver aqui, exceto terras agrícolas. Existem alguns trechos longos e mirrados de lavoura, mas a maioria das plantações neste lado da cidade parece que foi abandonada — a grama é alta e salpicada de flores silvestres roxas e vermelhas. Quando a brisa suave toca as flores, elas balançam para mim como uma saudação.

— O endereço que ela lhe deu não fica longe nesta estrada — murmura Zofia. — Estamos nos dirigindo para aquela casa ali à esquerda. É bastante incomum ver uma casa anterior à guerra neste distrito... temos sorte de ainda estar lá.

— Porque é muito antiga?

— Não... Apenas porque as casas de fazenda nesta região não sobreviveram em sua maioria à ocupação. Eu diria que o que salvou aquela foi o material de construção; se fosse de tijolos, também teria desaparecido. Os nazistas desmontaram todas as estruturas de tijolos porque não conseguiam fabricá-los rápido o suficiente para expandir a segunda parte de Auschwitz... o campo que eles chamavam de Birkenau — conta. — Não fica longe daqui, e tenho quase certeza de que esta propriedade estaria bem dentro dos vinte quilômetros que designaram como sua "zona de interesse". Eles enxotaram todos os residentes das fazendas para que pudessem erguer uma grande cerca e se certificar de que ninguém inadvertidamente visse o que eles estavam fazendo no campo. Eles o fizeram sob o pretexto de construir uma enorme fazenda de trabalho... o que também era verdade, é claro; eles de fato cultivaram grande parte desta terra, mas... sigilo era o verdadeiro objetivo.

— Não consigo nem imaginar morar em uma casa tão pequena — admito. A construção aparenta ter apenas o tamanho da minha sala de estar em casa, talvez seja ainda menor do que isso.

— Era uma época diferente. As expectativas das pessoas eram diferentes. — Zofia para na entrada e então relanceia os olhos para mim. — E aqui estamos nós.

Fico encarando a casa e o bosque na colina além dela e, para minha surpresa, *reconheço* a cena diante de mim. Nunca estive aqui antes e não sei nada sobre a vida de Babcia durante a guerra, mas sei *tudo* sobre sua infância. Ouvi sobre a floresta na colina atrás de sua casa e a cidade do outro lado. Ela me disse que morava em uma casa muito pequena com um grande celeiro. Contou-me que o solo era pobre porque era muito rochoso e a maioria dos campos era íngreme.

E esta é *exatamente* a paisagem diante de mim.

— Essa colina é chamada de monte Trzebinia? — pergunto a Zofia. Ela inclina a cabeça.

— Não acho que essa colina tenha um nome formal, mas a cidade de Trzebinia *fica* do outro lado, então, suponho que faria sentido.

— Babcia me falou tão pouco sobre sua vida depois que a guerra começou, mas sempre me contou histórias sobre sua infância... a vida com os irmãos, a irmã e os pais em sua pequena fazenda — digo a Zofia. — Isso é tudo que descreveu para mim, e é bem como ela descreveu.

Sou totalmente pega de surpresa pela intensa onda de emoção que me invade quando desço do carro. Há algo demasiado profundo em estar aqui — neste país que foi o lar da minha avó e um lugar que sempre entendi que ela um dia amou demais e do qual *sempre* sentiu falta. Sinto o olhar paciente de Zofia em meu rosto e tento piscar para afastar as lágrimas, mas uma delas escapa e rola pela minha bochecha.

— Você precisa de um minuto? — pergunta com delicadeza e eu limpo a garganta e balanço a cabeça.

— É tão bobo... — murmuro em meio ao meu constrangimento. — Não consigo acreditar que estou aqui. Sempre a conheci como a outra versão de si mesma, sabe? E isso é como um vislumbre de... — Limpo de novo a garganta, sem saber se estou me expressando adequadamente. — Isso é *só* uma fazenda, certo? E uma que nem impressionante é, e nós não podemos nem ter certeza de que é aquela sobre a qual ela me contou. Não sei por que estou tão emocionada com isso.

— Você está vendo as coisas de forma errada, Alice. Esta pode ser "só" uma fazenda para qualquer outra pessoa... Mas, para você? Fica claro só pela sua disposição de vir até aqui que sente um amor profundo por sua avó. Este pode ser um pedaço da sua própria história, que estava perdida para você até agora. Já ajudei outras pessoas a rastrear seus ancestrais, e às vezes as menores coisas são as intensas.

Eu assinto, e outra lágrima escorre pela minha bochecha.

— Eu só queria ter vindo aqui antes, quando ela ainda podia viajar comigo — sussurro, então, impaciente, enxugo a lágrima na minha bochecha e limpo mais uma vez a garganta. — Gostaria que ela tivesse me contado mais sobre sua vida aqui. Gostaria que estivesse comigo, dizendo as coisas que quer que eu saiba.

Fico olhando para a casa, situada contra aquela pequena colina em particular, emoldurada pela densa floresta verdejante atrás dela e o contraste do intenso azul do céu que se estende acima. O cheiro de terra e grama paira forte ao meu redor, e a brisa agita os meus cabelos. Respiro aquele ar do campo, trazendo-o profundamente aos pulmões, como se pudesse armazenar a sensação, como se pudesse levá-lo para casa comigo.

Há uma cerca de arame enferrujada e baixa ao redor do quintal, com um portão na frente. A fechadura do portão parece um pouco desnecessária — de qualquer maneira, seria fácil pular a cerca, e tenho a sensação de que, com um pouco de pressão, as dobradiças cederiam. Zofia aproxima-se do portão e olha para mim com expectativa quando hesito.

— Nós vamos invadir...?

— Se a invasão a incomoda, talvez você apenas tenha atravessado metade do globo à toa — ri. Ainda assim, titubeio, e ela abre o braço em um gesto expansivo. — Olhe para a propriedade, Alice. Não há ninguém morando aqui. Provavelmente, está abandonada há décadas... O que não é nada incomum. As gerações mais recentes não podem ou não querem ganhar a vida com pequenos lotes como este, então, às vezes a terra acaba mesmo ficando abandonada. Neste caso, talvez não tenha sobrado ninguém para assumir a propriedade após a guerra.

— Há marcas de carro na grama — indico, e Zofia dá de ombros.

— Não são assim *tão* recentes.

Do outro lado do portão, posso ver o que chega a ser uma espécie de caminho de acesso de carros rústico e aparente no mato, conduzindo para além da casa — mas ela está certa, a grama voltou a crescer mesmo ao longo deste trecho, então não é usado com frequência. Zofia pula a cerca e começa a seguir por este caminho mal definido. Ainda estou nervosa quanto a invadir, mas não parece que tenho muita escolha.

— Tem cobras por aqui? — grito, e sua risada suave em reação à pergunta passa por mim carregada pelo vento. Decido entender isso como um não, cruzo a cerca com cuidado, então me apresso para alcançar Zofia.

Fico olhando para a casa diminuta enquanto caminhamos. O telhado é feito de telhas onduladas de concreto, mas cedeu em alguns pontos. As paredes ainda parecem fortes o bastante, mas o teto dá a impressão de que pode desmoronar da próxima vez que uma folha cair sobre ele. Posso ver duas estruturas de madeira ao lado da construção — uma "casinha" ou pequeno banheiro nos fundos, e o que presumo ser um celeiro em frente. O telhado do celeiro desabou junto com uma das paredes estreitas.

Os postes de eletricidade na estrada passam bem em frente a esta casa, e tenho uma leve suspeita de que o banheiro externo pode não estar conectado a uma rede de esgoto. Não sou muito boa em calcular áreas apenas olhando, mas o irmão de Wade tem uma fazenda recreativa em Vermont. Aquela propriedade tem vinte acres — e esta parece ter metade desse tamanho. E a casa parece ainda menor agora que estou perto. A residência de Babcia e vovô em Oviedo era pelo menos dez vezes maior, talvez mais. Eu sei que eles moraram em outro lugar na América antes daquela casa grande — mamãe se lembra de ter vivido em alguns lugares muito comuns quando criança, enquanto a certificação em Medicina de vovô era reconhecida, mas, mesmo assim, para Babcia, deve ter sido um grande choque cultural mudar desta vida para aquela em que veio a se estabelecer assim que chegou aos EUA.

Caminho com cuidado pela grama alta até poder tirar uma foto que inclua tanto a casa quanto o celeiro e, em seguida, envio-a para mamãe.

Por favor, mostre a Babcia. Este é o primeiro endereço residencial da lista dela. Não conseguimos encontrar a certidão de nascimento de Babcia aqui em Trzebinia e a guia imaginou que isso poderia significar que ela nasceu em outro lugar, mas aqui onde estamos é exatamente como ela descreveu sua casa de infância para mim.

São seis da manhã lá em casa, então, sei que mamãe estará a caminho do hospital antes do trabalho, mas espero que ainda demore algum tempo até que ela responda. Zofia e eu vagamos separadas ao redor da casa. Ela se dirige ao celeiro; eu caminho até uma das pequenas janelas na lateral para espiar em seu interior. É difícil enxergar através da cortina esfarrapada e da poeira que recobre a vidraça da janela, mas, pelo que posso ver, parece que a construção foi dividida em vários cômodos minúsculos. Conforme meus olhos se adaptam à escuridão lá dentro, consigo enxergar uma espécie de sala de estar — há um fogão de barrilete, um sofá-cama e uma pequena área para refeições. A mesa e uma das cadeiras estão descentralizadas, como se alguém tivesse se levantado com muita violência durante o jantar e não tivesse conseguido colocar tudo de volta no lugar.

Pergunto-me subitamente se esta casa foi abandonada desde a guerra. Se for este o caso, estou olhando por uma janela, mas vendo atrás no tempo quase oitenta anos. Não tenho ideia de como ou por que Babcia acabou deixando este lugar, mas é inesperadamente estranho pensar que eu possa estar olhando para aquele ponto de sua vida no passado. Talvez estivesse sentada naquela mesa quando chegou o momento em que sua vida mudou para sempre, e talvez aquela jornada que ela começou naquele dia culminou na América e em nossa família.

Assim que me afasto da janela, minha mãe liga.

— Oi — sorrio para as lentes da câmera.

— Alice, olá — mamãe diz. — Eu estou com uma avó bastante animada aqui.

Ela gira o telefone na direção de Babcia, que tem lágrimas escorrendo pelo rosto e está sorrindo para mim como se eu tivesse acabado de descobrir o santo graal.

— *Jen dobry, Babcia* — digo, ela me dá um sorriso encantado e bate as palmas bem desajeitadas. Viro a câmera e ando ao redor da casa, mostrando-lhe os campos, o celeiro caindo aos pedaços e até mesmo o quintal há muito coberto de mato ao redor da casa. Enquanto caminho, alterno minha atenção aos lugares onde piso para a reação dela na tela. Vejo a alegria, a tristeza e a saudade manifestando-se em seu rosto, e *sei* que estamos no lugar certo.

Não posso deixar de imaginar essa cena se desenrolando de uma forma muito diferente se tivéssemos realizado esta viagem juntas, dez anos antes. Eu teria feito a ela um milhão ou mais de perguntas. Talvez ela tivesse respondido a algumas delas.

— Alice — mamãe me interrompe, depois de alguns minutos, e então é o rosto dela preenchendo novamente a tela. — Eu preciso ir para o tribunal. É este o lugar, então? Ela parece... — Os olhos de mamãe se desviam da câmera e então retornam para mim. Ela dá de ombros e sorri, e sua repentina aprovação é de fato um colírio para os olhos. — Sabe de uma coisa? De repente, ela parece incrivelmente feliz.

— Que bom — digo, e sorrio. — Que bom. — Faço uma pausa, pensando outra vez sobre aquela certidão de nascimento não encontrada e pergunto: — Mãe, ela alguma vez lhe contou que nasceu na casa em que cresceu?

— É isso mesmo. Ela, seus irmãos gêmeos e sua irmã nasceram em casa.

Olho para Zofia. Ela inclina a cabeça para o lado e está encarando o iPad com curiosidade.

— Hum — murmura Zofia, pensativa. Ela levanta um pouco a voz ao confirmar: — Irmãos gêmeos, você disse?

— Olá — mamãe diz, franzindo a testa. — Quem é essa, Alice? — Eu ajusto a câmera para que mamãe possa ver Zofia, que acena e sorri.

— Mãe, esta é Zofia, Zofia esta é minha mãe... A juíza Julita Slaski-Davis.

— É um grande prazer conhecê-la, Julita — diz Zofia. — Diga-me: Hanna era a mais jovem da família dela?

— Correto. Ela costumava me dizer que era a menininha mimada, embora eu não imagine que *mimada* em seu contexto de infância signifique o mesmo que no nosso.

— Você sabe os nomes dos irmãos?

Mamãe parece um tanto insegura.

— Sempre pensei que o nome da irmã era Amelia, mas então vimos a lista que escreveu para Alice na semana passada e lá constava *Emilia*, então não tenho tanta certeza...

— *Emilia* era a irmã mais nova do vovô — confirmo para mamãe, e ela suspira.

— Eu realmente não tenho certeza de como tudo se encaixa. Eu me lembro com clareza de mamãe dizendo que estava escrevendo para a irmã *dela*, mas talvez eu esteja enganada...

— Talvez os nomes dos pais dela... — Zofia sugere. — Você sabe quais eram?

— Eu só me lembro do nome da mãe dela. Era decerto Faustina — mamãe solta uma risadinha. — A Igreja Católica canonizou uma Santa Faustina... meu Deus, talvez uns vinte anos atrás, e Babcia estava animada como uma criança em uma loja de doces.

— Ah. A mãe dela era Faustina e seu pai era... — Zofia enfia a mão na bolsa, tira o iPad e diz: — Bartuk. É isso?

Vejo mamãe olhando para o lado e posso ouvir algum tipo de movimento fora da tela. Mamãe está franzindo o cenho.

— O que foi, mãe? Está tudo bem?

— Espere um minuto, Alice — responde, e a câmera mostra mamãe caminhando de volta para a cama. Ela pousa o telefone por um momento, na mesa de cabeceira, acredito eu, e tudo que consigo ver é o teto do quarto de hospital. — Mamãe? Você está bem?

A câmera balança sem controle e, por um minuto, é bloqueada por um dedo. Ela muda de posição, e então vejo o rosto de Babcia.

— Olá, Babcia — murmuro, por hábito. Ela parece angustiada e frustrada, e eu encaro desamparadamente a tela. — Mãe? Você poderia dar a ela o iPad? Acho que ela quer nos dizer alguma coisa.

— Alice, você disse que ela ainda entende polonês falado? — Zofia me pergunta baixinho. Confirmo com a cabeça, e ela estende a mão em direção ao meu telefone. — Você se importa se eu... posso tentar...?

Passo o telefone para ela e Zofia sorri gentilmente para a câmera. Ela fala bem devagar e com cuidado por alguns minutos em polonês. Uma única lágrima derrama-se pela bochecha de Babcia, que está assentindo. Zofia olha para mim e abre um sorriso.

— Bem, eis aí *um* mistério resolvido.

— É?

— Alina Dziak era a filha mais nova de Faustina e Bartuk Dziak. Eles tiveram quatro filhos... uma menina, Truda, filhos gêmeos e depois Alina. Só me lembrei da composição da família porque os gêmeos e ela nasceram muito próximos e fiquei com muita pena da pobre Faustina — diz com ironia, mas então fica séria. — Alice, acabei de perguntar à sua avó se *ela* é Alina, e ela está confirmando com a cabeça.

Meus olhos se arregalam.

— *O quê?* Mãe? Você está ouvindo isso?

Vejo mamãe entregando o iPad a Babcia, pega seu telefone de volta. Seu rosto preenche a tela e ela está franzindo a testa.

— O nome dela é Hanna — mamãe diz decidida. — Ela está confusa.

— Não consegui encontrar registro algum para Hanna, ou de uma família de origem neste distrito com esse sobrenome — Zofia pontua gentilmente a mamãe. — Isso não faz sentido. Se esta é a casa de sua infância, e ela e seus irmãos nasceram aqui, a família Wiśniewski teria deixado para trás *algum* registro.

Mamãe está balançando a cabeça, mas então ouço o som eletrônico do obturador de uma câmera ao fundo no quarto do hospital. Mamãe desvia o olhar, e então ouço o iPad de Babcia dizer *Alina*, e os olhos de mamãe se arregalam de incredulidade. Ela em silêncio vira a câmera e eu vejo Babcia sentada na cama, o iPad apoiado em seu colo meio desajeitado, de frente para mamãe.

O rosto de Babcia traz uma expressão de pura determinação, e ela criou uma legenda na tela do iPad para *Alina*, uma identidade completa com uma selfie totalmente nova como imagem. Depois de alguns instantes, Babcia nos lança um olhar impaciente, em seguida ergue o dedo indicador esquerdo, aponta para a tela e depois bate o dedo freneticamente contra o próprio peito.

— Puta merda — digo.

— Esta é uma confirmação bastante concreta — diz Zofia.

— Não. Eu não acredito nisso — exalta mamãe. Ela vira a câmera novamente e está fazendo uma cara feia para a tela. — Alice, eu não *entendo* isso. Não faz sentido algum. Ela *mentiu* para mim a minha vida toda? Não. Eu não...

— Mãe — interrompo com cautela. — Você se lembra que ela queria que você me *desse o nome* de *Alina*? Talvez isso faça pelo menos um pouco de sentido.

A expressão de mamãe endurece. Nós nos encaramos por um momento, então, a câmera capta o som do iPad de Babcia voltando a falar.

Alina fogo Tomasz. Babcia fogo Tomasz. Alina fogo Tomasz.

— Jesus Cristo, ela está ficando chateada agora — murmura mamãe. Ela está visivelmente frustrada e olha feio para a tela da câmera. — Vou acalmá-la. Alice, falo com você mais tarde. Preciso pensar sobre isso.

A ligação é encerrada de modo abrupto, e eu suspiro e olho para Zofia.

— Então, minha avó adotou uma identidade falsa cerca de oitenta anos atrás. É isso que estamos presumindo aqui?

— Acho que é justo deduzir isso, sim.

— Faz alguma ideia do *por quê*?

— As explicações possíveis são inúmeras. A falsificação de identidade era uma indústria próspera na Polônia ocupada. — Zofia encolhe os ombros. — Talvez tenha entrado na mira dos nazistas em algum momento e precisou se esconder. Não há realmente nenhum modo de sabermos, a menos que ela encontre uma forma de nos dizer.

Olho de novo ao redor da fazenda. Não há muito aqui, mas acho que não estou pronta para ir embora, então invento uma desculpa para ficar.

— Acho que vou tirar mais algumas fotos... Gostaria de enviar algumas para meu marido e meus filhos.

— Leve o tempo que precisar, Alice. — Zofia sorri e se afasta de mim: — Vou lhe dar um pouco de espaço, sim? Vou aguardá-la no carro.

***

Depois de registrar em foto cada característica que encontro na antiga casa de Babcia, Zofia e eu retornamos para a cidade. O próximo endereço fica a cerca de um quilômetro e meio de distância da casa de fazenda, localizado nos fundos de uma estreita viela. Quando Zofia entra com o carro na ruazinha, examino as árvores altas ao longo da calçada.

— Castanheiras-portuguesas — explica Zofia. — Estão espalhadas por todo aquele parque enorme no fim da rua também. Que belo lugar. Parece-me que este deve ter sido um endereço bastante privilegiado na época da sua avó.

Há algumas casas *muito* antigas e bem grandes aqui e, quando entramos na rua, a princípio eu esperava que estivéssemos indo em direção a uma delas. Fico desapontada, no entanto — porque o número para o qual minha avó nos mandou é uma das residências recentemente modernizadas na rua.

— Acho que demos sorte com a casa de fazenda, mas o que quer que ela esperava encontrar aqui parece que não existe mais já faz muito tempo — observa Zofia.

— Não parece haver muito que eu possa fazer, exceto tirar algumas fotos para mostrar como está agora — digo com um suspiro. Assim mesmo batemos à porta e descobrimos que os proprietários agora são um jovem casal de parceiros profissionais, e a casa foi vendida pelo menos duas vezes nos últimos vinte anos, então, a mulher que atende à porta não faz ideia do motivo pelo qual minha avó poderia querer uma foto do lugar. Ainda assim, é acolhedora e amigável e, uma vez que explicamos por que estamos lá, ela é gentil o suficiente para nos mostrar a casa, caso tenha alguma importância. Quando entramos no saguão ultramoderno, fica claro que o que quer que Babcia queria que encontrássemos aqui já desapareceu muito tempo atrás.

Partimos de mãos vazias — e eu sabia que isso poderia acontecer, mas é decepcionante depois da emoção de ver a casa de fazenda e descobrir o nome verdadeiro de Babcia. Já passou da hora do almoço e meu estômago está começando a roncar. Zofia sugere que façamos um intervalo, por isso, voltamos para a praça da cidade para uma pausa.

— Vamos ver o que a tarde nos reserva. — Ela pisca, enquanto nos sentamos para almoçar.

***

Depois de comermos, deixo Zofia com o segundo café, o qual ela "precisa desesperadamente", e vou até um beco próximo para ter um pouco de privacidade para ligar para a minha família.

— Onde você está, mamãe? — Callie pergunta, assim que efetuo a chamada de vídeo. O sinal não é dos melhores ali, então, a transmissão do rosto dela não é tão clara quanto havia sido no dia anterior na cidade, mas, ainda assim, vê-la é o suficiente para me fazer sentir uma pontada de saudade de casa pela primeira vez. Afasto esse pensamento e mantenho meu tom jovial.

— Estamos em uma cidade pequena chamada Trzebinia, onde Babcia e vovô nasceram — conto. — Como vão as coisas por aí?

— Ah, você *sabe* — responde. — Não se preocupe, estou ajudando mais o papai agora... Ele está quase entendendo o básico. Quase. — Tento rir, mas a risada sai com um estremecimento, e a expressão de Callie se entristece um pouco. — Mamãe. Quando papai sai para trabalhar, sentimos muita falta dele, mas isso é tão diferente. Eu *realmente* sinto sua falta.

— Também sinto sua falta, ursinha — digo compungida. Os grandes olhos de Callie se enchem de lágrimas e ela pisca rápido.

— Enfim — solta, e por apenas um segundo ela parece *tão* mais velha do que os dez anos que tem que meu coração dói um pouco. Ela suspira e me pergunta com animação: — Você encontrou mais alguma coisa legal hoje?

Eu a deixo a par da casa de fazenda e prometo enviar-lhe algumas fotos. Quando Wade pega o telefone, a saudade de casa retorna. Passei muito tempo me preocupando com aquilo que parece arruinado em meu casamento. É só agora, quando estou do outro lado do mundo, que fica claro para mim que algumas coisas ainda permanecem intactas. A conexão entre nós parece menos vibrante do que antes, mas Wade ainda é meu melhor amigo, e eu ainda estou profunda e desesperadamente atraída por ele.

— Oi — falo suave.

— Olá, adorável esposa — diz com um sorriso. — Como vão as coisas na glamorosa Europa?

— Ah, muito glamorosa — eu brinco, virando a câmera para lhe oferecer uma vista do beco. Quando giro a câmera de volta, ele está rindo. — Visitamos a casa de infância de Babcia e ligamos para mamãe enquanto estávamos lá para que Babcia pudesse vê-la. Foi extraordinário, na verdade... Um momento tão especial, estou tão feliz por ter feito isso. E adivinha só? O nome *verdadeiro* de Babcia é Alina.

— Não brinca.

— É verdade. Mamãe me disse outro dia que ela tinha tentado convencê-la a me dar esse nome, mas não tínhamos ideia de onde ele saíra — explico.

— Isso é incrível. Tem alguma ideia do motivo de ela usar outro nome depois de se mudar para cá?

— Não sabemos ainda. Ah, e Zofia é adorável, a propósito... Uma excelente motorista, e muito experiente. Mandou bem.

— Obrigado. — Wade simula uma reverência para a câmera, e então nós dois ficamos hesitantes. As coisas parecem mais pacíficas em casa hoje, mas fico nervosa em perguntar como está o Eddie.

— Ele está no quarto, assistindo seus vídeos — adianta-se Wade, "ouvindo" corretamente a pergunta que não fiz, o que me emociona. — Ele está bem, Alice. Eu o levei para o escritório ontem e ele fez amizade com alguns membros da minha equipe.

Meus olhos se arregalam em resposta a isso.

— Sério mesmo?

— Claro — diz Wade, e encolhe os ombros. — Bem, quando a gente pensa a respeito, meu escritório é meio que o lugar ideal para o Eddie. Quer dizer, existem regras sobre regras sobre regras, e está *tudo* registrado por escrito. Acabei de entregar a ele o manual de segurança do visitante, ele o leu do princípio ao fim e, depois, ficou sentado em silêncio no meu escritório o dia inteiro às voltas com seu iPad. Ah, depois veio comigo para uma reunião e simplesmente ficou sentando e brincou com aquele dreidel por um tempo. O fato de nenhum dos meus ratos de laboratório ser em particular tagarela acho que ajuda... O Eddie estava em casa, de certa forma. — Wade faz uma pausa, pigarreia e admite com óbvia dificuldade: — Me fez pensar por que não fiz isso antes.

Sinto uma repentina onda de perplexidade, porque estou de certo modo encantada e aliviada com essa admissão, mas também fico de imediato ressentida. Nestes últimos anos, desisti de querer convencer Wade a tentar se conectar com o Eddie, mas, antes disso? Nos primeiros anos?

Naquela época, eu tentava o tempo todo.

Seja a mais madura, Alice. Não mencione isto.

Não. Se. Atreva. A. Mencionar.

— Eu lhe *disse* anos atrás que deveria levá-lo ao escritório com você um dia. Eu disse que ele adoraria. Eu disse que sua equipe entenderia, mas você falou que seria muito perigoso, mas eu... eu lhe *disse* — solto de uma vez.

A mandíbula de Wade se contrai.

— Eu sei que você disse — concorda, rígido.

Tenho que redirecionar esta conversa antes que se transforme em uma discussão, mas preciso de mais informações sobre o meu filho, então, tento animar meu tom ao perguntar:

— E ele dormiu na noite passada? Já comeu?

Wade está encarando a câmera com um pouco de cautela agora.

— Eu dei a melatonina na noite passada, e, sim, ele dormiu muito bem. Ele tem perguntado por você no iPad às vezes... Pascale o tem guiado para aquele cronograma que você fez. — Seu olhar suaviza, assim como seu tom, enquanto me fornece a garantia de que preciso desesperadamente. — Não é nada que não possamos controlar, querida. Está tudo bem.

Tudo em que consigo pensar por um segundo é no meu pobre filho, perplexo com a minha ausência, perguntando de novo e de novo, mas sem quaisquer recursos para compreender de fato por que um dia eu desapareci enquanto ele estava na escola. Assim que a tensão começa a se espalhar pelo meu corpo, forço-me a pensar sobre quão ruim tudo isso *poderia* ter sido — quão ruim eu esperava que fosse e as coisas positivas que já resultaram desta viagem. Se Wade puder levar o Eddie para o trabalho nas *raríssimas* ocasiões em que estou doente ou não consigo conciliar os horários do Eddie e de Callie...

Minha vida inteira mudaria.

Eu teria um plano B para os momentos em que eu tão desesperadamente precisasse de um. Eu teria tempo para uma pausa de vez em quando.

Eu teria alguém para dar conta do recado quando precisasse de uma folga, alguém com quem compartilhar os altos e baixos. O que é tudo que eu sempre quis, em primeiro lugar.

Abro a boca para dizer algo assim, mas, no último segundo, uma pilha de objetos fora do lugar ao fundo da transmissão de vídeo chama minha atenção.

— Wade... O que é aquilo na bancada?

Wade olha para trás, então dá de ombros.

— Latas de sopa.

— Por que... Wade, por que há seis latas de sopa do Eddie na bancada?

— Eu não sei, Alice. Eu não tinha reparado nelas até este momento. Acho que o Eddie as está colocando lá... — Ele limpa a garganta e, em seguida, acrescenta com perplexidade audível — ... por algum motivo.

Só existe uma razão para o Eddie colocar sopa na bancada. Ele faz isso quando está com fome e eu estou atrasada ou ocupada com algo, então ele quer me apressar. Se há seis latas de sopa ali, é provável que pediu o jantar e não o recebeu, então tentou apressar as coisas pegando uma lata. E quando isso não funcionou, tentou de novo, e de novo...

— O que ele comeu no jantar nas últimas duas noites, Wade? — eu exijo saber. Meu tom voltou a ficar mais incisivo... Aquela gratidão que estava sentindo um momento atrás *já era*. Estou mudando para o modo mãe leoa total, e Wade sabe disso. Mesmo com a transmissão de vídeo um tanto pixelada, posso ver a expressão defensiva em seu olhar.

— Eu dei um lanche do McDonald's na primeira noite, como Pascale e eu comemos, e na noite passada nós jantamos macarrão com queijo.

— Quanto iogurte ele comeu ontem?

— Está *tudo bem*, Alice — Wade assegura, sua voz ríspida. — Ele está comendo. Estou cuidando disso. Tentar alimentos variados só pode ser bom para ele. Você acha que é saudável para ele ter apenas *dois alimentos* em toda a sua dieta?

— E você acha que McDonald's e macarrão com queijo é saudável?! — exclamo, incrédula. — Basta preparar a maldita sopa para ele! Eu *sabia* que você faria isso, Wade. Ele não come nada que seja sólido ou que tenha grumos. Ele tem uma disfunção sensorial e...

— Escute, vou dar a sopa para ele. — A voz de Wade assume um tom urgente e conciliador quando aparenta perceber que a tensão que está fervendo no fundo de grande parte desta conversa está prestes a transbordar. Até mesmo o tom de sua voz me frustra agora, porque ele não está admitindo que estou certa... Ele apenas não quer entrar em uma briga aos gritos comigo quando estou a oito mil quilômetros de distância. — Eu só não percebi que ele estava colocando lá, ok? Eu só *pensei* que faria bem experimentar comidas diferentes... Se acostumar com diferentes texturas para que sua dieta não fosse tão restritiva. Seja como for, ele não está morrendo de fome... Não em dois dias, e está comendo bastante iogurte. Eu até o fiz comer o Go-Gurt com o rótulo novo...

— Você não pode simplesmente mudar toda a rotina dele, Wade! — interrompo com impaciência. — Eu trabalhei durante toda a vida dele para levá-lo a este ponto.

— Alice — diz Wade. Sua voz está demasiado baixa agora. — Estou me esforçando aqui, ok? Combinamos que você faria essa viagem e eu cuidaria das coisas em casa. Nós até concordamos que eu faria isso do *meu* jeito. Cometi um erro com a sopa... Vou consertá-lo hoje.

A rápida redução da escalada é tão frustrante quanto o rápido *aumento* dela, porque de fato quero que entenda como é importante que o Eddie consuma aquela sopa, mas, naquele momento, noto Zofia dobrando a esquina. Ela está olhando para o próprio telefone e não parece estar prestando atenção em mim, mas com certeza ouviu pelo menos parte da conversa e estou envergonhada. Bufo quando expiro e, em seguida, afasto os olhos do telefone por um minuto enquanto se enchem de lágrimas.

— É melhor eu ir — digo abruptamente.

— Você não quer falar com o Eddie? — Wade franze a testa. Faço que não com a cabeça, e uma lágrima escorre. Estou aborrecida demais para falar com o Eddie, e eu *sei* que o Eddie enxergaria a verdade por trás de qualquer que fosse a cara com a qual eu tentasse disfarçar. Não há razão para perturbar ainda mais o pobre garoto.

— Não. Zofia está de volta e temos coisas a fazer, eu realmente... Talvez eu possa ligar hoje à noite.

— Tenha um bom dia, Alice — responde, mas seu queixo ainda está tenso.

— Você também, Wade — retribuo. Eu estava com saudade quando ele atendeu, mas, depois de desligar o telefone, sinto apenas alívio por estar me despedindo. Estou muito frustrada, e levo alguns minutos para perceber que interrompi meu marido enquanto tentava me dizer algo sobre o novo rótulo do Go-Gurt.

E agora que penso mais focada sobre isso, parecia que ele havia dito alguma coisa sobre o Eddie estar tomando iogurte das embalagens com o novo rótulo — algo que eu tinha cem por cento de certeza de que *jamais* seria possível.

CAPÍTULO 31

Alina

Tomasz e eu estávamos embalando comida em selhas para levar até Saul e Eva quando ele parou de repente e olhou para mim.

— Talvez Saul e Eva pudessem vir para cá, em vez de levarmos a comida para eles. Dessa forma, poderiam ficar com *tudo*.

— Será que Jan vai nos deixar tirá-los de lá? — perguntei, incerta. Tomasz fez uma careta e balançou a cabeça.

— Não, ficaria furioso se o acordássemos.

— Bem, eles não vão conseguir passar pela abertura na parede, não é?

— Tikva seria fácil. E talvez possamos puxar em silêncio apenas mais algumas das tábuas na parede ao redor da abertura. Não precisaríamos de muito mais espaço para puxar Saul e Eva também. Jan não ficaria feliz, mas se formos cuidadosos o suficiente para não acordá-lo, ele não vai descobrir até de manhã e estaremos todos longe quando se der conta. Eu sei que é apenas uma solução de curto prazo, mas seria muito mais confortável para eles aqui, mesmo que seja apenas por algumas noites. — Fez uma pausa, então concordou com a cabeça, parecendo decidido. — Alina, acho que posso fazer isso dar certo.

— Meus pais não vão se importar — disse, sem pensar. Tomasz me fitou com tristeza e eu limpei a garganta. — Quero dizer, se conseguirem voltar para casa...

Decidimos pelo menos tentar — ainda tínhamos algum tempo de sobra, então saímos para fazer aquela caminhada tensa pelos campos até os fundos da casa ao lado. Quando estávamos perto, Tomasz pressionou os dedos contra os lábios, assim como tinha feito na noite anterior. Agachou-se para verificar a pedra; então Tomasz se levantou, franzindo a testa. Ele me fez um sinal com a mão indicando *espere aqui*, e depois avançou com cuidado dobrando a esquina e prosseguindo ao longo da parede em direção à frente da residência. Permaneci junto à quina dos fundos, mas estiquei a cabeça para fora, para poder observá-lo.

Assim que alcançou a esquina da frente da casa, seus ombros desabaram em desânimo. Quando se virou para dobrar aquela quina, tive um vislumbre de seu rosto ao luar e a dor em seu semblante era tão vívida que *me* tirou o fôlego. Tomasz não estava mais tentando se esconder — em vez disso, afastara-se da parede, sua mão estendida como se estivesse tentando alcançar alguém.

Eu sabia que ele havia me dito para esperar onde eu estava, mas não pude fazer isso — não depois de ter visto a expressão em seu rosto. Repeti o mesmo trajeto que acabara de fazer, com passos cuidadosos ao longo da parede da casa.

— Não, Tomasz. — As palavras roucas foram carregadas pelo ar da noite silenciosa. — Você não pode ficar aqui. Eles *perguntaram* sobre você. E se voltarem para vir atrás de você?

— Se acha que vou deixá-lo para lidar com isso sozinho — Tomasz respondeu com voz embargada —, você está redondamente enganado, meu irmão.

Eu queria permanecer nos fundos da casa, mas minhas pernas pareciam ter vontade própria e me impulsionavam para a frente, bem atrás de Tomasz, e quando cheguei à esquina da residência, respirei fundo e me forcei a espiar além dela.

A princípio, nem consegui compreender a cena diante de mim. Sob o brilho da luz do luar, Saul estava sentado curvado nos degraus da frente, o corpo inerte de Eva aninhado em seu colo. Ofeguei quando reconheci o rosto sem vida da pequena Tikva, seu corpinho aconchegado firmemente entre os troncos de seus pais. O rosto de Saul estava marcado por uma expressão de sofrimento profundo demais para ser compreendido — o queixo caído, os olhos esbugalhados — e agora que eu estava mais próxima, podia ver que o único movimento que executava era o piscar esporádico de suas pálpebras inchadas e o ruidoso *inspirar* e *expirar* de seu peito.

— Saul — Tomasz sussurrou. — O que *aconteceu*?

Saul virou-se na direção da voz de Tomasz, mas seu olhar estava perdido. Piscou de novo, balançando a cabeça em seguida e, então, uma convulsão atingiu todo o seu corpo e ele puxou Eva e o bebê para mais perto de seu pescoço enquanto uma série de soluços o invadia.

Fiquei na esquina da frente da casa, incapaz de desviar o olhar, mas com muito medo de me aproximar. Tomasz, no entanto, sentou-se ao lado de seu amigo e deslizou o braço sobre seus ombros.

— Saul — Tomasz disse outra vez, e, desta vez, sua própria voz falhou. — Eu sinto muito, meu amigo. Sinto muito mesmo.

— Os soldados sabiam de tudo… Eles até sabiam sobre você e Nadia. — Saul soluçou, e eu captei toda a intensidade da angústia em sua expressão quando se virou para Tomasz. — Tomasz, agora tiraram tudo de mim. Não há mais nada pelo que viver. Corra e salve-se, mas me deixe morrer. Por favor, me deixe morrer.

***

Tomasz ficou sentado no degrau com Saul por tanto tempo que minhas pernas ficaram dormentes, e tive que deslizar para baixo para me sentar no chão — embora tenha permanecido na esquina da casa. Eu não conseguia me aproximar deles — em parte por respeito ao direito à privacidade de Saul enquanto sofria, e em parte porque sentia repulsa pela visão dos corpos e o forte cheiro de sangue no ar.

Toda vez que fechava os olhos, via o rosto da pequena Tikva em minha mente. Ela estava dormindo quando a segurei, mas agora que eu tinha visto seu rosto paralisado pela morte, não conseguia mais me lembrar da inocência daquele momento quando estava segura em meus braços. E o pior é que eu *sabia*, por ter testemunhado as mortes de Aleksy e do prefeito, que essa imagem era parte de mim agora. Eu nunca mais seria a mesma por vivenciar este momento.

Depois de um tempo, Tomasz se levantou e se voltou. Seu rosto e sua barba estavam úmidos de lágrimas e, ao me abraçar, tremia.

— Alina — sussurrou. — Eu tenho que pedir algo a você. Você pode esperar com ele?

— *Esperar* com ele? — sussurrei de volta, meu olhar alternando em frenesi entre o homem e os corpos a poucos metros de distância. — Aonde você vai?

— Ele está coberto com o sangue delas — Tomasz explicou baixinho. —Precisa de roupas limpas... Terei que voltar para a sua casa e pegar algo para ele vestir.

— Não podemos ir todos nós? Não podemos levá-lo conosco?

— Nós temos que... — Tomasz se interrompeu. Seu olhar baixou e, então, voltou-se para o meu. — Temos que enterrá-las primeiro, meu amor. É o mínimo que elas merecem.

Fechei os olhos bem apertado por um minuto; então, sugeri, esperançosa:

— Mas as roupas de Jan estarão lá dentro...

— Jan é inteiramente responsável pela morte da esposa e da filha de Saul, Alina. Eu *não posso* pedir isso a ele.

Eu queria dizer não e a antiga Alina teria dito. Mas eu estava determinada a ser uma adulta agora, e deixar Tomasz orgulhoso da mulher que me tornara. Ainda assim, não era fácil concordar em ficar sozinha com um homem e dois cadáveres assustadores em um espaço onde os nazistas com certeza estiveram nas últimas horas, até pela probabilidade de que retornassem. Cerrei os dentes ao dizer:

— Podemos pelo menos tirá-lo do relento?

— O interior da casa... ele está... — Tomasz parou de falar, então balançou a cabeça. — Não entre lá, meu amor. Eu vi através da porta. É uma cena terrível. — Ele afastou meus cabelos do rosto e sussurrou: — Eu de fato não acho que vão voltar aqui esta noite. Saul ainda não consegue me dizer o que aconteceu, mas ou eles o deixaram vivo de propósito ou de alguma forma se escondeu. E, se eles *de fato* voltarem, será em um veículo, então, você verá as luzes ou ouvirá o motor muito antes de se aproximarem da casa... Leve-o para o celeiro e se esconda. Ok?

Minha respiração ficou suspensa, mordi o lábio com força e me forcei a assentir. Sentia meu peito comprimir, como se o medo pudesse me sufocar e também arrancar a vida do meu corpo. Tomasz acenou com a cabeça em direção a Saul, encorajando-me a ir para o lado do outro homem, e eu choraminguei de leve enquanto me aproximava dos corpos. Disse a mim mesma para não olhar de novo para o bebê. Disse a mim mesma que poderia me sentar com ele e fingir que não estava lá.

Mas eu não conseguia desviar o olhar e era Tikva quem eu encarava enquanto caminhava. Quando cheguei mais perto, o fedor de sangue tornou-se insuportável e meu estômago revirou de modo incontrolável. Lutei para conter a ânsia de vômito, caminhei para perto de Saul e me sentei bem ao lado dele como Tomasz havia feito.

— Oi, Saul, é Alina — disse, muito delicadamente — Tomasz vai lhe trazer roupas limpas. Eu vou ficar com você. Você não está sozinho. Estamos aqui por você.

O homem virou-se para mim, e pude vê-lo tentando focar o olhar.

— Obrigado por sua gentileza, Alina — agradeceu com voz estrangulada. Eu assenti uma vez, e quando fui desviar o olhar, ele desabafou: — Não sei se pegaram Jan ou se ele nos entregou. Mas ele deve ter contado tudo, *tudo*, onde estávamos escondidos, como estávamos sobrevivendo. Eles queriam que entregássemos Tomasz, disseram a Eva que a deixariam ir se lhes dissesse onde encontrá-lo, mas ela era inteligente demais para isso, minha linda e brilhante esposa. Então, pegaram Tikva dos braços de Eva…

— Você não precisa me contar — sussurrei com pressa mas não pareceu me ouvir.

— … e a colocaram no chão e atiraram no peito dela porque pensaram que assim nós falaríamos… Mas será que não perceberam? Depois que atiraram *nela*, não tínhamos mais nada mesmo pelo que continuar vivos. E, aí, minha esposa…

Ocorreu-me então que ele não estava falando por minha causa. Era uma repetição daqueles momentos com Emilia todos os domingos, nos meus próprios degraus da frente. Assim como a pequena Emilia, Saul só precisava contar a *alguém* o que havia acontecido com sua família, e eu por acaso era a única pessoa agora com quem estava pronto para falar.

— Eva estava histérica, e o soldado que a segurava... ele a jogou contra a parede e ela se calou, e pude ver que seu crânio estava... eu tentei, mas... estava... não tinha... Então, estava esperando ser o próximo para podermos seguir juntos para o outro mundo, e não recuei nem tentei lutar para fugir depois que as duas se foram. O sargento ficou com tanta raiva por eu não lutar... ele ordenou que me largassem. Disse que era um castigo pior me deixarem sozinho para morrer devagar. — A voz de Saul voltou a falhar. — Implorei para que atirassem em mim. Eu quero estar com a minha família. — Eu não sabia o que dizer sobre isso, e tudo em que pude pensar foi agir como Tomasz, e deslizar meu braço sobre os ombros magros de Saul. Ele caiu de novo para frente, totalmente despedaçado enquanto sussurrava: — Como Deus deve me odiar... para me deixar sofrer desse jeito? Com certeza...

— Não ouse dizer isso — eu o repreendi enérgica, e Saul se assustou, como se tivesse acabado de perceber que eu estava lá. Eu lamentava falar tão brava com ele, mas sabia muito bem que a única maneira de sobrevivermos à escuridão era nos agarrando a um vestígio de esperança. Não havia mais nada que eu pudesse fazer por Saul, exceto manter meu braço em seu ombro e lhe mostrar o que ainda tinha... E *tudo* o que ele tinha era sua fé. — Você deve acreditar que se Deus permitiu que sobrevivesse até aqui, há um propósito para isso. Você *deve* acreditar que ainda lhe resta trabalho a fazer nesta terra antes que encontre a paz. Agarre-se firme ao que lhe restou, Saul Weiss. E se *tudo o que lhe restou* é a sua fé, então trate de agarrar-se a ela com todo resquício de força que lhe resta... Está me ouvindo?

Ele piscou de perplexidade para mim. Por um minuto, pensei ter ido longe demais e me vi abalada por um intenso arrependimento. Quem *eu* era para falar tão severamente com este homem judeu sobre sua fé — *no exato momento* em que embalava os corpos gelados de sua família inteira? A respiração trêmula de Saul foi ficando cada vez mais intensa e acelerada, mas então ele assentiu um tanto brusco, virou a cabeça em direção aos campos e fechou os olhos.

A sequência de palavras que saiu de seus lábios era em uma língua que eu não conhecia, mas nossas tradições eram irrelevantes naquele momento — a profundidade de sua perda transcendia cada uma de nossas diferenças. Não éramos um judeu e uma católica, não éramos nem mesmo homem e mulher — éramos apenas dois seres humanos, lamentando um ato desumano.

Fechei os olhos com força para não olhar acidentalmente para o rosto do bebê ao meu lado, e inclinei a cabeça enquanto Saul e eu orávamos juntos.

***

Tomasz estava muito quieto quando retornou, carregando duas selhas cheias de suprimentos e com uma muda de roupas para Saul nos ombros. Ele esvaziou o conteúdo dos recipientes no chão e encheu-os no poço próximo. Enquanto eu me sentava um pouco distante para oferecer-lhes privacidade, meu extraordinário Tomasz ajudou Saul a limpar os corpos e, por fim, ajudou-o a se banhar e se vestir.

Saul insistiu em cavar a sepultura, mas estava sobremaneira fraco e teve que aceitar ajuda. Ele trabalhava com dificuldade visível até que tivesse que parar, logo, Tomasz assumia vigoroso a tarefa até que Saul houvesse descansado e estivesse pronto para mais uma rodada. Não havia tempo para profundidade ou esmero — em vez disso, buscavam apenas dar a Eva e à pequena Tikva a dignidade de um local de descanso.

Saul carregou para o túmulo primeiro sua esposa. Ele estava quase sereno naquele momento, enquanto a depositava com cuidado no solo e falava carinhosamente com ela; em seguida, ele beijou sua testa. A serenidade desapareceu quando Tomasz lhe entregou o corpo de sua filhinha. Saul começou a chorar de novo, de forma audível e inconsolável. Ele se agachou para aninhar a menina no peito de Eva, depois envolveu com gentileza os braços dela em torno da filha. No último minuto, Saul voltou a se agachar e tirou um dos minúsculos sapatos de couro dos pés de Tikva. Enquanto eu observava aquele homem se levantar e se afastar com relutância da família que estava enterrando, eu soube quão desesperadamente desejava ficar com elas.

Depois que Tomasz cobriu a sepultura, Saul caiu de joelhos ao lado dela e orou em voz alta em meio a soluços trêmulos, segurando aquele minúsculo sapato contra o peito.

Tomasz enxugou os olhos e caminhou apressado até mim. Nós nos abraçamos e ele sussurrou com voz embargada:

— Nosso tempo está se esgotando.

— Eu sei — sussurrei de volta. — Mas... não podemos deixá-lo aqui. Há mais alguém a quem possamos levá-lo? — Tomasz afastou-se de mim, e então me encarou. — Não — eu disse de pronto — *Não*, Tomasz. Não podemos ficar aqui! Você mesmo disse isso, se ficarmos...

— Não é minha intenção que fiquemos — ele me interrompeu. — Não é seguro para você... Eles sabem o seu nome, sabem quem você é e podem reconhecê-la... *Você* não pode ficar, Alina. Não há hipótese alguma de eu ficar de braços cruzados enquanto...

— Eles também sabem agora quem *você* é! — exclamei. — Você não ouviu o que Saul disse? É exatamente por isso que temos que partir.

— Eles sabem quem *eu* sou, o que significa que é apenas uma questão de tempo até que descubram quem é Emilia — Tomasz apressou-se em acrescentar. Era algo que não havia me passado pela cabeça e, quando ele mencionou isso, meu estômago embrulhou. — Tenho que dizer aos meus outros amigos para fugirem. Tenho que avisar sua irmã e colocar Emilia em segurança. Mas... — Ele agarrou meus braços em suas palmas e me segurou com força, seu olhar duro fixo no meu enquanto sussurrava: — Alina, você *deve* ir. Não podemos perder essa chance.

— O quê? Não! Eu não posso ir sozinha, Tomasz! — gritei, estarrecida, e seus lindos olhos verdes imploraram para mim quando sua voz falhou, cortada por um soluço.

— Eu sei. Sei que é pedir muito e, no entanto, estou lhe pedindo ainda mais do que isso.

Encarei-o confusa, e então seu olhar voltou-se para Saul, ainda de joelhos, chorando junto ao túmulo.

— Tomasz...

— Ele está fraco. Está em choque. Você terá que apoiá-lo, se não fisicamente, pelo menos emocionalmente. Mas você verá, quando ele estiver melhor. Ele é qualificado... Um especialista muito capacitado com imenso conhecimento e habilidade... ele pode fazer muito bem. Pode ajudar centenas, talvez milhares de pessoas. Seria imperdoável para mim ir embora esta noite quando *ele* poderia ir em meu lugar.

— Não! Não me peça isso! Eu não posso...
— Por favor, *moje wszystko*.
— Eu não posso ir sem você.
— Eu estou lhe implorando, Alina — disse Tomasz. Ele ainda estava olhando para mim com a mesma expressão intensa, mas ouvi a mudança em seu tom de voz. Ele havia se decidido, e nada que eu dissesse iria mudar isso.
— E como isso iria funcionar? Ele ao menos tem documentos de identificação? Não seriam documentos de identificação *de judeu*? Será que sequer vão admiti-lo no campo?
— Não podemos arriscar — murmurou Tomasz. Ele me soltou delicado e eu abri os olhos para vê-lo enfiar a mão no bolso da calça. Ele retirou cuidadosamente um cartão, que abriu para me mostrar. Iluminado apenas pela luz do luar, vi seu passaporte surrado. Havia uma pequena foto no documento, mas a imagem estava gasta e tão escura que até eu mesma talvez nunca o tivesse reconhecido. — É de antes mesmo de eu ir para a faculdade, quando papai costumava me levar de férias. Com certeza, o campo nunca notará a diferença. Esta foto não se parece em nada com nenhum de nós, agora que ambos temos barbas. E o cabelo dele é castanho, quase preto, mas a foto é tão escura... *Tenho certeza* que ele passa. Estou certo disso.
— Eu não quero fazer isso — ofeguei.
— Não é para sempre — assegurou Tomasz, então se deteve para puxar o ar, angustiado. — Assim que meus outros amigos estiverem seguros... Assim que *Emilia* e sua irmã estiverem seguras... eu encontrarei uma forma de ir ao seu encontro. Henry providenciará para que eu consiga documentos falsos e nos reuniremos em Buzuluk.
Àquela altura, nós dois estávamos chorando, agarrados, desesperados para convencer um ao outro a mudar de ideia.
— Não sou forte o bastante para fazer isso. Eu não sou corajosa o suficiente. Eu não sou astuta...
— Você é todas essas coisas, Alina Dziak, e muito mais — Tomasz diz com veemência. — Você é o fogo que mantém meu coração batendo e o combustível que alimentou meus sonhos mesmo durante esta guerra. Você é *tudo para mim*. Eu a conheço melhor do que ninguém, e é por

isso mesmo que estou confiando em você e implorando que leve este homem à segurança esta noite.

Eu não poderia dizer não a ele. Eu *queria* desesperadamente fazê-lo — recusar-me, alegar fraqueza, fincar os pés no solo de minha terra natal e me agarrar com firmeza a Tomasz, mesmo que isso significasse a morte.

Mas eu não poderia decepcioná-lo. Eu não poderia desapontá-lo. E, mesmo naquela vez, eu compreendia que *isso* era algo que Tomasz precisava fazer. Antes que pudéssemos recomeçar nossa vida, ele precisava mesmo se absolver da culpa por sua obediência à *Wehrmacht* em Varsóvia. Dada a profundidade de sua perda e as circunstâncias inimagináveis que Saul enfrentava agora, Tomasz nunca seria capaz de resistir à oportunidade de oferecer uma rota de fuga do inferno ao homem que certa vez fizera o mesmo por ele.

— Por favor, *moje wszystko* — Tomasz disse baixinho. — *Por favor.* — Segurei sua cabeça em minhas mãos e então o beijei, e aquele beijo disse tudo que não havia tempo para dizer. — Nós sempre encontraremos o caminho de volta um para o outro, Alina — ele sussurrou, quando nos separamos. — Nosso amor é maior do que esta guerra... Prometo isso a você.

CAPÍTULO 32
Alice

O próximo endereço de Babcia nos leva a uma clínica médica, situada em um enorme edifício histórico na esquina de duas ruas tranquilas. O edifício foi restaurado com zelo e requinte — há uma rampa para cadeiras de rodas construída na entrada e uma porta automática de vidro deslizante. Zofia me disse que a grande placa acima da porta diz simplesmente Clínica Médica Trzebinia, e nenhum dos nomes dos médicos listados na placa termina com "Slaski".

— Isso teria sido fácil demais — ri Zofia.

Mas meus olhos baixam para uma placa de bronze ao lado da porta da frente, porque, embora esteja em polonês, uma palavra *de fato* é Slaski.

— Na verdade... — digo com ironia, e aponto para a placa.

Os olhos de Zofia se arregalam e ela lê baixinho:

— "Em memória do dr. Aleksy Slaski. Um exemplo para todos de liderança e coragem, 1939". — Zofia me oferece um sorriso triste. — Hum. Talvez estejamos no caminho certo, afinal.

Tiro algumas fotos da placa e do prédio, depois sigo Zofia para dentro e examino o interior. Estamos no meio da tarde e há apenas duas pessoas aguardando na sala de espera dos pacientes — mas, atrás da mesa da recepção, estão sentados uma moça e um rapaz. O jovem está falando ao telefone, mas a moça pousa o fone de ouvido quando entramos na sala e me encara com uma intensidade que me deixa bastante desconfortável. Eu me pergunto o que há em minha aparência que denuncia que *eu sou* a estrangeira, não Zofia. Quando nos aproximamos da mesa, Zofia cumprimenta os recepcionistas em polonês, depois faz um gesto para mim e me apresenta, mas ela volta para o inglês ao dizer:

— Alice veio dos Estados Unidos, pesquisando a história de sua família. Acreditamos que Aleksy Slaski pode ter sido seu bisavô.

— Na verdade, isso não é possível — a jovem interrompe Zofia e nos dá um sorriso educado, mas de desculpas.

— Por que você diz isso? — Zofia franze a testa.

— Bem, Aleksy Slaski era *meu* bisavô e minha avó era sua única filha.

No início, não tenho certeza se devo ficar desapontada ou confusa, mas rapidamente fico confusa e decido esclarecer.

— Sua avó era Emilia?

Os olhos da mulher se arregalam, então ela admite com cautela:

— Sim, ela *é*...?

— Bem — digo, e meu coração começa a acelerar quando percebo que encontrei uma conexão para alguém que está de verdade na lista de Babcia. E a recepcionista disse é, não *era*, então... Emilia está viva! — Isso é fantástico. Eu de fato esperava que pudéssemos rastreá-la...

— Talvez devêssemos conversar em particular — murmura a jovem. Ela se levanta e faz um gesto em direção a um corredor. — Por favor, sigam-me.

Ela fecha a porta atrás de nós enquanto entramos em uma pequena sala de reuniões. A mulher ainda está oferecendo o mesmo sorriso educado, mas cruzou os braços sobre o peito e seu olhar se estreitou um *pouco*.

— O que exatamente você quer de Emilia? — ela me pergunta diretamente. — É dinheiro?

— Ah, não — digo, balançando a cabeça. — Eu não quero nada dela, apenas contatá-la. Tomasz Slaski era irmão dela, e era meu avô.

Agora, a sugestão de suspeita no olhar da mulher se torna mais pronunciada.

— Eu de verdade sinto muito, isso não é possível.

Eu dou a ela um sorriso confuso e começo a contra-atacar com "É com certeza...".

— Não sei de onde você está conseguindo suas informações, mas Tomasz Slaski morreu em 1942 — ela me interrompe com gentileza. Eu troco um olhar confuso com Zofia. — Estou bastante certa disso. Visito seu túmulo com minha avó às vezes.

— Mas... — Lembranças vêm à tona em minha mente. Penso nos abraços gentis do meu avô e na forma como suas raras gargalhadas podiam iluminar uma sala. Ele estava mais *vivo* do que qualquer pessoa que eu conheço, apenas por causa da maneira como jogava os braços ao redor da vida, como se estivesse com frequência em busca de uma oportunidade de fazer a diferença ou de dar amor. Mas esta jovem não sabe disso, e ela está olhando para mim com franca solidariedade agora.

— Tomasz não é um nome incomum na Polônia, nem Slaski. Acho que você buscou a família errada.

— Mas sua bisavó era Julita, certo? — Zofia pergunta.

— Sim, mas...

— Não tenho certeza de qual é a confusão, mas *sei* que entendemos bem os fatos — diz Zofia. — Eu mesma fiz a pesquisa da história da família. Aleksy e Julita Slaski eram em definitivo os pais de Tomasz Slaski, nascido em 1920, e ele é o avô de Alice.

— Bem, *me* desculpe — retruca a mulher, e ela está um pouco na defensiva agora —, mas também não estou enganada, não sobre isso.

Estou ficando um pouco desesperada a essa altura, por isso, tento uma abordagem diferente.

— Qual é o seu nome?

— Eu sou Lia Truchen.

— É muito bom conhecê-la, Lia — falo tranquila, na esperança de colocar a conversa de volta em termos amistosos e dispersar essa estranha tensão que está começando a aumentar. — A questão é... minha avó está com noventa e cinco anos agora e está muito mal. Ela deixou a Polônia durante a guerra e nunca conseguiu retornar. Minha mãe acha que minha avó costumava mandar cartas para Emilia, talvez até centenas de cartas ao longo dos anos, tentando entrar em contato assim que a guerra acabou. Não temos certeza do que ela queria com exatidão, mas parecia ser muito importante para ela.

— Emilia também está muito velha e também não está bem — Lia diz no mesmo tom que usei. — Tenho certeza de que você entende por que não quero aborrecê-la. Se ela não respondeu às cartas de sua avó, deve haver um motivo.

Lia está se esforçando muito para não ser rude — na verdade, seu olhar está implorando por compreensão. E eu *realmente* entendo que ela queira proteger sua avó — talvez melhor do que a maioria das pessoas faria, mas isso não significa que eu possa deixar a questão pra lá.

— Talvez elas pudessem apenas se falar ao telefone...

— A Emilia é muito frágil... — diz Lia, um pouco mais firme agora.

— Talvez... — Sinto a oportunidade escapando de mim, então me afobo para recuperar a simpatia de Lia. — Eu não quero chatear sua avó também, isso seria terrível. Mas, talvez, se você pudesse *falar* a ela sobre minha avó, talvez ela pudesse se interessar...

— Quem é sua avó?

— Minha avó é Hanna Slaski... — eu respondo de pronto.
Mas Zofia diz ao mesmo tempo:

— Ela era Alina Dziak antes do casamento...

— Alina ou Hanna? — Lia olha para nós e sua desconfiança não está mais escondida.

— É complicado... — suspiro e, então, explico brevemente os eventos da manhã. — Mas o que quero dizer é que Emilia pode conhecê-la como Hanna ou Alina. Mas ela é com certeza Slaski. Temos certeza do sobrenome, porque ela o adotou quando se casou com meu avô.

— Bem, ela seria Alina Slaksa se tivesse se casado com um polonês — Lia observa. Olho confusa para Zofia e ela acena com a cabeça.

— Bem, sim. É uma convenção polonesa alterar alguns sufixos para denotar gênero, uma mulher geralmente seria "Slaksa" em vez de "Slaski". Mas vejo isso o tempo todo com clientes americanos, a convenção em geral não persiste após a imigração.

— Isso não importa, de qualquer maneira: eu não a conheço por nenhum dos dois nomes. Tenho certeza de que minha avó nunca a mencionou. — Lia suspira. — Ainda acho que você procurou a família errada, ou talvez a cidade errada.

— Não, minha avó definitivamente disse Trzebinia, e até encontramos o lar de sua infância. Além disso, *todos* os outros detalhes se alinham — digo. Olho com rapidez para Zofia e volto a encará-la: — Estou esquecendo de alguma coisa?

— Tudo está alinhado — diz Zofia, agora olhando feio para Lia. — Alice e eu temos certeza de nossos fatos. Tem certeza de que a incongruência não está do *seu* lado?

— Com certeza você pode ver como seria perturbador para mim ir até minha avó de *oitenta e cinco anos* e dizer a ela que uma mulher americana acha que seu amado irmão mais velho *viveu* setenta e cinco anos a mais do que viveu na realidade.

Lia não é *muito* rude e não nos expulsa do prédio, não exatamente. Apesar disso, Zofia e eu logo nos encontramos de volta à rua.

— A família deve ser rica — diz Zofia.

— Mas nós dissemos que não queríamos dinheiro — falo, impotente. Ela encolhe os ombros.

— Se você é neta de Tomasz, talvez ele tivesse direito a uma parte de qualquer herança que Aleksy deixou para trás. E se for significativa, talvez ela esteja nervosa sobre como isso afetaria a família dela. — Zofia olha para trás, para o prédio. — Não me surpreenderia se ela tivesse inventado a história sobre o túmulo, só porque isso lhe dá uma desculpa para se recusar a se envolver conosco.

— Como vamos resolver isso?

Zofia faz uma pausa pensativa, mas então balança a cabeça lentamente.

— Bem, os registros de nascimento eram claros. Houve apenas um Tomasz Slaski nascido nesta freguesia nesse período, pelo menos pelo que eu pude ver. No que me diz respeito, a única coisa que podemos esclarecer é a história de Lia.

— Talvez a família dela seja diferente, com nomes semelhantes.

— Em uma pequena cidade como esta, quais são as chances de haver dois Aleksy Slaskis que se casaram com Julitas e tiveram filhos chamados Emilia e Tomasz?

— Bem... — pergunto com hesitação —, quão comuns são esses nomes?

— Não são *tão* comuns — Zofia ri.

Vacilo, olhando para as portas. Então, endireito minha postura e digo:

— Pode me esperar aqui? E se ela me jogar para fora desta vez, tente me pegar antes que eu bata no paralelepípedo, ok?

Volto para o balcão, onde Lia e o jovem estão com as cabeças juntas e sussurram furiosamente. Eles só me notam quando estou perto, e me curvo e digo:

— Lia, entendo que você queira proteger sua avó, pois eu com certeza faria o mesmo. Mas *minha* avó não tem muito tempo, e ela me enviou aqui nesta caça ao tesouro e está procurando por algo. Eu, na realidade, não posso deixar de pensar que sua avó Emilia pode ser capaz de lançar alguma luz sobre tudo isso... e quem sabe? Talvez essa confusão faça parte do quebra-cabeça. Então, você poderia pelo menos *pensar* em falar com ela? Basta dizer que Alina Dziak ou Hanna Wiśniewski está tentando entrar em contato com ela, é tudo o que peço. E... — Lia está me olhando feio, mas eu alcanço o outro lado da mesa, pego uma caneta e um post-it e, em seguida, rabisco meu nome e número de telefone celular. — Eu vou ficar aqui por mais alguns dias — digo. — Pode me ligar a qualquer hora.

Lia hesita, mas como sustento o seu olhar, ela, enfim, concorda. Sussurro um agradecimento e depois dou meia-volta rapidamente e saio antes que ela mude de ideia. Encontro Zofia encostada na parede da clínica. Ela me examina com cautela e depois ri.

— O que diabos você disse?

— Senti como se ela tivesse batido a porta na nossa cara — eu admito. — Então, enfiei o pé na porta e me certifiquei de que, caso ela mudasse de ideia, tivesse uma forma de entrar em contato comigo. Isso é tudo o que posso fazer, certo?

***

Mais tarde, naquela noite, depois do jantar e de uma taça de vinho no restaurante do hotel no térreo, pego o telefone e ligo para mamãe. Ela está dirigindo para o hospital quando atende, e sua saudação parece estranhamente moderada.

— Olá, Alice.

— Oi, mãe. Como foi seu dia?

— Tudo bem — diz ela, mas parece distante.

— Está tudo bem com Babcia?

— Ah, tudo bem. Estou apenas cansada... um pouco confusa com toda essa coisa de *identidade secreta* dela. Eu não entendo por que ela não me contaria se houvesse mudado de nome — mamãe suspira.

— Eu sei — murmuro. — Sinto muito, mãe. Não sei o que dizer.

— Só espero que ela se recupere o suficiente para se explicar. Eu estava pensando se sua amiga aí ou um intérprete poderia perguntar a ela sobre isso, mas não vejo sentido, pois, como ela pode nos dizer o que aconteceu se não consegue falar? Há um milhão de razões pelas quais ela pode ter mudado seu nome, então nunca vamos *adivinhar*, e o CAA não tem exatamente um botão para isso. — Mamãe para, depois limpa a garganta e pergunta: — Como vai o restante da expedição pela Polônia?

— Bem. Descobrimos que Emilia Slaski ainda está viva. Encontramos sua neta hoje, e seu nome é *Lia*, o que com certeza é apenas uma abreviação do nome de sua avó.

— Então, você vai falar com essa Emilia? Talvez ela possa nos contar o que aconteceu com Babcia.

— Algo estranho aconteceu, na verdade. Lia foi inflexível sobre o irmão de Emilia, Tomasz, ter morrido em 1942, mas... bem, é óbvio ele não morreu.

— Houve alguma confusão, então?

— Sim, definitivamente — respondo. — Zofia acredita que Lia estava presumindo que eu estava atrás de sua herança ou algo assim e tentando proteger sua família, mas... — Faço uma pausa e admito com relutância: — Meu instinto diz que não é isso, para ser franca.

— Bem, às vezes você tem que confiar em seu instinto — mamãe diz com calma. — E, Alice, dado que você está na Polônia, apesar da minha... sutil desaprovação. — Eu bufo, e ouço um sorriso em sua voz quando ela continua. — Suspeito que você já saiba disso, mas vou lembrá-la assim mesmo. Você deve sempre se lembrar de que, às vezes, bater em portas simplesmente não é suficiente.

— O que mais há para fazer em um caso como este?

— Às vezes, se você quer muito alguma coisa, tem que derrubar a maldita porta.

— Se eu fosse fazer um pôster motivacional para Julita Slaski-Davis, seria este mesmo o slogan. — Sorrio para mim mesma. Mamãe ri.

— Pode apostar, filha. Cheguei ao hospital, por isso, vou desligar agora. Conversamos amanhã?

— Obrigada, mãe.

Mesmo depois que mamãe e eu nos despedimos, estou pensando em seu conselho. Em casa, aplico automaticamente o nível de determinação da minha mãe para acessar ajuda e suporte para Eddie, mas quando se trata de me conectar com o homem com quem eu divido a cama, é uma outra história. Por que *não forcei* a tensão com Wade ao máximo nos últimos anos? Em definitivo, fui criada para resolver as coisas sem rodeios, por isso, não tenho certeza de como consegui me encontrar em uma situação em que tantas coisas permanecem não ditas em minha própria casa.

Preparo um banho, ganhando um tempo para pensar antes de ligar de volta para Wade. Quando estou em casa, na rotina do dia a dia, nunca tenho espaço e tempo para tentar ser uma observadora imparcial da dinâmica de nossa família, mas, agora, começo a refletir sobre os padrões em que caímos. Penso no ressentimento que sinto por Wade — aquele sentimento terrível que é misturado com culpa e confusão porque estou neste papel em que sou, de alguma forma, a mandachuva no setor doméstico de nossa família, mas não a coprovedora no setor financeiro que sempre achei que seria — de certo modo, uma dependente relutante *e* a chefe de operações familiares. Penso sobre como deixei essa tensão piorar por tanto tempo. Não sou uma mulher tímida, então, por que não tenho sido mais assertiva em casa? Por que não forcei a questão da desconexão de Wade com Eddie? Por que não *exigi* uma parceria igualitária no papel de pais, tão necessária?

Estou apavorada com o que posso perder se fizer isso.

Talvez eu me apegue com muita força às coisas que posso controlar — a rotina que *eu* coloco em prática para Eddie —, às tarefas em casa que gosto que sejam feitas *exatamente do meu jeito* — porque as coisas mais profundas e mais amplas do que tudo e que regem a minha vida eu não consigo controlar. Eu me *esfalfo* tentando controlar o mundo que existe ao seu redor, porque não posso mudá-lo de jeito nenhum.

Eu não posso consertar Eddie, porque Eddie não está quebrado. Ele é apenas diferente e vai ser assim para sempre porque é assim que ele é. Minha vida sempre será assim — *provavelmente até a velhice, porque Callie vai crescer e sair de casa, mas Eddie nunca viverá de forma independente.*

Eu não lamentei a vida que pensei que viveria, e tenho absoluta certeza de que não lamentei o filho que pensei que teria. Continuei aceitando o filho que *de fato* ganhei, que é exatamente o mecanismo de enfrentamento oposto ao que meu marido aplicou à situação.

Afundo um pouco mais na banheira, as lágrimas enchendo meus olhos enquanto sou atingida por uma onda de anseio tão intensa que isso é tudo que posso fazer para ficar onde estou. Minha vontade é correr para o aeroporto e voar para casa *agora mesmo* e pegar Wade e as crianças em meus braços e mantê-los todos tão perto que eles nunca possam escapar. Até mesmo Wade — talvez em particular Wade. Ele e eu realmente precisamos *um do outro* para alcançar algum tipo de equilíbrio.

Mal posso esperar para ouvir a voz de Wade e resolver a tensão persistente antes de ir para a cama. São dez da noite em Cracóvia agora — isso equivale a quatro da tarde em casa, e como é quarta-feira, ele e Eddie devem estar na academia de balé, assistindo às aulas de Callie. Saio depressa da banheira, visto o roupão do hotel e ligo, mas quando a ligação é completada, fica imediatamente óbvio para mim que eles não estão na academia de balé.

— Wade? — digo, surpresa.

— Eddie, amo você — Eddie ecoa, surpresa e prazer em seu tom. O telefone muda um pouco e seu rosto preenche a tela. Ele encara o telefone, aproximando-o demais.

Eddie parece muitíssimo feliz — seus grandes olhos verdes estão com certeza cheios de alegria. Eddie parece ter acabado de receber algum tipo de presente magicamente empolgante. Para Eddie, parece que minha chamada é a cereja em um bolo já bastante excepcional. Enquanto digiro tudo isso, de repente reconheço a parede de tijolos atrás dele.

— Oi, bebê — digo com ternura. — Papai levou você para a estação de trem, hein?

— Oi, Alice — Wade fala, de fora da tela. — Sim, achamos que não adiantava muito assistir Pascale no balé, por isso, fomos dar um passeio. Assim que entramos no quarteirão perto da estação, Eddie ligou o piloto automático e quase me arrastou até aqui, então, suponho que você também faça isso às vezes.

Eu nunca levaria Eddie para um passeio espontâneo como aquele. Eu nunca arriscaria. E se nos deparássemos com uma situação em que ele tenha um colapso? E se ele fugisse? Eu planejo minhas saídas com Eddie como os professores planejam suas excursões: agendo coisas, eu as coloco em seu cronograma visual, considero os riscos, faço planos de contingência.

Mas isso também significa que nunca vou conseguir ver a mesma alegria e surpresa no rosto de Eddie que Wade conseguiu alcançar agora. Não há surpresas na vida dele comigo. Estou bem perplexa com o ciúme que sinto.

— Nós vamos lá na sexta-feira de manhã se ele ficar na escola o dia todo na quinta, e estacionamos no mesmo lugar para o balé, então acho que ele conhece o caminho... — digo, minha voz sumindo. Fico em silêncio, então, observando enquanto o olhar de Eddie deixa a tela do telefone para se concentrar em algo na frente dele. Suspeito pelo crescente entusiasmo em seus olhos que ele está olhando para um trem que se aproxima. — Qual é o plano para hoje à noite? — pergunto para Wade.

— Sopa é o plano para hoje à noite — pontua. Ele ainda está fora da tela, mas não há como confundir o tom de amargura em seu tom. — É por isso que você ligou? Para checar?

— Liguei porque tive um dia muito emocionante e confuso, e só queria ouvir sua voz — respondo. É *impressionante* como eu realmente queria me conectar com ele nesta ligação, mas em menos de sessenta segundos ele faz um comentário como esse e, em um instante, eu me sinto na defensiva, e a amargura que surge em meu tom em seguida corresponde ao nível da dele. Não é de admirar que estejamos em crise. Sinto como se estivéssemos em extremidades opostas de uma passarela muito longa e ambos temos medo de pisar nela. Cada vez que um de nós dá um passo à frente, o outro dá um passo para trás, caso a ponte não aguente nosso peso. Não posso brigar com ele esta noite — simplesmente não tenho reservas emocionais. Respiro fundo e digo sem alterar o meu tom: — Mas agora não é, na realidade, o momento para essa conversa, eu acho. Falo com você amanhã.

O rosto de Eddie desaparece da tela e, em seu lugar, vejo Wade. Há bolsas pesadas sob seus olhos e, pela primeira vez, que me lembre, ele não fez a barba num dia de trabalho.

— Não desligue, Ally — murmura. — Eu tenho que dizer algo... e se prepare, isso vai ser chocante.

Eu posso dizer que ele está prestes a fazer uma piada, e eu rio um pouco, na expectativa.

— Estou preparada — brinco em resposta. — Vá em frente.

— Duas crianças? Significativamente mais difícil de controlar do que trezentos ratos de laboratório. *Isto* não são umas férias. E eu de fato sinto muito por antes, e eu sinto muito pela sopa. — Ele suspira profundo e depois diz com ironia: — Que fique claro que eu sinto muito por quase tudo neste momento.

— Eu também sinto muito — sussurro, e então toco a tela com meu dedo indicador, sentindo de novo aquela pontada de saudade profunda na alma. Fico olhando na direção de seus olhos na tela e minha voz está rouca de emoção enquanto ofego. — Eu realmente sinto sua falta, Wade.

— Também sinto saudade. — Ouço o barulho do trem chegando e, então, vejo a rajada de vento bagunçando os cabelos de Wade. Quero lhe perguntar sobre os novos rótulos Go-Gurt e ver Eddie novamente, ver se Eddie de verdade está bem. Mas é evidente que não é a hora de falar, porque Wade tem que gritar ao telefone enquanto o trem se aproxima. — Vamos conversar direito amanhã, quando eu não estiver na estação de trem?

Eu rio e assinto, em seguida, beijo meu dedo e pressiono contra a câmera.

— Eu amo você — sussurro. Ele lê meus lábios, e eu o vejo ecoar a frase de volta para mim.

CAPÍTULO 33

Alina

Ao voltarmos para a casa de minha família, Saul esforçou-se para nos convencer a deixá-lo para trás, mas estava exausto demais para apresentar um argumento convincente. Ele finalmente desistiu de Tomasz, e quando tentou me convencer, eu me encontrei na terrível posição de ficar do lado de Tomasz.

— Faz sentido você se juntar a mim nessa jornada — forcei-me a dizer. — Tomasz é necessário aqui.

O gesso levaria pelo menos seis horas para secar, e Tomasz queria que ele endurecesse antes de embarcarmos no caminhão. O plano original teria nos levado de volta para a casa de minha família com tempo de sobra para o gesso curar — mas, com tudo que aconteceu, chegamos de volta à casa da fazenda assim que o relógio tocou três da manhã. Eu estaria no caminhão com o gesso ainda bem mole.

— Você vai ter que ter muito cuidado — Tomasz sussurrou, balançando a cabeça enquanto colocava a bandagem no meu antebraço. Eu estava olhando para as tábuas do chão da minha casa de infância, tentando me convencer de que essa seria a minha última vez lá, incapaz de suportar a visão enquanto ele aplicava o gesso em volta da lata no meu pulso. — Certifique-se de não bater até secar, ele simplesmente precisa parecer realista ou alguém pode suspeitar de que há algo valioso nele. E *não deixe esse gesso molhar*. Mesmo depois de curado, o filme deve permanecer seco.

— Mais em direção ao pulso, Tomasz — disse Saul. Sua voz ficara de repente forte, como se ele não tivesse perdido todo o seu mundo algumas horas antes. Tomasz ajustou a colocação da bandagem macia que serviria de base para o gesso, afastando-o um pouco mais do meu cotovelo.

— Melhor assim?

— Sim. Você está com muito pouco material, é melhor fazer um gesso curto e espesso, para esconder a maior parte da lata. Lembre-se de que não precisa de fato estabilizar o movimento do braço dela neste caso, porém, se esta fosse uma fratura real... bem, isso seria inadequado. No entanto, em nossas circunstâncias, se alguém ao menos souber questionar sua extensão, Alina pode dizer que a fratura foi logo acima do punho e seu médico fez o melhor que pôde com o que tinha. — Baixei os olhos para Saul. Ele estava sentado no chão, apoiado em uma das paredes do porão. Tinha os braços em volta das pernas, os joelhos encostados no corpo, e olhava para nós na cama improvisada com olhos inexpressivos e um rosto mortalmente pálido. Ele encontrou meu olhar e seu tom se suavizou um pouco ao sugerir: — Se alguém perguntar como você se machucou, diga que caiu e estendeu a mão na frente do corpo e o punho suportou o impacto. Diga que o osso foi restaurado por um cirurgião de campo e foi excruciante, uma dor lancinante, de ver estrelas. Com tantos detalhes, a história fica pelo menos realista.

Quando olhei de volta para Tomasz, ele acenou com ênfase com a cabeça para Saul e eu engoli em seco. Porque, é óbvio, o conhecimento médico era uma segunda natureza para Saul, extravasando dele mesmo neste momento quando sua mente estava tomada por tristeza e dor. Eu podia perceber por que Tomasz achava que era importante — mas apenas sublinhou a decisão que já havíamos tomado: que ele ficasse e Saul fosse em seu lugar. Cirurgião brilhante ou não, o homem estava sentado no chão do porão, chorando intermitentemente e, de vez em quando, havia períodos em que ficava por completo em silêncio para balançar para a frente e para trás como uma criança, segurando aquele sapato de couro minúsculo contra sua bochecha.

A maior responsabilidade que já experimentara antes foi quando tive que encontrar um lar temporário para Emilia — foi avassalador e aterrorizante — e *isso* não era nada perto *do que* havia pela frente. Eu não apenas era a mensageira relutante das fotos de Henry, como também arrastaria atrás de mim um homem que acabara de sofrer uma tragédia e um trauma inimagináveis. Em vez de seguir Tomasz, eu teria que mostrar o caminho. Tomasz inclinava-se totalmente sobre o meu braço agora, assumindo uma postura bastante estranha e por um momento bloqueando minha visão do gesso que estava aplicando. Sem pensar, estendi a mão para tocar as grossas mechas de seus cabelos. Ele precisava desesperadamente de um corte, e era quase irracional o quanto eu gostaria de ter tempo para fazer isso mais uma vez. Uma coisa tão pequena, mas teria sido tão adorável cuidar dele dessa forma, como se isso pudesse lembrá-lo, enquanto estávamos separados, do quanto eu me importava com ele. Quando se endireitou, sorriu para mim, com tristeza.

— Vai ficar tudo bem, você sabe. *Você* vai ficar bem.

— E você vai me encontrar — eu disse, não pela primeira vez. Na verdade, eu viera repetindo isso durante quase toda a caminhada de volta da fazenda Golaszewski, checando duas ou três vezes se eu ainda entendia o plano. — Você vai resolver isso aqui e fará a mesma jornada, você nos encontrará em Buzuluk.

— Isso, exatamente.

— E se o campo não aceitar que o seu passaporte pertença a Saul?

— Então você encontrará uma maneira de *fazê-los* aceitar.

— E se eles nos pegarem antes de chegarmos à fronteira soviética? O que eu faço, então?

— Isso não vai acontecer. — Ele rejeitou a mera sugestão como se fosse totalmente impossível, o que me deixou impaciente e um tanto furiosa, já que *não havia* como sabermos quão seguro era esse plano. Pelo que sabíamos, a interceptação dos nazistas era o resultado provável, e eu sabia que precisava estar preparada.

— Responda-me, Tomasz. Se formos interceptados antes mesmo de deixarmos o distrito, e Saul tiver um passaporte com o seu nome. O que de fato devo fazer, então?

— Não vai...

— Nós dois sabemos que é uma possibilidade! — exclamei, então baixei a voz. — Eles já estavam procurando por você em Varsóvia porque você abandonou a *Wehrmacht* e agora estão procurando por você localmente porque Jan contou sobre seu trabalho para o Żegota. — Tomasz suspirou e assentiu com a cabeça. — Então, me diga: *o que eu faço se formos pegos?*

Quem era essa mulher enfrentando com coragem o perigo? Ela estivera dentro de mim o tempo todo — eu vira vislumbres dela naquele dia na praça quando salvei Emilia, e também quando decidi apoiar Tomasz apesar do perigo. Eu estava a pleno vapor agora, e apenas um traço permanecia da garotinha assustada que eu tinha sido.

Tomasz olhou fixamente para a bandagem enquanto a enrolava ao redor do meu antebraço, o calombo da longa lata aos poucos desaparecendo no todo. Depois de um tempo, ele sussurrou:

— Se... se algo acontecer com você e o filme for perdido, não há nada que possamos fazer a respeito. Henry pode ter instruções diferentes quando nos encontrarmos no ponto do embarque, mas quanto a mim? — Ele por fim me olhou e seus olhos se encheram de lágrimas. — Eu apenas tenho que acreditar que você vai conseguir. Tenho que acreditar que vai estar me xingando em alguns dias, quando estiver magnificamente livre em território soviético, mas o gesso estará começando a comichar e você não conseguirá enfiar a mão por baixo dele para coçar. Essa é a única *maneira* de eu suportar ver você partir. — Levantei a mão esquerda e segurei seu queixo, e ele descansou a cabeça contra minha palma. — Eu odeio quando estamos separados, Alina. Eu *odeio* isso, mas na verdade não há outra maneira.

— Você tem certeza de que é a coisa certa a fazermos? — sussurrei.

Ele olhou bem nos meus olhos e confirmou com a cabeça.

— Nunca tive tanta certeza de algo em minha vida.

Eu suspirei, depois me sentei um pouco mais ereta.

— Está certo, então, Tomasz. Está certo.

***

Minha confiança ia e vinha em ondas, e eu estava mais uma vez duvidando de todo o plano enquanto nos aproximávamos do ponto de encontro. Tomasz não estava mais marchando a passos largos à minha frente — estava atrás de mim, quase arrastando Saul, que lutava para acompanhá-lo. Tomasz não parava de nos lembrar que tínhamos que nos apressar — não podíamos perder o caminhão. Cada vez que dizia isso, eu não conseguia deixar de me perguntar se estaríamos todos melhor se isso acontecesse.

Henry estava aguardando por nós, andando de um lado para o outro à margem da estrada principal. O amanhecer se aproximava e a escuridão estava desaparecendo a cada segundo e, assim que nos viu, correu em nossa direção. Eu vi a confusão em seu rosto ao registrar que tínhamos uma terceira pessoa em nosso grupo.

— Eles podem ter apanhado Nadia, e estão procurando por mim — Tomasz gritou antes que Henry pudesse perguntar. — Temos que nos apressar.

Henry olhou para nós, seu olhar demorando no gesso em meu braço.

— O que aconteceu?

— Saul está indo em meu lugar e eles precisam partir *agora*.

Henry ficou em silêncio por um momento. Quando o instante começou a se estender, Tomasz deu um passo em direção ao homem mais velho e baixou a voz a tal ponto que eu mal conseguia ouvir.

— Não há tempo, Henry — sussurrou. — Eles *sabem* quem eu sou... o que estou fazendo... Em breve, estarão procurando por mim, se ainda não estiverem. Jakub precisa pegar a estrada o mais rápido possível, caso eles estabeleçam pontos de controle. Simplesmente não há tempo para discussão.

— Tomasz — Henry disse, os lábios franzidos. — Você tem certeza disso?

— *Não* há outro jeito.

Henry suspirou e passou a mão pelo cabelo, depois jogou as mãos para o alto e se virou para mim.

— Você está com o filme?

— Estou.

— Você está com os rublos?

Dei um tapinha na bolsa de couro que deslizara sobre os meus ombros, agora escondida sob minhas roupas.

— Estou.

— E você conhece o plano? — indagou, enquanto retirava do bolso do casaco um pequeno envelope. Confirmei com a cabeça e ele o segurou bem diante de mim. — Aqui está um novo documento de identificação para você, em nome de Hanna Wiśniewski. É uma falsificação, e não muito convincente, mas é o melhor que pude fazer em tão pouco tempo, então você terá que fazer funcionar.

Peguei o envelope e me movi para colocá-lo no bolso do meu casaco. Henry balançou a cabeça e disse, incrédulo:

— Coloque-o dentro da roupa íntima, Alina! Você deve proteger isso como a sua vida. Você me entende? Nenhum documento de identificação significa admissão alguma ao campo, e os soldados britânicos estarão procurando meu filme *dentro do campo*!

Lágrimas ardiam em meus olhos, mas eu pisquei para afugentá-las, enquanto enfiava o envelope por baixo das minhas roupas, dentro da bolsa de couro com os rublos. Henry olhou de mim para Saul e me lançou um olhar um tanto desesperado.

— Santo Deus — murmurou. — Isto é…

— Henry. Alina está pronta para isso — Tomasz disse categoricamente. — Ela vai fazer aquele filme chegar aonde tem quer chegar. Ela é tão engenhosa e capaz quanto eu. *Agora vamos*.

Eu agarrei o braço de Henry com agitação.

— Se eu… se acontecer de sermos capturados? Há algo que eu possa fazer?

Ele exalou pesadamente e me lançou um olhar penetrante.

— Se você for capturada e houver tempo, destrua o filme. Encontre um meio. Caso contrário… devemos apenas esperar que, aconteça o que acontecer com *seu* corpo, que seus captores não prestem atenção no gesso, porque se eles encontrarem aquele filme, não demorará muito para que encontrem a mim e aos meus colegas também.

Ficamos ao lado da estrada discutindo a possibilidade de nossas execuções como se não fosse nada de mais, porque naquele cenário não era. Nessa circunstância, a morte era apenas uma das muitas coisas que poderiam acontecer.

— Ok — eu disse com rigidez. — Entendi.

Henry liderou o caminho por uma trilha e logo o caminhão apareceu. Eu não tinha me preparado para ver um homem com o uniforme da *Wehrmacht* encostado no caminhão, fumando um cigarro. Fiz tudo o que pude fazer para me impedir de virar e correr na direção oposta.

— Esse é Jakub — Henry disse baixinho. E claro que era, porque, quem mais poderia dirigir abertamente nas estradas para a Frente Leste, senão um motorista da *Wehrmacht*, dirigindo um caminhão da *Wehrmacht*? Eu na realidade não tinha me preparado para ver isso. Hesitei e mais uma vez despertei a ira de Henry.

— Precisamos nos apressar, Alina. Você sabe o que está em jogo aqui, garota!

Foi preciso mais força do que eu jamais imaginei que possuía para começar a andar de novo e me mover em direção ao homem naquele uniforme, e então colocar minha vida em suas mãos.

— Sou Jakub — disse o motorista enquanto nos aproximávamos.

— Alina — respondi de imediato.

— Não — Henry me corrigiu, impaciente. — Você *não* é Alina. Quem é você?

Olhei para ele, mas minha mente estava em branco.

— Eu... não consigo me lembrar...

— *Hanna Wiśniewski*! — Henry disse, tomado pela impaciência. — Você é *Hanna Wiśniewski*.

— Você conhece o plano? — Jakub olhou entre nós, suas sobrancelhas franzidas. Engoli em seco enquanto assentia. Jakub franziu a testa em direção a Tomasz, que agora estava correndo em nossa direção, *carregando* Saul nos braços.

— Quem vai? *Definitivamente*, não há espaço para um terceiro aqui.

— Só eu e Saul, o homem sendo carregado — esclareci com tristeza. Jakub estremeceu.

— Tem certeza de que está pronta para isso, senhora?

— Claro que ela está — Tomasz assegurou com veemência, enfim nos alcançando. Dentro do caminhão, pude ver a fileira de rações encaixotadas na parede mais funda, atrás de vários barris e outros caixotes soltos. Jakub ajudou-me a subir na carroceria e Tomasz fez o mesmo com Saul, saltando depois para ficar ao meu lado. Henry permaneceu parado no nível do solo, mas estava nos observando e torcendo as mãos.

— Vocês *devem* se certificar de fazer silêncio — instruiu Jakub. — Talvez possam sussurrar ou falar baixo quando estivermos na estrada, mas se o caminhão desacelerar por qualquer motivo ou parar, vocês devem presumir que estou fazendo uma entrega ou recolhendo, e, então, fiquem em silêncio absoluto. Uma tosse ou espirro e não apenas vocês dois estarão mortos, como eu também.

— O que você está transportando? — Tive um pavor súbito de que estaríamos escondidos na parte de trás de um caminhão cheio de explosivos. Só *mais uma coisa* para ter medo: morte por explosão acidental.

— Apenas frutas e vegetais frescos cultivados pelos prisioneiros em Auschwitz — disse ele, e depois acrescentou com amargura: — Os oficiais superiores na linha de frente exigem produtos frescos, tanto melhor se estiverem encharcados com o sangue de nosso povo.

Jakub foi até os caixotes. Ele tirou uma chave de fenda do bolso, abriu um painel e ajudou Saul a entrar. Tomasz virou-se para mim, segurei seu rosto entre as palmas das mãos e busquei seu olhar desesperadamente, procurando algum sinal de hesitação que eu pudesse explorar para convencê-lo a vir comigo como havíamos planejado. Ele parecia determinado e, quando reconheci isso, senti toda a minha coragem se esvaindo de novo, substituída por puro pânico.

— Eu não quero fazer isso — engasguei, embalada por uma onda final de hesitação. — Eu não posso...

— Você pode — Tomasz sussurrou, alisando meus cabelos contra minha cabeça, salpicando meu rosto com beijos suaves. — Eu sei que pode.

— Mas... em vez disso, deixe-me ficar. Com você. Até que você possa ir também. Saul pode ir sozinho.

— Alina, você já está com o gesso — ele disse muito gentilmente. — Henry providenciou isso para nós *apenas* por causa daquele filme. Não há outro meio.

— Mas nós poderíamos... — eu comecei a protestar, mas minha voz falhou. Nós poderíamos... O quê? Não havia mais gesso e não havia como conseguir mais. Se tirássemos o gesso, teríamos que pensar em outra maneira de contrabandear o filme, e essa já fora bastante difícil de arranjar. Tomasz estendeu a mão para tocar o meu queixo, erguendo o meu olhar de volta para o seu.

— Saul *não pode* ir sozinho, Alina. — Seu olhar se moveu para trás de mim, então ele acrescentou suavemente: — Ele está alquebrado, meu amor. Ele mal está se segurando.

— Mas... e se você nunca me encontrar?

— Alina — falou com muita brandura. — Você ainda não sabe?

— Não diga — eu engasguei, e balancei minha cabeça com ferocidade. — Não se atreva a dizer isso enquanto me coloca neste caminhão e me manda embora sozinha.

— Mas, Alina — Tomasz sussurrou, e ergueu a mão para pressionar a ponta de seu dedo indicador contra os meus lábios. — É a única verdade pela qual vivo. Todo o restante se foi. Fomos feitos um para o outro... destinados a ficar juntos. Não importa o que aconteça nesta vida ou na próxima, Alina. Sempre encontraremos nosso caminho de volta um para o outro.

— Mas e se você não conseguir me encontrar? — chorei, e ele enxugou minhas lágrimas e falou baixinho: — Apenas me prometa uma última coisa... — ele disse agora, seus olhos passando depressa para a caixa atrás de mim. — Cuide bem de Saul. — Tomasz colocou o dedo indicador sob o meu queixo, fazendo-me encontrar seu olhar. — Prometa-me, Alina. Ele é um bom homem, um homem melhor do que eu. Pense nas pessoas que pode ajudar com as habilidades que possui. Você deve cuidar dele pelo tempo que ele precisar.

Nunca pude dizer não a Tomasz, ainda mais naquele dia. Dava para ver por suas mandíbulas cerradas e a determinação feroz em seu olhar que essas coisas que estava me pedindo significavam muito para ele.

Primeiro, eu deveria me afastar dele — e se isso já não fosse uma solicitação impossível, ainda tinha que continuar seu trabalho para ajudar Saul a escapar.

— Promete, Alina? — Tomasz me perguntou uma última vez. Fechei os olhos, porque não consegui olhar para ele enquanto o fazia, mas concordei. — Boa menina.

Ele se inclinou e me beijou novamente. Aquele beijo foi diferente de qualquer outro que trocamos. Foi um apelo, uma promessa e uma despedida. Quando nos separamos, ele chorava baixinho, e meu coração ameaçava estourar em meu peito. Queria lhe implorar para encontrar *outra maneira qualquer*, mas sabia que seria inútil fazê-lo — e, além disso, não havia tempo para covardia.

Rastejei para dentro da caixa então, e, como eu temia, era minúscula, com cerca de trinta centímetros de largura e a extensão da largura do caminhão. O cheiro do pinho e de poeira era insuportável. Haveria espaço suficiente para nós dois nos sentarmos, e espaço suficiente para ficarmos agachados a fim de que pudéssemos nos virar se necessário. Sentei-me atrás de Saul e fechei os olhos. Só então senti Tomasz entrar para pressionar dois dedos suavemente contra os meus lábios.

— Qual é o seu nome? — ele me perguntou. — Seu novo nome.

Minha mente estava em branco e comecei a entrar em pânico de novo.

— Eu não sei, Tomasz. Eu já não me lembro. Eu não posso fazer...

— Hanna Wiśniewski — Henry gritou impaciente. — Repita em sua mente até que grude, Alina. *Decore*.

— Decore você também — eu disse, segurando freneticamente a mão de Tomasz antes que ele pudesse retirá-la. — Você precisa saber qual nome estou usando para que possa me encontrar. Certo?

— Já memorizei, meu amor. Seu nome é Hanna Wiśniewski — Tomasz sussurrou. — Viaje com segurança, Hanna.

— Pode deixar — disse com tanta coragem quanto pude, já que *mal* conseguia reprimir meus soluços. — Vejo você em Buzuluk.

E então, Tomasz e Jakub selaram a porta, e Saul e eu ficamos sozinhos, envoltos pela escuridão.

— Você está bem? — sussurrei para Saul.

— Você acha que é assim que estão se sentindo? — ele sussurrou de volta. Eu podia ouvir o pânico crescente em sua voz.

— Quem?

— Minha família, naquele túmulo — respondeu, sua voz um pouco mais alta agora. — O sufocamento... a escuridão... seria assim, não seria?

Cada músculo do meu corpo ficou tenso. Por um minuto, suas palavras me jogaram numa espiral de tamanho pânico que quase me convenci de que estava em um túmulo, mas me forcei a reprimi-lo e a retornar à realidade presente.

Uma respiração de cada vez, Alina.
Inspire. Ah! Consegui um pouco de ar!
Expire. Este será o último. Agora vou sufocar.
Inspire. Ah! Afinal, há um pouco mais de ar.

— Não — eu disse as palavras que ele precisava ouvir, mesmo engasgada, mesmo que eu não acreditasse nelas no momento. — Eu não acho que é assim que elas se sentem. Acho que estão livres de sentimentos como esse. Acho que estão esperando por você do outro lado, e *elas* estão seguras e em paz.

Então eu o senti relaxar, embora sua única resposta tenha sido um soluço abafado.

CAPÍTULO 34
Alice

Quando Zofia e eu começamos nossa segunda viagem em direção a Trzebinia, ela tagarela enquanto dirige — entrando automaticamente no modo guia turística. Continuo alheia enquanto ela fala. Todas essas informações são mesmo interessantes — mas a verdade é que minha mente está em outro lugar.

Estou pensando sobre esses dias livres à minha frente e no fato de que não tenho sequer ideia do que fazer com eles. E, o que é ainda mais perturbador, as palavras de mamãe no telefone na noite passada estão girando na minha cabeça, sugerindo-me todo tipo de ideias malucas.

Às vezes, você tem que derrubar a maldita porta.

— Qual é o plano? — Zofia me pergunta, quando saímos da rodovia e entramos na pequena cidade. Eu suspiro e me inclino para trás no meu assento. Estou prestes a dizer que não sei, mas então me ocorre que de todos os lugares que visitamos ontem, apenas um revelou uma pista.

— Para a clínica de novo, por favor — respondo.

***

Peço a Zofia que fique no carro dessa vez, na esperança de que Lia seja mais receptiva comigo se eu for sozinha à clínica.

— De prima para prima? — Zofia sugere com um sorriso.

— Algo assim — concedo. Estou bastante nervosa por lembrar como Lia estava determinada ontem a não querer me ajudar, mas me forço a marchar em direção à clínica. Lia literalmente geme quando me vê na área da recepção, e eu levanto as mãos como se isso fosse acalmá-la.

— Venha comigo — diz ela de repente enquanto tira o fone de ouvido de sua cabeça para jogá-lo sobre a mesa.

Aceno para seu companheiro e digo um tímido "Oi".

— Olá — ele responde incerto. Sigo Lia pelo corredor e entro na sala de reuniões.

— Eu já lhe disse... — ela se dirige a mim com perceptível exasperação, e eu ergo novamente as mãos e tento fazê-la entender.

— Escute — digo, bem calma. — Você é minha única pista, e dá para ver que você ama a sua avó tanto quanto eu amo a minha, então entendo por que não quer me ajudar. Mas espero que *você* também possa compreender minha posição. A única coisa concreta que encontrei desde que cheguei aqui é a casa de infância dela, que não revelou segredo *nenhum*, e *você*. Então, tudo bem, realmente parece haver alguma confusão em torno do meu avô e do seu Tomasz Slaski... Mas se você puder me dar alguns minutos, talvez possamos resolver isso. Você disse que Emilia ainda visita o túmulo dele, certo?

— Sim, visita — Lia confirma. A tristeza manifesta-se de imediato em seu olhar e, naquele instante, eu *sei* que ela não está mentindo sobre isso. — Todo mês. Ela costumava ir com mais frequência quando era mais jovem. Ele era o herói dela.

— Certo — digo, então, respiro fundo e pergunto esperançosa: — Então, você pode me dizer onde fica *o túmulo*? — Lia hesita um pouco e eu ajusto a alça da minha bolsa porque estou muito nervosa para ficar parada enquanto aguardo sua resposta. O silêncio se estende um pouco mais e tento fazer uma piada. — Eu prometo não acampar lá por um mês nem forçar a barra para ver sua avó. Eu só gostaria de *vê-lo*.

— Tudo bem — Lia suspira. Ela atravessa a sala até um armário e pega uma folha de papel e uma caneta. Coloca os dois na mesa do centro da sala e, em seguida, rabisca um endereço. — Não é fácil de encontrar... Vocês têm que dirigir para fora da cidade. Siga a estrada principal... Ela faz uma curva atrás da colina que você pode ver a leste de praticamente qualquer ponto da cidade. Há uma antiga propriedade lá... Este é o endereço da rua. Dirigimos até a fazenda, mas minha avó tem a única chave do portão, então você terá que estacionar no caminho e pular a cerca.

Eu sei *com exatidão* o lugar que ela está descrevendo — não tem como ser outro senão a casa da família de Babcia. Ainda assim, estou muito nervosa para ter esperanças, então, eu a interrompo gentilmente para perguntar:

— É Świętojańska, 4? — digo. Como já era esperado, eu me embaralho *por completo* com a pronúncia do nome da rua... mas não tanto a ponto de Lia não entender, porque seu olhar se estreita.

— Não entendo. — Ela faz uma careta. — Você já sabe onde fica?

— Aquela casa — digo, mas minha voz sai um pouco rouca, então faço uma pausa para limpar a garganta e pergunto: — Por que o túmulo está atrás *daquela* casa?

— A casa está abandonada... Está assim desde a guerra, nem mesmo os comunistas a queriam — Lia me conta. — Mas ele não está enterrado lá *na* casa, está enterrado na colina atrás dela. Estou apenas direcionando você para a casa porque é muito mais fácil chegar ao túmulo daquele lado do que pela cidade agora. Há novas casas ao longo da colina deste lado, então o caminho está bloqueado.

— Mas aquele lugar em particular...? Por que lá *naquela* colina?

Lia me passa o papel e franze a testa.

— Eu não faço ideia. Agora me diga: *como* você sabia desse endereço?

— Era a casa de infância da minha avó — conto-lhe, e seus olhos se arregalam. Há uma pausa estranha enquanto ela pondera sobre isso, então, Lia admite: — Bem, isso é uma coincidência e tanto.

— Certamente isso *não pode* ser uma coincidência — digo incrédula.

— Toda esta região foi invadida pelos nazistas. Há almas infelizes enterradas em todos os lugares inimagináveis por aqui... Meu tio-avô tem sorte de ter pelo menos uma lápide. Mas vou ser sincera com você: não tenho ideia de *como* ele foi enterrado lá. Minha avó não está muito interessada em discutir os piores dias da vida dela com frequência, sabe? Ela não fala sobre a guerra, e desistimos de perguntar.

Eu rio de leve enquanto assinto.

— Sei bem como é isso.

— Na verdade, é *por isso* que não posso deixar você falar com ela — Lia diz baixinho. — Ela fica diferente nos dias em que visitamos o túmulo. É custoso para ela honrar a memória dele, e eu não vou pedir mais dela do que isso. Mas se for ajudá-la, por favor, visite o túmulo. — Ela encolhe os ombros. — Só acho que não há mais nada que eu possa fazer para ajudá-la além disso que estou fazendo, ok?

— Obrigada — agradeço e depois me lanço em sua direção e a abraço. Ela fica dura no lugar, mas, em seguida, retribui o abraço brevemente e acena com a cabeça em direção à porta.

— Boa sorte.

***

Meia hora depois, Zofia e eu estamos em uma clareira na floresta atrás da casa de infância da minha avó, olhando para a coisa mais assustadora que eu já vi.

Tomasz Slaski. 1920 a 1942

Seu nome está gravado no granito vermelho polido de uma lápide alta. A pedra está limpa; claramente preservada com amor. Um ramo em partes fresco de flores mistas está morrendo na grama em frente à pedra e rodeado por velas limpas, os pavios apagados agora, mas pretos pelo uso anterior. Existem até algumas lanternas LED em vários formatos e tamanhos. Zofia curva-se e liga uma das lanternas, que se acende sem demora.

Olho de volta para a pedra e encaro de novo o nome. Desta vez, noto que abaixo do nome e das datas, uma medalha foi anexada à lápide. A inscrição na medalha está em hebraico.

Zofia e eu encaramos o túmulo em silêncio por um tempo, como se fosse um quebra-cabeça que podemos resolver se apenas o fitarmos por tempo suficiente, mas não demora muito para que eu descubra que de fato não consigo mais *olhar* para ele. Eu me afasto e expiro trêmula.

— Pobre Emilia — murmura Zofia. Olho para ela e descubro que está agachada perto da medalha. Ela passa o dedo sobre os caracteres com muita delicadeza. — Esta é a medalha concedida aos *Justos entre as nações*. Isso indica que *este* Tomasz Slaski assumiu um grande risco pessoal durante a guerra para ajudar o povo judeu. Isso significa que seu nome está listado no Muro de Honra do Jardim dos Justos, em Jerusalém. — Ela faz uma pausa, então inclina a cabeça. — É uma coisa importante. Realmente uma grande honra.

— Isso é mesmo *horrível* — digo, ficando de pé e franzindo a testa. Estou me sentindo de repente irritada, como se minha pele tivesse ficado muito tensa, e tremo porque, apesar do dia sufocante, sinto um arrepio percorrendo minha espinha enquanto olho para um túmulo que *sei* que não é do meu avô, apesar do fato de seu nome estar gravado nele. — É tão sinistro, não é? — Minha mão se contorce contra o telefone em minha mão, e eu o levanto para tirar uma foto, mas assim que o faço, abaixo o telefone com pressa. Zofia se levanta e me lança um olhar questionador.

— Eu não posso mostrar a ela — deixo escapar. — Isso iria... iria perturbá-la muito!

Zofia inclina a cabeça em reconhecimento.

— Mas esse é o verdadeiro mistério, não?

— É o nome de Pa e é o ano em que ele nasceu, mas *é óbvio que* não pode ser Pa.

— Não — Zofia concorda baixinho e se levanta. — Mas Emilia Slaski não sabe disso.

— Como isso pôde *acontecer*? — sussurro. — Você acha que é para isso que Babcia nos enviou? Para contar a verdade à irmã de Pa?

Não há como responder a essa pergunta, e não fico surpresa quando Zofia permanece em silêncio. Ficamos olhando para o túmulo por mais alguns minutos em silêncio, então, ela me pergunta:

— Como seus avós chegaram aos Estados Unidos?

— Eu nem sei. Tudo o que sei é que mamãe nasceu em janeiro de quarenta e três e eles já estavam estabelecidos lá.

Zofia franze a testa.

— Isso não pode estar certo.

Olho para ela com curiosidade.

— Não, tenho certeza que sim.

— Eles devem ter partido antes da guerra.

— Eu sei que eles estavam aqui quando a guerra começou, isso é tudo que eu sei, na verdade.

— Mas... eles saíram *durante* a ocupação?

— Devem ter saído.

— Isso é... difícil de acreditar. — Zofia balança a cabeça lentamente, as sobrancelhas franzidas. — Era mesmo impossível sair do território controlado pelos nazistas.

— Só sei que eles vieram de navio da Inglaterra. Não tenho ideia de como saíram daqui para lá.

Zofia suspira e então volta a olhar para a lápide.

— Só estou pensando em voz alta, mas... você acha que Emilia pode ter *presumido* que seu irmão morreu, mas na verdade estava a caminho da América? Ela devia ser muito jovem quando isso aconteceu. Talvez ela ou outra pessoa tenha confundido outro corpo com o dele? Porque se *esse* cara morreu em 1942, e Tomasz fugiu da Polônia em 1942...

— Essa pode ser a única explicação — digo. Minha garganta está apertada com lágrimas que talvez vou derramar mais tarde, porque, embora eu não entenda tudo, a única coisa que sei com certeza é que isso é no todo trágico para Emilia Slaski. — Este é um lugar muito estranho para um túmulo, certo?

— Talvez tenha sido exatamente aqui que ele morreu — sugere Zofia.

— *Atrás* da casa da minha avó?

— Muitas pessoas se esconderam em trechos de bosques durante a guerra.

— E foi *meu* avô o herói que salvou os judeus? Ou esse outro cara?

Olho para trás para a lápide uma última vez, e um arrepio desce pela minha espinha. Lembro-me tão bem de Pa... Apenas não consigo imaginá-lo deixando sua irmã pensar que estava morto por todos aqueles anos. É muito mais fácil imaginá-lo tomando medidas heroicas para ajudar seus compatriotas, porque ele foi um dos homens mais generosos que já conheci.

— Zofia? — pergunto baixinho.

— Sim?

— Você tem *alguma* ideia de como podemos resolver isso sem a ajuda de Emilia? Ou se devemos ou não lhe contar, mesmo que por acaso tenhamos acesso a ela?

Zofia me lança um sorriso triste.

— Detesto dizer isso, Alice... mas acho que a única maneira de avançarmos aqui é via Lia Truchen.

***

Deixo Zofia no carro novamente quando entro na clínica pela quarta vez. Sinto que progredi melhor esta manhã e talvez tenha havido alguns momentos em que Lia e eu de fato nos conectamos. Percebo que ela está atendendo a um paciente quando entro na sala de espera, mas seu colega me vê, dá uma suave cotovelada nela e aponta para mim. Há uma frustração visível no olhar de Lia quando me encara, mas então ela fixa um sorriso no rosto, termina de atender seu paciente e vai na frente, de volta para a sala de reunião.

— Lia... — respiro fundo, e então digo num rompante: — Eu vi o túmulo. Definitivamente são o nome e o ano de nascimento do meu avô, mas não pode ser porque ele só morreu no ano passado. Parece-me que a única maneira de desvendarmos isso é se você, ou mesmo eu, puder falar com Emilia...

— Escute, Alice — Lia diz com firmeza. — Sinto por você. De verdade. Fiz tudo o que posso para ajudá-la... O que você está pedindo agora é simplesmente impossível.

— Talvez você pudesse apenas *mencionar* Alina...

— Todo mês nós a levamos para visitar aquele túmulo — Lia diz com firmeza. — No último domingo de cada mês, ela vai à missa com suas melhores roupas, depois passamos para comprar flores no mercado, e então nós, netos, temos uma escala e todos nós nos revezamos para levá-la até lá. E você sabe *por que* cada um de nós se reveza? — Quando eu balanço a cabeça, o olhar de Lia fica mais incisivo. — Porque, Alice, quase oitenta anos depois que ele morreu, minha linda e corajosa avó ainda chora às vezes quando vê seu túmulo e é de partir o coração. Você ao menos entende o que está me *pedindo*?

— Imagine se Emilia estivesse em seu leito de morte, e ela a mandasse para a América, e você estivesse na minha posição — eu imploro a ela.

— Temos uma senhora idosa transtornada no momento, não é? — Lia diz. — Se fizermos o que você pede, teremos *duas* senhoras idosas transtornadas, e o que conseguimos com isso? *Nada*. Muito provavelmente, minha avó ficará tão confusa com tudo isso quanto você e eu, e se ela nunca respondeu às cartas de sua avó, é quase certo que haja uma razão para isso. Por favor, *eu lhe peço*, pare de me incomodar aqui... Este é meu local de trabalho.

Estou prestes a sair. Estou prestes a ir embora e admitir a derrota. Caminho até a sala de espera, sigo em direção à porta e então penso em dirigir para longe deste lugar e viver o restante da minha vida sem saber por que Babcia me enviou aqui.

É tarde demais para Babcia me contar sua história. É tarde demais para eu entender todos os momentos grandes e pequenos que levaram à família que tenho agora na América. Talvez seja tarde demais para eu explicar a Babcia quão importante ela tem sido para mim e quão profundo é o amor que tenho por ela.

Mas *não* é tarde demais para fincar os pés com força neste tapete e atacar este mistério de fato desconcertante com tudo. Lia é meu único vínculo com Emilia... Meu único vínculo para "entender Tomasz".

Às vezes, você tem que derrubar a maldita porta.

Não posso ir embora. Eu só não posso desistir assim tão fácil. Sento-me pesadamente em uma cadeira de visitante ao lado da porta e levanto meu olhar para Lia. Ela está me encarando, incrédula.

— Você de verdade não pode ficar aqui! — grita, sem prestar atenção aos pacientes confusos que se sentam nas cadeiras ao meu redor.

— Eu não vou a lugar algum até que você concorde em falar com ela por mim. — Eu dou de ombros. É desconfortável para mim ser tão *difícil*. Quer dizer, muito tempo atrás... Bem, esse era o tipo de vida que eu pensei que levaria. Na minha juventude idealista, de fato imaginei que seria o tipo de jornalista que descobriria verdades profundamente enterradas, uma mulher que criava um jeito de contar as histórias que precisam ser contadas.

— Tudo bem — diz Lia, e se senta em sua mesa, desliza o fone de ouvido do telefone de volta e, durante algum tempo, ela faz um excelente trabalho me ignorando. Zofia me manda mensagens depois de um tempo.

Você está bem aí?? Já se passou uma hora e estou ficando preocupada.

Ergo a vista para Lia e a flagro olhando para mim. Ela evita meu olhar, e espero que seja um sinal de que a estou cansando.

Lia se recusou a ajudar, então, estou apenas plantada aqui até que ela mude de ideia.

Zofia responde com um emoji chocado e, então, logo depois:

Me avise se precisar de alguma coisa. Estou esperando no café logo ali do outro lado da rua. E... boa sorte!

Mais uma hora se passa, e então outra. Nenhuma das revistas na mesa de centro ao meu lado está em inglês, mas eu folheio todas assim mesmo, tentando parecer que não estou nem um pouco preocupada com o nosso atual impasse.

Por dentro, entretanto?

Estou surtando como o Eddie no pior de seus dias. Meus pensamentos estão uma confusão absoluta — estou duvidando desse curso de ação *insano* a que me propus e, sendo honesta, de quase todas as decisões que tomei na semana passada desde que decidi realmente vir para cá. Os médicos vêm buscar os pacientes e, todas as vezes, eles me encaram. Os pacientes entram, olham para mim, vão para uma consulta, depois saem, me encaram mais um pouco e então partem.

Eu sinto que estou em um palco, e o espetáculo é algo como *Veja Alice Michaels perder sua dignidade em um país estrangeiro*!

Lia se aproxima de mim na hora do almoço e, por um breve instante, acho que ganhei. Antes que eu possa comemorar, ela se senta com dureza na cadeira ao meu lado e coloca a cabeça entre as mãos.

— Você de verdade não pode ficar aí — diz ela desesperadamente. — Você parece uma pessoa razoável, então, vou implorar para que reconsidere isso. Tenho trabalho a fazer, Alice... Os pacientes estão fazendo perguntas e não posso deixar que isso continue. Você *não vai* me fazer mudar de ideia.

— Não vou a lugar nenhum até que você mude — respondo, e então levanto o queixo, esperando parecer com Babcia, ou mesmo Callie, quando estão sendo acintosamente teimosas. O olhar de Lia se estreita e ela volta a se sentar direito, com a coluna ereta.

— Certo, você não me deixou escolha. Eu tenho sido paciente. Eu lhe pedi com educação, várias vezes, e agora estou advertindo. Este é um local de trabalho, e se não respeitar meu pedido para que saia, não tenho opção a não ser chamar a polícia e fazer com que você seja removida.

Ok, por *isso* eu não esperava. Eu franzo a testa para ela.

— Lia... por favor...

— Cinco minutos, Alice. Depois disso, vou chamar a polícia.

Eu ouço mamãe me aplaudindo dentro do meu cérebro. Às vezes, você tem que derrubar a maldita porta, Alice. Eu me inclino para trás na minha cadeira e cruzo os braços sobre o peito.

— Uma forma muito mais fácil de se livrar de mim seria concordar em falar com sua avó.

Lia sai resmungando e se senta com violência atrás de sua mesa. Ela está conversando muito com seu colega, e alguns minutos se passam enquanto eu me ocupo orando com todas as minhas forças para que a ameaça *policial* seja vazia. Eu a vejo pegar o telefone, mas finjo que não percebo — porque talvez esteja blefando e, obviamente, eu estou quase convencendo-a, então, talvez se eu apenas permanecer aqui um pouco mais...

As portas se abrem poucos minutos depois e dois policiais entram na sala de espera. Eles se aproximam do balcão e Lia, com a cara fechada, aponta na minha direção. Os policiais se aproximam de mim.

— Pediram para você sair — o mais velho dos dois diz sem rodeios.

— Nós lhe daremos uma última chance de fazer isso voluntariamente. Depois disso, vamos conduzi-la para fora... E você irá direto para a nossa viatura e, em seguida, para a nossa delegacia para que possamos acusá-la de invasão.

Tenho certeza de que eles ouvem meu engolir em seco petrificado quando me levanto e assinto.

— Já estou saindo — respondo de modo humilde.

— E, senhora? — diz o outro, enquanto pego minha bolsa, preparando-me para me apressar em direção à porta.

— Sim?

— Se voltarmos a vê-la aqui, nós *iremos* prendê-la.

Lanço um último olhar suplicante para Lia, que está me encarando com os braços cruzados sobre o peito, e então saio correndo porta afora e volto para o carro de Zofia. Assim que estou dentro do veículo, desabo no assento e tento recuperar o fôlego.

— Você acabou de ser presa? — Zofia ofega.

— Quase — gemo, e cubro os olhos com as mãos. — Não acredito que fiz isso.

Zofia dá partida no carro e sai dirigindo em uma velocidade que só pode ser descrita como *vertiginosa, mas dentro dos limites da legalidade*. Estamos quase de volta à rodovia quando ela começa a rir e, no fim, acabo me juntando a ela.

— Ou você está mesmo determinada a fazer isso por sua avó ou está *completamente* maluca. Eu na realidade não sei dizer qual é o caso a esta altura.

— Eu também não — admito, o riso murchando. — Mas foi tudo isso por nada.

— Podemos retornar amanhã? — Zofia sugere.

— E fazer o quê? — pergunto. — Pegar uma carona grátis para a delegacia de polícia?

— Bem, como você *gostaria* de aproveitar o dia amanhã? Tem alguma outra ideia? Ela lhe deu mais alguma pista para continuar?

— Não — admito, e volto a olhar para o meu telefone para começar a deslizar pelas fotos que tirei das anotações de Babcia e sua tela CAA. Li cada inserção em voz alta.

— Trzebinia. Bem, viemos até aqui.

— Sim.

— *Ul. Świętojańska 4.*

— A casa de infância dela.

— Sim. *Ul. Polerechka9B.*

— Uma casa histórica belamente reformada em uma rua maravilhosa e ladeada por castanheiras-portuguesas. Não temos ideia de por que isso era importante.

Suspiro com pesar.

— *Ul. Dworczyk 38.*

— A clínica médica onde Aleksy Slaski trabalhou.

— Emilia Skalski.

— Sua tia-avó.

— Alina Dziak. O nome verdadeiro da minha avó.

— Sim.

— Saul Eva Tikva Weiss.

— Não fazemos literalmente ideia alguma.

— *Proszę zrozum. Tomasz.*

— Sua pronúncia é uma lástima, mas sim, ela nos pede para, por favor, entender Tomasz.

— O que não temos ideia de como fazer.

— E isso é *tudo*?

— A única outra coisa que ela falou foi *Babcia fogo Tomasz* — digo, então gemo de frustração. — Mas eu sei que pensamos que isso só significa amor, o que é fofo, mas na verdade não...

— Não nos ajuda muito. Olha, há um ditado na minha família, Alice, e acho que se aplica perfeitamente aos dias de hoje. — Eu a encaro e ela sorri. — *Qualquer coisa* fica melhor depois de um pouco de vodca.

***

Experimentamos inúmeras variedades de vodca local em um restaurante na praça em Cracóvia e tentamos pensar em outras formas de abordar esse mistério.

— Ok, vamos pensar em Lia — murmura Zofia. — Lia é recepcionista, certo?

— Parece ser.

— Mas o *bisavô* dela já foi dono do prédio. Coincidência, ou ainda existe uma conexão familiar?

— O que você está sugerindo?

— Talvez o negócio ainda seja propriedade da família. Talvez Emilia tenha se tornado médica também, ou talvez um de seus filhos seja o dono agora. — Zofia tira o celular do bolso e, depois de uma rápida pesquisa no Google, temos uma lista dos clínicos gerais do lugar. — Agnieszka Truchen é uma das proprietárias. Deve ser a mãe de Lia, ou pelo menos parente...

Encontramos on-line algumas fotos datadas e granuladas de Agnieszka, mas nenhuma rede social, e todos os seus detalhes de contato listados apontam para a clínica. Zofia está em seu celular reproduzindo minha pesquisa, mas estou olhando para as fotos na minha própria tela. Por mais granuladas que sejam essas imagens, acho que posso ver uma semelhança comigo mesma. Viro meu celular para Zofia.

— Você acha que ela se parece comigo? — pergunto-lhe.

— É difícil dizer, porque a qualidade das fotos é muito ruim. Mas sim, parece que existe uma semelhança aí. Você *a* viu na clínica hoje?

— Não, havia alguns médicos vindo buscar pacientes, mas eu a teria notado.

— Podemos ligar e pedir para falar com ela — sugere Zofia, depois olha para o relógio. — Ainda não são cinco horas...

— Eles vão reconhecer meu sotaque... — digo com receio. Zofia sorri.

— Eles não vão reconhecer o meu.

Ela encontra o número de telefone no site da clínica e o digita. Eu a ouço falando em polonês, mas a ligação termina com rapidez e seus ombros despencam.

— Agnieszka ainda é dona da clínica, mas são outros médicos que cuidam dos pacientes — suspira. — Ela se aposentou alguns anos atrás.

— Claro que se aposentou — murmuro, mas então volto a me animar. — E quanto à própria Emilia? Podemos procurá-la na lista telefônica?

— Bem, ela teve pelo menos um filho, então, é quase certo que seja casada e, dada a sua idade, diria que não há mesmo nenhuma chance de ter mantido o sobrenome de solteira — avalia Zofia, como que se desculpando. Nós pesquisamos mesmo assim... mas, como era de se esperar, minha tia-avó de oitenta e sete anos não parece ter uma página no Facebook. Depois disso, pedimos uma segunda rodada mista de vodcas locais, e as coisas começam a descambar para a bobeira.

— Bem, se Lia *não vai* nos contar onde Emilia está, talvez pudéssemos contratar um detetive particular para rastreá-la...

— Poderíamos colocar anúncios de página inteira nos jornais pedindo a Emilia que nos contatasse...

— Podemos invadir a clínica médica e ver se conseguimos encontrar o endereço de Agnieszka...

— Talvez eu possa cancelar meu voo de retorno e esperar escondida do lado de fora da clínica até que Agnieszka apareça para uma visita e torcer para que ela seja mais atenciosa... ou pelo menos atenciosa o bastante para *não* chamar a polícia...

— Talvez pudéssemos surrupiar algumas unhas cortadas de Lia e fazer um teste de DNA...

— Ou podemos oferecer uma recompensa de um milhão de dólares para quem solucionar o mistério!

Nisso, Zofia olha para mim.

— Você tem um milhão de dólares? — ela pergunta, esperançosa.

Eu faço uma pausa, então desabo no meu lugar.

— Eu sou uma dona de casa, então não, na verdade não.

— Ah. Por um segundo, aquela ideia parecia promissora.

Estamos rindo um pouco alto demais quando o garçom se aproxima com a conta, então damos uma caminhada para limpar nossas cabeças e, em seguida, compartilhamos uma refeição deliciosa em outro restaurante na praça. Conversamos sobre tudo, *exceto* minha missão, enquanto comemos — conto a Zofia sobre meus filhos e os inconvenientes de deixá-los. Eu até falo por alto sobre os inconvenientes de deixar Wade sozinho com eles, e a surpreendente percepção que estou começando a ter de que, talvez, eu esteja controlando a vida de Eddie um pouco além da conta. Zofia me fala sobre seu trabalho e algumas das decepcionantes ou felizes pesquisas de antecedentes familiares com as quais se envolveu. Estou totalmente absorta no bate-papo e aproveitando a distração do terrível beco sem saída ao qual me levou minha busca em nome de Babcia. O tempo passa voando, então sou pega de surpresa quando vejo as horas no relógio na parede.

— É melhor eu retornar e ligar para minha família — digo, mas apesar das baboseiras, na verdade estou me sentindo melhor do que antes. — Obrigada por esta noite, Zofia.

— Sem problema. Vou acompanhá-la de volta ao hotel e começaremos de novo pela manhã. — Ela sorri para mim bondosamente. — Não desanime, Alice. Vamos pensar em alguma coisa.

***

Ligo para Wade sem mandar antes uma mensagem de texto, porque agora são dez e trinta e um da noite no horário de Cracóvia e isso corresponde a cinco e trinta e um da tarde no horário da Flórida, e eu sei que todos eles estarão em casa. Callie atende à chamada de vídeo no primeiro toque e está chorando.

— Mamãe — diz com a voz trêmida.

— Meu amor! — arfo. — O que aconteceu?

— Papai se esqueceu de me apanhar no clube de francês e eles estavam fechando e ligaram para ele, mas ele não atendeu e a sra. Bernard ficou mal-humorada e eu não conseguia lembrar de cabeça o número de telefone da vovó e não sabia o que fazer — conta, e então seus olhos se enchem de lágrimas novamente. Uma nova lágrima escorre de seus olhos e sua voz é baixa quando ela sussurra: — Mamãe, você pode voltar para casa agora?

— Oh, minha ursinha... — gemo. A bebedeira da vodca está diminuindo depressa. — Mas no fim das contas ele a apanhou, correto?

— Não. — Ela faz uma careta. — A sra. Bernard me levou ao trabalho do papai e me deixou na recepção. E a recepcionista teve que ir procurá-lo porque ele estava em uma *reunião*.

— Então, onde estava o Eddie esse tempo todo? — pergunto devagar. — Não na escola, certo?

— Ah, não — ela diz, mas antes que eu possa soltar um suspiro de alívio, acrescenta: — Ele estava com o papai porque foi mandado para casa hoje porque teve um colapso na aula e jogou uma cadeira no sr. Bailey. *E* Eddie teve cinco acidentes nas calças hoje, mas não se preocupe, eu já coloquei as roupas sujas dele na máquina de lavar.

— Por que é você que está fazendo isso em vez do papai? — questiono, embora seja difícil falar, porque estou tão furiosa que mal consigo me concentrar o suficiente para fazer a pergunta.

— Papai está no escritório de casa trabalhando pelo Skype. Ele tinha que terminar a reunião — explica Callie. Ela vira a câmera do telefone para me mostrar duas latas de sopa abertas aguardando na bancada — Não se preocupe, mamãe... Estou fazendo o jantar para o Eddie agora.

— Não, Callie, não... — arquejo. — Não, você não sabe como usar o fogão, querida... Você vai se queimar.

— Estou colocando no micro-ondas — diz ela, na defensiva, e só então ouço o *ding* do aparelho. Callie já é grande e madura o suficiente para usar o micro-ondas *ou* o fogão... Se soubesse como fazê-lo, mas nunca lhe mostrei, porque, na realidade, ela nunca precisou saber. Eu cozinho quase tudo em nossa casa. Nunca me ocorreu que talvez devesse compartilhar esses deveres... Não para o meu próprio bem, mas para o bem *deles*.

— Por quanto tempo você colocou para cozinhar, querida? — eu pergunto, meu coração martelando forte na garganta.

— Fiz uma estimativa. Achei que dez minutos seriam suficientes — ela diz com inocência e eu agarro o celular com um pouco mais de força quando a vejo de pé e caminhando em direção ao micro-ondas. Ele fica no alto de uma prateleira de modo que Eddie não consiga alcançá-lo. Para retirar de lá aquela sopa fervente, ela terá que estender a mão sobre a cabeça.

— Não toque nisso! — exclamo aflita, e Callie franze a testa para a câmera.

— Mas por quê?

— Vai estar *muito* quente, ursinha. Apenas... *não toque.* — respiro fundo e tento me acalmar. — Querida, só me faça um pequeno favor, ok?

— Ok, mamãe.

— Quero que você vá ao escritório do papai e interrompa a reunião dele, e...

— Mas ele disse para não...

— *Callie*, só me escute... — falo com urgência. — Vá até o escritório do papai e diga a ele que a mamãe está ao telefone e que é uma emergência.

— Tá — Callie diz, então suspira. — Eu só não quero me encrencar, mãe.

— Se tem alguém que vai se "encrencar" — digo ferozmente —, é o *papai*.

Ela é uma criança do novo milênio, não há dúvida. Callie caminha de imediato para o escritório de Wade no andar de cima com a câmera na frente para que assim eu possa ver para onde ela está indo e, então, abre a porta do escritório para me mostrar Wade sentado frente ao seu grande computador de mesa. Reconheço o técnico de laboratório que está no monitor enorme e também reconheço que o bloco de notas que eles estão compartilhando entre as telas está cheio de fórmulas matemáticas. Posso dizer que Wade está absorto, porque quando Callie entra no aposento, ele nem mesmo desvia o olhar da tela.

— Agora não, Eddie... — diz, sem se virar para ver qual de seus filhos é.

— Papai — Callie diz hesitante. — Mamãe quer falar com você.

Vejo os ombros de Wade travarem. Ele com relutância se despede de seu funcionário, e eu noto uma ligeira pausa antes que se vire para o telefone. Agora que está me encarando, a culpa está estampada em seu rosto. Callie vira a lente da câmera e passa o telefone. Ele olha para a tela, examina minha expressão, então suspira e diz baixinho:

— Callie, você pode dar a mim e à mamãe alguns minutos?

— Não se atreva a tocar naquele micro-ondas, Callie Michaels! — grito loucamente, e a perplexidade se espalha pelo rosto de Wade.

— Mas a sopa está pronta... — Callie protesta, e os olhos de Wade se arregalam.

— Callie, vá lá para baixo, *não toque no micro-ondas*. Leia um livro ou algo assim até eu terminar de falar com a mamãe — diz Wade, e assim que a porta se fecha, ele levanta a câmera e me encara nos olhos. — Alice, *por favor*, não dê um ataque.

— Eddie jogou uma cadeira e foi mandado para casa da escola? *Você esqueceu de apanhar Callie?* Callie está lavando as calças sujas do Eddie e tentando alimentá-lo enquanto você brinca de fazer fórmulas com Jon? Estou tão furiosa neste momento que nem sei por onde *começar*...

— O Eddie teve uma noite ruim, e então teve um dia ruim. Teria acontecido o mesmo se você estivesse aqui... Não há nada que eu pudesse ter feito para evitar isso.

— Você está curtindo com a minha cara, Wade? — zombo. — É claro que você poderia ter evitado. Se você tivesse a mínima noção sobre como se relacionar com ele, saberia esta manhã que ele estava tendo um dia ruim e poderia ter *ficado em casa com ele* para enfrentar e superar isso como *eu* teria feito.

— Encontramos um grande obstáculo com este projeto dos plásticos, Alice. Eu não podia simplesmente *ficar em casa com ele*. Minha equipe também precisa de mim. Estou tentando conciliar um milhão de coisas esta semana para que *você* possa estar aí...

— Quando liguei, Callie estava prestes a tirar a sopa do micro-ondas. Uma sopa que ela tinha colocado para cozinhar lá por *dez minutos*...

— Merda... — Wade geme, em seguida, passa a mão livre pelos cabelos. — Bem, e por que é que ela não sabe como usá-lo?

Isso atinge um ponto sensível. Ela deveria saber como usá-lo — eu é que tenho o maldito hábito de fazer tudo sozinha em casa.

— Ela tem *mãe e pai*, Wade — digo, na defensiva. — Você poderia ter ensinado a ela tão facilmente quanto eu.

Ele suspira com dureza e murmura:

— Sinceramente, Alice, o dia hoje foi um inferno. A última coisa de que preciso esta noite...

— Callie tem dez anos — digo incisivamente. — Sim, ela é superdotada, mas ainda assim tem *dez* anos. Você não pode esperar que ela assuma suas tarefas porque está ocupado no trabalho. — Gemo e esfrego os olhos com a mão. — Eu *sabia* que não deveria ter deixado vocês.

— É só *um dia ruim*, Alice — Wade dispara. — Eu tenho direito de ter *um dia ruim*.

— Mas eu *sabia* que isso iria acontecer — retruco. Eu soo bastante irritante. Na verdade, pareço minha mãe e odeio a sensação, mas estou com tanta raiva que não consigo me conter. — Eu sabia que você iria me deixar na mão...

— Eu *nunca* deixei você na mão — diz Wade, e agora ele também está furioso.

— Eddie tem sete anos, Wade — falo com tranquilidade. — Diga-me uma maldita vez em toda a vida dele em que você *não* o deixou na mão.

É a vodca falando. É a decepção falando. Minha viagem não deu em nada e terei que admitir para Callie e Babcia e até mesmo para Wade que fracassei. Independentemente disso, eu disse algo que não posso retirar — algo que está muito além do que é aceitável. Sobre a tela, vejo os olhos de Wade se arregalarem com o choque e uma profunda dor que poucas vezes o vejo demonstrar. Ainda estou com raiva — isso não significa que não esteja desejando muito poder retirar o que disse. Mas como não posso, nós dois apenas olhamos para as lentes de nossas câmeras em um silêncio tenso e desconfortável. É a vez de Wade lutar para obter controle de seu temperamento, mas, em seu caso, ele vence a batalha e fala com calma, sem se alterar.

— Vou descer — diz. — Vou ver como Edison está e pedir desculpas a Pascale. Eu vou salvar a sopa. Vou assumir a lavanderia. Depois, vou começar a rotina noturna e tentar me preparar para o dia de aula de amanhã. — Ele respira fundo e, em seguida, acrescenta: — O que *não* vou fazer é entrar em uma briga aos gritos com você pelo FaceTime. Também não acho que seja uma boa ideia você falar com Eddie esta noite. Ele está muito frágil e acho que pioraria tudo.

Desligo na cara de Wade sem me despedir, depois enterro o rosto no travesseiro e cedo aos soluços — mas só *então* me ocorre que ainda não liguei para mamãe para ver como Babcia está. Então, bebo um pouco de água, preparo uma xícara de café e assisto TV por um tempo até sentir que minha voz voltou ao normal e minhas emoções abrandaram.

Faço uma chamada de voz para mamãe, porque não quero que ela veja meu rosto. Ela atende no primeiro toque.

— Eu não posso falar por muito tempo, Alice.

— O que está acontecendo?

— Babcia teve algum tipo de recaída algumas horas atrás e foi transferida para a UTI — diz mamãe. Ouço a frustração em sua voz enquanto murmura: — Estou esperando o neurologista, mas ele está na droga da porta ao lado com outro paciente *há meia hora*. A enfermeira disse que foi outro derrame pequeno. E que não é incomum em alguém da idade dela, mas que é preocupante que isso continue acontecendo...

— Babcia está bem?

— Ela *não* está bem, Alice — mamãe diz de pronto. — Acho que é hora de aceitarmos que seus dias de estar *bem* já passaram.

Eu sei que o tempo dela com a gente está terminando. Por que mais eu estaria na Polônia nesta caça ao tesouro? Mas ouvir mamãe dizer essas palavras me dá vontade de chorar.

— Você pode me enviar uma mensagem quando souber o que está acontecendo? — peço com voz rouca.

— Alice — posso ouvir o tom de desculpas na voz de mamãe, mas conhecendo-a como conheço, há uma boa chance de logo em seguida ela disparar assim mesmo algo cáustico e eu de fato *não tenho condições de lidar* com isso esta noite.

— Preciso desligar — digo num tom de voz irregular. — Não deixe de me mandar uma mensagem, ok?

E, pela segunda vez hoje, desligo na cara de alguém que amo.

Vinte minutos depois, ainda estou soluçando quando chega uma mensagem da mamãe.

A boa notícia é que foi um pequeno sangramento hoje e não há novos danos, mas a condição de Babcia não é mais considerada estável.

A dra. Chang está finalmente providenciando aquele tradutor para mim. Ela quer falar com Babcia sobre se ela está pronta para assinar uma ordem de não ressuscitação.

Então, alguns minutos depois, quando estou tentando elaborar uma resposta, chega outra mensagem de texto.

A propósito, seu pai chegou há poucos minutos. Suponho que você não tenha nada a ver com isso, não é? Talvez ele não seja o único que deveria pensar em voltar para casa mais cedo.

— Estou pensando nisso, mãe — sussurro para o meu quarto de hotel vazio. — Na verdade, isso é tudo em que consigo pensar.

CAPÍTULO 35
Alina

Achei que ficaria apavorada enquanto o restante do caminhão estava sendo carregado. Certamente, foi o momento mais perigoso em uma série de momentos perigosos. Mas ouvir as risadas e piadas dos soldados nazistas que carregavam o caminhão me deixou furiosa em vez de apavorada. Eu sabia que devíamos estar em Auschwitz, e isso significava que meus pais talvez estivessem por perto.

Foram estes os homens que levaram meus pais? Foram estes os homens que mataram a família de Saul?

Eu estava repentina e esmagadoramente indignada. Eu estava exaurida pelos anos de ocupação — tanto que quase me esqueci de como ficar indignada. Mas ao ouvir o ressoar despreocupado daquelas risadas, uma raiva furiosa e assassina surgiu em mim — em especial quando me ocorreu que Saul estava bem atrás de mim, ouvindo a mesma trilha sonora, até se perguntando as mesmas coisas. Estendi a mão por trás de mim e apertei o ombro de Saul com força. Após um momento, ele colocou sua mão trêmula sobre a minha.

Algum tempo depois, ouvimos a porta da cabine fechar e o motor voltar a ser ligado.

Toda a noção de tempo desapareceu depois disso. Na maior parte, Saul e eu ficamos sentados em silêncio total, movendo-nos apenas quando o entorpecimento ou a urgência ordenava. A mala continha potes de conserva cheios de água — e à medida que iam sendo esvaziados, foram de maneira atrapalhada reaproveitados para as nossas necessidades. Eu havia empacotado os últimos biscoitos e geleias de nossa ração, junto com o último pão da mamãe — um verdadeiro regalo para os padrões de Saul se tivessem que durar alguns dias. Esperei pela fome, mas, como ela não veio, tive que me forçar a comer de vez em quando, e quando Saul ignorou minhas ofertas de comida e água, tive que me arrastar desajeitadamente até poder levar os potes e o pão à sua boca. Ele era um esqueleto ambulante. Sabia que ele não poderia ficar muito tempo sem sustento, então, eu o alimentei como um bebê.

Eu estava mesmo ciente do medo, da sufocação e da tristeza por meus pais e da saudade de Tomasz e da coceira do gesso e da picada de lascas que atingiam qualquer parte da minha pele que por acaso repousasse contra a caixa de madeira — era como se o mundo inteiro houvesse parado, exceto pelo meu sofrimento. Às vezes, o caminhão diminuía ou parava e eu ouvia vozes e ficava completamente resignada com o que parecia uma inevitabilidade. *Era sem dúvida o fim*. Fomos descobertos, estávamos perdidos, a morte havia chegado, eu havia falhado. Mas, apesar do terror absoluto, toda vez o caminhão tornava a dar partida e continuávamos rodando devagar, até a próxima parada e o próximo pavor.

Quando o barulho do caminhão estava alto o suficiente, eu tentava iniciar uma conversa sussurrada com Saul — qualquer coisa para aliviar o tédio, qualquer coisa para me distrair do modo como minha mente disparava pensando em todas as possibilidades horríveis do que estava à nossa frente. De vez em quando, ele me respondia com grunhidos, mas, na maioria das vezes, não me respondia coisa alguma.

Tive a impressão de que ele estava dormindo muito ou que talvez tivesse se perdido por completo nas lembranças daquela noite — nos primeiros estágios de uma vida de luto, amplificados pelo terror de nossa situação atual e pela privação sensorial da caixa *totalmente* escura em que estávamos presos. No fim das contas, aceitei que ele não queria falar, ou talvez estivesse exausto a ponto de apenas não conseguir. Às vezes, chorava muito baixinho e, no início, eu odiava isso, mas logo percebi que havia algo ainda pior, porque outras vezes ele ficava em silêncio e eu sentia uma ansiedade sufocante pelo medo de que houvesse morrido e eu estivesse presa no que equivalia ao meu *caixão*, ainda respirando ao lado de um cadáver macilento. Eu prendia minha respiração por um momento para que pudesse me concentrar em sentir o movimento de seu peito atrás de mim, apenas para ter certeza de que estava respirando, mas, às vezes, levava horas para criar coragem para fazer isso, porque eu sabia a realidade da minha situação. Mesmo que Saul *tivesse* morrido, eu ficaria presa naquela caixa com ele até pararmos, e não havia nada que pudesse fazer a respeito. Àquela altura, o cheiro na caixa era tão forte que era como se pudesse sentir o gosto de nosso suor e resíduos no ar — um tipo diferente de morte, um aprisionamento extremo de nossa vida.

Eu tinha perdido o controle das paradas e recomeços da jornada do caminhão, então fiquei surpresa quando ele parou, e depois ouvi passos na carroceria e caixotes se movendo, mas nenhuma conversa. Saul e eu ficamos tensos quando os passos se aproximaram de nossa caixa, e nenhum de nós relaxou mesmo quando Jakub chamou baixinho:

— Vocês dois estão bem aí? Estamos no rio Don, mas temos que nos apressar, estou atrasado para o centro de comando para entregar o restante da carga.

Ele nos ajudou a sair da caixa e a nos firmarmos em nossas pernas bambas, e depois carregou a ambos até o chão, porque nossos membros estavam rígidos demais para descer. Por fim, Jakub nos passou a maleta e começou a mudar os caixotes de lugar. Levei um momento para perceber que ele estava tentando remover a caixa na qual havíamos viajado de trás do carregamento de suprimentos.

— O que você está fazendo? — perguntei, boquiaberta.

Ele olhou para mim, confuso.

— Preciso descartar a caixa e fazer a última entrega.

— *Descartar* a caixa?

— Não posso levá-la para o centro de comando comigo — explicou em voz baixa. — Se alguém tentar descarregá-la, logo perceberá que não é o que parece. Eu estaria perdido.

— Mas você já a usou antes com outro portador.

— A frente era muito mais próxima naquela época, e uma unidade de resistência escondeu a caixa para mim até que fizesse a viagem de volta. Aqui, estamos bem no que costumava ser território soviético, só não *conheço* ninguém que esconda isso para mim.

— Mas... há tantos que precisam da sua ajuda. Tantos que...

— Morto, não sou de muita valia para eles, sou? — Jakub me interrompeu, mas não de maneira grosseira. — Eu construí uma vez, posso construí-la novamente. É melhor irem até o rio. Não sei a que horas seu barco vai chegar. Vocês ainda têm comida?

— Um pouco — sussurrei, mas estava relutante em deixar o assunto da caixa tão depressa. — Talvez você possa deixá-la aqui...

— Pegue isso — disse Jakub, e me jogou um punhado de cenouras. Eu não consegui pegá-las, elas se espalharam ao redor dos meus pés e eu me esforcei para recolhê-las. — Tente convencer seu amigo a comer um pouco também. Parece que ele vai precisar do sustento já que vocês dois irão se pôr em marcha logo.

— Mas...

Jakub gesticulou com a cabeça em direção ao bosque.

— Você está pronta para isso? — perguntou baixinho. — As coisas ainda vão ser difíceis a partir daqui, você sabe.

Nós dois olhamos para Saul, que havia despencado contra uma árvore. Era madrugada de novo — havíamos estado dentro da caixa por um dia inteiro — e meu companheiro não parecia mais lúcido após a longa jornada dentro do caminhão. Ele era franzino, mas eu também: na realidade não havia como ampará-lo fisicamente se parasse de andar, e nem eu o deixaria para trás. Eu havia feito uma promessa a Tomasz e pretendia cumpri-la.

— Não sei... — admiti.

O olhar de Jakub era compreensivo.

— Mexa-se, garota. E boa sorte — acenou para Saul, que ergueu a mão em resposta.

— Obrigada — sussurrei entorpecida. Peguei a maleta e caminhei um tanto rígida até Saul. Atrás de mim, ouvi o som da caixa se espatifando no chão e, em seguida, os estilhaços voando quando Jakub a destruiu. Lágrimas encheram meus olhos, mas não pude me permitir olhar para trás. Em vez disso, coloquei a mão no braço de Saul e o conduzi até a linha das árvores; em seguida, ajudei-o a se sentar no chão. Ele caiu para a frente, cotovelo no joelho, palma sobre os olhos.

Joguei fora os potes de geleia que continham nossos dejetos e depois retirei os últimos biscoitos, o pão seco e a pouca água que ainda tínhamos.

— Você precisa comer de novo — murmurei.

Saul abriu os olhos. Era como se tivesse emergido de um sono profundo e horrível, e estava, finalmente, consciente outra vez.

— Alina — falou de repente.

— Sim? — disse, assustada com a fala inesperada.

Ele inclinou a cabeça em minha direção e disse baixinho:

— Obrigado.

***

Eu temia que a travessia do rio fosse uma provação, mas apenas embarcamos em um pequeno barco com um velho e rude fazendeiro e fomos conduzidos a remos para o outro lado: sem drama, sem tensão, sem luta. Estávamos alguns quilômetros a oeste da fronteira, então, embora pudéssemos ouvir bombardeios à distância, certamente não era uma ameaça para nós. Na verdade, a travessia foi um momento de paz agradável após as vinte e quatro horas mais estressantes da minha vida. Quando o barco parou do outro lado, o fazendeiro acenou com a cabeça em direção à margem do rio. Ele não falava polonês e nem Saul nem eu conhecíamos sua língua, mas murmuramos nossos agradecimentos assim mesmo e então saímos do barco. Isso pareceu inspirar uma reação quase violenta no fazendeiro, que bloqueou nosso caminho com um remo e começou a apontar para a mala.

— Acho que ele quer dinheiro — sussurrou Saul.

Enfiei a mão embaixo das roupas, remexi na bolsinha e retirei algumas moedas, depois ofereci a palma da mão ao fazendeiro, que as pegou todas franzindo a testa e grunhiu para nós. Eu não tinha ideia de quanto havia dado — nem de quanto havia sobrado —, mas ele não estava mais agitando o remo para nós, então, estávamos livres para ir.

Ajudei Saul a descer até a margem do rio e depois o fiz sozinha. Quando meus pés tocaram o solo soviético, parei e respirei fundo, enchendo os pulmões. Se Tomasz estivesse comigo, eu o teria agarrado naquele momento e beijado sua boca. Então, teria lhe contado todos os pensamentos que atravessavam a minha cabeça — quão mais doce era o gosto do ar ali, como era incrível estar *viva* e ter chegado tão longe, quão mais próximos estávamos da vida que nós sonháramos. Em vez disso, porém, eu estava com Saul — que caminhou até o alto da margem e depois olhou para mim com interrogação. Tudo o que pude fazer foi anotar meus pensamentos. Prometi a mim mesma que um dia contaria a Tomasz tudo sobre aquele momento. Até lá, eu tinha que continuar.

— Vamos, Saul — murmurei, enquanto subia a margem do rio para ficar ao seu lado. — Ainda não chegamos lá, mas estamos muito mais próximos do que antes.

— Quantos quilômetros? — ele me perguntou.

— Eu nem sei — admiti. — Mas sei que é a leste, e não é longe. — Eu lhe ofereci meu braço. Saul apoiou-se em mim apenas por um momento, depois pareceu se empertigar e se sacudiu.

— Chega — murmurou. — É hora de continuar.

E, depois disso, caminhou todo o percurso até a cidade. Tivemos que parar algumas vezes para que pudesse descansar, mas ele percorreu todo o caminho sem muita ajuda.

***

Tivemos que esperar um dia inteiro pelo trem que nos levaria para Buzuluk, e não havia lugar algum para irmos nesse ínterim, então, dormimos na plataforma — Saul e eu nos enfiamos em uma pequena alcova perto de uns banheiros e protegemos a maleta e nossa escassa comida com os nossos corpos enquanto dormíamos. Apesar das hordas de almas polonesas famintas ao nosso redor, esperando pelo mesmo trem, apesar do concreto atrás de nós e da brisa fria que não parou de soprar a noite toda, na verdade dormi tão bem que quando acordei na manhã seguinte pensei que toda a viagem havia sido um sonho.

Deixei Saul para ir ao banheiro e, enquanto eu estava fora, encontrei uma mulher local vendendo pão seco para os refugiados. Entreguei mais moedas — de novo sem ideia do muito ou pouco que lhe entreguei — e, quando voltei para onde Saul ficara, estava carregando não um, mas dois pães inteiros escondidos sob o meu casaco. Por um tempo, fiquei preocupada, achando que tinha comprado muito e o pão acabaria sendo desperdiçado — mas, no fim, aquele pão provavelmente salvou nossas vidas.

O trem foi um passeio no parque para mim depois da escuridão do caminhão, apesar do fato de Saul e eu estarmos dividindo um vagão de gado com várias dúzias de estranhos em variados estados de saúde e limpeza. Não havia lugar suficiente para todos nós sentarmos ao mesmo tempo, então, por um acordo tácito, nós, passageiros, revezávamo-nos, ficando de pé exaustos por horas a fio para liberar algum espaço para os outros descansarem.

Achei que *eu* tivesse passado por dificuldades durante a guerra, mas aquelas pessoas de fato sofreram de maneiras que eu nem conseguia imaginar. A mulher ao meu lado — sentada quase *em cima* de mim — estava coberta de feridas úmidas e eu podia ver piolhos rastejando por seus cabelos emaranhados. De vez em quando, ela começava a soluçar e, de forma igualmente abrupta, parava, fechava os olhos e se inclinava abobada para o meu lado, como se tivesse desmaiado. O homem que viajava com ela estava tão magro quanto Saul, mas sua pele tinha adquirido um tom amarelo luminescente. Havia crianças no trem que estavam traumatizadas demais até para chorar — elas apenas permaneciam sentadas em silêncio — e algumas delas estavam até viajando sozinhas. Não havia banheiro — então, as pessoas estavam se aliviando por um buraco no chão do trem, e eu percebi que alguns dos doentes não conseguiam esperar sua vez quando uma lama suspeita e rançosa começou a rolar pelo chão.

Eu estava com a maleta e ficava abraçada com ela a maior parte do tempo — com muito medo de estragar a comida colocando-a no chão e contaminando-a com os dejetos. Eu também estava com muito medo de abri-la dentro do trem e sermos atacados pela multidão faminta. Para evitar isso, eu abria só um pouco a tampa, enfiava a mão sem jeito e vasculhava o interior. Ao fazer isso, dava furtivamente pequenos pedaços de pão para Saul quando achava que ninguém estava olhando. Eu comia fingindo coçar o nariz com a mão direita envolta em gesso enquanto deslizava a mão esquerda com a comida para a boca. Um dia depois de deixarmos a estação, Saul e eu já havíamos visto o suficiente para saber que, se ousássemos dormir ao mesmo tempo, *alguém* roubaria a maleta. Depois disso, dormimos em turnos curtos — se é que se pode chamar aquilo de sono, devido ao desconforto físico quase impossível em que nos encontrávamos.

Mas, por mais terrível que *tudo* aquilo fosse, para mim ainda era preferível à caixa no caminhão — a brisa fria e a luz que penetrava pelas rachaduras nas paredes do vagão de gado faziam toda a diferença. Essas sugestões de luz do dia eram na verdade vislumbres de algo ainda mais precioso: eu podia ver a *liberdade* pelas frestas da parede daquele vagão de gado, quando aos poucos me ocorreu que eu estava mesmo fora da Polônia ocupada. Embora estivesse muito longe de estar segura e muito longe de estar estabelecida, finalmente estava livre dos nazistas.

Quando essa percepção começou a se solidificar, um peso saiu do meu peito. Foi a aurora de algo que eu já não sentia há anos àquela altura: a expectativa de que iria sobreviver. À medida que o trem avançava, tive certeza de que tudo ficaria bem — porque se Saul e *eu* conseguimos chegar tão longe, é claro que Tomasz também o faria. Se tudo o que restasse para nós no mundo fosse um ao outro ao fim dessa jornada, isso era mais do que o suficiente para eu esperar cheia de ansiedade.

Para a maioria das pessoas presas naquele vagão de trem cheio de doença, morte e fedor, o momento certamente teria sido um ponto baixo em suas vidas, mas, para mim, era como se tivesse tropeçado no início do futuro que eu sonhara.

***

A viagem para Buzuluk durou duas semanas inteiras. O trem parava com frequência, mas nem sempre havia comida disponível e, quando havia, aquelas pobres criaturas famintas com quem estávamos viajando desciam sobre ela como animais. Saul e eu conseguimos fazer os pães durarem toda a viagem — somente no último dia ficamos totalmente sem comida. Tivemos sorte. Várias pessoas de nosso vagão morreram e, nessas paradas pouco frequentes, os comissários de trem apenas jogavam seus corpos nos campos ao lado dos trilhos.

Quando o comissário passou, abriu as portas e anunciou que estávamos em Buzuluk, Saul e eu nos viramos e trocamos um sorriso encantado e surpreso — como se disséssemos: *Estamos vivos. Dá para acreditar?* Ele ficou mais forte ao longo da jornada, ao invés de mais fraco como a maioria de nossos companheiros de viagem, e quando descemos na plataforma em Buzuluk, Saul de fato liderou o caminho. Ele estava arrasado, é claro, mas se tornara forte o suficiente para colocar um pé na frente do outro e se mover por conta própria.

Paramos em Buzuluk e visitamos algumas lojas antes de caminharmos até o campo. Nossas roupas estavam nojentas, então as substituímos pelas mais baratas e quentes que pudemos encontrar. Tudo o que guardei foi meu casaco, e disse a Saul que isso era porque "não estava muito fedorento", mas a verdade era que a aliança de mamãe ainda estava costurada na bainha. Compramos ainda mais pão seco e alguns biscoitos. Tínhamos esperança de que, quando chegássemos ao campo, seríamos alimentados com comida de verdade, mas não podíamos ter certeza, então queríamos estar preparados.

— Bem — disse Saul calmamente, enquanto seguíamos os últimos retardatários da multidão do trem em direção ao campo do exército. — O que você acha que nos aguarda a seguir?

— Com sorte — disse —, uma bela cama com um cobertor. Um lugar para deitar e enfim nos esticarmos. E comida, ah, comida *quente*. Imagine isso!

Rimos juntos, otimistas sobre o campo em que esperávamos ser bem-vindos. Foi só quando o progresso da multidão começou a diminuir e depois parou por completo que percebemos que havia um problema. Logo, os soldados começaram a caminhar ao longo da fila, falando com as pessoas, e vimos a maioria delas à nossa frente na fila voltando para caminhar em direção à estação, praguejando e balançando a cabeça.

— O que foi? — Saul perguntou ao soldado, enquanto ele se aproximava de nós.

— O campo está lotado — disse. — Os soviéticos dizem que só precisamos de trinta mil soldados, já temos mais de setenta mil pessoas. Não há nada aqui para vocês. Vocês terão que retornar para o lugar de onde vieram.

— Mas precisamos aguardar neste campo. Vamos encontrar soldados britânicos aqui quando eles trouxerem um carregamento de uniformes. Não podemos voltar.

Sendo franca, a sugestão de que alguém voltasse para aquele trem era ridícula — era direcionar as pessoas para a morte, pura e simplesmente. Além da exposição à doença, ninguém que tivesse a sorte de ter comida para a viagem teria o suficiente para sobreviver ao retorno. O soldado deu de ombros para nós e começou a andar.

— Não — disse enfática, e estendi a mão para segurar o braço do soldado. — Falei sério. Vamos encontrar os britânicos aqui, não vamos voltar.

— Alina... — Saul disse baixinho e tocou meu braço para me consolar.

— Não cheguei até aqui para ser rejeitada agora — sussurrei com ferocidade para Saul. — E nem *você*.

O soldado me olhou de cima a baixo — a irritação em seu olhar dando lugar a algo de que eu gostava ainda *menos*. O súbito lampejo de interesse em seus olhos me lembrou de como eu me senti mal por estar exposta no canteiro de morangos naquele dia, logo no início da guerra. Desta vez, porém, o soldado que me encarava maliciosamente estava parado bem ao meu lado e minha mão estava em seu braço. Soltei-a depressa e dei um passo para trás em direção a Saul, como se ele pudesse me proteger.

— Talvez eu pudesse ser persuadido a abrir uma exceção para uma garota adorável como você — disse o soldado, inclinando-se até que seu rosto estivesse muito perto do meu, e eu pudesse sentir o cheiro de café em seu hálito. Lutei *muito* contra a vontade de mostrar minha repulsa ou me inclinar para longe, e fiquei com os joelhos fracos de alívio quando ele se empertigou, até que acrescentou com firmeza: — Mas só para você. Não para o seu namorado.

— Não! — exclamei, balançando a cabeça em frenesi. — Ele tem que vir comigo. Ele *tem* que vir — A fila ao nosso redor havia se dissolvido, mesmo aqueles que pretendiam ficar e torcer pelo melhor haviam se afastado, com medo, sem dúvida, de que o guarda estivesse prestes a atirar em mim. Tudo o que eu sabia era que o meu futuro estava além do campo. Eu precisava entrar e havia prometido a Tomasz, então *precisava* levar Saul comigo. Comecei a implorar. — Ele é médico. Tenho certeza de que pode ser útil no campo se estiver cheio, especialmente se as pessoas lá dentro estiverem tão doentes quanto todo mundo aqui parece estar.

— Temos médicos — ele disse, e então apontou o queixo para mim. — O que mais você tem, linda?

— Comida?

— Tente outra vez.

Eu estava tendo uma ideia bastante clara do que o soldado poderia querer de mim, e isso estava me deixando fisicamente doente — meu estômago vazio ameaçando tentar se esvaziar ainda mais. Já tínhamos usado a maior parte dos nossos rublos até ali, então, tudo que eu de fato tinha para oferecer ao soldado eram algumas moedas, e descobri que não valiam muito. Eu tinha que pensar em algo, porque não iria a *lugar algum* a não ser atravessar aqueles portões.

— Tenho algumas moedas — ofereci; remexi no bolso e retirei o que restava.

— Por favor — ele zombou. — Não me insulte com migalhas.

— Ouro — disse com pesar. Suspirei e repeti. — Eu tenho ouro.

— Ouro? — perguntou, incrédulo, e ao meu lado, vi Saul erguer as sobrancelhas. Procurei o volume na barra do casaco e levantei a bainha. O soldado continuou a me olhar fixamente, então peguei sua mão e a segurei contra o volume.

— Viu? É uma aliança. Ouro maciço. Se você me emprestar seu canivete, eu a darei a você. Com certeza isso é o suficiente para encorajá-lo a deixar meu amigo entrar comigo.

— Deixe-me cortar — disse o soldado de supetão, e a próxima coisa que vi foi ele tirar uma faca do bolso e cortar ao longo da costura. A aliança caiu em minhas mãos, e eu tremi ao oferecê-la a ele.

O soldado agarrou-a na mão e escondeu-a com rapidez no bolso. — Vocês têm documentos de identificação poloneses? Ninguém entra sem eles, você sabe. Eu não posso fazer nada quanto a isso.

— Nós temos — respondi. — Nós dois.

— Verdadeiros?

— Claro — respondi, como se tivesse me ofendido. Então, prendi a respiração, mas ela escapou como um soluço quando ele se virou para se afastar de nós.

— Mas... — comecei a protestar, e ele me lançou um olhar penetrante e gesticulou com a cabeça para que o seguíssemos.

Saul e eu corremos atrás dele — até os portões. Os outros guardas nos deixaram entrar sem ao menos dar uma segunda olhada, e assim o soldado apontou para uma tenda esfarrapada.

— É aqui que vocês se registram, preparem a sua documentação. E se ele for mesmo um médico, certifiquem-se de informá-los sobre isso. Eles com certeza precisam de ajuda. — Depois que se virou para ir embora, o soldado olhou para mim e me deu uma piscadela. — Espero ver você por aí.

Saul deslizou o braço em volta dos meus ombros e me virou na direção da tenda de registro.

— Alina — ele disse calmamente. — Essa foi a coisa mais corajosa que eu já vi.

— Tomasz me disse para cuidar de você — falei com determinação, mas o que eu estava pensando era: *Um dia desses, acabarei sendo morta tentando salvar pessoas para Tomasz Slaski.*

— Onde você conseguiu a aliança?

— Minha mãe me deu — murmurei, e me dei conta do que havia feito e tive que piscar *com força* para conter as lágrimas. — Eu a tinha guardado. Estava guardando. Para meu casamento com Tomasz.

O braço de Saul em meus ombros ficou um pouco tenso.

— Eu vou encontrar um jeito, Alina. Vou encontrar uma forma de recompensá-la por isso. *Tudo* isso.

— Você já nos salvou. Ele não teria sobrevivido se não tivesse deixado Varsóvia com você, não tenho certeza se *eu* teria sobrevivido se ele não tivesse voltado para mim. — Eu queria chorar, mas estávamos na fila esperando para nos registrar, e eu sabia que tinha que manter a calma. Tentei injetar um pouco de leveza em meu tom. — Acho que estamos quites agora.

— Nem de longe, Alina. Mas vou encontrar um jeito.

A fila avançou então, e nós nos arrastamos juntos, e quando chegamos à frente, com as mãos trêmulas, mostrei ao administrador a documentação falsificada que Henry havia me dado.

— Hanna Wiśniewski — ele murmurou, enquanto rabiscava o nome, mas mal olhou para a minha documentação, porque seu foco estava imediatamente em Saul. Ele olhou com atenção para o passaporte de Tomasz, depois encarou Saul e então de volta para o passaporte antigo. Por um momento, eu esperava que comentasse sobre a idade de Saul — ele era cinco anos mais velho do que Tomasz e parecia muito mais velho ainda. Mas a guerra envelhecera todos nós além da nossa idade e, em vez disso, o olhar do guarda se estreitou para o cabelo de Saul.

— Você não é judeu, é? — perguntou. Por uma fração de segundo, Saul hesitou, então eu intervi:

— Claro que não. Por que pergunta isso?

— Cabelo escuro, senhorita. É uma pergunta padrão. Inscrevemos muitos judeus nos primeiros dias, então não podemos deixar mais nenhum entrar. Eles não foram feitos para a guerra, são apenas muito covardes.

Em um instante, fiquei sem palavras de raiva, mas Saul se abaixou, segurou minha mão e a apertou com força. Então, sorriu para o oficial, enquanto pegava o passaporte como rotina.

— Isso é tudo que você precisa de nós? — ele perguntou com um sorriso.

— Tudo certo. Bem-vindos.

— Para onde vamos a seguir?

— Vão para a próxima tenda. Eles vão lhes atribuir funções e locais para dormir.

Caminhamos em direção à segunda tenda e olhei para Saul.

— Eu não sei como você consegue suportar isso — sussurrei, trêmula.

— É apenas por algumas semanas — sussurrou de volta. — Podemos esclarecer tudo quando Tomasz chegar aqui. Além disso, se me deixarem trabalhar como médico, talvez se preocupem mais com minha habilidade e menos com minha ascendência quando eu lhes contar a verdade. — Ele suspirou e, então, admitiu debilmente: — Para ser franco, Alina, ainda não estou forte o suficiente para sofrer por minha fé de novo. Ainda não. Deus me perdoe, mas será um alívio ficar disfarçado por mais algum tempo.

CAPÍTULO 36
Alice

Zofia me envia uma mensagem e sugere que nos encontremos para um café da manhã mais cedo e tentemos traçar um plano; então, às oito horas estamos sentadas no restaurante do hotel. Peço um expresso duplo, porque quase não dormi — e, pelo segundo dia consecutivo, vou de smalec. Talvez esteja escrito em meus genes, porque, aparentemente, eu amo essa coisa.

Fiquei pensando que não tinha expectativas quanto a essa viagem, mas descobri que tinha, sim. Ainda tenho um dia aqui para responder à pergunta silenciosa de Babcia, mas não tenho como descobrir de que maneira tudo se encaixa. Tudo que eu *realmente* sei com certeza é que há uma mulher idosa chamada Emilia em algum lugar aqui na Polônia que visita com regularidade o que pode ser apenas uma cova vazia com o nome do meu avô nela.

Em casa, Babcia está ficando cada vez mais doente. Parece que Eddie está em queda livre. Wade está fazendo malabarismos com um milhão de bolas de uma só vez, e algumas estão inevitavelmente caindo. Callie está se afogando em mais responsabilidades do que qualquer criança de dez anos deveria enfrentar.

E estou a oito mil quilômetros de distância, na Polônia. Não conseguindo nada por nenhum deles.

— Então... — Zofia diz num tom descontraído. — O que devemos fazer com este dia?

Eu quase me esqueci que ela estava lá. Faço uma careta quando encontro seu olhar.

— Sinto muito, Zofia. Vou remarcar o meu voo e voltar para casa hoje, se puder.

Ela inclina a cabeça, olhando para mim pensativamente.

— Você está desapontada. Eu entendo.

— Apenas não parece haver muito sentido em ficar. O que quer que seja que Babcia queria que eu descobrisse... parece que estamos em um beco sem saída, enquanto lá em casa, ela está ficando mais doente, então...

— Eu faço muito dessas coisas de história familiar.

— Eu sei.

— Às vezes, tenho clientes que viajam de toda parte do mundo tentando rastrear seus ancestrais e eles chegam aqui e não conseguem encontrar *nada*. O país inteiro ficou confuso depois da guerra. Registros de nascimento, registros de óbito, corpos... histórias... todo o tipo de coisa foi perdida e não pode ser encontrada. Mas há uma coisa que *sempre* pode ser encontrada. — Ela levanta o olhar para mim e sorri com suavidade. — É a experiência de ter tentado. Você nunca esteve aqui antes, Alice. Você provavelmente não vai voltar, certo?

— Provavelmente, não — admito. Minha garganta fica de repente apertada com o pensamento das oportunidades perdidas que passam por mim a cada segundo que estou aqui.

— Seu voo é quando... amanhã?

— Sim.

— Você tem um quarto de hotel. Tem a mim. Um carro. E *um dia inteiro*. Vamos usar tudo isso?

— Mas... minha avó... e... minha família... — Minha voz fica rouca e paro para limpar a garganta. — Meus filhos. Eddie está... eles não estão conseguindo se virar sem mim, só isso.

— Alice, eu não tenho filhos ainda, então, você pode ir em frente e me ignorar se eu estiver errada aqui, mas... eu apenas tenho a sensação de que, quer você vá para casa hoje ou amanhã, o resultado será, bem provável, o mesmo. Você vai se encaixar de volta em sua vida e carregá-los todos, e em uma ou duas semanas a partir de agora, tudo voltará a ser como era. E quando olhar para esta viagem incrível, tudo o que terá para lembrar são os fracassos. Ok, não pudemos descobrir o que a sua avó queria que você encontrasse, eu sei que é perturbador e decepcionante, mas... talvez, em vez disso, você possa apenas experimentar um pouco mais do país que a gerou. — Ela tira o guardanapo do colo e joga no prato, depois se levanta e encolhe os ombros. — Como diz o ditado, se conselho fosse bom a gente não dava, vendia. Mas essa é a minha opinião. Eu vou colocar gasolina no carro, e você pode aproveitar para pensar sobre isso, ok? Se decidir ficar, tenho algumas ideias de como podemos usar o tempo. Ou posso levá-la ao aeroporto, se quiser. Voltarei em breve e você pode me dizer o que decidiu fazer.

Ela me dá um último sorrisinho e sai da mesa. Afundo na cadeira e olho ao redor da sala de jantar do hotel. As pessoas se sentam em pequenos grupos, comendo, rindo, sorrindo. Todos aqueles sotaques e línguas se misturando em uma algazarra animada. Além de um grupo de homens em ternos no canto, todos os outros estão usando roupas casuais hoje — até trajes esportivos também. Eu me pergunto se todo mundo aqui está de férias. Pergunto-me se sou a única pessoa nesta sala que está aqui, mas não está aqui *de fato*.

De repente, parece completa e brutalmente injusto. Estou fazendo algo com que sonhei por anos. Sim, esta viagem não foi como eu esperava. Queria voltar para casa com respostas: em vez disso, parece inevitável que eu vá embora tendo apenas descoberto mais perguntas.

Eu me permiti enfrentar toda a profundidade do meu fracasso. Parece que tenho que aceitar que Babcia vai morrer mais cedo ou mais tarde com fios soltos que esperava que eu amarrasse para ela.

Parece tão injusto que depois de todo o amor que ela me deu, isso que me pediu é algo que na realidade não possa lhe dar. Eu quero ficar de mau humor. Eu quero correr para casa e passar seus últimos dias implorando seu perdão. *Não* quero desistir, mas parece que não tenho escolha. O que mais há para tentar? O que mais ela quer que eu faça?

A resposta vem em um instante.

Ela iria querer que eu ficasse.

Babcia nunca iria querer que eu me sentisse tão culpada. Ela nunca iria querer que eu ficasse de mau humor ou jogasse fora esta oportunidade. Eu *sei* que se estivesse aqui me aconselhando agora, ela me lançaria um olhar arrogante e apontaria para a porta. Eu posso ouvir a voz dela na minha cabeça.

Vá ver um pouco do meu país, Alice. Você provavelmente não terá outra chance.

Ela me faria dar uma olhada neste lugar que ela um dia tanto amou e mergulhar em tudo. Ela me faria parar e resistir à culpa por fazer isso. Ela me apoiaria e celebraria minha coragem por ter tentado. Ela me diria que minha família ficaria bem sem mim por mais um dia. Ela me diria que voltar correndo não a faria melhorar; na verdade, seria provavelmente a única maneira de desapontá-la.

Quando Zofia retorna ao saguão, vinte minutos depois, eu a cumprimento com um sorriso.

— Ok. Então, temos hoje. O que você sugere que façamos primeiro?

— Montanhas ou minas de sal — diz ela, sem perder o ritmo.

— O que é melhor? — pergunto.

— Depende. O que você mais teme, altura ou espaços fechados?

— De que profundidade no subsolo estamos falando? — quero saber.

— Cento e trinta e cinco metros?

Não consigo entender a matemática na hora para converter as unidades de medida, mas sei que é um longo caminho e odeio espaços confinados. Eu estremeço e meneio a cabeça.

— Não, obrigada. Montanhas, então.

Dez minutos depois, estamos de volta ao carro, atravessamos o trânsito intenso e saímos da cidade. Zofia outra vez desliza para o modo guia turístico, apontando pontos de referência e históricos, mas desta vez me concentro nas palavras dela, porque sempre que me distraio penso na situação em casa e me sinto tensa. Felizmente, Zofia é boa nesse trabalho de guia — e quando deixamos a cidade e começamos a escalada para as montanhas, minha mente está cheia de informações sobre a região, como se ela tivesse efetuado um rápido *brain dump*.

— Você deve experimentar *ociepek* — exclama Zofia de repente, e para o carro de imediato no estacionamento de uma pequena cabana de madeira ao lado da estrada. A estrutura é minúscula, mais ou menos do tamanho de um dos pequenos quartos da minha casa. Há fumaça saindo da chaminé e cinco carros já estão por ali.

— O que é...

— Ociepek — ela repete, supondo com razão que eu já esqueci a palavra. — Queijo defumado. Extraordinário. — Zofia enfia a mão na bolsa e tira o celular, que desliga.

— O sinal é quase inexistente aqui — avisa. — Melhor desligar o seu agora ou sua bateria acabará por causa de todo o roaming.

— Ah — digo, e hesito, porque encerrei *todas* as minhas conversas na noite passada de um jeito rude. — Mas minha família pode precisar de mim...

— Retornaremos aqui por volta das seis da tarde. Você pode falar esta tarde no horário deles? — sugere. Olho para o celular, suspiro e envio uma mensagem de texto em grupo. Enrubesço de vergonha quando percebo que posso enviar exatamente a mesma coisa para mamãe, para Wade e para Callie.

Não terei muita cobertura de sinal hoje. Se vocês precisarem de mim, estarei de volta por volta da uma da tarde, horário daí. Podemos conversar esta noite. Sinto de verdade por ontem e amo vocês.

E então, sigo Zofia para dentro da cabana, onde de fato fico impressionada com o sabor suave e impecável do ociepek defumado. O vendedor pisca para mim e insiste que eu também experimente seu licor de limão caseiro — que tem gosto igual ao de limonada quando bate na minha língua, mas queima o fundo da garganta como vodca. Zofia e o vendedor riem da maneira como meus olhos se arregalam e riem ainda mais quando bato no peito enquanto o líquido desce queimando.

Estamos de volta ao carro e Zofia está zunindo pelo tráfego de novo, parando apenas para me mostrar algumas cabanas de madeira com um estilo impressionante e a vista deslumbrante de um mirante, e então continuamos seguindo direto até a cidade de Zakopane. Fica no alto das montanhas — tão alto que, apesar do calor do verão, posso ver a neve em alguns dos picos das montanhas atrás dela.

Paramos para almoçar e eu adquiro alguns souvenirs nas lojas do centro da cidade: colares feitos de âmbar polonês para Callie e mamãe, um copo com canudinho que diz *Zakopane* para Eddie, um pouco de vodca polonesa autêntica conforme solicitado por meu pai — e uma segunda garrafa para Wade, que com certeza merece uma bebida depois do que o fiz passar esta semana. Quando acho que terminamos, Zofia me leva de volta ao carro.

— A cidade é fofa, *claro* — ela diz com um sorriso. — Mas o que eu *realmente* trouxe você aqui para fazer é andar no teleférico.

Estamos no meio da tarde quando chegamos à estação e estou surpresa com a fila insanamente longa de pessoas esperando para pegá-lo. Mas Zofia me pede para esperar no fim e desaparece na multidão. Dez minutos depois, ela retorna.

— Boas notícias — anuncia, gesticulando para que eu a siga. Caminhamos até o início da fila. — Você pode pular a fila! Só tem que me prometer uma coisa.

— Claro.

— Quando chegar ao topo, dê uma caminhada, aproveite a vista, não tenha pressa. Mas *não* desça até que você tenha parado no restaurante para uma taça de vinho. É praticamente a lei — então pisca para mim e se despede para fazer a jornada até o topo sozinha, porque ela convenceu um guia turístico japonês a me deixar ocupar um lugar vago em seu grupo. É assim que me vejo em um teleférico, centenas de metros acima do solo, espremida em um pequeno espaço com uma dúzia de turistas japoneses e seu guia.

É uma jornada de duas etapas até o pico, mas dez minutos depois de embarcar, estamos quase no topo de uma imensa montanha. O anúncio em inglês no teleférico me diz que estamos dois mil metros acima do nível do mar.

— São seis mil e quinhentos pés — o guia turístico japonês me esclarece de forma prestativa, e eu lhe dou um sorriso agradecido. Deixo o grupo no teleférico e começo a caminhada subindo a última pequena parte da montanha até o topo. Há dezenas de pessoas passando por mim fazendo a jornada em diferentes direções enquanto eu caminho, mas o tráfego de turistas diminui cada vez mais. Assim que chego ao pico, há uma pausa na afluência e, por alguns momentos magníficos, estou totalmente sozinha.

Uma placa informa que o vale de um lado fica na Eslováquia — e o vale abaixo, onde Zofia está esperando, fica na Polônia. As montanhas são tão altas, os vales abaixo são tão baixos — e os tons de verde vibrante contra os picos cobertos de neve branca e o céu azul leitoso são tão deslumbrantes que na verdade até me deixam um pouco emocionada. Giro devagar, tendo uma visão de trezentos e sessenta graus de uma das imagens mais espetaculares que já vi.

Após três dias de viagem, percebo que, apesar das decepções, foi uma experiência maravilhosa e, na verdade, tive sorte de tê-la vivido. Talvez eu não vá para casa com respostas concretas, mas, de alguma forma, a chance de me conectar com as raízes da vida da minha avó tem sido satisfatória de uma forma que eu nunca imaginei. E ter *sobrevivido* a esta viagem — com fracassos e tudo — reforçou uma confiança que não sabia que estava abalada.

Wade me deu um verdadeiro presente esta semana, apesar da luta em casa e de minhas próprias lutas aqui. Mal posso esperar para dizer a ele o quanto foi uma revelação fazer algo assim — ficar no topo de uma montanha sem nenhum motivo além da própria experiência. Este momento é um investimento em mim mesma. Estou me dando permissão para construir uma lembrança que não beneficia *ninguém* além de mim. Amo ser mãe e amo ser esposa. Adoro até ser filha e neta. Mas enquanto estou aqui no topo da montanha, não sou nenhuma dessas coisas.

Eu sou apenas Alice e, por um momento maravilhoso, estou completamente presente.

Não bebo apenas uma taça de vinho no restaurante. Eu me demoro, então, regalo-me com uma segunda e, quando volto para encontrar Zofia lá embaixo, digo-lhe que uma taça foi para mim e a outra para ela. Ela ri e depois me abraça.

— Você enfim está pegando o jeito dessa coisa de "viajar", Alice.

***

Quando passamos pelas cabanas de queijo no caminho de volta para Cracóvia, percebo que ainda não voltei a ligar meu celular, então o pego na bolsa e aperto o botão liga/desliga. Demora alguns minutos para localizar a torre, mas quando isso acontece, uma enxurrada de mensagens de texto invade o celular. Há a inevitável mensagem fria de *obrigado por avisar* de meu marido, filha e mãe em resposta ao meu recado de que eu estaria off-line. Então, uma série de mensagens de texto bastante inesperadas chega.

Alice, aqui é Lia, neta de Emilia. Ligue-me de volta neste número assim que puder.

Alice, é Lia de novo. Tenho tentado ligar para você o dia todo. Por favor, diga que ainda está na Polônia. Ligue-me com urgência.

Olá, Alice, estou com muito medo de ter ofendido você e de fato sinto muito se o fiz. O policial era meu marido — eu só queria assustá-la, não ia mandar prendê-la de verdade. Por favor, ligue de volta.

Então, finalmente:

Alice, aqui é Agnieszka Truchen. Eu sinto muito pela confusão na clínica ontem. Espero que não seja tarde demais para falar conosco. Ligue para este número de imediato se ainda estiver na Polônia.

— Lia *e* Agnieszka estão tentando me ligar — digo, em meio ao choque. Zofia me olha surpresa, mas não há tempo para discutir isso, porque já levei o celular ao ouvido para ligar de volta para Lia.
— Alice? — ela me cumprimenta sem fôlego ao primeiro toque.
— Lia, sim, desculpe. Sou eu. Estive fora do alcance do sinal de celular hoje.
— Mas você ainda está na Polônia?
— Sim, sim, estou. Por quê? Você...
Ela me interrompe, e suas palavras são apressadas, com urgência:

— Você pode vir para Cracóvia? Esta noite? Posso ir buscá-la se precisar de transporte. Eu irei até onde estiver.

— Estou indo para lá agora, meu hotel fica lá. — Eu paro, esperando por uma explicação, mas como o silêncio começa a se alongar, eu a instigo: — O que está acontecendo, Lia? Você disse que não poderia me ajudar.

Lia respira fundo e posso ouvir o remorso em sua voz quando murmura:

— Bem, *eu* ainda não posso. Mas minha avó gostaria muito de conhecer você.

CAPÍTULO 37
Alina

Esperávamos muito que o campo fosse, pelo menos, confortável, mas ficamos muito decepcionados com a realidade que encontramos. Parecia-me que o mundo inteiro tinha esgotado os recursos naquela época, porque para onde quer que fôssemos, as pessoas estavam famintas, sujas e miseráveis.

O campo em Buzuluk não era diferente — na verdade, era todo o sofrimento ao qual aprendemos de certa forma a nos acostumar, mas agora bem mais concentrado. Todo o propósito do campo era preparar cidadãos poloneses recém-liberados a contribuir no combate com as tropas aliadas — mas não havia armas para treinar, eram poucos os uniformes e a comida era *extremamente* escassa. Todo mundo tinha piolhos — até Saul e eu pegamos em questão de dias — e não havia como controlá-los, porque não havia como tomar banho, muito menos lavar nossas roupas ou cabelos. No dia em que chegamos, disseram-nos que havia sido encomendado o pesticida para tratar os piolhos. Quando o carregamento chegou de trem, algumas semanas depois, havia apenas uma única caixa de produtos químicos disponível — o suficiente para tratar algumas dezenas de pessoas, como se isso fizesse alguma diferença em um campo de quase oitenta mil naquele estágio.

E, naquela altura, eu estava *de fato* xingando Tomasz pelo gesso, porque entre os piolhos e a coceira sob o gesso, sentia coceira até em meus sonhos.

Saul foi depressa posto para trabalhar na clínica médica como dr. Tomasz Slaski — ninguém questionou sua idade ou pediu para ver suas qualificações. Fui considerada "ferida" por causa do meu punho aparentemente quebrado e fui designada para ajudar a supervisionar as crianças órfãs durante o dia. Protestei contra tal atribuição no início, tendo uma experiência tão limitada com crianças. Mas todos tinham que contribuir com *algo* e eu não possuía outras habilidades a oferecer.

Eu esperava que todos aqueles meninos e meninas órfãos estivessem infelizes e chorosos. Em vez disso, brincavam, riam e corriam — demonstrando uma resiliência que me surpreendeu. Com rapidez, comecei a gostar desse trabalho e fiz amizade com mulheres mais velhas na mesma função. Eu gostava em particular da sra. Konczal, que havia sido cantora de ópera antes da guerra, e ela cantava as mais belas canções com as crianças quando precisávamos acalmá-las para as aulas informais que tentávamos oferecer. Era um trabalho árduo, mas gratificante, e todas as tardes, quando terminava o meu turno, sentia uma sensação de intensa satisfação por estar fazendo algo valioso para o campo. Eu mal podia esperar pela chegada de Tomasz para poder apresentá-lo às crianças. Mal podia esperar para ver o orgulho em seus olhos quando visse a contribuição que eu estava dando.

Saul estava em seu habitat natural na clínica — tendo rapidamente assumido o comando daquilo que passava por uma ala "cirúrgica" na enfermaria, mas seu trabalho era muito mais desgastante do que o meu. Tentei ficar de olho nele, checando-o todos os dias sem exceção — embora às vezes isso significasse que eu teria que esperar horas para que terminasse de tratar de seus pacientes. As enfermeiras se acostumaram comigo sentada em seu consultório improvisado, e logo quando eu chegava, conversava com elas e até ajudava onde podia com a papelada. Eu admirava demais a maneira como Saul se portava naquele lugar, e podia com facilidade imaginar Tomasz desempenhando um papel semelhante assim que nos estabelecêssemos em algum lugar e ele terminasse seus estudos. Praticamente sem suprimentos e com um número infinito de enfermos para cuidar, Saul sempre era calmo e gentil — a compaixão e a empatia que sentia por seus pacientes me surpreendiam. Quando me contava sobre seu dia, descrevia seu trabalho como se seus pacientes tivessem feito um favor a *ele* por deixá-lo tratá-los. E talvez fosse mesmo verdade, porque apesar das condições difíceis, Saul certamente parecia progredir sabendo que era outra vez útil.

— Espere só, *Hanna* — dizia. Estava com frequência me lembrando do meu novo nome, porque eu estava sempre me esquecendo de responder a ele. — Assim que seu Tomasz chegar aqui, vou colocá-lo de novo sob minha supervisão e, quando os britânicos vierem buscá-los, saberá mais do que a maioria dos professores.

Nós nos acomodamos em nossos papéis com o passar das semanas, mas ainda nos encontrávamos durante o jantar ou café da manhã todos os dias. A coceira sob o gesso era *enlouquecedora*, mas Saul me fez prometer não coçar embaixo dele com um graveto, como estava tentada a fazer. Em vez disso, encontrou uma régua no bloco da administração e, durante alguns maravilhosos minutos por dia, ele a deslizava com cuidado sob o gesso e, com o máximo de delicadeza, esfregava a pele para mim.

— Temos que ser muito cuidadosos para não agitar o cilindro do filme — murmurou para mim certo dia, enquanto se concentrava intensamente na tarefa. — E também temos que nos certificar duas vezes para não ferir sua pele, porque se pegar uma infecção aí… *teremos* que tirar o gesso. Não tente fazer isso sozinha. Prometa-me.

— Ok — respondi, entregue ao puro alívio da régua roçando contra meu braço.

— Ótimo — e riu da expressão de êxtase no meu rosto. — Mesma hora amanhã?

Havia dias, quando estávamos sozinhos, que ele falava sobre Eva e Tikva, sobre os meses ternos que desfrutou com sua filha, sobre os anos felizes que passou com sua esposa antes da guerra. Em outras ocasiões, conversávamos sobre meus pais ou meus irmãos, ou seria a minha vez de contar uma história feliz sobre Tomasz. Achei que compartilhar ajudaria na saudade que sentia — mas, de alguma forma, piorava as coisas.

— Tomasz qualquer dia desses deve estar aqui — eu sussurrava, quando a emoção aumentava e as lágrimas ameaçavam se derramar.

— Qualquer dia desses. — Saul sorria com confiança e eu me sentia fortalecida, lembrada do plano, segura de que tudo ainda estava seguindo o programado e que as coisas iam ficar bem. Mas os períodos de tristeza iam e vinham ainda assim, em especial quando aos poucos percebi que, a menos que Tomasz tivesse notícias do bem-estar de meus pais quando chegasse, eu tinha que presumir, e então *me convencer*, de que estavam mortos. Quando a tristeza tomava conta, era com Saul com quem eu conversava, e era Saul quem oferecia palavras de consolo. Ele se tornou um amigo querido para mim, e eu podia compreender completamente por que Tomasz o tinha em tão alta conta.

— Aguente firme, minha amiga — disse-me ele um dia, quando já estávamos no campo há algumas semanas. — Qualquer dia desses, Tomasz chegará, e então os britânicos virão, e começará a vida que seus pais com certeza sonharam para você. Uma jovem muito sábia disse uma vez que eu tinha que acreditar que estava destinado a sobreviver, e agora que estou aqui e estou ajudando essas pessoas, posso ver que estava certa... — Trocamos um sorriso triste, e então acrescentou: — Será o mesmo para você e Tomasz.

— Você parece feliz aqui.

— Tão feliz quanto na certa estarei com o que resta da minha vida. Aonde quer que o campo vá, vou me juntar a eles. — Saul deu de ombros. — Ouvi dizer que seremos evacuados para a Pérsia em breve porque o campo não está preparado para o inverno... mas seja lá ou aqui ou até mesmo na lua, acho que talvez meu papel seja ajudar essas pessoas.

— Independentemente do fato de que o exército polonês nem mesmo teria permitido que se juntasse a este campo se soubessem que você era judeu? — questionei, um pouco incrédula com a disposição de Saul em perdoar.

— Quando chegar a hora certa, serei honesto sobre quem sou, meu nome *e* minha ascendência, e você constatará o que eu sempre soube. Quando um homem é um paciente em uma mesa de operação e há apenas uma pessoa na sala com as habilidades para salvar sua vida, esse paciente vai se esquecer num instante de que costumava ser um fanático.

Eu ri de leve, mas então um pensamento repentino me ocorreu.

— Sentirei sua falta, se você ficar. Eu gostaria que viesse comigo e Tomasz em vez disso. Talvez nós três pudéssemos nos estabelecer juntos na Inglaterra... Essa vida não lhe atrairia?

— Você e Tomasz terão uma vida maravilhosa juntos — assegurou. — E é uma vida que você mais do que merece. Eu não vou acompanhá-los... Um novo começo vai fazer muito bem a vocês dois.

Saul havia se tornado um grande amigo para mim — um aliado quando, de outra forma, eu estaria sozinha. Fiquei feliz por estar pensando em seu próprio futuro de novo — mesmo que seu foco ainda estivesse na guerra. Eu estava feliz que ele parecia ter encontrado uma luz no fim do túnel de sua dor, porque, naqueles primeiros dias, quando estava quase catatônico com a perda de sua esposa e filha, eu pensava que tal coisa fosse impossível.

***

Parecia-me que quase *todo mundo* estava doente no campo, e eu não era exceção. Nós estávamos lá há quase dois meses, e eu tinha infecções intestinais na maior parte do tempo. Algumas noites, tentava comer quaisquer restos que fossem colocados diante de nós e conseguia ingerir apenas um ou dois bocados antes de o enjoo ressurgir. Na verdade, me senti com sorte — continuava capaz de tolerar pelo menos água, e Saul me garantiu que, desde que me mantivesse assim e pudesse me alimentar sem vomitar pelo menos uma vez por dia, eu ficaria bem. Eu sabia que metade dos leitos da enfermaria estavam sempre ocupados por pacientes com diarreia aguda e, quando ficavam desidratados, em geral morriam.

Tudo o que eu podia fazer era comer quando dava e esperar que passasse. Certo dia, no café da manhã, olhei para o pão ligeiramente mofado que nos serviram e tive que afastá-lo antes de vomitar. Senti-me péssima naquele dia, respirei fundo e tentei me lembrar que tudo isso era apenas temporário.

— Tomasz qualquer dia deve estar aqui — pensava, e esperava que Saul repetisse as palavras tranquilizadoras que sempre me oferecia.

Em vez disso, porém, disse de repente:

— Eva e eu, na verdade, não planejamos a gravidez de Tikva. — ergui os olhos para ele com surpresa, por um momento distraída da minha náusea, e ele deu de ombros. — A guerra não é um momento em que as pessoas planejam trazer uma criança ao mundo, especialmente na situação em que estávamos. Mas nós nos amávamos e tudo o que *tínhamos* era um ao outro, então, era natural para nós expressarmos isso. E eu de verdade achei que estávamos sendo cuidadosos... mas essas coisas acontecem. Você gostaria de saber como descobri que ela estava grávida?

— Como você percebeu? — perguntei-lhe. Saul sorriu com tristeza.

— Viajávamos de Varsóvia com Tomasz... Estávamos na estrada há algumas semanas, nos escondendo onde podíamos, comendo o que encontrávamos para nós... Ele era muito melhor em conseguir comida do que eu. Um dia, ele fez uma armadilha e capturou um *pato*. Dá para imaginar? Nós o assamos no fogo e foi como o maná do céu, Alina... Ah, o sabor e a textura, meu Deus. — Ele pressionou os nós dos dedos contra a boca como uma criança deleitada, e eu ri. — Foi um *milagre*. Diga-me... quando foi a última vez que você comeu *qualquer coisa* assada?

Eu ri abobalhada.

— Eu nem consigo me lembrar.

— Exatamente. E lá estávamos nós, escondidos em uma caverna, veja só, e seu Tomasz nos oferece um banquete assim. Estávamos todos muito animados, mas Eva levou a carne de pato aos lábios e a colocou na língua, e então começou a ficar nauseada. Ela disse que o sabor estava divino, mas que a textura embrulhou seu estômago, e não conseguia entender o porquê — narrou. A alegria havia desaparecido de seu rosto, seu olhar ficou distante, mas, então, virou-se para mim. — Alina, você entende por que estou lhe contando essa história?

Encarei-o boquiaberta, e aí ouvi um som atordoante em meus ouvidos, e eu sabia que ia vomitar de novo. Mas foi ainda pior do que isso desta vez, porque todo o meu corpo pareceu ficar fraco e mole, e Saul me segurou quando eu deslizei da cadeira em direção ao chão de terra da barraca de jantar. Com a ajuda de um dos homens mais fortes do refeitório, Saul me carregou para fora para tomar ar fresco. Ele se sentou ao meu lado e apoiou a mão no meu ombro, e assim que ficamos sozinhos novamente, ele disse:

— Eu não tive a intenção de perturbá-la. Perdoe-me.

Eu não havia derramado uma lágrima durante esse tempo todo — nem no caminhão, nem no trem, nem mesmo quando sacrifiquei a aliança de mamãe, e no campo também não. Eu tinha me tornado uma versão mais corajosa de mim mesma que jamais imaginei ser possível, mas *isso*?

Isso era demais.

Eu não menstruava desde que deixamos a Polônia, mas meu ciclo foi imprevisível durante toda a guerra, então não percebi sua ausência. Mas Saul estava certo — mesmo quando conseguíamos de fato comida, eu estava sensível demais quanto ao que conseguia engolir. E assim como Saul e Eva, Tomasz e eu pensamos que tínhamos sido cuidadosos... Mas estávamos inebriados com a alegria de *finalmente* estarmos juntos e pulamos para nosso relacionamento sexual com menos cuidado do que talvez deveríamos.

— Mamãe vai ficar tão brava comigo. Papai também. E as pessoas aqui vão me julgar...

— Não, não vão — disse Saul. — Porque Tomasz vai se casar com você.

— Mas todos *saberão* antes disso, Saul. — E, então, pela primeira vez, verbalizei em voz alta um pensamento que estava apavorada demais para expressar até aquele momento. — Ele deveria estar aqui a esta altura, não deveria? E se nem vier?

— Se ele realmente estivesse aqui, o que ele faria?

Demorou menos de uma fração de segundo para eu responder a essa pergunta.

— Ele se casaria comigo. Ele *ia* se casar comigo. Ele me prometeu que encontraríamos um padre assim que chegássemos, mas...

— Então, Tomasz vai se casar com você. Hoje mesmo. — Encarei-o perplexa e a expressão de Saul se suavizou. — Alina, vou ficar no lugar dele por enquanto, porque é de fato isso que ele gostaria que eu fizesse.

E, mais tarde naquele dia, foi exatamente o que ele fez.

***

Houve muita animação com nosso casamento entre as pessoas que conhecíamos no campo — "Tomasz" estava construindo uma grande reputação como operador de milagres cirúrgicos — e estranhos nos trouxeram presentes. Ganhamos uma perfeita florzinha silvestre de uma mulher que Saul tratara semanas antes, o luxo de um cobertor novo de um dos administradores do campo e, o melhor de tudo, um pedaço de *sabão* da sra. Konczal — todos os funcionários do orfanato se juntaram para negociar por ele. Fomos para o refeitório para o jantar e, por algum milagre, os cozinheiros encontraram uma salsicha fresca. Saul e eu a compartilhamos, e foi um presente e uma bênção tão grande que, por um breve instante, fiquei profundamente grata pelo esforço e pela generosidade de nossos amigos. Durante alguns minutos, esqueci como tudo estava despedaçado e permiti me sentir feliz porque me sentia tão amada e tão aceita.

Mas então a sra. Konczal se aproximou de nós outra vez, com um sorriso enorme no rosto, as mãos cruzadas na frente do peito.

— Temos outra surpresa para vocês. Para sua noite de núpcias.

E, com pavor crescente, eu a segui até uma tenda que havia sido separada de todas as outras — algo nada fácil, visto que o campo inteiro estava transbordando de humanos desesperados por abrigo. Esta era uma tenda pequena, adequada apenas para duas pessoas.

— Surpresa! — a sra. Konczal disse com orgulho.

— Obrigada, sra. Konczal — respondi. Meus lábios estavam dormentes. Eu não conseguia olhar para Saul... Não conseguia nem mesmo forçar meus olhos a se voltarem em sua direção. A sra. Konczal beijou minha bochecha, depois a de Saul, então nos desejou uma boa-noite e nos deixou em paz.

Arrastei-me para o colchão que ela colocou no chão da tenda, rolei para o lado e comecei a chorar.

— Eu sinto muito — falou Saul em desespero. — Perdoe-me, Alina... Essa nunca foi minha intenção, eu não achei que iriam...

— Ele não virá, não é? E se eu estiver sozinha com esse bebê?

Saul sentou-se ao meu lado, pousou a mão sobre a minha e a pressionou com delicadeza.

— O negócio é o seguinte, Alina — ele sussurrou com brandura. — A guerra nos reduz a nada mais do que nossa vontade mais egoísta de sobreviver... mas quando nos elevamos acima desse instinto, milagres ainda podem acontecer. Eu ajudei Tomasz, Tomasz me ajudou, *você* me ajudou... de mais maneiras do que você possa imaginar. E agora, finalmente e desta forma, sou grato pela oportunidade de ajudá-la como retribuição. É assim, minha amiga, que encontramos o melhor da humanidade durante os momentos em que o *pior* dela parece predominar. Você não está sozinha... Você não ficará, nem por um único instante até que Tomasz chegue. Eu viajei de Varsóvia com ele... Vi em primeira mão que o desejo dele de estar com você é implacável. Desta vez, não será diferente, e até o momento em que Tomasz chegar para tomar seu lugar, não importa *quando* tal momento for, eu cuidarei de você e de seu bebê como se fossem meus.

***

Tudo mudou depois daquele dia. Saul e eu fomos transferidos para um dormitório de casais — e não havia como evitarmos dividirmos nossa cama com frequência. Tínhamos experimentado intimidades mais estranhas na jornada até aquele ponto, mas compartilhar um beliche minúsculo com um homem que era apenas um amigo não era algo que eu apreciasse. Mas o frio estava chegando, e as tendas de verão nem de perto eram abrigo suficiente, então, logo Saul e eu estávamos contando com o calor do corpo um do outro para nos impedir de congelar. Todas as noites, ele me envolvia em seus braços, e bem ao lado da minha orelha eu sentia seus lábios se movendo enquanto orava sem fazer um único som.

Saul manteve sua promessa. Ele me nutriu, sempre fazendo um esforço excepcional para encontrar alimentos que eu pudesse tolerar — e essa não era uma tarefa fácil em um campo onde a comida era uma mercadoria escassa. Ele providenciou para que meu plantão fosse transferido para o consultório da enfermaria, onde passava meus dias em uma sala aquecida, sentada, arquivando os prontuários dos pacientes e conversando com a equipe de enfermagem. Alguns dias, quando a cozinha servia uma refeição que eu conseguia ingerir, Saul insistia para que eu comesse a sua parte — e se recusasse, ele me obrigava a fazê-lo, levando a comida aos meus lábios exatamente da mesma forma que eu fizera com ele na caixa no caminhão.

    Se Saul não tivesse se casado comigo, eu teria me tornado uma pária; mães solteiras carregavam um intenso estigma, mesmo durante a guerra. Se Saul não tivesse cuidado de mim, é possível que eu tivesse morrido de fome no início da gravidez, quando era tão difícil comer e ele trabalhou tão duro para garantir que eu o fizesse. Eu já estava com o gesso no braço por meses, então estava sujo e desconfortável e começando a corroer nas bordas. Outros médicos na enfermaria passaram a sugerir que ele deveria mesmo ser retirado, e era Saul quem fornecia uma desculpa após a outra por que eu precisava usá-lo "só mais um pouco".

    Saul estava lá para mim e meu bebê quando Tomasz não pôde estar. Eu sabia que não importava o que acontecesse depois disso, seria grata a ele para sempre.

***

    Logo, estávamos no campo por quase três meses. Minha barriga arredondada estava quase aparecendo contra as minhas calças, e o enjoo enfim havia passado. Eu estava no arquivo da enfermaria quando ouvi alguém chamar Saul do lado de fora. Claro, estavam chamando *Tomasz*, porque era assim que nos referíamos a ele no campo — até eu, por necessidade —, algo com que nunca me senti confortável.

    Esta voz era insistente — e estrangeira. Saul estava na sala de cirurgia improvisada naquele momento, por isso, saí para ver o que estava acontecendo. Não reconheci o uniforme daquele soldado ou a língua que falava. Tudo que sabia era que no fim de cada frase, dizia uma versão massacrada das palavras mais belas que eu conhecia.

    — Thomas Slas-kee? — disse o homem, e apontei para a sala de cirurgia, mas o homem apontou para o bloco de administração do campo, e então acrescentou: — *Britânico? Brytyjski?* Thomas Slas-kee?

    De súbito, entendi — aquele homem era britânico e *estava com Tomasz*. Evidentemente, o atraso na chegada de Tomasz era porque seu plano havia mudado — ele se encontrara com os britânicos em outro lugar e por fim havia retornado para me buscar! Eu gritei animada e me apressei em direção ao bloco de administração. Fiz planos enquanto corria. Eu me atiraria nele. Eu o sufocaria com beijos. Os administradores do campo ficariam confusos porque achavam que eu era casada com outra pessoa, mas eu não conseguiria me segurar — apenas *não conseguiria*. Uma vez que visse Tomasz, nunca, jamais o deixaria partir, nunca mais.

Havia mais homens em uniformes estrangeiros do lado de fora do bloco administrativo, e me aproximei de um e perguntei desesperadamente:

— Tomasz Slaski?

Ele me encarou perdido por um instante, então seus olhos brilharam, acenou com a cabeça e olhou para mim com expectativa. E nós olhamos um para o outro — cada um esperando por algo. Eu fiquei impaciente depressa com ele e passei para outro soldado, mas obtive o mesmo resultado quando disse o nome de Tomasz.

— Hanna — uma voz grave disse atrás de mim, mas era *Saul*, não Tomasz, e eu me virei para ele desesperadamente.

— Eles estão com Tomasz, Saul!

— Hanna... — Saul disse de novo com muita gentileza.

— Você o viu? Ele está aqui em algum...

— *Alina*. — congelei, espantada com o uso *audível* e inesperado do meu nome verdadeiro, dito por Saul. Seu olhar se suavizou. — Esses homens são britânicos... Eles estão aqui entregando os uniformes e procurando por *mim*. Você entende? Eles vieram *buscar* Tomasz, como planejamos.

Eu o encarei, tentando processar as implicações disso. Por fim, a terrível, terrível realidade de minha situação me atingiu.

Tomasz já deveria ter chegado a esta altura.

Tomasz *não* havia chegado e não tínhamos feito um plano de contingência.

— Eu tenho que ficar — disse num rompante, meneando a cabeça. — Eu não posso ir embora... Ele ainda deve estar vindo... Ele deve estar a caminho...

Saul segurou meu antebraço e me puxou para o bloco da administração e depois para uma sala onde pudemos ficar sozinhos. Ele pousou as mãos nos meus ombros e olhou bem nos meus olhos.

— Você tem que se acalmar e se concentrar — sussurrou. — Você tem que pensar com cuidado sobre isso, e muito rápido. Chegamos tão longe com esse filme, Alina. Esse gesso tem sido angustiante há meses e você aguentou... por este momento. Tomasz não está aqui, mas *tenho certeza* de que ainda está vindo... Ele não vai parar quando chegar aqui e descobrir que partimos. As pessoas neste campo vão dizer para onde fomos e ele vai encontrar você. Mas... Eu não posso... — Ele se interrompeu, de repente frustrado. — Alina, se permanecer aqui nessas condições, as chances de você e seu bebê sobreviverem são quase nulas, especialmente se eu for com esses soldados... e eu sinto que *tenho* de ir. Como posso *não* revelar a alguém o que está acontecendo em casa? Como posso trair minha esposa, meu bebê e meu povo perdendo essa chance de ajudar?

Uma hora depois, eu estava sentada no banco de trás de um veículo com Saul, a caminho de uma base aérea de onde embarcaria em um avião pela primeira vez. Não tínhamos bagagem para levar conosco — a maleta há muito se perdera, e nossos únicos pertences no mundo agora eram as roupas que vestíamos e o minúsculo sapato de couro que Saul ainda carregava para todo lugar, enfiado na cintura de suas roupas íntimas.

CAPÍTULO 38

Alice

Emilia Slaski agora é Emilia Gorka. Ela se aposentou de uma carreira de muito sucesso como artista e mora em um bloco de apartamentos surpreendentemente luxuosos com vista para o castelo Wawel, a apenas meia dúzia de quarteirões do meu hotel. Quando bato na porta do apartamento dela, meu estômago está embrulhando e a ansiedade só piora quando a porta se abre e Lia está lá.

— Eu sinto muito mesmo — diz ela. — Eu só estava tentando protegê-la.

— Deixe-as entrar, Lia — repreende outra mulher dos fundos do apartamento, e Lia dá um passo para o lado. Eu já suspeitava que éramos parecidas pelas suas fotos on-line, mas não há dúvida agora de que sou parente de Agnieszka Truchen. Temos os mesmos olhos verdes e, embora seu cabelo seja grisalho, temos a mesma linha de cabelo com o inconfundível bico de viúva no centro. Ela se aproxima e segura minhas mãos. Ela está franzindo a testa, olhando para mim com atenção, e há um momento desconfortável em que apenas me encara e não diz nada, até que cai em si e diz: — É um grande prazer conhecê-la.

— Igualmente — digo, e ela sorri. — E esta é a minha guia, Zofia. — A mulher acena com a cabeça em direção a Zofia, mas então mergulhamos de novo em um longo silêncio. Agnieszka está me olhando, mas agora parece bastante abalada. Também sou confrontada com a nossa semelhança, mas não entendo de forma alguma esse constrangimento prolongado. — Você deve ser Agnieszka? — estimulo uma conversa.

— Sim, sou Agnieszka Gorka-Truchen. Desculpe-me. — Ri baixinho. — Eu só não esperava que você se parecesse... — ela se detém, então, torna a me encarar, seus olhos se arregalando mais uma vez, como se não pudesse acreditar no que está vendo. — Lia — repreende. — Não posso *acreditar* que você chegou a duvidar dela.

— Pude *ver* que era parente — murmura Lia. — Mas eu lhe disse, pensei que estava aqui atrás de dinheiro, e de fato não queria aborrecer... — ela para, e as duas estão olhando para mim, até que começo a me sentir muito constrangida. Eu delicadamente retiro as minhas mãos e as levo à nuca, ajeitando o meu cabelo. Agnieszka pigarreia e em seguida explica:

— Perdoe-nos, Alice. Lia só não esclareceu *como* você é familiar, só isso. Por favor, venha para a sala de estar. Mamãe está muito ansiosa para conhecê-la.

Zofia e eu a seguimos até uma enorme sala de estar, guarnecida de estantes de livros junto às paredes e mobiliada com móveis antigos e pesados. Sentada em uma das poltronas de couro está uma diminuta senhora idosa. Seus cabelos estão muito bem penteados; ela usa uma maquiagem carregada e um conjunto de joias ornamentadas que é quase do seu tamanho. Ela abre a boca de espanto quando entro na sala, e sorrio, mas eu meio que também fico boquiaberta, porque na verdade sou mais parecida com essa estranha do que com a minha própria avó.

Eu meio que imaginava que poderia partilhar de algumas características físicas com meus parentes distantes aqui na Polônia — mas, neste caso, é muito mais do que uma semelhança passageira, e a estranha reação de Agnieszka quando me viu está começando a fazer sentido, porque estou olhando fixamente para Emilia como Agnieszka olhou para mim. Emilia me encara de volta, revelando choque em seu rosto — aqueles olhos que são de uma cor singular, o mesmo tom de verde marcante que Eddie e eu compartilhamos.

Emilia estende as mãos para mim e vejo que estão trêmulas. Eu me aproximo bem depressa, e como está sentada tão baixo, tenho que me agachar para deixá-la pegar minhas mãos. Sua pele é macia e enrugada, assim como a de Babcia, e ela me encara maravilhada — então, suas mãos se levantam, até que segura o meu rosto. Logo, está chorando — duas lágrimas pesadas rolam de seus olhos, avançando pela pele enrugada de suas bochechas e seguindo em frente, descendo em direção ao pescoço. Ela começa a falar em polonês — palavras rápidas carregadas com aqueles sons que ainda parecem tão estranhos aos meus ouvidos — e eu nem tenho certeza com quem está falando ou se está expressando felicidade ou tristeza.

— Ela está bem? — pergunto a Agnieszka, que se sentou ao seu lado. Os seus olhos se encheram de lágrimas e assente.

— Ela está emocionada. Não tem certeza de como isso é possível. Você é *obviamente* neta do meu tio Tomasz — murmura Agnieszka. — Mamãe está dizendo que você poderia ser a irmã gêmea dela quando mais jovem. Mas... Tomasz morreu em 1942, antes de poder se casar com Alina, então não temos certeza de como ela ficou grávida dele.

— Ah — digo, e franzo a testa e balanço a cabeça. Eu me sinto *tão* estranha, porque não posso imaginar que será fácil para Emilia ouvir a notícia de que seu irmão, na verdade, *não* morreu durante a guerra. Mas isso precisa ser feito, então, respiro fundo e digo: — Eu realmente sinto muito, mas isso não está certo. Tomasz, meu avô, só morreu no ano passado. Ele teve uma vida muito longa e feliz na América.

Súbito, frases em polonês são proferidas numa enxurrada — Agnieszka, Emilia, Lia e Zofia, todas se revezando, dirigindo-se umas às outras, enquanto olho para Emilia que chora e acaricia meu rosto. À medida que a conversa avança, cada uma delas ergue um pouco a voz — e aos meus ouvidos soa como uma discussão. Todas se calam de modo abrupto, e Zofia toca meu braço e diz com gentileza:

— Alice, seria possível fazermos uma chamada de vídeo para a sua avó? Emilia gostaria de vê-la.

— Você explicou que ela será capaz de entender o polonês delas, mas não conseguirá lhes responder? — ressalto, afastando-me suavemente das mãos de Emilia para olhá-la. Zofia concorda com a cabeça.

— Eu expliquei isso. Emilia disse que pegaria um avião e iria para a América agora mesmo se os médicos não fossem todos idiotas, incluindo sua filha. Ela não tem permissão para viajar por causa de sua saúde — murmura Zofia baixinho. Lanço um sorriso a Emilia, porque isso soa bem como algo que minha avó diria, então, tiro meu celular do bolso.

— Você vai chamá-la pelo FaceTime? — Lia me pergunta e eu assinto. Ela agora parece desesperada para me agradar, uma baita reviravolta desde ontem na clínica. — Então, deixe-me pegar o MacBook grande. A vista dela não está das melhores. A tela maior ajudará Babcia a ver.

A princípio, acho que ela está falando sobre a *minha* Babcia — mas só então percebo que está falando sobre a dela própria — e é claro que faz sentido, mas também é meio chocante depois de uma vida inteira sendo a única pessoa que conheço que chama a avó de "Babcia" em vez de "vovó" ou mesmo "vó". Eu realizo uma rápida chamada de voz para mamãe. Ela está em seu escritório, mas concorda em ir até Babcia na mesma hora.

— Quem é esta com quem estamos falando? — mamãe me pergunta, um tanto desconfiada.

— Conseguimos falar com a misteriosa Emilia Slaski — conto-lhe. — Irmã do vovô.

— Achei que você tivesse dito que era um beco sem saída — diz mamãe.

— E era — confirmo. — O beco sem saída abriu de novo.

— Tem certeza de que é a pessoa certa?

Eu rio com suavidade enquanto olho para Emilia.

— Você vai entender quando a vir.

Enquanto aguardamos mamãe dirigir até o hospital, Emilia retoca o batom — a mão treme ao levá-lo aos lábios, mas se firma quando o aplica e, então, manda Agnieszka e Lia para a cozinha, onde preparam o chá e um jantar leve para mim e Zofia.

E esse tempo todo, entre dar ordens à família de uma forma matriarcal que eu conheço *muito bem* da minha própria Babcia e enfeitar-se para um reencontro com décadas de atraso, Emilia me encara. Em dado momento, estende a mão e toca o meu antebraço, então, recolhe a mão e balança a cabeça, como se não conseguisse acreditar no que está vendo.

— Ela não parece chateada por descobrir que seu irmão esteve vivo durante todo esse tempo — sussurro para Zofia, que faz uma careta e diz:

— Ela não acredita que ele estava vivo. Espero que esta ligação corrija as coisas.

Então, chega a mensagem de texto de mamãe.

Estou com Babcia aqui. Ela está bastante alerta hoje e acho que compreende o que está acontecendo. Eu atenderei quando a ligação do FaceTime chegar, então, vá em frente quando estiver pronta.

— Pronta? — pergunto a Lia, que fala com Emilia em polonês. Passo o laptop para Lia e ouvimos o som familiar da chamada sendo efetuada. Lia alinha a câmera na mesa de apoio para que o rosto de sua bisavó preencha a tela. Quando a ligação é completada, Emilia ofega de reconhecimento e alegria e, então, com um ligeiro atraso, um ofegar refletido viaja pela linha da Flórida.

— Alina! *Duża siostra!* — Emilia exclama, e pega o laptop e segura a tela entre as palmas das mãos. Seus olhos se enchem de lágrimas e eu troco de lugar para poder ver a tela. Babcia está recostada na cama, o travesseiro de um branco impecável do hospital atrás de si, mas ela se inclina em direção à câmera do iPad. Não há como confundir a genuína alegria em seu rosto.

— Ela a chamou de "irmãzona" — sussurra Zofia para mim.

Emilia começa a falar em polonês, mas o está fazendo rápido *demais*. Eu olho para Lia, alarmada.

— Não tenho certeza se minha *babcia* será capaz de acompanhá-la — sussurro. Lia diz algumas palavras hesitantes para Emilia, que revira os olhos e diz algo para Babcia. Babcia também revira os olhos, então assente de maneira exasperada.

Zofia contém uma risadinha.

— Emilia acabou de dizer à sua avó que os jovens presumem que os velhos são estúpidos só porque são velhos e perguntou se ela consegue entender.

Emilia volta a falar, com muito menos vigor nas palavras agora — seu tom é tão gentil que poderia estar falando com uma criança doente. Ainda assim, as palavras fluem em um ritmo constante e determinado, e espero que ela faça uma pausa para pedir uma tradução a Zofia, mas nenhuma pausa ocorre. Depois de um tempo, percebo que sou a única pessoa na sala ali em Cracóvia que não está lutando para conter as lágrimas.

— Zofia? — sussurro com urgência. Zofia aproxima-se devagar e se senta no braço da minha cadeira, para poder sussurrar em meu ouvido.

— Então, em primeiro lugar, os pais adotivos de Emilia eram a irmã de Alina e seu marido, Truda e Mateusz. Ela diz que Alina a salvou e depois encontrou uma família amorosa que lhe deu uma vida melhor do que esperava. Ela conta a Alina que Truda e Mateusz sobreviveram à guerra e alcançaram uma velhice feliz e plena. Agora Emilia está agradecendo a ela e, ah, que adorável... ela é extremamente grata à sua avó e está agradecendo à Mãe Santíssima por esta chance de dizer obrigada. É muito lindo.

Mais frases são ditas em polonês agora, mas, desta vez, Emilia está dirigindo-as para Lia, Agnieszka e Zofia.

— Tudo bem — diz Zofia, baixinho. — Agora ela diz que Tomasz estava trabalhando com o Conselho Żegota... — Percebendo a expressão vazia no meu rosto, explica: — O governo polonês no exílio criou um grupo para ajudar os judeus durante a ocupação. Tomasz vinha ajudando vários grupos a se esconder, incluindo um jovem médico e sua família... Emilia acha que o nome do médico era Saul.

— Saul Weiss?

— Acho que podemos presumir que sim — responde Zofia, um pouco distraída, porque está se concentrando muito em Emilia. — Certo, então Tomasz organizou uma saída da Polônia para ele e para Alina, mas quando chegou o dia em que deveriam partir, Saul e sua família foram descobertos pelos nazistas. Parece que estavam se escondendo com um agricultor, e o agricultor traiu a todos, inclusive Tomasz. — Emilia começa a falar de novo, e sou obrigada a testemunhar o sofrimento de minha avó bem ali na tela do laptop, quase como se fosse uma transmissão em câmera lenta. Ela não está se debulhando, não está chorando, mas seu rosto se contraiu e suas lágrimas se derramam no mesmo ritmo que as palavras de Emilia. Zofia suspira com tristeza. — A esposa e o bebê de Saul foram mortos...

— Eva e Tikva... — sussurro.

Emilia está chorando baixinho enquanto fala, olhando para a câmera na direção de minha avó.

— Tomasz já havia planejado uma fuga... Ele concordou em agir como um mensageiro, em levar um rolo de filme para o outro lado da fronteira e se encontrar com alguns soldados ingleses. Alina iria viajar com ele, mas Tomasz se recusou a partir assim que os nazistas descobriram sua identidade. Ele estava preocupado com Emilia e seus pais adotivos, porque naquela época os nazistas estavam executando as famílias inteiras daqueles que ajudavam os judeus. Isso quer dizer que Alina teve de ir sem ele e levar o filme sozinha.

— Uau — digo. Olho de volta para a tela e vejo que minha avó ainda está chorando silenciosamente.

— Emilia diz que não ficou surpresa quando Tomasz lhe contou o que Alina estava fazendo, porque Alina Dziak era a garota mais corajosa que conhecia. — Zofia fala com Emilia por um momento, depois me diz: — É como eu disse a você no túmulo: era quase impossível deixar o país durante a ocupação. Alina teve que sair de forma clandestina do Terceiro Reich, através da Frente Oriental e para o território soviético e, então, de alguma forma percorreu *todo* o caminho até a América.

— Ela é uma mulher durona — sussurro. — Ainda assim... isso é incrível. O que havia no filme?

— Tomasz não lhe contou, mas Emilia deduziu muito mais tarde. Ela acha que eram fotos de Auschwitz. — Zofia faz uma pausa, ouvindo por um momento enquanto Emilia começa outra vez a falar. — Ah... então eles decidiram que Saul iria com Alina. Emilia... ah... ela acha que Saul talvez usou os documentos de identificação de Tomasz também...

Levo um momento para processar as implicações disso. Mas então a verdade me atinge como um soco no estômago, e o choque é tão intenso que eu nem consigo respirar. Mas não tenho tempo para me demorar em meu pânico, porque Emilia ainda está falando e Zofia ainda está traduzindo. Tenho que redirecionar imediatamente minha atenção para a conversa em questão.

— Depois que Alina e Saul partiram, Tomasz veio para a casa de Emilia de manhã cedo e acordou sua família. Diz que ele estava muito angustiado e com uma pressa desesperada. Ele deu a Emilia um recado para Alina, e disse a seus pais adotivos que fugissem muito depressa. Depois disso, correu para se entregar.

— *Por que* ele faria isso? — sussurro. Zofia e Emilia conversam por um momento, depois Zofia se vira de novo para mim.

— Tomasz sabia muito sobre os judeus escondidos na região. Ele sabia que os nazistas estariam determinados a encontrá-lo e, de forma inevitável, isso significaria pontos de controle nas estradas. — Os olhos de Zofia desviam-se do rosto de Emilia para o meu. — Emilia diz que ele estava muito agitado... Ele tentou desesperadamente pensar em uma alternativa, mas a única maneira de ter certeza de que os nazistas não revistariam o caminhão de Alina quando saísse do distrito era encerrar a caçada ao homem... e havia apenas *uma* forma de fazer isso...

— Mordo meu lábio, olhando com hesitação para Babcia. Ela está chorando, e minha mãe paira impotente ao seu lado. Emilia prossegue num sussurro rouco, e Zofia traduz: — Ela diz agora que é uma honra enfim entregar o recado de seu irmão... que ele estaria esperando por Alina do outro lado porque, mesmo na morte, cumpriria sua promessa de que voltariam a se encontrar.

Eu olho para a tela do MacBook. O queixo da minha avó cai e ela solta um gemido de pura tristeza que me deixa com ânsia de vômito.

— Alice — mamãe interrompe bastante enérgica, e a tela muda para seu rosto transtornado de raiva. — *Que diabos* está acontecendo?

Eu sei que mamãe não consegue ouvir Zofia. As afirmações fervorosas de Emilia são altas; a voz de Zofia é suave e próxima do meu ouvido.

Eu vou ter que lhe contar. Eu vou ter que lhe contar.

— Mãe — digo, hesitante. — Por favor, me dê um momento.

— Mas ela está tão transtornada...

Emilia solta uma sequência de frases em polonês, seu tom carregado de frustração, e Agnieszka apressa-se em sugerir:

— Hum, será que sua mãe poderia focar a câmera de volta na sua avó?

— Mãe! Por favor — imploro, e não consigo evitar: começo a chorar. — Isso é importante — engasgo em meio às lágrimas. — *Por favor*, mãe. Por favor.

Mamãe resmunga alguma coisa, então a lente volta a enquadrar o rosto de Babcia.

— Só mais um minuto, então, se alguém não me contar o que está acontecendo, eu vou pôr um fim nisso — ouço mamãe advertir.

Emilia está por um momento em silêncio agora, dando à sua amiga a chance de processar o que ouviu. A dor e o sofrimento de Babcia estão estampados em seu rosto, mas enquanto a encaro, essas emoções mudam sutilmente, até que, por fim, ela expressa algo que se assemelha a *alívio*. Emilia volta a falar e, desta vez, as palavras são pronunciadas mais devagar — assim, Zofia consegue acompanhar.

— Ela perguntou a Alina se ela estava bem... — Babcia assente, então, faz um gesto com a mão direita, indicando que Emilia continue. — Ela está dizendo à sua avó que, após o fim da ocupação, Tomasz foi homenageado como um *Justo entre as nações*... É a medalha que vimos em sua lápide.

Babcia está sorrindo com tristeza agora, concordando com a cabeça — seu orgulho é evidente. Isso tudo é importante e lindo, mas ainda não consigo me concentrar nela.

— Mas Emilia de fato disse que foi Saul quem deixou a Polônia com Alina, *não* Tomasz.

— Ela tem *certeza* absoluta? — sussurro para Zofia e um soluço explode em meus lábios. — Porque... a questão é... isso significa que terei que contar à minha mãe...

Emilia olha para mim e põe novamente a mão no meu braço. Ela sussurra algumas palavras para Zofia, que me diz com cautela:

— Sim, Emilia tem certeza de que Tomasz foi executado. Mateusz pagou um guarda para recuperar seu corpo para que pudessem enterrá-lo antes de partirem para a cidade. Foi ideia de Emilia levá-lo até a colina... Ela diz que costumava pegá-lo com Alina lá se beijando o tempo todo, e sabia que era o lugar onde Tomasz era mais feliz.

Eles marcaram o túmulo com pedras, e ela retornou nos anos setenta com a lápide assim que teve dinheiro para fazê-lo.

— Mas por que nunca respondeu às cartas? — deixo escapar para Agnieszka. — Minha babcia tentou tanto entrar em contato. Ela escreveu por anos e anos. Por que Emilia não respondeu?

Há um momento de conversa abafada, então Emilia se vira para a câmera e seu olhar é aflito.

— Achamos que sua babcia enviou as cartas para a casa em Trzebinia — Agnieszka me conta baixinho. — Mas mesmo depois que a guerra acabou, os comunistas tinham a posse da casa, então mamãe nunca mais voltou para lá. Só conseguimos a clínica de volta nos anos setenta, depois que me formei. Portanto, mamãe nunca recebeu as cartas, mas ela quer que você saiba que tentou muito encontrar sua babcia. Tomasz lhe disse que Alina estaria esperando em algum lugar na Inglaterra, provavelmente usando o nome de Hanna. Então, quando teve idade suficiente para viajar, foi para lá que minha mãe foi...

— Ela estava procurando no país errado — sussurro.

— Além disso — Zofia observa com tristeza. — Mesmo sabendo que deveria procurar por Hanna, ela nunca poderia imaginar que deveria procurar a sra. *Slaski*.

***

Deixo todos os outros na sala e entro em um dos quartos de Emilia. Envio uma mensagem para mamãe para me ligar quando Babcia estiver restabelecida e, depois de dez ou quinze minutos, o FaceTime aparece no meu telefone. Mamãe recebe a notícia de sua linhagem com o estoicismo de olhos secos que eu esperava dela, apesar do fato de que estou soluçando enquanto explico.

— Estou preocupada com você — diz ela, olhando para a câmera. — Cristo, olhe para você. Você está uma ruína, Alice.

Eu rio meio boba e enxugo os olhos.

— Foi um dia muito longo — respondo, e depois pergunto: — Babcia está bem?

— Ela está exausta. Eu a deixei para tirar uma soneca, mas parece tão feliz. Não sei mais como explicar a mudança nela, exceto para dizer que sua avó parece em paz. Isso é uma coisa muito notável de se proporcionar a uma mulher idosa. Espero que esteja orgulhosa de si mesma e lamento não ter dado mais apoio: acho que você percebeu que ela precisava que fizesse essa viagem, mesmo que eu não tenha percebido.

— Obrigada, mãe — murmuro, e sou grata por ela admitir, mas conheço minha mãe e sei que é, pelo menos em parte, uma deflexão. — Mas... *você* parece estar levando isso muito numa boa, mãe.

Mamãe suspira, então inclina o rosto para olhar para o teto por um momento. Em seguida, volta a olhar para o iPad e me diz:

— Papai era *meu pai*, Alice, e foi um grande homem. Se ele era na verdade Saul ou Tomasz... Eu era *sua* filha e nunca duvidei disso por um segundo de sua vida. Não sei por que nunca me contaram, e talvez mais tarde, quando tiver digerido tudo, eu vá ficar chateada ou com raiva, mas... por ora...? Só estou triste por Babcia, por ela nunca ter sido capaz de nos contar sobre o que aconteceu lá... que tenha esperado a vida inteira para saber o que aconteceu. — Sua voz falha, e ela faz uma pausa cautelosa antes de acrescentar: — Você poderia passar para Emilia uma mensagem minha?

— Claro.

— Por favor, diga que o irmão dela deu a vida pelo melhor homem que já conheci — diz minha mãe solenemente. — Diga a ela que meu pai amava minha mãe e me amava e ajudou centenas... *milhares* de crianças em sua carreira, e foi o melhor pai, amigo e marido e...

Ela para de repente e pigarreia mais uma vez, antes de concluir com calma:

— Apenas diga que Saul Weiss, se este é o nome daquele que eu conhecia como meu pai, não desperdiçou um segundo da vida que lhe foi dada. Nem mamãe. Certifique-se de que Emilia saiba que o sacrifício que seu irmão fez não foi em vão.

— Eu direi, mãe — sussurro com a voz falhando. Os olhos de mamãe estão se enchendo de lágrimas, e dá para ver que ela não será capaz de afastá-las desta vez.

Não fico surpresa quando fala com rispidez:

— Babcia precisa... eu preciso desligar. Falo com você amanhã.

***

Estou voltando para o hotel, exausta, mas feliz — e acho que Zofia se sente da mesma forma, porque ficou muito quieta no banco do motorista. Passa um pouco das onze da noite em Cracóvia e meu telefone toca na minha bolsa. Percebo que *ainda* não falei com Wade ou as crianças, e coro ao me curvar para pegá-lo. A mensagem na tela não é a que eu esperava.

Mamãe. Estou prestes a chamar você pelo FaceTime. Por favor, por favor, responda, mas coloque seu telefone no mudo, porque eu não quero que os meninos saibam que estamos de olho neles.

Franzo a testa enquanto respondo depressa.

O que está acontecendo? Está tudo bem? Você não poderá me ver porque é muito tarde aqui e estou em um carro.

Ela não responde — em vez disso, a videochamada entra e eu atendo de imediato. O rosto de Callie preenche a tela e ela leva as mãos aos lábios, então coloco a chamada no mudo. Em seguida, caminha pela casa e segura o telefone na porta da sala de jantar.

Wade e Edison estão sentados à mesa. Olho para a tela, mas levo apenas um ou dois minutos para perceber que estão jogando xadrez. Ouço o CAA de Eddie, mas posso ver que é Wade quem está usando a tela.

Sua vez.

Há uma pausa, depois Wade e Eddie riem. A risada de Eddie é tingida de malícia e orgulho, e Wade parece surpreso.

— Você me pegou, amigo — Wade diz, então olha para o iPad e o CAA diz *Bom trabalho*.

Eddie pega o iPad, ri de alegria e bate palmas de pura empolgação quando o CAA anuncia: *Peão de Eddie come o peão do papai.*

O ângulo está errado — e o iPad de Callie está muito longe para eu ter certeza —, mas quando Wade olha para Eddie, acho que posso ver um lampejo de algo novo em seu olhar. Não sei dizer se é carinho, amor ou orgulho, mas os detalhes nem importam.

Wade está usando o CAA, e Eddie e Wade estão jogando *xadrez*.

Foi um grande dia — um dos mais emocionantes da minha vida. Mas isso... isso é quase demais para suportar. Assimilo tudo enquanto Callie caminha de volta para o seu quarto, e então tiro a chamada do mudo.

— Há quanto tempo isso está acontecendo? — pergunto-lhe. Minha voz está rouca de todo o choro na casa de Emilia, e me preparo, na esperança de me esquivar da questão se Callie perceber e perguntar por quê. Ela está muito ocupada rindo de seu pai, no entanto, e sorri para mim enquanto diz:

— Bem, alguns dias atrás, papai começou a tentar ensinar as regras a Eddie para que pudessem jogar juntos, mas ele *insistiu* em falar enquanto o fazia, então, é óbvio, foi um fracasso total — explica Callie, revirando os olhos. — Mas, então, esta manhã, Eddie encontrou o livro de instruções na caixa do jogo de xadrez, sentou e leu a coisa toda, aí pegou o CAA e pediu ao papai para jogar. Papai *finalmente* pareceu perceber que se iriam jogar juntos, precisaria se comunicar nos termos de Eddie, não nos seus. Eles estão sentados lá desde então. Papai ganhou o primeiro jogo com facilidade, mas tenho a sensação de que vai deixar Eddie vencer este. Eu só pensei que gostaria de ver... você sabe, já que é um milagre e tudo que papai enfim nos ouviu.

— Às vezes — engasgo —, o papai tem que ver as coisas por si mesmo. Eu acho... talvez eu devesse ter pensado nisso alguns anos atrás.

— Ah, por favor, mamãe — Callie ri. — Você já faz muito por aqui. Você não deveria ter de *pensar* pelo papai também. Como estão as férias?

— Não são fér... — começo a corrigi-la e aí paro — Sabe, Pascale, hoje estive no topo de uma montanha e pude ver dois países diferentes ao mesmo tempo. E descobri um segredo do passado de Babcia que é tão incrível... mal posso esperar para contar tudo quando chegar em casa. Um dia, vamos vir juntas para a Europa e vou fazer você experimentar chucrute.

— O que é isso?

— Repolho fermentado.

— Ai, credo, mãe! Que maneira de deixar uma comida nojenta ainda *mais nojenta*!

Zofia e eu compartilhamos um sorriso.

— Parece que as coisas estão bem sem mim — digo a Callie. Seu olhar se suaviza.

— Mamãe, sentimos sua falta. Muito. Mas… mal posso esperar para ouvir tudo sobre sua viagem. E estamos bem hoje. Mais duas noites, certo?

— Mais duas noites — murmuro, e bocejo. Ruidosamente. Callie ri. — Ursinha, cheguei ao meu hotel agora, então preciso ir, mas, por favor, avise seu pai que ligarei para ele em cinco minutos?

— Claro, mãe. Falo com você amanhã. Amo você.

— Eu também amo você, ursinha — digo, então ela desliga. Zofia estaciona o carro e se vira para mim.

— Que bom que não voltou para casa esta manhã, não é? — comenta, e eu rio baixinho.

— Talvez seja o eufemismo da década.

***

— Oi, Alice. — Wade fica desconfiado quando atende minha ligação. Ele encara a câmera como se fosse mordê-lo.

— Sinto muito — deixo escapar, e suas sobrancelhas se franzem.

— Eu sei, você me mandou uma mensagem de texto…

— Não, Wade. Eu sinto muito, é sério. — Um soluço irrompe, e agora ele parece bastante apavorado. — Eddie precisa de você tanto quanto precisa de mim. Você fez coisas esta semana que eu não poderia ter feito… e isso só pode ampliar o mundo dele. Eu sinto *muito*.

— Ally, também sinto muito — sussurra Wade, então vejo o rubor sob sua pele. — Havia coisas que eu simplesmente não entendia. Eu entendo um pouco melhor agora.

— Eu descobri o grande mistério de Babcia — deixo escapar, em meio às lágrimas. E, então, soluçando sem controle agora, tento colocá-lo a par do dia.

— Alice — fala, quando eu enfim paro com o balbuciar choroso. — Estou tão orgulhoso de você!

Por um segundo, todo o caos dentro de mim se abranda e minha mente fica quieta por completo. Eu tenho um grande amor, assim como o grande amor de Babcia — e *este* homem é ele. Não é fácil e simples, porque nossas vidas não são fáceis e simples — e é mais difícil no dia a dia manter esse amor em nosso foco, porque temos muito mais para administrar. Mas agora — apenas por um momento — a estática de administrar nossos filhos e sua carreira e a dinâmica de nossa vida familiar foi completamente clarificada, e meu amor por Wade se avoluma até que tudo em que consigo pensar seja nele.

Agora, sei de uma coisa com certeza: se essa separação entre nós fosse por tempo indeterminado, eu estaria focada em voltar para ele até o momento de nosso reencontro.

Não importa *como* fosse nosso reencontro.

Babcia fogo Tomasz.

Fecho os olhos, porque enfim entendo.

— Wade?

— Sim querida? — ele sussurra.

Babcia fogo Tomasz. Finalmente, eu entendi. "Fogo" não representa paixão — nem mesmo representa amor. Representa fogo literalmente.

— Babcia quer que eu leve suas cinzas para seu país natal. Ela quer que eu a coloque para descansar com Tomasz.

O olhar de Wade suaviza.

— Bem, meu amor... então, é isso que faremos.

***

Estou bastante animada para ver minha família e, durante todo o voo para casa, estou imaginando-os esperando no portão de desembarque. Eu imagino correr para eles e abraçar as crianças, e todos estão sorrindo e animados por estar de volta em casa. Eu sei que estou me enganando, porque com a deficiência de Eddie, um portão de desembarque é um lugar difícil de navegar. A variedade interminável de sons e cheiros e a multidão em volta criam a tempestade perfeita para uma sobrecarga sensorial, que, combinada com o impacto emocional do meu retorno, é quase garantido que resulte em um colapso.

A realidade bate quando o avião pousa e ligo meu celular, mas é o melhor tipo de realidade.

Querida. Não tenho certeza de como Eddie ficaria na movimentada sala de desembarque, por isso, encontrei um lugar para estacionar e vamos aguardar por você no carro. Espero que você não fique muito decepcionada.

"Decepcionada" não é a palavra que usaria para descrever meus sentimentos ao ler aquela mensagem de texto. "Orgulhosa" e "incrédula" talvez estão mais perto da verdade, porque Wade entendeu e previu a reação de Eddie, e encontrou sua própria solução alternativa, sem um pingo de intervenção minha.

E eu tenho meu momento de reencontro radiante, porque avisto o carro no mesmo instante em que Callie me vê. Ela está parada ao lado da porta, mas no minuto em que fazemos contato visual, ela corre para mim e começa uma conversa estridente e animada. Isso significa que fico uns poucos minutos a sós com ela antes mesmo de ver Eddie, que ainda está amarrado em seu assento no carro. Wade está sentado no banco da frente. Os dois estão olhando para seus dispositivos móveis com a mesma felicidade vítrea em seus rostos: Eddie assistindo a vídeos de trens, Wade lendo o que parece ser um "blog de mãe". Eu rio de leve enquanto me aproximo do carro.

— Olá, vocês dois. Vocês ao menos estão um pouquinho animados em me ver?

Eddie ergue os olhos e grita de alegria, depois começa a chorar — completamente sobrepujado pelas emoções por um instante. Corro para escancarar sua porta e embalá-lo contra mim.

— Está tudo bem, bebê, a mamãe está em casa — murmuro contra seu cabelo. Aspiro o cheiro do meu filho, meu filho lindo e complicado, o garoto que torna aspectos da minha vida tão difíceis, mas que também é uma espécie de luz do sol e alegria que nunca esperei. E todas essas dificuldades e lutas e sol e alegria eu sempre quis compartilhar com o meu marido, e talvez, *talvez* apenas, estejamos chegando mais perto disso.

— Eddie, amo você Eddie — Eddie está ecoando contra o meu peito, e o que mais posso fazer, a não ser ecoar de volta?

***

Vamos direto para o hospital. Eddie parece estar orgulhoso de mostrar a seu pai que sabe como conduzir o caminho até o quarto de Babcia, então insiste em andar bem na frente, segurando a mão de Wade por todo o percurso. Callie e eu andamos atrás, enquanto eu, com calma, explico o que descobri em minha viagem.

Então estamos no quarto, e Babcia, mamãe e papai estão todos lá. Babcia está descansando tranquila, mamãe está sentada muito rígida ao lado da cama, papai está atrás de mamãe, a mão em seu ombro.

— Oi, meus amores — papai diz, e há abraços em todos, até que seu olhar se estreita em mim e ele agarra meus ombros e diz com falsa seriedade:

— Diga-me que você trouxe aquela vodca, filha.

— Eu trouxe vodca — rio com suavidade.

— Babcia tem dormido entre intervalos o dia todo — mamãe nos diz muito séria. — O dia de ontem exigiu muito dela... ela mal consegue manter os olhos abertos hoje.

Eddie sobe na cama assim mesmo e se espreme ao lado da bisavó. Mesmo durante o sono, Babcia envolve o braço em volta dos ombros dele. Eles ficam assim por um tempo, enquanto o restante de nós discute a viagem, o retorno "espontâneo" de papai, o horário de trabalho da mamãe, o projeto de plásticos de Wade e os estudos de Callie. Quando Babcia acorda um pouco mais tarde, beija o topo da cabeça de Eddie, pega a mão de Callie, acena com a cabeça em direção a Wade, e então seus olhos, enfim, pousam em mim.

Caminho em sua direção, e ela me agradece mil vezes por segundo enquanto me encara em meio às lágrimas. Em seguida, procura ao redor com o olhar, até parar no iPad da mamãe, então tiro as crianças do caminho para que possamos "conversar".

Obrigada. Obrigada, Alice.
Babcia feliz. Babcia orgulhosa.
Alice em casa agora. Alice dorme.
Obrigada. Obrigada, Alice.

Beijamos sua bochecha e nos despedimos, depois nos voltamos para a porta. Quando estou saindo, o iPad toca.

Babcia fogo Tomasz.

Eu me viro e Babcia está olhando para mim com uma esperança desesperada em seus olhos. Volto para a cama e pego o tablet, minhas mãos estão tremendo enquanto digito minha resposta no Google Tradutor.

Sim. Eu prometo a você, Babcia. Levarei suas cinzas para descansar com Tomasz.

Quando converto as palavras para o polonês, as lágrimas de Babcia transbordam e ela busca segurar minha mão de novo.

Minha avó é uma mulher de noventa e cinco anos com uma lesão cerebral, presa em uma cama de hospital, e é muito provável que nunca sairá de lá. Entretanto, quando olho para ela neste momento, não vejo a paciente idosa no hospital: vejo uma bela jovem, perdidamente apaixonada por seu noivo, desesperada apenas para se encontrar com ele mais uma vez em seu país.

CAPÍTULO 39

Alina

Tudo funcionou exatamente como esperávamos e planejamos, exceto, é claro, pelo detalhe muito importante: Tomasz não estava lá para ver. Saul e eu fomos levados sem demora para a embaixada dos Estados Unidos em Londres. A notícia foi enviada ao irmão de Henry na América, e nos disseram que teríamos que aguardar sua chegada.

Nesse ínterim, foi-nos proporcionado conforto como não teríamos ousado sonhar durante os anos de ocupação: roupa de cama limpa, banhos quentes, tratamento para piolhos, mais comida do que podíamos dar conta. A equipe até arranjou um tradutor — e providenciou uma serra para nós.

Quando o ar atingiu meu antebraço pela primeira vez em todos aqueles meses, olhei para baixo e vi a pele enrugada e pálida deixada para trás, e chorei de alívio enquanto tentava coçá-la com liberdade.

O gesso havia caído em dois pedaços no meu colo, e aninhado dentro do forro estava um rolo de filme conforme o esperado — mas também, logo abaixo dele, um pedaço de couro dobrado, numa textura e cor que eu imediatamente reconheci como cortada do canto de uma velha sacola que meu pai possuía.

— O que é isso? — Saul murmurou, mas eu balancei a cabeça, perplexa. — Você o viu colocar isso aí?

— Eu estava distraída... — Saul retirou com cuidado a lata de filme do gesso e a entregou ao tradutor para que a guardasse. Mas assim que isso foi feito, voltou sua atenção para o gesso. Ele ergueu uma metade, olhou para a linha de seu corte e sorriu para si mesmo.

— Muito bem, Tomasz — Saul disse baixinho, então olhou para mim. — Ele sabia onde cortaríamos o gesso.

Com muita delicadeza, retirou o couro das camadas da atadura engessada, retirou um pouco do gesso residual e desdobrou-o. Mas assim que Saul deu uma olhada dentro do bolso improvisado, ele o passou para mim.

— É para você — disse com carinho. — Uma carta.

Ele então se levantou, apertou meu ombro delicadamente para me tranquilizar e me deixou sozinha. Minhas mãos tremeram quando abri o bolso de couro e um pedaço de papel caiu no meu colo.

>Alina,
>Talvez eu esteja sentado ao seu lado enquanto você abre isto, e você esteja rindo de mim por duvidar, mesmo que por um segundo, de que conseguiríamos. Mas a guerra é imprevisível e a própria vida hoje em dia é um risco. Eu não sei bem o que vai acontecer e não posso suportar a ideia de estarmos separados sem lembrar você de quem somos.
>*Moje wszystko*, o amor que sinto por você é o fogo que alimenta meu desejo de ser um homem melhor. Até que estejamos reunidos, estarei com saudades e não vou descansar até que você esteja de volta ao meu lado, que é o seu lugar.
>Até lá, fique segura, meu amor.
>Tomasz

Ao ler aquela carta pela primeira vez, tudo que senti foi culpa — uma onda imensa de tristeza e arrependimento que ameaçou me inundar. *Eu deveria ter esperado por ele. Eu deveria ter ficado.* Pressionei os punhos sobre a boca com força para abafar um grito que surgiu enquanto eu considerava uma série de possibilidades insuportáveis: e se Tomasz tivesse chegado ao campo enquanto eu estava relaxando aqui no luxo, em Londres? E se estivesse esperando nos portões *quando eu parti*, trancado do lado de fora por causa da superlotação? Por que não pensei em verificar isso? Por que não esperei mais um pouco? Por que não discutimos o que eu deveria fazer se ele *não tivesse* chegado antes dos soldados britânicos?

Mas a carta havia caído no meu colo, ao lado da curva frágil da minha barriga, e quando olhei de volta para ela, lembrei-me do *motivo* pelo qual concordei em partir com Saul. Era uma realidade que ainda não parecia de verdade, da qual às vezes ainda me esquecia.

Nosso bebê.

Se Tomasz soubesse que tínhamos gerado um bebê, gostaria que eu fizesse qualquer coisa ao meu alcance para proporcionar uma vida mais segura para aquela criança, mesmo que isso significasse que ficaríamos separados por um pouco mais de tempo. E não havia dúvida em minha mente, mesmo então, de que Saul estava certo: a gravidez no campo teria uma tênue chance de vingar, na melhor das hipóteses, e cuidar de um recém-nascido naquelas condições era quase impossível.

Eu tinha feito a coisa certa, jurei a mim mesma. Poderia levar algumas semanas ou meses a mais até que Tomasz me encontrasse, mas eu me acalmei voltando a me concentrar em sua promessa de que o faria.

***

Durante a semana na embaixada, enquanto esperávamos pelo juiz Adamcwiz, Saul e eu elaboramos um novo plano. Nós nos encontraríamos com o juiz juntos e admitiríamos a verdade sobre quem realmente éramos. Fazia muito sentido: não havia mais necessidade de subterfúgios, e com certeza o testemunho de Saul seria ainda mais poderoso quando o juiz compreendesse que de fato se tratava de uma experiência pessoal.

Mas, para além da visita do juiz, sabíamos que não poderíamos ficar na embaixada para sempre, então Saul e eu tínhamos esperança de que alguém nos ajudasse a encontrar acomodações em outro lugar na Grã-Bretanha. Saul tentaria se reconectar com o exército polonês em algum momento, mas até que Tomasz chegasse, ficaria para me ajudar a encontrar algum tipo de vida aqui durante a espera.

Meu enjoo matinal havia ressurgido desde que chegáramos a Londres — em parte porque, depois de anos de uma dieta de fome, os alimentos gordurosos e pesados oferecidos eram tentadores e cruéis para o meu estômago frágil. Na noite da chegada do juiz, eu estava particularmente enjoada e, no fim, passei a noite em nosso quarto surfando nas ondas da náusea. Saul teve que se encontrar com o juiz sozinho, mas isso não me preocupou. Se quisessem nos entrevistar sobre o sofrimento na Polônia, ninguém poderia dar um relato melhor do que Saul Weiss.

Saul retornou ao nosso quarto muito tarde naquela noite, mas estava pensativo de um jeito que não esperava, com a testa franzida e os lábios contraídos. Ele se preocupou comigo como sempre fazia: ajeitou as cobertas e verificou se eu estava mantendo minha ingestão de água.

— Estou bem, Saul. Perdi o jantar, mas não tenho dificuldade em beber água — eu lhe assegurei, mas depois perguntei um pouco impaciente: — Como foi a reunião com o juiz?

— Ele está muito empenhado em levar as informações que entreguei ao seu governo, mas disse que parecem decididos a fechar os olhos. Ele está esperançoso de que as fotos de Henry sejam úteis, mas... houve outras fotos, outras informações da Polônia chegaram e eles estão relutantes em agir, mesmo com evidências... — Ele parou de falar e, então, sentou-se na beirada da cama e começou a esfregar as têmporas.

— Estamos com problemas? — perguntei, minha voz um sussurro nu.

— Não.

— Saul — comecei, e então me sentei e descansei a mão em seu antebraço. — Algo está errado. Ele ficou chateado por termos mentido sobre nossos nomes?

— Na verdade... — Saul hesitou, mas engoliu em seco. Ele suspirou e olhou para mim quase suplicante. — Alina, não contei a ele.

Encarei-o atônita; então, procurei seu olhar, perplexa.

— Mas...

— Ele disse que arranjou vistos para nós — Saul falou de uma vez. — Para a América.

— América? — repeti, incrédula. Afundei de volta nos travesseiros e senti o quarto girar um pouco. *América*.

— É quase impossível para os poloneses entrarem na América agora, Alina. Mesmo para o juiz Adamcwiz, isso foi muito difícil de conseguir. Seu governo teme que os nazistas estejam enviando espiões disfarçados de refugiados, por isso, meio que fecharam as portas. Por favor, entenda: eu simplesmente entrei em pânico quando ele contou que já tínhamos passagem. E a esposa de Henry, Sally, disse que nos deixará morar em sua casa até nos estabelecermos. Mas o juiz disse que depende de nós, podemos muito bem ficar e há pessoas aqui que nos ajudarão também. Mas... *América*, Alina. Seu bebê pode ser um americano: imagine as oportunidades! E é um mundo distante de toda essa loucura. — Balancei a cabeça, mas não consegui falar; em vez disso, olhei para o meu colo. Saul apertou meu ombro. — Não temos que decidir agora. Mas os vistos não são para Saul Weiss e Alina Dziak. Eles são para Tomasz e Hanna Slaski, então...

Ele parou de falar e eu o olhei.

— Você nem *quer* ir para a América — protestei um pouco boba. — Você queria voltar para o campo, certo? Para servir ao exército polonês?

Ele assentiu, fez uma pausa e, quando se virou para mim, seu olhar estava bastante sério.

— Mas... o que *eu* quero não importa neste momento, Alina. Não estou propondo fazer isso por mim mesmo. Eu lhe fiz uma promessa — disse Saul. — Eu disse que, até Tomasz voltar, eu cuidaria de você e do seu bebê como se fossem meus. E *não tenho dúvidas* de que isso é de fato o que ele queria para vocês dois.

— Mas como ele vai me encontrar? — perguntei com fraqueza.

— Você realmente acha que uma coisinha como a distância o impediria de vir atrás de você? Ele atravessou a Polônia por você uma vez. Encontrar o caminho até um barco para cruzar o Atlântico será fácil depois disso.

***

Menos de um mês depois de deixarmos o campo em Buzuluk, Saul e eu estávamos com Frederick Adamcwiz no convés do maior barco que eu já tinha visto, maravilhados, nossos olhos arregalados enquanto a ilha Ellis surgia diante de nós. Fiquei deslumbrada, pasma e, francamente, apavorada.

Tudo que eu sabia sobre este país eram as coisas que Tomasz havia me contado e, mesmo na época, eu mal tinha acreditado nele. Agora, Sally Adamcwiz iria viajar para nos buscar, e teríamos nossa casa em um lugar tropical que mal tinha inverno, uma casa tão perto da praia que poderíamos *caminhar* até lá. Eu estava animada com as possibilidades desta nova vida, e muito esperançosa, porque sabia que Tomasz me encontraria ali, e até lá, estaria com meu querido amigo Saul ao meu lado. Olhei para Saul, então, para descobrir que ele estava contemplando a água em silêncio.

— Há judeus aqui? — perguntei num rompante. Frederick me deu um sorriso paciente e gentil.

— Ah, sim, Hanna. Existem muitos judeus na América.

— E é seguro para eles aqui? — perguntei-lhe com hesitação.

— Bem, nós temos alguns problemas… — Frederick admitiu. — Ainda mais aqui em Nova York, onde moro. Houve alguns problemas nos últimos anos com gangues de jovens assediando nosso povo judeu; alguns incidentes de lojas sendo vandalizadas, um cemitério profanado… Mas, é claro, nada como o que você viu em sua terra natal. A América é um lugar pacífico, posso lhe garantir.

Observei Saul enquanto Frederick falava. Assisti enquanto o sangue drenava do rosto do meu amigo. Observei quando suas mãos contra a grade começaram a tremer até que ele a agarrou com força com os punhos fechados para esconder o tremor. Observei quando fechou os olhos pelo que eu sabia ser uma intensa onda de déjà-vu.

Sua calma sabedoria havia me impressionado até aquele momento, mas eu acabara de descobrir que Frederick Adamcwiz era ingênuo demais. Eu sabia com certeza absoluta que pequenos problemas em um país podem se tornar tragédias imensas quando deixados sem controle. Tudo começou pequeno na Alemanha. Até começou fraco na Polônia, muito antes da ocupação. Tudo começou com um pequeno grupo de pessoas assediando, vandalizando e profanando, e terminou com carregamentos de trens de meus compatriotas enviados para fornos e despejados em um rio.

Peguei a mão de Saul, então, e apertei-a com força. Assim que Frederick nos deixou para pegar suas malas, virei-me para Saul e balancei a cabeça com veemência.

— Você já teve sua cota de perseguição e sofrimento na vida, Saul Weiss. Até que estejamos por completo certos de que este é um lugar seguro para você, precisamos guardar seu segredo.

— Eu não posso passar por isso de novo. Deus me perdoe, eu não posso.

— Vamos guardar isso para nós mesmos até que saibamos que este lugar é seguro — prometi-lhe. — Pode demorar algum tempo até que Tomasz chegue. Você merece alguns meses de descanso.

Abraçamo-nos ali no convés — testemunhas de uma promessa de guardar um segredo que pensávamos que poderíamos simplesmente revelar um dia. Não tínhamos ideia da gravidade dessa mentira. Não percebemos que o tempo passa rápido — que os dias longos e difíceis às vezes duram anos muito curtos. Antes que percebêssemos, eu estava com minha filha nos braços, que sempre foi de alguma forma *nossa* filha, porque Saul fez seu voto solene de cuidar dela desde o momento de seu nascimento. E assim que seu inglês estava à altura do desafio, o amado "Pa-pa" de Julita estava estudando, diplomando-se e *trabalhando muito* para nos sustentar a todos, e ele estava fazendo *tudo* sob o nome de Tomasz.

No mesmo dia em que Saul se certificou outra vez como médico no conselho de Medicina americano, ele se inscreveu para concluir um programa para se tornar cirurgião pediátrico. Não falamos sobre a mudança de especialidade que conquistara na Polônia, mas ambos sabíamos por que a escolheu, então, estávamos desesperadamente enredados na prisão de uma mentira que parecera tão sensata e tão altruísta na época. Meu nome falso era uma coisa: um pequeno detalhe ao qual eu acabei me ajustando, algo que eu poderia ter desfeito a qualquer momento se fosse necessário. A situação de Saul era muito mais complicada.

Era o nome de Tomasz em seus certificados, era Tomasz que estava empregado, o aluguel de nossa casa estava em nome de Tomasz e, mais tarde, também o empréstimo financeiro para o carro que compramos.

Era Tomasz quem fizera residência no hospital como cirurgião pediátrico.

Era Tomasz quem subiu na hierarquia do hospital até se tornar um consultor e estava treinando dezenas de estudantes de Medicina, salvando centenas de vidas por ano.

Só Saul e eu sabíamos que o *verdadeiro* Tomasz era o homem com olhos sorridentes, o homem capturado na foto que encontrei enquanto ajudava Sally nos dias após a morte de Henry, quando examinamos a enorme coleção de cópias fotográficas que ela acumulou dos filmes que enviara para casa ao longo dos anos.

Só *eu* sabia que o minúsculo sapato que Saul mantinha escondido no alto do nosso armário na verdade pertencera à sua primeira filha, sua tão preciosa amada Tikva Weiss.

Era com *Saul* que eu dividia a casa, era com Saul que compartilhava os altos e baixos da vida de pais. Era com Saul que dividia minha cama, porque estávamos tão acostumados a dormir lado a lado desde nosso "casamento" em Buzuluk. Nas poucas vezes em que tentamos estabelecer quartos separados, acordei com ele gritando e soluçando em seu sono. Por fim, aceitamos a realidade de nossa situação. De uma forma absolutamente única, estávamos ligados um ao outro em espírito, se não em corpo.

Eu não poderia ser Eva para Saul e, apesar do que *todas as pessoas* em nossa vida pensavam, Saul nunca seria Tomasz para mim. Em vez disso, éramos melhores amigos — parceiros em todos os sentidos, exceto aquele que em geral define um casamento. De certa forma, ansiamos por companhia: cada qual pela eternidade dedicada aos nossos amores perdidos. E éramos felizes, e a vida que construímos nunca parou de me surpreender. Eu me deleitei em proporcionar para minha filha uma vida na qual ela nunca tivesse que aprender o que significava fome ou opressão. Assisti às visitas anuais do juiz Frederick com livros e brinquedos na época do Natal, o que o tornou o herói de Julita. Quando faleceu, ela ainda não havia atingido a puberdade, mas já havia anunciado sua intenção de ir para a faculdade de Direito um dia — e ainda mais milagroso do que isso, teve a oportunidade de tornar esse sonho realidade.

Mas, por mais abençoados que Saul e eu fôssemos, sempre esperei. Todas as noites, eu olhava para a janela enquanto adormecia e deixava a esperança piscar por apenas um segundo, como o clarão de um fósforo que não dura. Imaginava algum cenário improvável em que Tomasz estivesse preso em algum lugar, mas mesmo depois de todos aqueles meses, anos e décadas, logo estaria livre e viria atrás de mim como havia prometido. Talvez tivesse perdido a memória? Talvez houvesse se ferido e não pudesse viajar.

No fundo do meu coração, a única coisa que eu sabia ser verdade era que Tomasz tinha me prometido que sempre nos encontraríamos. Distância, tempo — essas coisas com certeza eram irrelevantes diante de um amor tão grande como o nosso; um dia ele apareceria sem aviso, assim como da última vez, e a vida iria começar de novo para valer.

Nunca parei de desejar e nunca, nunca parei de esperar.

Talvez pareça tolice, mas a força de esperança que eu tinha em Tomasz me enganou. Eu nem pensava em Saul e eu como velhos até que estivéssemos muito velhos. Eu tinha uma filha adulta — uma filha obstinada e furiosamente ambiciosa —, mas, de certa forma, senti que durante todos os anos difíceis e todo o trabalho árduo, tinha me agarrado ao último artefato daquela versão infantil de mim mesma, e a garota inocente dentro de mim ainda estava aguardando o retorno de seu herói.

Saul parou de trabalhar como cirurgião quando seu passaporte dizia que tinha setenta anos, mas sabíamos que ele tinha setenta e cinco. Ele ensinou na universidade por mais uma década. Ele amava seu trabalho com paixão — é por isso que fiquei perplexa quando de repente decidiu se aposentar. Ele havia escondido os sinais tão bem, mas quando fomos para a cama após as celebrações de sua aposentadoria, ele me pediu para acompanhá-lo em uma consulta neurológica. Poucos dias depois, tivemos o diagnóstico: demência vascular.

Choramos juntos, e então ele pegou minhas mãos e me pediu para ir com ele à sinagoga.

— Seria uma honra — sussurrei, e ele sorriu com tristeza para mim.

— Obrigado, Alina — disse baixinho, porque sempre me chamava assim quando estávamos sozinhos.

— O que você quer dizer para Julita e Alice? — perguntei a ele. Uma sombra cruzou seu rosto, um vislumbre de incerteza que quase partiu meu coração ao ver.

— Eles são minhas, não são, Alina?

— Como poderiam *não* ser?

Ele sorriu, então, um sorriso aliviado e agradecido.

— Vamos contar a verdade, então.

— Elas vão entender.

— Como alguém poderia entender?

— Então, pelo menos, vão nos perdoar.

Mas Julita era uma mulher ocupada e havia acabado de entrar no tribunal distrital. A degeneração de Saul aconteceu tão rápido a partir daí — como se ele tivesse contido sua morte até se aposentar, mas então se tornou muito real e com muita pressa. Por alguns meses frenéticos, estive focada em tentar convencer Julita ou Alice a se juntar a mim em uma viagem de volta à Polônia enquanto eu ainda poderia ir. Então, quando percebi que *realmente* precisávamos contar a verdade para Julita, Saul não estava mais disposto a tal conversa e eu, de fato, não suportaria fazer isso sozinha.

As últimas instruções de Tomasz foram para eu cuidar de Saul Weiss e, até o último suspiro de Saul, honrei essa promessa. Passei a amá-lo profundamente — e sei que ele também me amava. Esse tipo muito diferente de amor foi sem dúvida a base da minha vida na América, e foi uma vida linda demais. Mesmo que, até meu último suspiro, eu desejasse Tomasz — meu primeiro amor.

Meu verdadeiro amor.

Estou perto do último suspiro agora, presa e indefesa aqui dentro de meus próprios pensamentos — é por isso que é demasiado chocante que tudo o que sinto nessas horas seja uma paz surpreendente. É tudo por causa da minha linda Alice, com aqueles olhos verdes risonhos que herdou do meu Tomasz — aqueles olhos que passou para o nosso Eddie especial e perfeito. De certa forma, é adequado que tenha sido Alice quem encontrou Tomasz para mim, porque ela sempre me fez lembrar de seu avô, aquele que nunca conheceria. Ela compartilha o mesmo amor pelo aprendizado, conhecimento e história, o mesmo senso de compaixão, a mesma capacidade de sonhar alto, apesar de suas circunstâncias, mesmo que às vezes se esqueça que tem permissão para fazer exatamente isso.

Enquanto aguardo a libertação da morte, olho para trás em minha vida e sinto a única coisa que esteve faltando por todas essas décadas. Estou em paz, porque *sei* que meu Tomasz me espera do outro lado.

Em breve, darei meu último suspiro e provarei que ele sempre esteve certo.

Sempre encontraríamos nosso caminho de volta um para o outro.
Sempre.

CAPÍTULO 40
Alice

Acordo na minha própria cama com o som do celular de Wade tocando. Ele está deitado ao meu lado, abraçando-me com força contra o seu corpo, mas quando a chamada o desperta, ele rola para o lado para atender, afastando-se.

— Oi, Julita — responde bastante ríspido, e meu coração já acelerado dispara ainda mais quando ele me passa o telefone.

— Você precisa vir, agora — mamãe diz, apreensiva. — Foi outro derrame, um grande. Eles a transferiram para cuidados paliativos. Vista qualquer roupa e venha logo. Não perca um segundo. O médico disse que talvez não tenhamos muito tempo.

Estou no hospital por volta das seis e quinze. A equipe diminuiu as luzes, mas, ainda assim, fica evidente que a pele de Babcia adquiriu uma palidez cinzenta e sua respiração está superficial. Já estou chorando antes mesmo de chegar ao lado da cama. Papai se aproxima de mim e me puxa para um abraço apertado. Ele não fala, mas, no fim, é porque não há mais nada a dizer.

Babcia dá seu último suspiro às seis e meia. Mamãe está segurando sua mão direita, e eu estou segurando a esquerda. Ela não luta — não há tensão alguma em suas feições, nenhuma revolta contra seu domínio enquanto a morte a leva para longe de nós. Ela deixa a vida tão pacificamente que é difícil aceitar no início que ela se foi. O médico se junta a nós e declara sua hora da morte com leveza, com reverência.

Mamãe está serena enquanto lava as mãos e o rosto de Babcia, e então temos um último momento com ela, todos juntos.

Papai é, em geral, mais emotivo com tudo isso do que mamãe, que permanece com os olhos secos até chegar a hora de deixar o quarto do hospital. Então, ela se volta para a cama para uma última olhada, e de repente corre de volta para o corpo de sua mãe e começa a chorar — um grito animalesco e descontrolado que me assusta. Estou chocada com isso, mas papai me oferece um sorriso gentil e murmura:

— Eu disse que precisava daquela vodca.

— Ela está bem?

— Eu sabia que isso ia acontecer, querida. Sua mãe tem uma fachada dura, mas a mãe dela era seu sol e sua lua.

Quando hesito, papai acena em direção à porta.

— Vá para casa, querida — murmura, e retorna para o lado da cama. — Sua mãe e eu vamos precisar de algum tempo aqui, e você tem sua família para cuidar.

Enquanto vou para casa, estou triste, é claro — mas principalmente grata. Sou grata a Babcia por cada momento que compartilhei com ela — tudo que me ensinou sobre a maternidade —, cada abraço, cada gesto de amor e cada bendita refeição que já preparou para mim. E, acima de tudo, sou grata por ter confiado *em mim* para desvendar um pouco de sua história, porque não posso deixar de sentir que, ao encontrar seu passado, encontrei um pequeno pedaço perdido de mim também.

Hesito na minha porta. Posso ouvir atividades lá dentro e sei que todos estarão acordados. Um tanto tarde me ocorre que terei que dar a notícia à minha família. Estou tentando me lembrar — como exatamente alguém comunica a *morte* a uma criança autista não verbal? Quando Pa morreu no ano anterior, tivemos tempo para nos preparar — conversamos com Eddie sobre isso com seu psicólogo para nos ajudar. Gostaria que pudéssemos fazer o mesmo desta vez, mas preciso contar a Callie e Wade agora, e isso não posso adiar.

Entro na sala de estar e Eddie está no pufe, segurando o dreidel diante do rosto e girando a alça devagar, vídeos de trem sem dúvida na televisão ao fundo. Seu iPad está em seu colo. Ando devagar até o assento ao lado dele, e ele levanta os olhos do dreidel para mim. Ocorre-me como minha ausência quando ele acordou não pareceu incomodá-lo de forma alguma — e houve um tempo em que esse mesmo cenário teria garantido um colapso. Ainda assim, seu olhar verde está um pouco triste, um pouco preocupado, e ele agarra o dreidel contra o peito e olha para seu iPad, como se estivesse com medo de alguma forma, mas não sabe o que dizer.

— Oi, bebê — sussurro.

Eddie se senta, ereto. Ele desliza para o CAA e aperta o botão de repetição.

Babcia terminou.

E, então, Eddie olha para trás em minha direção, bem calmo esperando pela confirmação. Um arrepio desce pela minha espinha e fico olhando para ele, tentando entender se está dizendo o que eu acho que está dizendo. Ouço Wade na porta, e olho para cima para ver uma Callie com os olhos turvos ainda de pijama seguindo atrás dele. Eu sei que os dois talvez estão desesperados por notícias, mas minha atenção de modo magnético retorna para Eddie. Ele repete as palavras de novo.

Babcia terminou.

Começo a chorar em reação a isso, e ouço a histeria crescente de Callie vindo da porta.

— O que ele está falando? Ele está dizendo que ela *morreu*? Mamãe, não é verdade, me diga que não é verdade! Você acabou de entrar pela porta e não disse uma palavra, Eddie não poderia saber disso!

Lanço-lhes a vista, e meus olhos se fixam nos de Wade. Minha garganta está tão apertada que acho que não conseguiria falar, mesmo se tentasse, mas não preciso carregar nossa família neste momento difícil, porque Wade puxa Callie para perto e murmura:

— Há muito mais no nosso garoto do que as aparências mostram, Callie.

— Mas como ele *poderia*...

— Eu não sei, ursinha — Wade a interrompe com gentileza. — Eu também não sei como ele sabia. Mas ele tem dito isso desde que saiu da cama às seis e meia, então, me parece, ele sabia *de fato*.

— Mas ele não pode... — Ela ainda está protestando quando um soluço a interrompe e, então, acho que a ficha finalmente lhe cai.

Ela cobre os olhos com as mãos e, em seguida, deixa escapar: — Vou sentir muito a falta dela.

Wade a acolhe em seus braços e se junta a mim no sofá. Nós nos amontoamos lá como um trio choroso por um minuto, até que Eddie se levanta. Sorrio com tristeza enquanto ele fica sem jeito na minha frente. Ele não se junta ao abraço. Em vez disso, estende a mão e a encosta na minha bochecha.

Esta minha família é confusa e é diferente, mas neste momento de dor e tristeza, nós nos sentimos mais próximos de uma unidade *inteira* do que já estivemos desde que me lembro. A vida tem um jeito de quebrar nossas expectativas, de deixar nossas esperanças em pedaços sem explicação. Mas quando há amor em uma família, os fragmentos despedaçados de nossos sonhos deixados para trás podem sempre ser reunidos novamente, mesmo se o resultado final for um mosaico.

Esta família é um trabalho em andamento, mas mesmo hoje em nosso luto sou abençoada por uma certeza crescente de que estamos cada vez mais perto de descobrir como as peças podem se encaixar de uma forma que funcione para todos nós.

EPÍLOGO

Nunca pensei que voltaria para aquela colina sobre Trzebinia, então parece surreal estar aqui hoje — especialmente integrando esta heterogênea procissão.

Eddie vai na frente, uma posição que tem ocupado com frequência nos últimos tempos. Ele está olhando para o seu iPad, e Wade está logo atrás. Eddie é um perito no Google Maps agora e nos guiou desde Cracóvia, levando-nos ao ponto no mapa que definimos na semana anterior quando estávamos nos preparando para esta viagem.

Callie está andando atrás de mim, com o padre Belachacz, de Trzebinia, e o rabino Zoldak, que se juntou a nós de Cracóvia. Ao lado deles, mamãe e papai avançam devagar. Esse bloco do nosso pequeno grupo está debatendo entre si o boom econômico pelo qual a Polônia está passando desde que aderiu à União Europeia. Mais cedo, ouvi o padre perguntar a Callie se ela *realmente* tinha apenas dez anos de idade.

— Bem, sim — ela respondeu com calma. — Mas eu tenho um QI de cento e cinquenta. Isso me dá uma clara vantagem.

Caminho sozinha no centro. Estou absorvendo com intensidade tudo aquilo de novo e pensando em como as coisas parecem diferentes nesta segunda visita, agora que estou aqui para atender ao último desejo de Babcia. A grama está ainda mais verde, as papoulas nos campos cobertos de vegetação muito mais vibrantes.

Estou carregando junto ao peito a pequena caixa de madeira que nos trouxe aqui hoje. Dentro dela, repousam as cinzas de Babcia e Pa, bem como aquele minúsculo sapato de couro de bebê.

Hoje, os portões pouco confiáveis estão abertos e vários outros carros já estão aqui, o que me surpreende. Ao nos aproximarmos da clareira, vejo que Emilia está rodeada por Agnieszka, Lia e um grupo de adultos. Alguns estão segurando flores; outros, carregam lanternas ou velas. Emilia está em sua cadeira de rodas, e eu me aproximo dela e beijo suas bochechas.

— Há tantas pessoas — murmuro para Agnieszka.

— São apenas meus irmãos e irmãs, e alguns de seus filhos — explica Agnieszka. — Espero que não se importe... Mamãe disse que Alina precisava ser homenageada por toda a nossa família, já que *nenhum* de nós jamais teria nascido se não fosse por ela. — Quando meus olhos se enchem de lágrimas, Agnieszka pisca para mim. — Você tem sorte por não termos trazido os netos ou bisnetos... Isso teria feito o grupo dobrar.

Jogo os braços em volta do pescoço de Emilia, e ela sussurra algumas palavras suaves em polonês em meu ouvido. Então, eu me viro e vejo a placa que Emilia deixou pronta para o dia de hoje. Abaixo da gravação que lista o nome de Tomasz Slaski, vários outros nomes foram acrescentados:

Alina Slaski 1923-2019
Saul Weiss
Eva Weiss
Tikva Weiss

Neste momento, e sem qualquer instrução, Eddie se afasta automaticamente das pessoas ali reunidas, empoleirando-se na pedra plana na borda da clareira como se já tivesse feito isso antes um milhão de vezes. Ele carrega um dos vídeos de trem que Wade salvou antes de sairmos de casa, mas, antes mesmo que eu possa pedir, ele diminui *por completo* o som, olha para mim e sorri com orgulho.

Não tenho certeza se meu marido explicou ao nosso filho o que se esperava dele, mas aquele garoto tem sido um anjinho hoje. É engraçado como, agora que enfim se conectaram, abriu-se um caminho totalmente novo do mundo de Eddie para o nosso — e isso com certeza tem sido útil para o nosso filho. Ele vai para a escola três dias por semana agora — e, nas manhãs de quinta-feira, Wade vai mais tarde para o trabalho porque ajuda na lição de ciências na turma de Eddie.

Wade e eu ainda abordamos nosso relacionamento com nosso filho de maneira muito diferente, e sem dúvida há uma tensão nisso. Wade sempre vai querer empurrar Eddie para fora de sua zona de conforto, e eu sempre vou querer fornecer-lhe segurança e estrutura, mas nesse vaivém de nossas posturas muito distintas, estamos alcançando algum tipo de equilíbrio delicado. Eu me beneficio disso, assim como Wade e, acima de tudo, também Eddie.

Callie pega minha mão enquanto todos de um jeito automático se posicionam ao redor do local da sepultura. Sem preâmbulos, o padre dá início ao serviço breve e respeitoso que planejamos.

O padre Belachacz ficara inicialmente confuso quando lhe telefonei algumas semanas antes para pedir sua ajuda hoje, o que era bastante compreensível, porque a história toda exigia um pouco de explicação. A princípio, eu apenas disse que precisávamos de um serviço pelas cinzas de minha avó católica devota e de tudo o que tínhamos de meu avô judeu e de sua *outra* família. Depois que o padre Belachacz compreendeu isso, disse que ficaria honrado em nos ajudar a celebrar suas vidas e que iria pensar em algo. Quando chegamos aqui hoje, ele nos apresentou ao rabino Zoldak, que tinha vindo de Cracóvia para prestar assistência.

Não consigo imaginar nada mais perfeito ou adequado para *essas* pessoas do que um serviço fúnebre plurirreligioso *in memorian*.

Agora, o padre Belachacz convida o rabino Zoldak a se apresentar e ele fala em inglês a todos nós por alguns minutos — sobre dor, amor e o incrível poder do sacrifício. Já estou emocionada com tudo o que está acontecendo, mas sou alçada a novos patamares quando o rabino Zoldak começa a entoar "El Malei Rachamim". À medida que as palavras hebraicas elevam-se à nossa volta naquele lugar, um tsunami de tristeza e gratidão me atinge, e não posso deixar de soluçar. Choro pelo avô que eu tanto adorava, e me pergunto como ele se sentiria ao saber que, um dia, nós o traríamos para descansar com Eva e Tikva *e* Alina e Tomasz, em uma época em que sua fé poderia ser celebrada com segurança e respeito. Então, imagino Tomasz Slaski, um homem que nunca tive o privilégio de conhecer — mas não preciso tê-lo conhecido para saber que teria aprovado cada aspecto deste serviço e deste arranjo, e não há dúvida de que minha Babcia também teria.

O padre me convida a vir à frente. Dobro os joelhos para pousá-los contra a grama macia e, então, deposito com delicadeza a caixa dentro do buraco na terra que um dos filhos de Emilia preparou para nós. O padre se agacha ao meu lado e recolhe um punhado de terra e, em seguida, espalha-o por sobre ela. Ele repete o gesto mais três vezes enquanto recita bem suave:

— Em nome de Deus, nosso Pai misericordioso, entregamos os corpos de Alina e Saul à paz da sepultura, e, junto com eles, as memórias das amadas Eva e Tikva de Saul.

Wade pega a pá de jardinagem da minha mochila e termina de cobrir a caixa. Mais tarde, o filho de Emilia vai providenciar a concretagem deste canteiro, para que todos possamos ter certeza de que nunca serão perturbados.

Então, levantamo-nos e está terminado. Há um instante de conversas tranquilas e, em seguida, as pessoas ali reunidas começam a se dispersar — retornando ao apartamento de Emilia em Cracóvia, onde ela está oferecendo um almoço para todos nós. Meus pais começam a caminhar devagar de volta para a van, com Callie no colo, e Wade olha para mim.

— Você está bem? — ele pergunta muito gentil.

— Eu estou bem, de verdade, mas… — Limpo a garganta. — Pode me dar um momento?

— Vou levar Eddie — oferece Wade. Mas, então, nós dois o observamos, e ele se acomodou naquela rocha longa e plana, completamente relaxado enquanto olha para seu iPad.

— Ele está bem. — Eu sorrio e depois beijo a bochecha de Wade. — Estaremos de volta à van em alguns minutos.

Enquanto Wade se afasta, olho para a placa e a lápide e penso sobre a jornada dos últimos dez meses. Fazer esta viagem para Babcia abriu o mundo para mim, de formas que estou apenas começando a compreender agora. Passei a escrever as coisas que aprendi na minha viagem para Callie e Eddie lerem quando forem mais velhos, e o projeto ganhou vida própria — acho que talvez eu tenha começado a escrever um livro sem perceber.

Sempre pensei que minha família precisava de cem por cento da minha energia — mas estou aprendendo que posso lhes dar o foco total do meu amor *e* dedicar um tempo para nutrir outras coisas que são importantes para mim também. Estou ainda mais ocupada nesses tempos, mas o curioso é que me sinto muito menos exausta.

— Obrigada, Babcia — sussurro, enquanto uma brisa suave agita os galhos acima de mim. — Obrigada por confiar em mim para descobrir as respostas para você. Eu tinha esquecido que sabia como fazer isso.

Eddie levanta-se abruptamente e olha para as árvores ao nosso redor, procurando por algo. Enquanto eu o observo, sou tocada por um estranho abalo.

— Eddie — ele ecoa. — Eddie, querido, você quer comer alguma coisa?

O abalo percorre de novo o meu corpo e, tão seguro quanto se seus braços tivessem me envolvido, sinto Babcia conosco naquela clareira e sinto sua paz, seu amor e sua gratidão. Fecho os olhos e os absorvo e, pela última vez, sussurro:

— Adeus, Babcia.

Eddie se levanta e atravessa a clareira para deslizar sua mão na minha. Baixo os olhos para ele em meio às minhas lágrimas e descubro que ele está me encarando pacientemente.

Emilia e nossos primos distantes estarão nos esperando em Cracóvia e, nas próximas duas semanas, Wade, Callie, Eddie e eu iremos explorar este país juntos. Não é fácil para nós estarmos aqui, tão longe de nossa rotina, fora de nossa zona de conforto — mas estamos fazendo isso funcionar para cada um, porque é importante e porque este sempre foi um sonho. Haverá desafios, haverá decepções, haverá fracassos e discussões e contratempos, mas isso não nos impede mais de *tentar*.

Nossa vida em família nunca será fácil, mas isso não pode impedir qualquer um de nós de buscar nossos sonhos. Ter esta vida custou muito aos nossos ancestrais — a melhor coisa que podemos fazer para honrá-los é vivê-la em sua plenitude.

AGRADECIMENTOS

Meus sinceros agradecimentos à minha tia, Lola Beavis, que viajou comigo para a Polônia para ajudar com a tradução e por pacientemente me auxiliar em minha pesquisa para este livro. Agradeço a Barbore Misztiel por sua hospitalidade e, em particular, por me levar para visitar a casa de infância de minha avó. Obrigada a Renata Kopczewska pelos serviços de guia e assistência na apuração de dados, e a Katarzyna M. pelos conselhos de gramática e tradução em polonês.

Serei para sempre grata a Ashleigh Finch, que ofereceu uma experiência inestimável e uma visão sobre o transtorno do espectro autista enquanto eu planejava este livro. Só espero ter composto Eddie e sua família de uma forma que faça jus à sua generosidade e coragem em compartilhar seus conhecimentos e experiências.

E, por fim, obrigada à equipe do Museu e Memorial de Auschwitz-Birkenau, ao Museu da Revolta de Varsóvia e ao incrível Museu da História dos Judeus Poloneses POLIN. São heróis singulares — contadores de histórias com a missão de manter viva a memória do que jamais deve ser esquecido.

NOTA DA AUTORA

A maioria dos meus livros começou como o sussurro de uma ideia que preciso me esforçar para ouvir. No caso desta história, ela me ocorreu na comemoração de Natal da família da minha mãe num dezembro cerca de uma década atrás.

Eu estava reunida com uma multidão de primos, tios e tias, fartando-me da comida tradicional polonesa, como é nosso costume naquela celebração todos os anos. De repente, percebi que nossa família, hoje numerosa, já fora apenas um casal católico polonês — meus avós maternos. Exilados pela guerra, construíram um lar a milhares de quilômetros do mundo que sempre conheceram, em um país que muitas vezes não era nada acolhedor para refugiados. Mas, setenta anos depois, mais de cinquenta de seus descendentes diretos conhecem apenas aquele *novo* país como lar. Quer estejamos conscientes disso ou não, as decisões de nossos avós tomadas no tempo da guerra mudaram nossas vidas.

Eu sabia o suficiente sobre a história de meus avós e a guerra para supor que os caminhos que os levaram ao outro lado do mundo para uma nova vida não teriam sido fáceis... embora eu soubesse muito pouco sobre os detalhes dessa jornada. Meus avós morreram na década de 1980, e a triste realidade é que grande parte de sua história morreu com eles. Como muitos de sua geração, eles tiveram pouco tempo para refletir ou lamentar, mesmo depois que a guerra terminou. Seu foco estava no futuro, e as feridas físicas, emocionais e psicológicas da guerra logo ficaram presas sob a superfície da nova vida que estavam forjando. As lições que aprenderam ao longo do caminho muitas vezes se perderam no tempo.

Comecei a ler sobre a vida dos cidadãos poloneses sob a ocupação nazista, inicialmente apenas tentando imaginar o que meus avós poderiam ter visto e vivenciado. Mas, conforme lia sobre a Segunda Guerra Mundial, fui inspirada por tantas histórias de amor e sobrevivência, mesmo em face de opressão e crueldade inimagináveis. A história de Tomasz, Alina e Saul ficou clara em minha mente enquanto me maravilhava com a maneira como nem mesmo o pior da humanidade é poderoso o suficiente para eliminar a graça, a esperança ou o amor. Decidi que, para escrever este livro, precisaria visitar a Polônia para aprofundar minha pesquisa e, enquanto estivesse lá, tentaria descobrir algumas peças da história de minha própria família.

Em 2017, minha extraordinária tia Lola e eu viajamos para a Polônia e passamos várias semanas explorando e pesquisando. Durante essas semanas, descobri que, ao contrário da história que planejei por muito tempo para Alina e seus irmãos, minha própria avó foi levada para trabalhos forçados, enquanto seu irmão foi escolhido para ficar para trabalhar na fazenda da família. E assim como planejei para Alice, eu estava no pedaço de terra que a família da minha avó cultivou por gerações antes da guerra, e espiei pela janela empoeirada da casa que tinha sido o mundo inteiro da minha avó antes que o ódio nazista mudasse para sempre sua vida. Minha tia e eu caminhamos pelas ruas de Trzebinia, onde meu avô nasceu (imagem 2), e comemos com primos distantes (imagem 1).

Quando chegou a hora de usar minha pesquisa para finalmente escrever a história, peguei minhas próprias experiências na Polônia e canalizei-as para esta obra de ficção. Para mim, um bom romance é sempre costurado com alguns fios da experiência pessoal. Usei a fazenda da família da minha avó como inspiração para a de Alina (imagens 3 e 4). Essa propriedade real está situada a alguma distância a nordeste de Trzebinia. Tomei liberdade com sua localização e a imaginei bem mais próxima, pois queria muito contar a história da cidade. O lugar sofreu quase todas as injustiças brutais imagináveis durante a guerra

— pesados bombardeios, terrível perseguição, o eventual genocídio da comunidade judaica local, opressão da comunidade católica e execuções de líderes civis. A Trzebinia da vida real está situada a apenas dezenove quilômetros das instalações de Auschwitz-Birkenau.

Vi-me transformada pela experiência de me conectar com raízes distantes e ter a oportunidade de ver um pouco do mundo que meus avós conheciam como seu próprio. E embora o cenário familiar de Alice seja muito mais difícil do que o meu, tentei escrever sua história de uma forma que mulheres de muitas situações familiares diferentes possam se identificar com sua jornada. Sempre que possível, usei minhas próprias experiências na Polônia para passar a maneira como Alice vivenciou a dela.

Ao concluir este livro, retornei à ideia original que inspirou minha pesquisa tantos anos antes. As decisões de Alina em tempos de guerra mudariam o próprio mundo no qual seus descendentes nasceram, e sua *história* tinha o potencial de mudar a vida de seus descendentes... se ela pudesse encontrar um modo de contá-la. As lições mais importantes da História podem ser difíceis de confrontar e ainda mais difíceis de compartilhar, mas todos nós saímos enriquecidos quando essas lições persistem por gerações. Talvez, mais do que nunca, precisemos da sabedoria que nossos antepassados adquiriram por meio de sangue, suor e mais do que sua cota de lágrimas.

Adorei pesquisar e escrever esta história e espero que você tenha gostado de lê-la. Se o fez, ficaria grata se pudesse reservar um tempo para escrever uma resenha on-line. Sua crítica realmente faz a diferença — ela ajuda outros leitores a encontrar meus livros.

Também adoro ouvir os leitores — se quiser entrar em contato comigo, você também pode conferir todos os detalhes no meu site em <www.kellyrimmer.com>.

E, por fim, é importante salientar que, embora este romance seja ambientado tendo como base eventos históricos, algumas mudanças foram realizadas na cronologia e em detalhes para simplificar a narrativa.

Eu (à direita) com minha tia Lola Beavis (à esquerda) e nossa prima Barbore em sua residência. Lola viajou comigo para ajudar com minha pesquisa e tradução. (*Foto: Kelly Rimmer.*)

Praça da cidade em Trzebinia: este local serviu de inspiração para as cenas em que Aleksy e o prefeito são executados. (*Foto: Kelly Rimmer.*)

Esta humilde casa em Wola Żydowska foi a residência da família da minha avó e a inspiração para a propriedade da família de Alina. (*Foto: Kelly Rimmer.*)

A casa, em si, está abandonada, porém, meus primos moram perto e ainda cultivam parte da terra para produzir para suas famílias. (*Foto: Kelly Rimmer.*)